MORD AN DER KÜSTE

Andreas Schnabel, 1953 in Hamburg geboren, begann seine Fernsehlaufbahn beim SFB und ging dann als Moderator, Redakteur und Produzent für die Sportredaktion zum damals noch jungen Sender RTL. Heute lebt er in Pulheim bei Köln und verfasst Drehbücher, Kurzgeschichten, Theaterstücke, Lyrik und Kriminalromane.

ANDREAS SCHNABEL

MORD AN DER KÜSTE

KRIMINALROMAN

emons:

Bibliografische Information der Deutschen Nationalbibliothek
Die Deutsche Nationalbibliothek verzeichnet diese Publikation
in der Deutschen Nationalbibliografie; detaillierte bibliografische
Daten sind im Internet über http://dnb.d-nb.de abrufbar.

© Emons Verlag GmbH
Alle Rechte vorbehalten
Umschlagmotiv: shutterstock.com/mm7, shutterstock.com/
elegeyda, shutterstock.com/Honza Krej
Umschlaggestaltung: Nina Schäfer
Gestaltung Innenteil: DÜDE Satz und Grafik, Odenthal
Fotografie S. 367: Marcel und Heiko Rataj
Lektorat: Elke Weymann
Druck und Bindung: CPI – Clausen & Bosse, Leck
Printed in Germany 2022
ISBN 978-3-7408-1706-0
Originalausgabe
In Zusammenarbeit mit der DLRG

Unser Newsletter informiert Sie
regelmäßig über Neues von emons:
Kostenlos bestellen unter
www.emons-verlag.de

Dieses Buch ist allen Rettern der DLRG und den Kampfschwimmern der Marine gewidmet.

EINS

Die See war ruhig, und ihr erster sogenannter »Urlaubstag«
versprach es auch zu werden. Gabriela Haberstroh setzte sich
am frühen Morgen in einen der leeren Strandkörbe und stellte
ihren Seesack vor sich hin. In achtundvierzig Stunden sollte
die Kieler Woche beginnen, und sie saß hier in Laboe einsam
am Ufer und wusste nicht, was in den nächsten Tagen auf sie
zukommen würde. Das war ein unangenehmes Gefühl, denn
vermeidbare Überraschungen hasste sie.

Den Strand kannte sie von ihren Wachdiensten her, wenn die
Kollegen der Wasserwacht Personalprobleme hatten. Normalerweise war Laboe deren Revier. Bei einem so herrlichen Wetter war er tagsüber wie alle Strände der Kieler Förde meist total
überfüllt. Dann saß sie aber mit dem Fernglas vor den Augen
auf ihrem Strandwachturm oder im Wachhäuschen, umringt
von tobenden und planschenden Kindern, lärmenden Jugendlichen, gut gelaunten Eltern und über den Lärm meckernden
Rentnern. Hinzu kamen Wolken von Sonnenöldüften und Mu-
sikfetzen aus allen vier Himmelsrichtungen, denn inzwischen
wurde ja schon mit wasserdichten Bluetooth-Lautsprechern
gebadet. Heute aber saß sie zum ersten Mal in ihrem Erwach-
senenleben in einem Strandkorb, und es herrschte Ruhe, vom
Kreischen der Möwen einmal abgesehen. Wenn man wie sie an
der See aufgewachsen ist, gehörten die Rufe der Seevögel und
das Plätschern der kleinen Wellen, die am Strand ausrollten,
zur absoluten Ruhe.

Sie blickte sich fragend um. »Schlag acht Uhr«, hatte Thomas Wartke, der Chef der Ortsgruppe Kiel, am Telefon gesagt.
Treffpunkt am Strand vor der Konzertmuschel von Laboe, und
pünktlich solle sie auf jeden Fall sein.

Für die Polizeioberkommissarin und Schiffsführerin der
Wasserschutzpolizei (umgangssprachlich WaSchPo genannt)

gehörte es zur Urlaubsplanung, sich um die Kieler Woche herum vierzehn Tage lang freizunehmen, um für die DLRG, ihre Heimat im Ehrenamt, rund um die Uhr Zeit zu haben. Sie war zuerst sauer, dass ihr der genehmigte Urlaub kurzfristig gestrichen wurde. Als sie dann aber erfuhr, dass sie von ihrem Arbeitgeber für ganze vier Wochen höchst offiziell zur DLRG abgeordnet wurde, war ihre Welt wieder in Ordnung. Sie hoffte, dass sich die vielen anderen Kameradinnen und Kameraden der Wasserretter, die aus mehreren befreundeten DLRG-Ortsgruppen anreisten und alle ihre Urlaubstage für diesen anspruchsvollen Dienst opferten, dadurch nicht benachteiligt fühlten. Gabriela selbst kannte es nicht anders. Wie oft wurde sie von Altersgenossen gefragt, warum sie diese Strapazen jedes Jahr aufs Neue auf sich nehme, denn finanziell lohne es sich ja nicht. Normalerweise wird ein Tag Dienst, den man am Strand oder auf einem der Rettungsboote verbringt, gerade einmal mit fünf Euro Aufwandsentschädigung vergütet. Dafür hat man dann aber Wohnen und Verpflegung frei. Der Spaß, den man mit dieser eingeschworenen Truppe hat, der ist hingegen unbezahlbar. An diesem Tag schaute sie aber wenig zufrieden aus ihrer rot-gelben »Dienstwäsche«. Die unsägliche Geheimniskrämerei, die um ihre neue Aufgabe herrschte, empfand sie als unangebracht. Man versprach ihr aber, dass sie diese vier Wochen auf See verbringen werde; das versöhnte sie wieder.

Die Ostsee war ihre große Liebe. Zugegeben, der Berliner Wannsee hatte auch etwas Reizvolles, doch wegen ihres Verflossenen war sie nach ihrer Ausbildung in der Hauptstadt gelandet. Aber gegen die See hatte ihr Ex auf lange Sicht keine Chance gehabt und die Havel schon gar nicht. Die Ostsee war zwar manchmal recht rau, dafür aber immer treu und berechenbar, wenn man gelernt hatte, mit ihren Tücken und mit ihren Gefahren zu leben. Sie als Besitzerin aller nötigen Patente für die Berufsschifffahrt an der Küste kannte sich damit bestens aus.

Gabrielas zweite Liebe war die DLRG. Dort waren schon

ihre Eltern ehrenamtlich tätig. Auch sie verbrachte in ihrer Kindheit und Jugend den Großteil ihrer Freizeit bei der DLRG-Jugend, als erwachsene Frau dann auf den Strandwachtürmen im Bereich Kiel oder bei Ausbildungslehrgängen. Und wenn die Saison an den Stränden vorbei war, ging's in die Hallenbäder, um den Kids das Schwimmen beizubringen. Im vergangenen Jahr hatte sie bei einem DLRG-Kameraden, der in Eckernförde als Ausbilder der Marinetaucher arbeitete, den anspruchsvollen Lehrgang zur Rettungstaucherin absolviert. Das passierte aber auf ihre eigene Initiative hin, denn die Gesellschaft kann sich schon seit Langem keine Rettungstaucher mehr leisten. Das spezielle Equipment für Profitaucher wäre in Anschaffung und Wartung viel zu teuer. Allein die jährlich vorgeschriebene ärztliche Untersuchung für Berufstaucher, und als solche würden sie gelten, würde das Budget für ein Hobby, sei es auch der Allgemeinheit dienlich, sprengen. So freute sie sich, ihre privat erworbenen Fähigkeiten bei der DLRG einbringen zu können.

»Vielleicht braucht mich das Kur- und Bäderamt als Meerjungfrau«, murmelte Gabi vor sich hin. »Okay, Meer könnte klappen, aber für den Rest käme die Anfrage ein wenig spät.«

»Wozu käme was zu spät?«, erschreckte sie die Stimme eines ebenfalls im Outfit der DLRG-Retter gekleideten Mannes. Er hatte auch einen Seesack bei sich. »Es tut mir leid, dass ich Sie aus ihren Tagträumen gerissen habe.«

Sie lächelte. »In der Tat haben Sie das. Ich war mit meinen Gedanken gerade ganz woanders.«

»Wenn ich mich vorstellen darf: Mein Name ist Drs. Patrick Simons, ich bin Neurochirurg und die kommenden zwei Wochen hier bei der Kieler Woche als Notarzt tätig.« Er sah sich um. »Aber ich sehe hier nur Strandkörbe und sonst nichts.«

Sie war erleichtert, mit dem Arzt einen Leidensgenossen gefunden zu haben. »Nehmen Sie Platz, junger Mann. Zu zweit wundert es sich bequemer.« Sie sah ihn an. »Aber warum Drs.? Sie sind doch nur einer.«

Er lächelte. »Drs. ist der niederländische Titel für Doktor.«
»Aha.« Sie zog die Stirn kraus. »Darf ich weiter einfach nur Doktor sagen? Das mit dem ›s‹ hinten dran merke ich mir nie.«

* * *

Inzwischen warteten sie schon zu dritt, denn die DLRG-Kollegin Sylvie Franke war ebenfalls zu ihnen gestoßen. Normalerweise arbeitete sie in Berlin am Bundeswehrkrankenhaus als Notfallsanitäterin. Sie wurde, wie Gabriela, von ihrem Dienstherrn für einen Monat freigestellt.

»Es ist schön, Sie kennenzulernen«, begrüßte die junge Frau den Arzt und zu Gabi gewandt, »und dich mal wiederzusehen. Nur wäre es noch schöner zu wissen, was uns hier erwartet. Irgendeinen Sinn, dass wir hierher bestellt wurden, wird es doch wohl haben, oder?«

»Da würde ich nicht unbedingt drauf wetten«, ertönte eine vierte Stimme hinter ihnen.

Alles drehte sich zu dem Neuankömmling.

»Fiete Harmsen mein Name. Mich haben sie vom Zoll für einen Monat zu eurem Haufen abkommandiert.«

Jeder stellte sich vor.

»Wisst ihr, welche Aufgabe uns hier erwartet?«

Gabi schüttelte den Kopf. »Noch nicht, aber ich denke mal«, sie zeigte auf die See, »dahinten hält etwas auf uns zu, was uns klüger machen wird, wenn es erst mal hier ist.«

Der Arzt staunte. »Was hat das Ding nur für ein Höllentempo!«

»Für die Größe ist das Boot ganz schön fix unterwegs«, murmelte Fiete anerkennend.

Sylvie kniff die Augen zusammen. »Das sind, soweit ich es erkennen kann, die Farben der DLRG. Ein Rettungsboot ist es nicht, dafür ist es zu groß, aber für einen Seenotkreuzer ist es wiederum zu klein.«

Gabi runzelte die Stirn. »Schiffe in der Größe hat hier eigentlich nur die Gesellschaft zur Rettung Schiffbrüchiger. Für die Hochseerettung brauchst du etwas mit Tiefgang. Das Ding dort hinten ist flach wie eine Flunder. Das siehst du an der Hecksee.«

»Vielleicht hat sich euer Chef ein Speedboot zugelegt«, lästerte Fiete grinsend.

»Nein«, berichtigte ihn Gabi, »den kenne ich schon lange, für so einen Blödsinn wäre der niemals zu haben.«

Der kleine Flitzer wuchs, je näher er kam, zu einem relativ stattlichen Boot. Knappe zwanzig Meter lang, schätzten sie, mit einem Aufbau vor dem Ruderhaus und mit einem jetangetriebenen Festrumpfschlauchboot auf dem Dach des Heckaufbaus, das mit einem Ausleger zu Wasser gelassen werden kann. »Aber wessen Kiste das auch ist, so ein Gefährt habe ich hier noch nie gesehen.«

Von einer unsichtbaren Kraft aufgehalten, stoppte das Boot aus voller Fahrt, um danach langsam auf das Ufer zuzuhalten.

»›Otto Asmussen‹ heißt der Kahn«, bemerkte der Doktor, »und er ist der Beschriftung nach definitiv von der DLRG.«

Fiete nickte. »Stimmt, am Ruderhaus klebt auch der Rettungsgeier.«

»Was für ’n Ding?«, fragte der Arzt.

»Ich meine den Adler im Wappen der DLRG.«

Sylvie lachte. »Jetzt bin ich aber mal gespannt, ob auch das aus dem Schiff herauskommt, was draufsteht.«

Zur Überraschung aller zog sich das Boot wie von Geisterhand, nachdem der Bug des flachen Rumpfes im seichten Wasser Grundberührung hatte, von selbst circa zwei Meter den Strand hoch. Mit einem leisen Surren klappte der Bug vor, und zwei große Klappen öffneten sich nach links und rechts. Von der Bugklappe aus entfaltete sich ein kleiner Steg, sodass man aufrechten Ganges in das Innere dieses seltsamen Schiffes gelangen konnte und umgekehrt.

Ein Marineoffizier mit viel Gold auf den Schultern trat ihnen auf dem Steg entgegen. »Meine Damen und Herren, mein

Name ist Christoph Block, ich bin Chef der Einsatzflottille 1 und somit Marinechef vom westlichen Teil der Ostsee. Ich habe zwar einen Schreibtisch, der sich vor Arbeit nur so biegt, aber ich konnte es mir einfach nicht nehmen lassen, Fachleuten wie Ihnen das Neueste, was die Wasserrettung zu bieten hat, persönlich vorzustellen. Ich bitte Sie herzlich, an Bord zu kommen. Ihre Seesäcke können Sie gern hierlassen, die werden von meinen Leuten gleich in Ihr neues Quartier gebracht.« Er machte eine einladende Geste, und jedem, der an ihm vorbei den Steg entlangschritt, schüttelte er mit einem gewinnenden Lächeln die Hand.

Gabi folgte dem Arzt, und beide betraten staunend das Boot. Am Ende des Steges führte eine schiefe Ebene ins Innere, und sie standen in einem komplett ausgestatteten Schockraum. In der Mitte ein Hightech-Tragetisch mit Niveauregulierung.

Sylvie war beeindruckt. »So ein Ding habe ich ja noch nie gesehen. Kann man damit auch ins All fliegen?«

Der Admiral lachte. »Nein, aber dieser neuartige Mechanismus der Tragearretierung kann die Schiffsbewegungen in jede Richtung bis zu einer Wellenhöhe von achtzig Zentimetern ausgleichen. Wie Sie sehen, haben wir auch von allen Geräten, die für eine Erstversorgung von Schwerstverletzten nötig sind, nur das Neueste und Beste an Bord.«

Drs. Simons trat vor einen Apparat, der an der Wand hing. »Mein Gott«, rief er, »wir können hier sogar Blutgasanalysen machen. Ist jemand an diesem Ding ausgebildet?«

»Ja, ich«, rief Sylvie. »Diese Geräte haben wir seit Neuestem auch auf unseren Intensivtransportwagen in Berlin.« Sie schaute ehrfürchtig an die andere Wand. »Und da ist sogar ein ›Lucas 3‹!«

Fiete teilte diese Begeisterung nicht auf Anhieb. »Und was macht man damit?«

»Das ist ein Gerät, das eigenständig die Herzdruckmassage durchführen kann. Du selbst musst dann nicht mehr pumpen und hast für die anderen Dinge die Hände frei. Damit kannst du einen Patienten während der laufenden Reanimation ins Krankenhaus transportieren.« Sie strich fast liebevoll über eine der geschlossenen Schubläden und sah den Offizier fragend an.

»Darf ich hier auch mal reingucken?«

»Tun Sie sich keinen Zwang an, Frau Obermaat. Das ist für die nächsten Wochen Ihr Reich.«

»Und meines«, bemerkte der Doktor, »hoffentlich auch. Herr Block, gestatten Sie mir eine Frage?«

»Immer raus damit.«

»Sie sind noch keinem von uns je begegnet, dennoch scheinen Sie alles über uns zu wissen, zum Beispiel den Dienstrang der jungen Kollegin. An der DLRG-Kleidung hat sie keine Rangabzeichen.«

»Ich weiß auch, dass Sie Drs. Patrick Simons, sechzig Jahre alt und Niederländer sind. Sie sind ein anerkannter hochspezialisierter Notfallmediziner. Sie finden aber dennoch Zeit, einen Teil Ihrer knappen Freizeit der DLRG zu widmen. Meine Anerkennung, Herr Doktor.«

Der Arzt war konsterniert. »Wir sollten mal ein Bier miteinander trinken, vielleicht erfahre ich dann auch noch ein paar Neuigkeiten über mich.«

Der Offizier lachte. »Auf jeden Fall sollten Sie sich heute noch Zeit für ein Telefonat nehmen, denn Sie haben Hochzeitstag.«

Drs. Simons lief rot an. »Danke«, stammelte er. »Den hätte ich glatt vergessen.« Er sah sich um. »Ihr kommt doch von hier. Gibt's hier irgendeinen Blumenladen mit Fleurop?«

»Machen Sie sich bitte keine Umstände«, konterte der Admiral. »Die Marine hat sich erlaubt, Ihrer Gattin bereits Blumen zu schicken. Als einen kleinen Dank dafür, dass sie uns ihren Mann an so einem Ehrentag ausgeliehen hat.« Er sah Gabi an. »Und Sie, Frau Oberkommissarin Haberstroh, haben auch noch Fragen?«

Sie winkte ab. »Nein danke. Was Sie alles über mich in Erfahrung gebracht haben, möchte ich gar nicht wissen.«

Alle lachten herzlich.

»Ich merke schon, wir haben hier eine humorvolle Truppe. Aber darf ich Sie ins Ruderhaus bitten, damit wir mit unserer Führung weiterkommen?«

Gabi tuschelte zu Fiete: »Der Block ist etwas Höheres. Wie hoch genau? Ich bin mit den Rangabzeichen nicht sattelfest.«

»Der ist Flottillenadmiral«, flüsterte er zurück.

»Also ziemlich weit oben, oder?«

Der Mann nickte. »Jau, einen höher als Neptun selbst.«

∗∗

Nachdem sie nacheinander die fünf Stufen des Niedergangs erklommen hatten, standen sie in einem relativ großen Ruderhaus und sahen sich drei weiteren freundlich dreinschauenden Männern gegenüber.

»Für alle, die ihn noch nicht kennen«, übernahm der Admiral die Konversation und zeigte auf den linken der Männer, »hier ist Thomas Wartke, der Chef der Kieler DLRG-Gruppe, daneben Julius Lender, ein Urgestein der Marine, inzwischen Erster Polizeihauptkommissar und Schiffsführer bei der Küstenwache, und last but not least sein Bruder Polizeihauptmeister Hinnerk Lender, einer der besten Maschinisten, der je auf den sieben Weltmeeren herumgeschippert ist.« Er legte eine rhetorische Pause ein. »Und nun komme ich zu den Feinheiten Ihres Arbeitsplatzes. Das ist ein sogenanntes ›NES‹, der Prototyp eines Notarzteinsatzschiffes, das, wenn es sich in der Testphase bewährt, von ›German Naval Yards Kiel‹ gebaut, international in Serie gehen soll. Ausgerüstet ist dieses technische Wunderwerk mit zwei je neunhundert PS starken E-betriebenen Wasserstrahlturbinen, die das Boot bei glatter See auf gut fünfzig Knoten, also circa dreiundneunzig Stundenkilometer beschleunigen können. Bei Welle natürlich dementsprechend weniger. Es hat eine Reichweite von rund zweihundertfünfzig Seemeilen. Sollte mal keine Steckdose in Reichweite sein, kann ein leistungsstarkes Notstromaggregat das Boot noch immer auf knappe fünfzehn Knoten beschleunigen und den Sanitätsbereich und die Brücke zuverlässig mit Strom versorgen. Dieses Boot hat einen fünf Meter hohen Teleskop-Lichtmast und eine annähernd Dreihundertsechzig-Grad-Nahfeldausleuchtung, es verfügt über ein Wenderohr, um mit zweitausend Liter Meerwasser pro Minute kleinere Brände löschen zu können, und es kann sich, wie Sie es bereits bei unserer Ankunft am Strand sehen konnten, mit Hilfe von Raupenketten aus Vollgummi, die sich links und rechts neben dem flachen Kiel befinden, selbst ein paar Meter den Strand hochziehen und sich natürlich wieder ins Wasser zurückschieben. Die Damen und Herren Sanitäter sollen bei Einsätzen am Strand schließlich keine nassen Füße bekommen. Zur Bergung von Schiffbrüchigen haben wir sowohl Steuer- als auch Backbord eine Bergeklappe und auch Netze in der Reling, um geschwächte Personen an Bord heben zu können. Damit wir sie bei Dunkelheit oder im Nebel überhaupt finden können, verfügt das Boot über eine leistungsstarke Wärmebildkamera, die ebenfalls an der Spitze des Lichtmastes angebracht ist; von einem Operator im Steuerhaus bedient, hat sie einen Wendekreis von dreihundertsechzig Grad. Mit anderen Worten, was die nahe Küsten- und Strandrettung betrifft, verfügen Sie im kommenden Monat über eine sogenannte ›eierlegende Wollmilchsau‹.«

Gabi war beeindruckt, hatte aber noch Fragen: »Und was passiert nach dem Testmonat mit diesem Schiff? Bleibt es bei der DLRG? Die Farben hat es ja schon, und der Namensgeber war, glaube ich, auch mal einer von uns.«

Admiral Block zuckte mit den Achseln. »Das kann ich Ihnen leider nicht zuverlässig beantworten. Nach der Testphase wird die ›Otto Asmussen‹, vor allem der neuartige Antrieb, soweit ich weiß komplett zerlegt und jedes kleinste Teil auf Herz und Nieren geprüft. Was danach von diesem Notarzteinsatzschiff ›NES‹ noch übrig ist, und ob sich der erneute Zusammenbau dann lohnen wird, kann ich nicht beurteilen. Begrüßen würde ich es auf jeden Fall, wenn dieses Schiff dann fest unter der Flagge der DLRG in Dienst ginge.«

»Sollte das überhaupt möglich sein. Erst muss geklärt werden, ob dafür ein normaler Bootsführerschein ausreicht. Ich bin in Kiel von unseren Leuten die Einzige, die ein Küstenpatent hat.«

Der Admiral schien das Problem zu kennen. »Wenn es so weit ist, werde ich mich persönlich beim zuständigen Bundesamt für eine Sondergenehmigung einsetzen.«

Drs. Simons schaute nachdenklich drein. »Dann sind wir also nichts weiter als Hamster, die ihre Testrunden in einem neu erfundenen Rad drehen.«

»Warum so negativ?«, erwiderte Thomas Wartke. »Ihr seid Pioniere in Sachen Wasserrettung und werdet in diesen Testwochen mit Sicherheit einige Leben retten, und dafür lohnt sich der Aufwand. Leben retten, mit was für einem Gerät auch immer, ist unser Job, und ich verspreche hiermit, dass es euch mit diesem Dampfer richtig Spaß machen wird.«

»Das ist ja alles sehr reizvoll«, bemerkte Fiete, »aber fischen wir mit diesem Schiff nicht in den Gewässern der Seenotkreuzer?«

»Nein, absolut nicht. Mit einem Tiefgang von nur fünfzig Zentimetern ist unser operatives Revier die nahe Küste und der Strand. Sollten wir angefordert werden, dann werden wir die Kollegen von der Gesellschaft zur Rettung Schiffbrüchiger natürlich mit all unseren technischen Möglichkeiten und unserer Manpower unterstützen. Für den Einsatz auf hoher See ist unser Schiff hingegen nicht konzipiert. Wir wären gar nicht in der Lage, einen Fischkutter oder eine große Yacht zu bergen. Wir können in diesem Fall nur mit ärztlicher Hilfe unterstützend hinzufahren.«

»Bevor noch weitere Fragen auftauchen«, übernahm der Admiral wieder die Führung, »würde ich Ihnen gern den hinteren Teil des Bootes zeigen.«

Sie folgten ihm den kleinen Niedergang hinunter in eine für so ein Schiff relativ große Messe. Auf der Backbordseite sahen sie einen Tisch, dessen Längsseite an der Bordwand angebracht war. Acht Mann fanden an der Back Platz. Dahinter war, ebenfalls auf der Backbordseite, eine kleine Bordküche installiert, die aus einem Airbus stammen könnte.

»Hier haben Sie alles«, bemerkte er nicht ohne Stolz, »was sie benötigen, um mal einen Kaffee oder Tee zu kochen. Der Ofen ist für die Zubereitung von Fertiggerichten geeignet. Der hintere Teil der Messe«, er ging ein paar Schritte in Richtung Heck, »ist das Reich der Taucher. Hier finden Sie alles schnell erreichbar, was Sie für einen Rettungseinsatz unter Wasser benötigen.«

Der Maschinist zeigte auf eine kleine Tür an der Heckseite. »Und das dahinten ist meine Welt! Wenn wir uns nachher genauer mit diesem Dampfer vertraut machen, stehe ich für eine kleine Führung zur Verfügung.«

»So meine Damen und Herrn«, beendete der Admiral die Einführung, »alle weiteren Fragen können wir auf See beantworten. Ich muss in einer Stunde in Eckernförde sein.«

Gabi stutzte. »Ist das nicht ein bisschen sportlich?«

Der Offizier grinste sie an. »Sie werden sehen. Die See ist heute spiegelglatt. Wenn wir da sind, habe ich sogar noch Zeit für einen Pott Tee in unserer Kantine.«

Sie schafften die Strecke in einer knappen halben Stunde.

***

In der Kantine des Marinestützpunktes gab es nicht nur den versprochenen Tee, sondern es war auch ein kleines Büfett zu ihrer Begrüßung vorbereitet worden.

»Meine Damen und Herren«, lud sie der Admiral zu dieser Aufmerksamkeit ein, »ohne Mampf kein Kampf, und mit vollem Bauch lässt es sich auch viel leichter kennenlernen. Greifen Sie bitte zu.«

Da sein Termin keine Ausrede war, verabschiedete er sich kurz darauf.

»Dann«, ergriff der leitende Hauptkommissar Julius Lender das Wort, »möchte ich als Vormann dieses Rettungsexperimentes noch ein paar Sätze sagen: Bevor ihr euch einen abbrecht, in unserer Crew duzen sich alle. Ihr seid auch nicht zufällig hier, sondern es wurde sorgfältig gesiebt, bis wir diese Crew zusammenhatten. Ich wurde als Leiter dieses Unternehmens ausgewählt, weil ich beim Bund Erfahrungen mit so gut wie allen militärischen Landungsbooten sammeln konnte. Mein Bruder Hinnerk liebt alles, was aus Metall ist und brummt, und es gibt keine Maschine auf diesem Planeten, die er nicht wieder in Gang bekäme, wenn sie denn mal nicht so richtig will. Das gilt auch für E-Motoren. Gabi ist nicht nur Einsatztaucherin, sondern hauptberuflich auch Schiffsführerin bei der WaSchPo. Du wirst meine Stellvertreterin sein, und wir werden unseren Pott immer schön abwechselnd führen, wenn du nicht gerade abtauchst, denn du bist mit Fiete Harmsen zusammen auch das Tauchteam an Bord. Er ist einer der erfahrensten Berufstaucher beim Zoll. Wer in der dicksten Suppe unter den Schiffen Drogenpakete aufspüren kann, der wird im klaren Wasser auch Menschen finden, die gegen das Ertrinken ankämpfen. Mit Sylvia Franke haben wir nicht nur eine examinierte Kinderkrankenschwester im Team, sondern auch eine frisch ausgebildete Notfallsanitäterin. Da wir es erfahrungsgemäß auch mit erkrankten oder verunfallten Kindern zu tun haben werden, wird sie uns sicher sehr helfen können. Dann kommen wir noch zu unserem Doc. Er ist nicht nur ein erfahrener Notarzt, sondern auch Neurochirurg. Falls einer von euch einen krummen Rücken hat, wird der ihn schon wieder gerade biegen.« Er sah sich in der Runde um. »Gibt's Fragen?«

»Wie kommt ihr auf die Bezeichnung Vormann? Die ist doch eigentlich den Stützpunktleitern der Seenotretter vorbehalten, oder?«

»Dieser Begriff ist nicht geschützt, umschreibt aber mit einem Wort, wie umfänglich diese Aufgabe ist. Ich nehme nicht an, dass die Damen und Herren der Gesellschaft zur Rettung

Schiffbrüchiger etwas dagegen haben, wenn wir diese Dienstbezeichnung ebenfalls benutzen.«

Gabi meldete sich. »Ab wann sind wir in Dienst, und wo
befindet sich unsere Leitstelle?«

»Wir haben zwei. Unsere Einsätze in Ufernähe und am
Strand werden von der Kreisleitstelle Mitte geführt. Die Einsätze auf hoher See koordiniert Bremen Rescue, die Zentrale
der Gesellschaft zu Rettung Schiffbrüchiger. Unser Rufname
über Funk ist ›NES Otto Asmussen‹. ›NES‹ für Notarzteinsatzschiff. Und wenn wir unseren Job gut machen, gibt's in
der Zukunft vielleicht auch mal mehr von uns.« Er klatschte
aufmunternd in die Hände. »So, Leute, macht eure Teller leer,
sonst gibt's Regen. Am Nachmittag haben wir noch jede Menge
Zeit, um uns mit dem Boot anzufreunden. Heute Nacht laufen
wir dann schon mit aus, wenn sich ein für uns interessanter
Notfall ereignet oder wir auch nur helfen können. Morgen
werden wir in Kiel-Wik von der Presse und von der Politik
erwartet. Erst nach dieser ›Pressevorstellung‹ sind wir offiziell
in Dienst.«

***

Nachdem sie sich den ganzen Nachmittag mit dem Umgang
des Schiffes vertraut gemacht hatten, legten sie zum ersten Mal
an ihrem festen Liegeplatz neben dem Fähranleger im Hafen
von Laboe an. Direkt an der Kaimauer war eine leistungsstarke
Ladestation für die »Otto Asmussen« installiert worden. Keine
fünfzig Meter davon entfernt hatte die Marine drei Container
für die Testphase des Rettungsschiffes auf einer Wiese hinter
dem Kiosk für Fischbrötchen aufstellen lassen. Darin richtete
sich die Crew des neuen Rettungsbootes häuslich ein. Jeder
hatte seinen eigenen kleinen Raum, in dem das persönliche
Gepäck eines jeden schon wartete, und es war sogar an einen
recht großzügigen Gemeinschaftsbereich mit Koch-, Sitz- und
Fernsehecke gedacht worden. Um zu duschen, mussten sie zum

Hafenmeister der Marina laufen. Frische Brötchen gab's am Kiosk nebenan, und ab elf Uhr fanden sie für zwölf Stunden einen gedeckten Tisch in der nahegelegenen Fischküche Laboe.

Zuerst hatte Gabi ein wenig Bedenken, dass es bei diesem bunt zusammengewürfelten Haufen auf so engem Raum zwischenmenschliche Probleme geben könnte. Jetzt, da sie ihre Kameradin und Kameraden zum ersten Mal zusammen sah, war sie zuversichtlich, dass das ein schöner Monat werden würde.

Da war zum einen der Doktor, der angesichts seiner fachlichen Reputation sicher einen Anspruch auf eine Führungsposition haben würde. Er hatte aber keine Probleme damit, sich in die Gruppe einzugliedern und sich den Anweisungen des Vormannes unterzuordnen. Er war allen Crewmitgliedern immer freundlich zugewandt, dennoch sympathisch zurückhaltend, und er hatte Humor. So wie er seinen Arbeitsplatz zusammen mit seiner Assistentin einrichtete, schien er seine Aufgabe an Bord gewissenhaft anzugehen.

Die Notfallsanitäterin Sylvie Franke passte optimal zu ihm. Vom Wesen her war sie das Gegenteil des Doktors. Während er eher schwieg, sprach sie, und wenn sie niemanden zum Reden hatte, auch mal mit sich selbst. Es war aber nie einfältig, was sie sagte. Mit einem Meter sechzig Größe war sie die Kleinste in der Crew und mit ihren sechsundzwanzig Jahren das Küken. Wenn der Doc und sie nebeneinanderstanden, er über einen Meter neunzig groß und hager, sie kurz, nicht pummelig, sondern drahtig muskulös, hatten die beiden etwas von Pat & Patachon des Sanitätskorps.

Fiete Harmsen hingegen war das, was man sich unter einem Seebären vorstellte. Der knapp Fünfzigjährige war mit seiner Größe, der Breite seines Brustkorbes und den Rasierklingen, die er unter den Achseln zu tragen schien, der Rambo der Truppe. Vom Wesen her verkörperte er das, was man mit einem Norddeutschen schlechthin verband. Er war kurz angebunden, dennoch herzlich. Wenn er etwas sagte, war er schlagfertig, manchmal schnodderig, und was seine Arbeit betraf, war er pedantisch. »Ich möchte ja irgendwann auch meine Rente erleben«, sagte er immer, wenn er die Taucherausrüstungen zum dritten Mal überprüfte. Warf man einen Blick in seinen privaten Raum im Container, so fielen einem sofort die Bilder von seiner Frau und den beiden Kindern auf, die er mit Leukosilk über seinem Bett befestigt hatte.

Zuletzt komplettierten die Gebrüder Lender die Crew. Zwei Seeleute mit Leib und Seele, die ihr ganzes Leben lang auf denselben Schiffen gedient hatten. Zum einen der magere Hinnerk Lender, Vollblutmaschinist und Single aus Leidenschaft, denn Frauen haben nun mal keine Kurbelwelle und sind somit ein Buch mit sieben Siegeln für ihn. Er war heterosexuell, aber das Unbehagen dem anderen Geschlecht gegenüber nahm er zum Anlass, gleich nach der Volksschule als Matrose bei der Handelsmarine anzuheuern. Damals gab es da noch keine Frauen, und er hatte seine Ruhe. »Wenn der Liebe Gott Seefrauen gemacht haben wollte«, meinte er damals allen Ernstes, »hätte er das Meer rosa gefärbt.« Mit der Seefahrt tat er es nur fünf Jahre später seinem Bruder gleich. Nach der Ausbildung klopfte die Bundeswehr an. Er verpflichtete sich, wie Julius ihm riet, ebenfalls zu fünfzehn Dienstjahren bei der Marine. Nach seiner ehrenvollen Entlassung konnte er bei der Küstenwache anheuern. Dort gab es zwar wieder Frauen, aber er hatte sein »Liebesleben« in für ihn geordneten Bahnen.

Der andere Lender war der um fünf Jahre ältere und mit der Zeit ziemlich rund gewordene Bruder Julius, dessen Markenzeichen ein schlohweißer, aber immer korrekt gestutzter Vollbart war. Der Mann strahlte selbst in stressigen Zeiten eine derartige Ruhe aus, dass ihn nicht einmal ein Weltuntergang aus der Fassung bringen würde. Er war nicht nur der ältere Bruder, sondern auch immer Hinnerks Vorgesetzter, was dem manchmal schwierigen Lender junior in seiner Laufbahn mit Sicherheit sehr viel Ärger ersparte. Julius war seit über dreißig Jahren mit seiner Marianne verheiratet und Vater zweier

Söhne. Sven, der ältere von beiden, war Unfallchirurg im Berliner Bundeswehrkrankenhaus, der andere Kapitänleutnant auf der Fregatte »Hessen«.

Julius riss sie aus ihren Tagträumen. »So, mien Deern, komm in die Strümpfe, wir müssen zum Treffen.«

✳✳✳

Am Freitag vor Beginn der Kieler Woche findet traditionell das letzte Briefing aller Rettungskräfte statt. Und genauso regelmäßig kämpfen die daran beteiligten »Seeleute« immer dann mit der Müdigkeit, wenn Belange an Land thematisiert werden und umgekehrt. Da in Kiel selbst alle größeren Hallen und Räume für die Festevents vorbereitet wurden, stellte in diesem Jahr das Olympiazentrum in Schilksee die Räumlichkeiten für das Briefing der Retter zur Verfügung.

Da die Vorbereitung dieser Festwoche mittlerweile in professionellen Händen lag, war der Unterschied zwischen den geplanten zu den stattfindenden Events nicht mehr so groß, sodass es für die Beteiligten nur wenige Überraschungen gab. Für die Retter zur See waren die Regatten die Hauptveranstaltungen und die Windjammerparade war nur der optische Höhepunkt.

Dann berichtete Gabi über die geplante Testphase der »Otto Asmussen«. Als sie aufzählte, was dieses Schiff alles kann, herrschte atemlose Stille im Raum. Nachdem sie mit ihrem Bericht fertig war, klatschten sogar einige Teilnehmer Beifall.

Die Schatzmeisterin der DLRG Kiel meldete sich. »Welche Führerscheine braucht man für so einen Pott? Der normale Sportbootführerschein-Küste reicht da doch wohl nicht mehr, oder? Wer soll die Ausbildung bezahlen?«

Diese Frage wusste Julius besser zu beantworten. »Wir hoffen, dass wir irgendwann einmal mit den Behörden so weit sind, dass wir für so ein Schiff im ehrenamtlichen Bereich mit einem normalen Bootsführerschein plus einer Nachschulung hinkommen werden. Dafür will sich Admiral Block einsetzen. Sollten wir das nicht schaffen, dann wird das Boot leider patentpflichtig, also das Patent NK500 für ›Schiffer auf Küstenfahrt‹.«

»Das ist ein halbes Jahr Vollzeitstudium, und das kostet richtig Asche. Das kann sich doch kein Schwein leisten!«, rief ein anderer dazwischen.

Julius nickte. »Lasst uns erst mal testen, ob sich unser ›Dampfer‹ überhaupt bewährt. Wenn ja, dann wird es sicher Wege geben, um das Schiff für die Rettungsorganisationen überhaupt einsetzbar zu machen.«

Gabi ließ ihre Blicke in der Runde schweifen. »Gibt's noch Fragen?«

»Ja, ich hätte eine!«, meldete sich ein älterer Kollege. »Seit wann gibt es Frauen auf großen Rettungsbooten und dann auch noch in leitender Position? Gab es für diesen Job keine geeigneten Männer?«

Bevor Gabi etwas erwiderte, hatte sich Julius erhoben und unterband das erboste Murmeln unter den weiblichen Mitgliedern der Gruppe mit einer beschwichtigenden Geste. »Kamerad, wir haben gründlich nach Personen mit den nötigen Patenten Ausschau gehalten. Zusätzlich mussten diese Leute auch noch das nötige Fachwissen im Seerettungsdienst und die notwendige Zuverlässigkeit haben und obendrein über ein hohes Maß an Empathie verfügen. Dabei hat es niemanden interessiert, ob das nun eine Frau oder ein Mann ist. Wie ist dein Name?«

»Schubert, Uwe Schubert«, stammelte der Mann, der nicht damit gerechnet hatte, nach seiner provokanten Frage direkt angesprochen zu werden.

Julius gab vor, in den Papieren, die er auf seinem Tisch ausgebreitet hatte, nach etwas zu suchen. »Lieber Kamerad Schubert, ich habe hier vier Listen vor mir, auf denen alle Kameradinnen und Kameraden stehen, die über die eben aufgezählten Eigenschaften verfügen. Dein Name steht leider auf keiner davon.«

Erst lachte alles, dann folgte Beifall, vornehmlich von den weiblichen Teilnehmern der Runde.

Julius war aber nicht fertig. »Und eines kann ich dir sagen, mein Lieber. In meiner langen Zeit auf See sind mir schon einige Schiffbrüchige begegnet. Keiner von denen wäre wieder reingesprungen, nur weil ihn eine Frau aus dem Wasser gezogen hat.«

Gabi übernahm erneut die Moderation. »Ich danke Julius für seine Worte. Nicht, dass ich nicht auch alleine etwas zu diesem Thema zu sagen gehabt hätte, aber ich denke, dass er unsere männlichen Teilnehmer vor meinen Ausführungen schützen wollte. Jetzt, so kurz vor der Kieler Woche, können wir uns keine Ausfälle mehr leisten, schon gar keine von Männern mit postemanzipatorischen Belastungsstörungen.«

Wieder Gelächter.

»Apropos Gegenwind. Wir haben es bereits heute schon und auch in den nächsten Tagen mit viel Sonne zu tun, aber der Wind bläst mit bis zu sechs Stärken aus Nord-Ost bis Ost in vereinzelten Böen bis Stärke neun. Das dürfte uns auf den Regattastrecken mit Sicherheit viel Arbeit bescheren.«

***

An ihrem ersten gemeinsamen Abend saßen sie bei bestem Wetter vor ihren Containern, und jeder erzählte bei alkoholfreiem Bier von sich und seinen Plänen.

»Okay, Sylvie«, wunderte sich Fiete, »unsere Buden sind ja ganz schön, aber wenn ich hier in Laboe ein Haus hätte, dann würde ich doch da wohnen, nicht hier.«

Sie schüttelte den Kopf. »Aber dann wäre ich doch kein richtiges Mitglied von unserer Besatzung, und ihr müsstet immer auf mich warten, wenn ihr ausrückt. Außerdem habe ich das Haus vermietet und für mich nur ein kleines Appartement gelassen, wenn ich mal Urlaub habe und die Seele baumeln lassen will. Und jetzt will ich sie gar nicht baumeln lassen.«

Julius schaute auf die Uhr. »Ist alles klar auf der ›Andrea Doria‹? Was sagt die Tauchabteilung?«

Fiete nickte. »Alles klar, Vormann!«

»Und beim Doc, sind alle Pillen poliert und die Spritzen im Halfter?«

»Alles an seinem Platz und bestens in Schuss, Vormann«, bestätigte Drs. Simons.

»Und zufrieden mit dem neuen Zappelmaxen? Das soll ja ein wahres Wunderding unter den Defibrilatoren sein.«

»Auf jeden Fall. Die X-Serie ist die beste Überwachungseinheit mit Defi, die auf dem Markt ist. Sylvie und ich sind bereits darauf eingefuchst.«

»Und wenn der Saft bei dem kleinen Ding mal nicht ausreicht«, bemerkte Fiete großzügig, »dann dürft ihr euren Patienten an meine Batterien anschließen. Dann hopst der nicht nur beim Stromstoß, dann fängt der auch noch an zu leuchten!«

Alle lachten.

»Dann ist dein Elektroladen also auch klar?«, fragte er weiter.

»Alles in Butter, auch das Notstromaggregat.«

Julius war zufrieden. »So, Kinnings, die offizielle Indienststellung ist zwar erst morgen, aber ab sofort laufen wir aus, wenn wir angefordert werden. Ich habe uns eben bei der Leitstelle Mitte und bei Bremen Rescue angemeldet.« Er hob seine Bierflasche. Alle anderen prosteten ihm zu. »Das NES ›Otto Asmussen‹ an die gesamte Förde: Wir sind einsatzbereit! Prost!«

ZWEI

Kurz nach Mitternacht wurden sie vom elektronischen Meldeempfänger geweckt. »Warum eigentlich immer nachts?«, murmelte Gabi verschlafen und sprang in ihre Einsatzkleidung, die griffbereit neben ihrem Bett lag.

Da sie nur die Straße zum Anlieger zu überqueren hatten, war die Besatzung nach der Alarmierung schnell einsatzbereit.

»Was liegt denn an?«, fragte Gabi, als sie sich die Rettungsweste überzog.

»Da sind wohl zwei Leute von Bord ihrer Yacht gegangen«, antwortete Fiete.

»Das soll öfter vorkommen, denke ich.«

»Jau, aber nicht nachts und dann auch nicht mitten auf See.«

Julius guckte aus dem Ruderhaus. »Die ›Berlin‹ der Seenotretter ist auch alarmiert worden. Lasst dem Kreuzer den Vortritt. Wenn die an uns vorbei sind, legen wir ab!«

Fiete und Hinnerk lösten schon mal den elektrischen Landanschluss. Der Vorteil an dem neuen Schiff war, dass die Elektromotoren nicht ständig geheizt werden mussten, wie die Maschinen der Seenotkreuzer. Nachdem die »Berlin« an ihnen vorbeigefahren war, legte sie zu ihrem ersten Einsatz ab.

Gabi stand am Ruder. »So mien Deern, nun mach mal schön die blauen Lampen an und sieh zu, dass wir immer hübsch hinter den Kollegen von der Seenotrettung bleiben, sonst werden die eifersüchtig.«

»Die DLRG hat auf See aber keine Sonderrechte.«

»Erstens ist das ein Schiff der Marine, zweitens fahren wir im Auftrag der Feuerwehr-Leitstelle, und drittens sind wir beide bei der Polizei. Obendrein sind wir ein Notarztwagen mit Flossen und dürfen das.«

Fiete Harmsen hatte die ganze Zeit den Funk mitgehört und war über die Einsatzlage informiert. »Eine halbe Meile nördlich vor Leuchtturm Bülk hat die Küstenwache ein Geisterschiff aufgebracht.«

»Unter Segeln?«, erkundigte sich der Arzt.

»Keine Ahnung. Bis auf einen kleinen Hund war wohl niemand mehr an Bord. Wir sollen die Umgebung des Schiffes nach der Besatzung absuchen.«

»Weiß jemand, wie viele Personen vermisst werden?«

»Laut Logbuch nur zwei. Der Skipper und seine Frau. Und darin war verzeichnet, dass sie eigentlich direkt vor der Steilküste geankert hatten, was ja an dieser Stelle nicht verboten ist.«

Nachdem sie die angegebenen Koordinaten erreicht hatten, suchten sie die küstennahe Wasseroberfläche nach Hinweisen auf Schiffbrüchige oder schwimmende Gegenstände ab. Die »Berlin« konzentrierte sich auf die tiefere See. Gabi folgte mit dem Fernglas dem gleißenden Strahl des Suchscheinwerfers auf der Backbordseite. Fiete suchte auf der Steuerbordseite mit der Wärmebildkamera. Mit diesem Gerät ortet man zuverlässig alle Gegenstände oder Lebewesen, die in einer Tiefe von bis zu vier Metern wärmer als Wasser sind. Mit jeder Stunde, die sie ergebnislos Ausschau hielten, sank die Chance, die Vermissten lebend aus der See bergen zu können. Das Wasser war mit knapp fünfzehn Grad recht frisch. Bei solchen Temperaturen kühlt man ohne Schutzanzug relativ schnell aus. Ältere Menschen, Schwache und Kinder früher.

Alle wechselten sich am Scheinwerfer und an der Wärmebildkamera in rascher Folge ab, denn eine konzentrierte Suche lässt die Augen nach kurzer Zeit ermüden. Drei Stunden später begann sich der Nachthimmel am Horizont schon wieder rot zu färben, und die Aktion wurde eingestellt. Die »Otto Asmussen« ging längsseits zum ebenfalls an der Suche beteiligten Polizeiboot.

Gabis Polizeikollege, Matze Schröder, erkannte sie sofort. »Ich denke, du hast Urlaub? Dann würde ich mir doch nicht freiwillig die Nächte um die Ohren schlagen.«

Sie lachte. »Glaub mir, Ferien bei der DLRG sind allemal

spannender, als am Ballermann irgendwelche Putzeimer leer zu saufen.« Ein kurzes Nicken von Julius reichte, um sie die Verhandlung mit der Wasserschutzpolizei weiterführen zu lassen. »Von unserer Seite aus war's das leider. Wir haben niemanden an der Steilküste finden können. Wisst ihr, wann die Besatzung zuletzt an Bord gewesen ist?«

»Dem Logbuch nach um zweiundzwanzig Uhr dreißig.«

»Wenn die Yacht unter Segeln abgetrieben wurde, können auch ihre Schiffbrüchigen recht weit von hier abgetrieben worden sein.«

Der Kollege kratzte sich am Kopf. »Tja, da kann man nur grob schätzen, wie weit.«

Gabi fand das alles seltsam. »Irgendetwas stinkt da ganz gewaltig. Ankern und Segel setzen, wer macht denn so was? Egal, für uns gibt es nichts mehr zu tun, oder können wir euch noch helfen?«

Schröder lehnte ab. »Nee, vielen Dank. Wir haben die Yacht wegen der ungewöhnlichen Umstände sicherheitshalber zum Tatort erklärt, den Hund geborgen und danach die Kajüte versiegelt. Jetzt schleppen wir das Boot nach Kiel zum Stützpunkt. Dort kommt der Hund ins Tierheim, und die KTU wird sich um alles Weitere mit dem Boot kümmern.«

Sie winkte ihm zum Abschied zu. »Halt mich bitte auf dem Laufenden, meine Handynummer hast du ja.«

Der Rest der Nacht blieb ereignislos.

⁂

Zur freudigen Überraschung der DLRG-Kameraden hatten die Retter von der Rot-Kreuz-Wasserwacht vor den Containern ein opulentes Willkommensfrühstück mit allem Zipp und Zapp aufgefahren. Es standen sogar kleine Vasen mit frischen Blumen auf dem langen Tisch. Hinnerk war darüber gar nicht begeistert. »Als ich mit der Seefahrerei angefangen habe, da durften Frauensleute noch nicht mal zu Besuch an Bord kommen«, schimpfte er, »und heutzutage stehen die am Ruder und bestimmen sogar, wo es langgeht. Aber damit nicht genug, jetzt haben wir sogar noch Riechbesen auf dem Tisch.«

»Mensch, Hinnerk«, versuchte Gabi ihn zu besänftigen, »ich verspreche dir hoch und heilig, zu deinen beiden Elektro-Ladys im Maschinenraum auch ganz lieb zu sein.«

Der blieb skeptisch. »Das musst du auch, sonst gibt's nämlich eine Meuterei. Aber eines sage ich dir: Wenn wir beim Arbeitsdienst auch noch Gardinen für die Fenster in der Messe häkeln sollen, dann streike ich!«

»Ich werde es beherzigen. Und nun halt bitte die Klappe und genieß das Frühstück. Die Wasserwächter von ›Kreuzens‹ haben sich so viel Mühe gegeben.«

***

Der Pressetermin verlief nicht so, wie geplant, denn die »Otto Asmussen« war für die hohe Tirpitzmole ein wenig flach geraten. Über die Kante des Anlegers, der noch zu Kaisers Zeiten für große Kriegsschiffe gebaut worden war, guckte nur die Antenne ihres Rettungsschiffes. So mussten sie erst wieder ablegen und bis auf den Steuermann mit Mann und Maus an Deck antreten und mehrfach an den Fotografen vorbeifahren, bis endlich alles im Kasten war. Nach dem Fotoshooting gab es ein paar warme Worte des Landesvaters, des Admirals und eines Offiziellen der DLRG aus der Bundeszentrale, und dann wurden Sekt und Häppchen gereicht. »Wir hätten das nicht gebraucht«, murmelte Julius, »aber ohne was zu futtern, wäre die Presse nicht so zahlreich gekommen.«

***

Da an der Steuerung der »Otto Asmussen« noch eine Feineinstellung vorgenommen werden musste, legten sie nach der Feier kurz bei der Werft an.

Solange ihr Boot deshalb nicht einsatzbereit war, nutzte Gabi die Zeit, sich auf ihrer Dienststelle der WaSchPo über die seltsamen Vorkommnisse der Nacht zu informieren.

Ihr Schichtführer, Benno Fürst, war erstaunt, sie in seinem Büro anzutreffen und vor allem darüber, dass sie die Tür unaufgefordert hinter sich verschloss.

»Lass mich dreimal raten!«, grinste sie ihr Chef breit an und legte seine Stirn in Falten. »Du hältst es ohne mich nicht aus und bittest mich um unbezahlte Doppelschichten?«

»Fast!«, antwortete Gabi lächelnd.

Er gab vor, zu überlegen. »Du willst ein Kind von mir?«

»Du kommst immer näher dran.«

Seine Stirn glättet sich wieder. »Ich habe gesehen, wie du mit deinem Freizeitkutter gegenüber bei der Werft angelegt hast. Du warst heute Nacht sicher auch an der Suche nach den beiden Seglern beteiligt und willst nun wissen, welche Infos ich darüber habe?«

Sie lächelte ihn an. »Ja.«

»Nada, nickes, niente. Ich weiß auch nicht mehr als du.«

»Benno, ich liebe kluge Männer, aber um ein Kind zu wollen, ausgerechnet von dir, war das ein bisschen dürftig.«

»Mehr Infos habe ich wirklich nicht zu bieten.«

Sie zog ein beleidigtes Gesicht. »Bennolein, du willst die Nacht mit mir verbringen und mich vorher schnöde belügen?«

»Du weißt, dass ich ins Fegefeuer komme, wenn ich dir Näheres erzähle?«

»Ich denke mal, dass du da sowieso schon lange reingehörst. Also raus mit der Sprache.«

»Das ist aber topsecret.«

Sie nickte. »Und das sicher nicht ohne Grund.«

»Stimmt.« Bevor er zur Sache kam, versicherte er sich, dass sie durch die Glaswände nicht beobachtet wurden. »An unserer schönen Ostseeküste verschwinden seit rund einem Jahr Menschen.«

»Einfach so?«

»Ja, einfach so.«

»Und die tauchen nie wieder auf?«

»Never!«

»Was für Menschen verschwinden denn?«

»Quer durch den Garten. Wenn du mich fragst, will sich da jemand ein Mehrgenerationenhaus multikulti zwangsbestücken.«

Gabi verzog das Gesicht. »Ein bisschen genauer hast du es nicht?«

Benno zuckte mit den Achseln. »Leider nicht.«

»Und wer ist auf die Schnapsidee gekommen, das Ganze als Verschlusssache zu behandeln?«

»Die beiden Landesregierungen der deutschen Ostseeküste. Die haben Angst, dass, wenn das bekannt werden sollte, die Touristen nach Corona erneut wegbleiben.«

»Feriengäste bleiben vor allem dann weg, wenn sie entführt wurden.«

Benno zuckte mit den Achseln. »Aber die haben dann wenigstens schon ihr Geld hier gelassen.«

Gabi war fassungslos. »Seit wann weiß man, dass Leute verschwinden?«

»Das fing schon in der vorigen Saison an. Immer da, wo was los war, fehlten plötzlich Touristen. Nicht nur bei Riesenveranstaltungen wie Hanse Sail oder der Kieler Woche, auch bei kleineren Events wie Bäderkirmes, Hafengeburtstagen und sonstigen Festivitäten. Auf der Insel Poel gab es letztens den Entführungsversuch einer jungen Frau. Sie sollte in einen Lieferwagen hineingezogen werden. Die Familie reagierte geistesgegenwärtig und konnte das gerade noch verhindern. Doch drei Tage später verschwand sie spurlos aus ihrem Hotelzimmer.«

Gabi war baff. »Willst du damit sagen, dass diese Entführungen nicht nur zufällig, sondern ganz gezielt erfolgen?«

»Das könnte man daraus schließen.«

»Weiß man, nach welchen Kriterien die Menschen ausgewählt werden?«

»Nein, eben nicht.«

»Und es waren bisher immer nur Touristen, keine Einheimischen oder Saisonarbeitskräfte?«

»Bis zum Frühjahr war es so, aber seit Neuestem verschwinden auch die.«

Sie erhob sich von ihrem Stuhl. »Dann danke ich dir für dein Vertrauen. Du kannst sicher sein, dass ich alles, was du mir erzählt hast, in meinem Herzen bewegen werde.« Sie warf ihm eine Kusshand zu. »Ich gehe jetzt wieder auf meinen Freizeitdampfer.«

»Moment mal«, Benno erhob sich gespielt entrüstet aus seinem Schreibtischstuhl. »Und was wird nun aus unserer gemeinsamen Nacht?«

Sie lächelte ihn zuckersüß an. »In einem Monat haben wir wieder zusammen Dienst. Und bis dahin lässt du schön die Hände über der Bettdecke!«

✳✳✳

Mit ihrer frisch justierten Steuerung begaben sie sich wieder auf den Weg von Kiel nach Laboe. Julius hatte Gabi stets im Blick und ihm blieb nicht verborgen, dass es in ihr arbeitete.

»Was ist los, mien Deern, hast du bei deinen Leuten etwas in Erfahrung bringen können?«

Sie nickte und erzählte ihm das, was ihr unter dem Siegel der Verschwiegenheit berichtet wurde.

»Das ischa man ein Ding«, murmelte Julius und strich sich nachdenklich über den Bart. »Und was verärgert dich daran so?«

»Dass man genug weiß, um die ganze Sache an die große Glocke hängen zu können, und dennoch nichts unternimmt.«

Die Notrufzentrale der Gesellschaft meldete sich. »Das NES ›Otto Asmussen‹ für die Leitstelle Mitte kommen.«

»Die ›Otto Asmussen‹ hört«, antwortete Julius über Funk.

»Die ›Berlin‹ der Seenotretter bittet um Unterstützung zur

Personensuche in der Fahrrinne vor Laboe in Höhe Marinedenkmal. Dort werden zwei Jugendliche vermisst, die mit ihrem Schlauchboot vom Strand abgetrieben wurden.«

»Die ›Otto Asmussen‹ zur Unterstützung der ›Berlin‹ vor das Marinedenkmal zur Personensuche«, bestätigte Julius die Alarmmeldung, nachdem er auf dem Radarbildschirm den Verkehr auf der Förde gecheckt hatte. »Eintreffen in circa elf Minuten!«

Er nickte Gabi zu. »Na denn, mien Deern, dann mach ich mal die Lampen an und lege die Hebel auf den Tisch. Sag Fiete Bescheid, dass ihr euch klarmachen sollt. Da könnte es etwas für euch zu tauchen geben.«

Da Fiete ebenfalls mitgehört hatte, war er schon vor ihr in der Messe hinter dem Steuerhaus. Blitzschnell schlüpften sie in ihre Anzüge. Ihr Tauchequipment war dort an einer Wand so aufgehängt, dass sie es ohne Hilfe selbst anlegen konnten. Vor ihrem Eintreffen am Einsatzort standen sie voll ausgerüstet an Deck.

Julius meldete der Leitstelle ihre Ankunft und schaltete auf Funkkanal 10 um, auf dem sich alle an der Rettungsaktion beteiligten Schiffe untereinander verständigten.

Der Kreuzer der Seenotretter war zuerst am Ort des Geschehens eingetroffen, und deren Vormann übernahm die Koordination des Einsatzes. Anhand einer Rettungsboje berechneten die Retter die Drift und wiesen der »Otto Asmussen« einen Suchquadranten zu. Kurz darauf meldeten sich zwei Barkassen der Marine ebenfalls zur Mithilfe auf dem Funkkanal an. Eigentlich sollten sie Rekruten in Laboe an Land setzen, aber die Rettung von Menschen hatte Vorrang. Die beiden Rettungsboote der DLRG, »Habicht«, ein Kunststoffboot, und die »Nivea 13«, ein Festrumpfschlauchboot, stießen ebenfalls zur Suchflotte hinzu.

Alle Schiffe durchfuhren im breiten Fächer das in Frage kommende Seegebiet, aber von den beiden Jugendlichen gab es nach wie vor keine Spur. Nur das von einer größeren Schiffsschraube völlig zerfetzte Schlauchboot von ihnen wurde gesichtet und zur Beweissicherung aus dem Wasser gefischt. Daraufhin wurde die Suche eingestellt.

»Die hat's aber böse erwischt«, brummte Fiete, der die Bergung der Reste durch sein Fernglas beobachtete. »Wenn die Jungs keine guten Schwimmer waren, sind die jetzt Fischfutter.«

Sylvie sah ihn mit großen Augen an. »Meinst du wirklich?«

»Ja, was denkst du denn?« Ihm bereitete es Vergnügen, mit dem Neuling in Sachen Seenotrettung ein Opfer für seine derben Späße gefunden zu haben. »Wenn die Jungs von einer Fähre überfahren wurden, dann ist das wie ein riesiger Mixer. Vorne kommt ein Mensch rein, und hinten kommen nur noch ein paar Kilo Gehacktes raus.«

Sylvie blickte ungläubig. »Gehacktes?«

»Jau, halb und halb. Waren ja zwei.«

»Und so etwas fressen dann Fische?«

Er grinste sie breit an. »Aber natürlich, mien Deern. Wenn du auch mal über Bord gehen und überfahren werden solltest, dann fängt man an der Stelle nur noch Dorsche mit umgebundenen Servietten, und die Aale sind dann besonders fett.«

Julius hatte Mühe, ernst zu bleiben. »Fiete, wat vertellst du wieder für 'n Schiet?«

»Wieso dat denn?«, protestierte der Taucher. »Hast du doch selbst gesehen.«

»Aber das waren keine Servietten, sondern Lätzchen!«

Sylvie dämmerte nun, dass sie kräftig hochgenommen wurde. Gabi fühlte mit ihr. »Da musst du als Frischling auf See durch. Als ich neu an Bord unseres Polizeikreuzers war, musste eine Frau, die schwer unter Asthma litt, Sauerstoff bekommen. Da hat mich unser Rettungsassistent nach dem Popelsensor geschickt, damit die Frau wieder Luft durch die Nase bekäme. Alle wussten angeblich genau, wo sie ihn zuletzt gesehen hatten, und ich bin wie klein Doofi durchs Schiff getigert und habe in jeder Ecke danach gesucht. Sogar in der ölverschmierten Bilge wollte ihn unser Kapitän gesehen haben.«

Alles prustete los.

»Was ist die Bilge?«, fragte Sylvie.

»Der unterste Hohlraum im Schiff, direkt über dem Kiel. Da kann man meist nur durchkriechen, und es gibt auf allen Ozeanen dieser Welt keine Bilge, die nicht mit Öl versifft ist.«

Sylvie sah sie entgeistert an. »Dann musst du dich ja völlig eingesaut haben.«

»Das ist gar kein Ausdruck!«, prustete Hinnerk. »Wer einmal durch die Bilge ist, der sieht wie ein ›Altöl-Hulk‹ aus.«

Inzwischen lachte Gabi selbst über diese Geschichte. »Aber ich schwöre dir, ich war ganze drei Tage stinksauer. Da kam ich als ausgebildete Schiffsführerin der Wasserschutzpolizei zu diesem unmöglichen Haufen und wurde behandelt, als hätte ich gar keine Ahnung.«

»Aber du hattest Ahnung.«

»Kein Stück. Der Alltag der WaSchPo ist eine ganz andere Welt als die der Ausbilder.«

»Aber du wusstest wenigstens, wo die Bilge ist«, kicherte Hinnerk. »Das wissen die Landratten schon mal gar nicht.« Sylvie sah das alles nicht so entspannt. »Ihr macht hier Blödsinn, und in unmittelbarer Nähe ringen vielleicht zwei Jugendliche mit dem Tode.«

»Nee, mien Deern, die ringen inzwischen mit ihren Eltern«, wusste Julius zu berichten, »und ich weiß nicht, ob der Tod augenblicklich für die Jungens nicht der angenehmere Gegner wäre. Es kam eben von Bremen Rescue auf dem anderen Kanal, dass die beiden von einer Segeljolle gerettet und nach Laboe in die Marina gebracht wurden. Dort hat man sie ihren Eltern übergeben, und die werden denen jetzt ganz schön was geigen.«

∗

Nur wenig später machte ein Teil der Sucharmada in Laboe fest. Die Marinebarkassen setzten ihre Passagiere endlich an Land, und die Kollegen der WaSchPo befragten die beiden Jugendlichen, um ihren Bericht anzufertigen. An ihrer Anlegestelle wartete ein Soldat neben dem Kiosk auf sie. Gabi hatte ihn schon bei dem Einsatz an Bord einer der Barkassen gesehen.

Julius kümmerte sich um das digitale Logbuch, und Hinnerk sorgte für frischen Strom. So hatte sie Zeit, auf den großen, recht schlanken aber dennoch durchtrainierten Mann zuzugehen.

»Hallo, Haberstroh mein Name. Es sieht ganz so aus, als hätten Sie auf uns gewartet.«

Ein freundliches Lächeln huschte über sein Gesicht. »Ist das so offensichtlich?«

»Ja, einen Fischbrötchenverkäufer in Uniform hatten die hier noch nie, und hungrig sehen Sie auch nicht aus. Also, was liegt an?«

»Wenn ich ehrlich bin, sind Sie es, die ich suche.«

Sie sah ihn erstaunt an. »Na, aber hoppla«, sie bemerkte sein Kampfschwimmerabzeichen, »Sie scheinen ja von der Sturmtruppe zu sein.«

»Das könnte man so sagen. Ich habe Sie schon vorhin auf ihrem funkelnagelneuen Rettungsboot gesehen und wusste sofort, die isses.«

»Das ist ein Rettungsschiff«, konterte sie, »Und jetzt haben wir ein kleines Problem. Ich habe Sie nämlich auch auf der Barkasse gesehen und wusste sofort, der ist es nicht.«

Der Mann lief rot an. »Die Nummer habe ich wohl an die Wand gefahren, oder?«

»Aber mit hundertachtzig Sachen.«

»Habe ich einen zweiten Versuch?«

Sie zog die Augenbrauen hoch. »Okay, aber jetzt sollte es wirklich etwas Originelles sein. Ich warne Sie. ›Kleine, kannst du mir helfen, ich muss morgen zur Beichte und brauche noch eine Sünde‹ kenne ich schon.«

Der Mann nickte entschlossen. »Gut, versuchen wir es so:

Mein Name ist Udo Schüle, und mein Bruder bittet Sie, keine Sünden zu begehen.«

»Was soll ich nicht begehen?«

»Keine Sünden.«

»Ist Ihr Bruder Priester?«

»Nein, Ihr Vorgesetzter, Benno Fürst. Sie waren vorhin bei ihm, und als er von dem Einsatz gehört hatte und sich erkundigte, ob ich auf einer der unterstützenden Barkassen gewesen sei, bat er mich, Ihnen auszurichten, dass Sie keinen Quatsch machen sollen.«

Sie sah ihn ungläubig an. »Wie kommt der darauf, dass ich – was auch immer für welchen – Quatsch machen sollte?«

»Weil er Sie kenne, hat er gesagt, und Sie das, worüber Sie vorhin mit ihm gesprochen haben, bestimmt nicht für sich behalten würden.«

Sie zuckte verlegen mit den Achseln. »Okay, dann sind seine Sorgen durchaus berechtigt. Ich habe es aber nur unserem Vormann erzählt.« Sie überlegte. »Richten Sie Benno aber bitte aus, dass ich seinen Rat beherzigen werde, jedoch für nichts garantieren kann.«

»Irgendwie«, entgegnete der Soldat, »ist das ein blödes Gefühl, mit Ihnen über etwas zu reden, wovon ich absolut keine Ahnung habe.«

Das verstand sie. »Da haben Sie recht. Wollen wir zusammen einen Pott Tee trinken?«

Er grinste sie an. »Sehr originell ist ihre Anmache aber auch nicht.«

Beide lachten.

»Touché.«

***

Durch ihren Meldeempfänger war Gabi jederzeit einsatzbereit. Die Fischküche Laboe war nur fünfzig Meter vom Liegeplatz entfernt, sodass sie im Alarmfall schnell wieder an Bord wäre.

Vor dem Restaurant wartete der Soldat auf sie. Sie ergatterten einen freien Tisch auf der Terrasse, und aus dem verabredeten kurzen Pott Tee wurden einige gemütliche Tassen Kaffee.

»Nun habe ich also den Kampfschwimmer Udo Schüle kennengelernt, der auch noch der Bruder meines Kollegen ist.«

»Halbbruder«, ergänzte er. »Wir haben dieselbe Mutter.«

»Sie sind aber zusammen aufgewachsen?«

Er nickte.

»Und was macht man so als Kampfschwimmer?«

Er lächelte vielsagend. »Man kämpft beim Schwimmen.«

»Das machen die meisten auch beim Seepferdchen. Geht's ein bisschen genauer?«

»Die Kampfschwimmer sind die maritime Komponente der Spezialkräfte des Heeres. Wenn ich Ihnen mehr darüber erzählen würde, müsste ich Sie anschließend töten.«

Sie sah ihn ungerührt an. »Das macht hier im Lokal zu viel Dreck.« Sie packte den dritten Keks zum Kaffee aus. »Dann werden Sie für mich eben der große Unbekannte bleiben, schade.«

»Sorry, aber das unterliegt wirklich der Geheimhaltung.« Er schob seine Kekse zu ihr hinüber.

»Und was macht man so bei der DLRG? Helden suchen?«

Sie schüttelte den Kopf. »Bei uns suchen wir keine Helden, wir machen höchstens welche! Jemanden, der schon als Held bei uns anfangen will, den können wir nicht gebrauchen. Der gefährdet in Gefahrensituationen nur seine Kameraden. Wenn Sie irgendwann mal einer von uns werden wollen, können Sie, wie jeder andere auch, gern bei uns anfangen. Und wenn Sie dann die Ausbildung zum Rettungsschwimmer absolviert und emphatisches Verhalten erlernt haben, dabei sollte auch eine große Portion soziale Kompetenz nicht fehlen, dann könnte es was werden mit dem Heldentum.«

Udo nickte anerkennend. »Und welche Dienstbezeichnung hätte ich dann, wenn ich ausgelernt habe?«

»Wenn wir Glück haben, sind Sie dann ein feiner Kerl.«

Er drehte nachdenklich seine Tasse im Kreis. »Jetzt, da wir uns ein wenig näher kennen, wäre es doch kein Problem mehr für Sie, mich in den Kreis der Geheimnisträger aufzunehmen, oder?«

Sie lächelte bittersüß. »Wenn ich Ihnen erzählen würde, weswegen ich nicht sündigen darf, läge hier anschließend Ihre Leiche.«

***

Westlich von Falster machte die »MS Sandur« langsame Fahrt. Nachdem der Seefunker Jákup Joensen eine E-Mail mit einer neuen Anweisung in seiner Funkbude ausgedruckt hatte, brachte er sie auf die Brücke des fünfundvierzig Meter langen ehemaligen Nachschubversorgers und reichte sie Kapitän Friedjofsson. Vor zwei Jahren war der dreißig Knoten schnelle Katamaran noch als Expressboot zwischen den norwegischen Offshore-Bohrinseln und dem Festland hin- und hergefahren. Im vorigen Jahr war das Schiff mitsamt der Besatzung verkauft worden. Seitdem flatterte am Heck wieder die Fahne der Färöer-Inseln, aber über die Mission dieses Schiffes war nichts bekannt. Die Färinger waren gemeinhin ein schweigsames Volk und fühlten sich selbst in der heutigen Zeit nur dem Gott Thor gegenüber verpflichtet. Der Kapitän las die Meldung, sah auf seine Armbanduhr und rechnete. Von ihrer Position aus brauchten sie rund drei Stunden, um in der Kieler Förde zu sein. Da sie erst in der kommenden Nacht tätig sein würden, hatten sie genug Zeit.

»Melde zurück, dass wir pünktlich da sein werden. Bis dahin ist auch unter Deck alles klar.«

Der Kapitän drehte sich wieder zum Radarbildschirm, aber der junge Mann hatte ein weiteres Anliegen. »Ich sollte dich daran erinnern, dass wir morgen ein extrem seltenes Exemplar spezifizieren müssen.«

Der Käpt'n war für den Tipp dankbar. »Stimmt, das hätte

ich jetzt glatt vergessen. Richte Holgersson bitte von mir aus, dass er alles dafür vorbereiten soll, und sag dem Doktor, dass er bis dahin wieder nüchtern zu sein hat.«

***

Inzwischen war Samstag, der erste offizielle Tag der Kieler Woche, der »KieWo«, angebrochen. Die »Otto Asmussen« sollte am Mittag am Infostand der DLRG, der direkt am Germaniahafen lag, der breiten Öffentlichkeit vorgestellt werden. Dazu musste natürlich alles an Bord blitzen und blinken.

Hinnerk schimpfte wieder einmal vor sich hin. »Kaum haben die Weiber an Bord etwas zu sagen, müssen wir Kerle putzen.«

»So ein Blödsinn, wir müssen immer putzen«, erwiderte Fiete. »Du meckerst ja nur, weil dir das heute Morgen eine Frau gesagt hat. Außerdem putzten hier alle mit, genau wie der Doc und selbst Julius.«

»Na und? Das kann ich trotzdem nicht ab, wenn Frauensleute etwas zu sagen haben.« Mit finsterem Gesicht rubbelte er die Edelstahlfläche hinter dem Kaffeeautomaten sauber. »Rate mal, warum ich nicht geheiratet habe. Außerdem heißt es immer noch: Frau an Bord, Glück ist fort!«

»Blödsinn! Hör doch mit deinen uralten Sprüchen auf!« Fiete war genervt.

Hinnerks Gesicht verfinsterte sich. »Das ist kein Blödsinn, sondern Tradition. Das heißt ja auch Seemann. Von einer Seefrau habe ich noch nie etwas gehört.«

»Über Weiber meckern, aber von Seejungfrauen träumen.«

»Na und? Die schicken einen ja auch nicht zum Putzen.«

»Mensch, Hinnerk, wenn du Frauen so wenig magst, was ist dann mit deinen Bedürfnissen, oder bist du schwul?«

»Wenn ich zweimal im Monat in den Puff gehe, dann ist das ausreichend und erheblich billiger als eine Ehefrau. Außerdem bin ich dort noch König, und im Puff ist es auch öfter als im Ehebett.«

»Und was sagt Julius dazu? Der ist schließlich dein großer Bruder.«

Hinnerk grinste zufrieden. »Wenn seine Marianne dabei ist, dann schimpft er natürlich über mich.«

»Und wenn nicht?«

»Dann fragt er mich, wie's war. Die ist aber immer dabei, wenn er frei hat. Vielleicht ist er deswegen so gern auf See.«

Fiete schüttelte lachend den Kopf. »Hinnerk, du bist ein hoffnungsloser Fall.«

»Wieso das denn? Frauen gehören nun mal nicht an Bord. Das war schon immer so und soll auch so bleiben. Wenn Frauensleute an Bord sind, dann zerkratzen die mit ihren Pumps das ganze Deck und stiften nur Unfrieden. So eine würde ich auch nie in meinen Maschinenraum lassen.«

»Hinnerk, bist du fertig mit der Kaffeeecke?«

Beide fuhren herum. Sie hatten gar nicht bemerkt, dass Gabi hinter ihnen stand.

»Jau.«

»Dann putzt du jetzt sicher in deinem Maschinenraum weiter?«

»Jau.«

»Was hältst du davon, wenn du mir deine beiden Lieblinge mal etwas genauer vorstellst? Ich habe die ja nun auch am Zügel.«

Hinnerk sah Gabi skeptisch an. »Und dann?«

»Dann sagst du mir, wo es da hinten in deinem Reich mit dem Putzen langgeht, und dann helfe ich dir dabei.«

»Nur heute oder öfter?«

»Wenn ich an Bord bin, dann sicher sehr viel öfter, als du monatlich in den Puff gehst.«

＊＊＊

Sie hatten Mühe, sich durch das Gewusel der Sport- und Traditionsschiffe auf der Förde bis zum Germaniahafen durchzuschlängeln. Allein das Festmachen war ein Problem, denn um sie herum herrschte auf dem Rummelplatz der KieWo mit Fahrgeschäften, Geisterbahnen und Fressbuden ein derartiges Getöse, dass Julius' Rufe in dem infernalischen Krach glatt untergingen. Nachdem ihr Schiff endlich so lag, dass es jederzeit wieder zu einem Einsatz in See stechen konnte, war es die Hauptattraktion dieses Hafenbeckens. Nach Minuten war die Warteschlange derer, die gern eine Führung über die »Otto Asmussen« erleben wollten, an die fünfzig Meter lang.

Während Gabi, Fiete und Hinnerk den Gruppen, nie mehr als maximal sechs Leute, immer nacheinander das Schiff zeigten, hatten Drs. Simons und Sylvie den Sanitätsdienst am Infostand der DLRG übernommen. In dieser Zeit konnten dann andere Medical Teams der Sanitäter über den Festplatz streifen. Den Rummelplatz jenseits des Traditionshafens teilten sich die anderen Hilfsorganisationen untereinander auf.

Inzwischen war es kurz nach siebzehn Uhr, und die heitere Stimmung kippte etwas. Denn je mehr Betrunkene am Hafenbecken standen, um sich zu erleichtern, desto aggressiver lallten sie sich gegenseitig an. Zum einen war da der Frust, dass man ihnen den Ausschank weiterer alkoholischen Getränke verweigerte, zum anderen drohte eine unehrenhafte Kapitulation: Da ihnen der Weg zu den vielen öffentlichen Toiletten in ihrem Zustand als unzumutbar erschien, fühlten sie sich mit Recht damit motorisch überfordert, dicht an der Beckenkante zum einen ihr Gleichgewicht zu halten und sich zum anderen gleichzeitig zu übergeben, zu pinkeln, zu rauchen und zu kontrollieren, ob »der« des Nebenmannes nicht eventuell doch ein wenig länger sei als der eigene. Der Ausgang dieser Aktion war abzusehen. Die Rettungsboote der DLRG hatten leider oft damit zu tun, die Schnapsleichen aus dem Wasser zu ziehen.

Nicht immer war es dabei nur mit nasser Kleidung abgetan.

Auf der »Otto Asmussen« wurde die letzte Gruppe dieses Abends durch das Schiff geführt, da erreichte sie ein Notruf.

Das Tauchteam wurde dringend benötig. Ein völlig betrunkener Ehemann wollte seiner noch viel betrunkeneren Ehefrau das unendlich befreiende Vergnügen gönnen, sich ebenfalls ins Hafenbecken erleichtern zu können. Dabei hielt er sie an den Händen. Ihre Finger waren von den Frittenbergen, die sie vor Minuten noch vertilgt hatte, fettig und ein sicherer Halt daher nicht gegeben. Seine bessere Hälfte plumpste laut kreischend in die Hafenbrühe. Da der Gatte durchaus berechtigt Angst davor hatte, dass jemand während der zeitraubenden Rettung der Gemahlin sein Bier austrinken könnte, entschied er sich für die Sicherung seines Getränks. »Meine Alte kann das ab, die hat Seepferdchen«, soll er gerufen haben, bevor er mit seinen grölenden Kumpels erneut angestoßen hatte.

Eine knappe Viertelstunde später hatten Gabi und Fiete die Frau in drei Meter Tiefe gefunden. Das Wasser war recht kühl, sodass nach weiteren zwanzig Minuten ihre Reanimation insofern erfolgreich abgeschlossen werden konnte, dass sie die Patientin mit stabilem Herzrhythmus an den RTW übergeben konnten. Ob sie durch den massiven Sauerstoffmangel für immer ein Pflegefall bleiben würde, ließ sich an diesem Abend zumindest nicht ausschließen.

Der Ehemann hingegen verstand die Welt nicht mehr, als ihn die Polizei wegen unterlassener Hilfeleistung festnahm. Das empfand er als ungerecht, denn obwohl er versprochen hatte, am kommenden Tag den alten Badeanzug seiner Frau mit dem aufgestickten Seepferdchen auf der Wache vorzeigen zu wollen, wurde er unter Protest dem Haftrichter vorgeführt.

＊＊＊

Um für die vielen Traditionssegler im historischen Hafen Platz zu schaffen, machten sie sich mit ihrem Rettungsschiff wieder auf den Weg in Richtung Heimathafen.

»Weißt du, was das Schlimme ist?«, murmelte Gabi frustriert.

Julius schüttelte den Kopf. »Nein, woher?«

»Dieser Typ, seine Kumpels und all diese besoffenen Schwachmaten auf dem Festplatz haben das Recht zu wählen. Die bestimmen deine und meine Zukunft mit!«

»So ist das in einer Demokratie, mien Deern. Hoffen wir, dass die Rechtsnationalen niemals mehr an die Macht kommen. Dann hätten nämlich genau diese hirnlosen Typen wie auch schon im Dritten Reich wieder das Sagen.«

Um neunzehn Uhr legten sie wieder in Laboe an.

DREI

Auf der »Hesekil«, dem über zwanzig Meter langen Nachbau eines holländischen Plattbodenseglers aus dem 19. Jahrhundert, herrschte schlechte Stimmung. Der Skipper, Norbert Hermanns, war mit seiner in allen Belangen überforderten Crew unzufrieden. Niemand aus seiner Mannschaft, die das Boot für eine Woche gechartert hatte, war jemals zuvor auf einem Traditionssegler mitgefahren. Alle sechs hatten hin und wieder einmal an einem Segeltörn teilgenommen, aber immer auf modernen Booten und dann mehr oder weniger immer nur als Passagier. Der eine oder andere hatte sogar den Grundschein, um eine Jolle führen zu dürfen. Die »Hesekil« aber war ein Schiff, das von der Crew erheblich mehr abverlangte. Auf der einen Seite war es in der Regel eine Freude, auf diesem historischen Boot mitsegeln zu dürfen, andererseits war jedes Manöver auch mit viel körperlichem Einsatz verbunden. Ärgerlich hingegen war, dass niemand der »Gäste« begriffen hatte, dass so eine Crew keine demokratisch strukturierte Ausflugsgesellschaft ist, sondern alles diskussionslos auszuführen ist, was der Skipper anordnet.

Im Augenblick hatte sich Hermanns um einen Verletzten zu kümmern. Der war bei einer Halse, einer Wende mit Wind von hinten, von einer Umlenkrolle, einer Talje, getroffen worden. Die hatte mit der Fock, einem Segel zwischen Bug und Großmast, umgeschlagen und den Mann am Schienbein getroffen. Dabei hatte sie eine heftig blutende Platzwunde verursacht. Eigentlich wollte der Skipper, schon bevor er den Verletzten versorgt hatte, die Segel bergen lassen und bereits in der Außenförde auf Motorkraft umschalten. Nach dem Anlegen wollte er dann auch den Törn für beendet erklären, denn ein Weitersegeln mit diesen Landratten war nicht mehr zu verantworten, zumal sich drei Mitglieder der Mannschaft weigerten, bei der noch immer herrschenden Hitze eine Schwimmweste zu tragen. Am Ruder stand augenblicklich der vermeintlich erfahrenste der Truppe. Leider war ausgerechnet dieser der Wortführer der Nörgler.

»Achte immer auf die Windfahne an der Mastspitze«, rief Hermanns ihm zu. »Sowie sich der Wind dreht, und das passiert hier an der Landzunge am Leuchtturm Friedrichsort oft, musst du durch lautes Rufen warnen, dass das Segel umschlägt, und immer weiter stur den Kurs halten. Hast du das begriffen?«

»Bin ich bescheuert?«, kam die freche Antwort. »Ich bin schließlich kein Anfänger!«

Der getreue Nachbau eines ehemaligen Lotsenkutters machte trotz der angesagten Windstärke und bei Vollzeug nur etwas mehr als fünf Knoten Fahrt. Das war schon eine nicht zu unterschätzende Geschwindigkeit für das klobige Schiff. Trotz seiner Behäbigkeit war es nicht leicht zu steuern.

Auf einmal drehte sich, wie vom Skipper prophezeit, der Wind annähernd um einhundertdreißig Grad. Eben kam er gleichmäßig aus Westen, und im nächsten Augenblick wurde das Boot schlagartig von einer Böe aus Nord-Osten ergriffen. Als ob ein Riese das Schiff an der Mastspitze in Richtung Wasser drücken würde, neigte es sich nach Steuerbord. Das Segel krachte mit einem heftigen Schlag auf diese Seite, fegte dabei drei überraschte Mitglieder der Crew von Bord und scherte so weit aus, dass das Baumende durchs Wasser pflügte. »Halte den Kurs«, brüllte der Skipper, »der Pott kippt nicht um.«

Der unerfahrene Rudergänger hingegen reagierte entgegen dieser Anweisung und riss das Ruder nach backbord, um es in den Wind zu drehen. Der Segler richtete sich dadurch zwar wieder etwas auf, kreuzte so aber das Fahrwasser der großen Schiffe auf der Förde.

Zum Verhängnis wurde dem Traditionssegler der Schüttgutfrachter »Amoco«, vor dessen Bug sich das Holzschiff schob. Hermanns sah auf und realisierte sofort, dass eine Kollision mit dem unaufhörlich näherkommenden Riesen unausweichlich war.

»Alle Mann von Bord!«, brüllte er, doch anstatt seinem Befehl zu folgen, standen die Reste seiner Crew vor Schrecken wie gelähmt da. Das frisch verbundene Mitglied hielt sich krampfhaft an der Reling fest. Alle starrten gebannt auf diesen riesigen Bug, der sekündlich näherkam, und dazu ertönte die infernalisch laute Schiffshupe des Frachters. Da ein Skipper immer zuletzt von Bord geht, versuchte er seine Crew anzutreiben. »Ihr sollt springen!« Seine Stimme überschlug sich.

Der Frau neben ihm, die sich ebenfalls panisch an der Reling festkrallte, schlug er mit der Faust auf die Hände, damit sie losließ. Dann schubste er sie ins Wasser. Im Augenwinkel sah er ein weiteres Crewmitglied von Bord gehen. Hermanns stürzte in Richtung Heck, um den Steuermann von Deck zu jagen. Der Mann dachte aber gar nicht daran, seinem Befehl zu folgen. »Ich springe doch nicht in diese Dreckbrühe«, schimpfte er. Trotzig blieb er am Steuer stehen und versuchte, das Unglück zu verhindern, indem er dem riesigen Schiff zuwinkte, um diesen Berg von Stahl mit seiner Geste zum Stoppen zu bewegen.

Die langgezogene Bugnase des Frachters schob sich von Backbord mittschiffs unter die »Hesekiel« und hob das tonnenschwere Plattbodenschiff spielerisch aus dem Wasser. Als bräche ein Stück Holz über dem Knie eines Giganten, wurde der »Hesekil« der Kiel gebrochen, und der Bug des Frachters schnitt es in zwei Teile. Beide Hälften des Traditionsseglers schlugen jeweils links und rechts der »Amoco« an die Bugwände. Sie waren aber durch die Takelage noch miteinander verbunden. Die Wrackteile wurden von dem Schiff teilweise unter Wasser mitgezogen.

***

Die Mannschaft der »Otto Asmussen« wollte sich am Abend bei den Kameraden der Wasserwacht des Roten Kreuzes mit einem Grillfest für das gelungene Willkommensfrühstück bedanken. Sie hatten gerade damit begonnen, alles für den geselligen Abend vorzubereiten, da wurden sie durch einen erneuten

Notruf dabei unterbrochen. Auf der Innenförde kam es zu einer folgenschweren Havarie. Der Kapitän des Zollkreuzers »Schleswig-Holstein«, der sich in unmittelbarer Nähe des Unglücks aufhielt, meldete der Leitstelle exakt, was passiert war. Aufgrund dessen erklärte die Leitstelle die Situation sofort zu einer sogenannten »Großlage« und alarmierte dementsprechende Kräfte.

Thomas Wartke, der Chef der DLRG Kiel, war mit der »Adler« auf dem Rückweg von Schilksee zum Liegeplatz dieser kleinen Barkasse und ging sofort am Zollkreuzer längsseits, um die Einsatzleitung, die der Zollkreuzer übernahm, als profunder Kenner der Kieler Wasserretterszene zu unterstützen. In diesem Augenblick meldete sich die »Berlin« auf Kanal 10 an.

Auf seinen Tipp hin wies der Kapitän den Seenotkreuzer an: »Wir brauchen nur eure ›Steppke‹ hier vorn. Ihr sichert zur Außenförde hin ab. Wenn wir Glück haben, geht das Aufstoppen der reinkommenden Schiffe ohne weitere Havarien ab. Falls es doch krachen sollte, müsst ihr diesen Einsatz übernehmen. Die ›Otto Asmussen‹ brauchen wir mit den Tauchern hier vorne an der Unfallstelle. Die ›Habicht‹ und die ›Nivea 13‹ kommen ebenfalls zur Menschenrettung zur Schleuseneinfahrt Holtenau.«

Nach nur einer halben Minute lief die »Otto Asmussen« vor der »Berlin« von Laboe aus.

Julius strahlte wie immer stoische Ruhe aus, als er das Schiff durch die sich zusehends dichter drängenden Yachten und historischen Segelboote steuerte. Während der Kieler Woche war die Förde am frühen Abend Richtung Stadt ähnlich befahren, wie die Autobahn 1 um Hamburg herum. »Die Medizinabteilung soll alles klar machen«, rief er. »Fiete und Gabi, ihr bewaffnet euch mit euren Luftbuddeln. Was ich aus der Lagemeldung hören konnte, hat da ein großer Pott einen Traditionssegler aufs Horn genommen. Das kann gut sein, dass ihr einen Schiffbrüchigen aus der Takelage schneiden müsst. Hinnerk, Du machst die ›Ottilie‹ klar.«

Sein Bruder sah ihn fragend an. »Wer ist das denn?«

»So heißt ab sofort unser Festrumpfschlauchboot. Wir dürfen nicht vergessen, es heute Abend noch zu taufen.«

✻✻✻

Eine Explosion hätte den Traditionssegler »Hesekil« nicht heftiger zerstören können, als diese gewaltige Kollision, obwohl der Frachter in der Förde nur kleine Fahrt machte.

Bevor der Skipper selbst unter Wasser gesogen wurde, sah er, wie der Rudergänger mitsamt dem Heck seines Schiffes an die Bugwand prallte und mit den Trümmern versank. Der Skipper des Seglers wurde trotz seiner Schwimmweste vom Sog des Frachters unter Wasser gezogen. Dabei hatte ihn ein Wrackteil des eigenen Schiffes an der rechten Schulter getroffen. Es kam ihm endlos vor, wie er mit nur einem Arm verzweifelt gegen die Strömung ankämpfte. Kurz bevor er das Bewusstsein verlor, durchstieß er wieder die Wasseroberfläche. Stechende Schmerzen in seiner Schulter hinderten ihn daran, durch Winken auf seine Lage aufmerksam zu machen. Er rief nach Hilfe, doch er brachte nur ein Gurgeln zustande, weil er geschlucktes Seewasser erbrach. Ein Mitglied seiner Crew, der vom Baum der »Hesekil« bei dieser »Patenthalse« vom Deck des Seglers gefegt worden war, griff den Skipper am Kragen. Zielstrebig schwamm er mit seiner Fracht auf einen Rettungsring zu, den ihnen ein Matrose der »Amoco« zugeworfen hatte.

✻✻✻

Der Schiffsverkehr auf der Förde wurde, je mehr sich die »Otto Asmussen« dem Ort des Geschehens näherte, zunehmend dichter. Obwohl es wichtig für die ums Überleben kämpfenden Menschen wäre, schnell an der Unfallstelle einzutreffen, konnte Julius nur mit gemäßigtem Tempo die Fahrrinne entlangfahren, weil sich zu viele Boote um sie herum auf dem

Wasser aufstauten. Eine Rettungsgasse zu bilden, hat sich bei den Skippern leider noch nicht etabliert.

Während sich die Retter dem Ort der Havarie näherten, ließ der Zollkreuzer sein Tochterboot »Hauke Haien« zu Wasser. Dabei handelte es sich um ein hochmotorisiertes Schlauchboot, das flach auf dem Wasser lag. Mit ihm war es möglich, bei sich nähernder Gefahr die Fahrrinne schnell wieder zu verlassen.

Um eine Vielzahl von Attraktionen zu präsentieren, wurden zur Kieler Woche nicht nur Großsegler geladen. Riesige Kreuzfahrer sagten ihren Besuch ebenfalls immer öfter an. Die dreihundertzwanzig Meter lange und fünfunddreißig Meter breite »Mein Schiff Zwei« passierte zum Zeitpunkt des Unglücks kieleinwärts das Marinedenkmal Laboe. Selbst bei kleiner Fahrt, und die ist nur auf der Innenförde vorgeschrieben, sind es mehrere hundert Meter, bis so ein Riese zum Stehen kommt. Erst querab von Laboe wurde das Schiff auf Kanal »Kiel Traffic« vor der Unglücksstelle gewarnt.

»Hoffentlich lassen die Freizeitsegler genug Platz für uns, damit wir neben der Unfallstelle vernünftig arbeiten können«, brummte Julius. »Und jetzt kommt ausgerechnet auch noch dieser dicke Pott.« Sorgenvoll sah er sich achteraus um.

Das Frachtschiff selbst kam, einen großen Teil der Trümmer der »Hesekil« noch immer links und rechts neben sich herziehend, erst vor Holtenau zum Stehen und versperrte die Ein- und Ausfahrt des Nord-Ostsee-Kanals.

Julius gelang es, in Höhe des Bugs des Havaristen auf der Backbordseite aufzustoppen.

»Die ›Habicht‹ und die ›Nivea 13‹ ziehen zur Menschenrettung auf die Steuerbordseite des Frachters vor«, ertönte die Stimme des Einsatzleiters aus dem Funkgerät. »Die beiden Taucher der ›Otto Asmussen‹ sollen die Wrackteile nach Menschen absuchen! Es könnte sich jemand von der Besatzung in der Takelage des Schiffes verheddert haben.«

Julius gab den beiden das Zeichen, dass sie ins Wasser springen sollten.

Von seinem Platz auf der Brücke sah Lender einen der Schiffbrüchigen, der sich an dem Brett eines Stand-up-Surfers festklammerte und müde winkte. »Hinnerk, macht steuerbord das Rettungsnetz klar.«

Dabei war die eine Seite des Netzes mit der Oberkante der Reling verbunden. Die andere Seite hing ähnlich wie bei einem Krabbenkutter parallel zum Bug an Auslegern, sodass ein schwimmender Verletzter damit problemlos aus dem Wasser gehoben und an Bord geholt werden konnte. Kurz bevor er das Rettungsschiff erreichte, wurde er aber schon von der ›Hauke Haien‹ ins Boot gezogen. Die Besatzung kümmerten sich sofort um ihn und übergab den schlotternden Mann an ihr Mutterschiff.

Andere Sportbootführer hatten unmittelbar nach der Havarie weitere Opfer dieses Unfalls gesichtet und sie zu sich an Bord gezogen. Das war für die Schiffbrüchigen wichtig, denn die Wassertemperatur betrug zu der Zeit achtzehn Grad Celsius in der Innenförde, sodass die Gefahr einer Unterkühlung groß war. Das Beiboot der »Berlin«, die »Steppke«, sammelte zwei von ihnen ein, um sie zur »Schleswig-Holstein« mit ihrer beheizbaren Kabine zu bringen. Auf dem Kreuzer war inzwischen ein medizinisches Team eingetroffen, das sich um sie kümmerte. Bei jeder erfolgreichen Übernahme gaben die Rettungsboote die Anzahl der Geretteten über Funk an die Einsatzleitung weiter.

»Habt ihr den Skipper schon an Bord?«, erkundigte sich der Einsatzleiter.

»Negativ«, antwortete Julius. »Der soll von irgendeinem Schlauchboot herausgefischt worden sein.«

»Einer unserer Geretteten meinte, dass insgesamt sieben Personen an Bord des Seglers waren. Wir haben jetzt zwei Leute der Crew an Bord und bringen die gleich zu euch.«

»Hier ›Habicht‹«, rief eine Kollegin über Funk, »macht euch bereit, wir bringen eine leblose Person, die unsere Taucher am Bug des Frachters unter Wasser aus der Takelage bergen konnten. Keine Vitalfunktionen, und das EKG zeigt eine Nulllinie. Wir haben mit der Herz-Lungen-Wiederbelebung begonnen.«

Drs. Simons hatte mitgehört und griff sich ein freies Handsprechfunkgerät. »Ihr habt ja einen Notfallkoffer an Bord. Legt schon mal eine Infusion mit Kochsalzlösung an, und gebt alle drei bis fünf Minuten ein Milligramm Adrenalin dazu und dann so schnell wir möglich zur ›Otto Asmussen‹.«

Wenig später kam auch die »Nivea 13« längsseits des Rettungsschiffes, um den am ganzen Leibe schlotternden Skipper der »Hesekil« an die »Otto Asmussen« zu übergeben. Seinen Retter brachten sie zum Zollkreuzer.

Julius sah sofort, dass der Mann nicht fror. Sein Zittern war eine Schockreaktion, die primär medikamentös behandelt werden musste. Sekundär hingegen war die Verletzung des Oberarmes, dessen Knochen aus dem Bizeps herausstanden.

»Einsatzleitung«, rief er über Funk, »ich brauche hier dringend ein zweites medizinisches Team auf der ›Otto Asmussen‹. Wir haben einen weiteren Schwerverletzten an Bord.«

»Sylvie«, wies der Doc sie an, »versorg du ihn bitte so lange allein. Gib an Schmerzmitteln, was du für nötig hältst. Ich unterstütze die Rettungsschwimmer bei der Reanimation.«

Wartke verinnerlichte im Geiste alle Meldungen, dann erst gab er Entwarnung, indem er dem Einsatzleiter den hochgehobenen Daumen entgegenstreckte.

»Hier die Einsatzleitung«, funkte der Kapitän. »Die ›Steppke‹ hat uns zwei Schiffbrüchige übergeben, die ›Habicht‹ einen, die ›Hauke Hayen‹ ebenfalls einen wie auch die ›Nivea 13‹. Mit den beiden Schwerverletzten auf der ›Otto Asmussen‹ haben wir insgesamt sieben Leute retten können. Damit müssten wir komplett sein. Bitte fragt alle Geretteten, die bei Bewusstsein sind, ob wirklich nur sieben Personen an Bord der ›Hesekil‹ waren.«

✺✺✺

Julius hatte bei der nur geringen Strömung in der Innenförde kein Problem, sein Rettungsschiff auf Position zu halten. Nachdem der Doc grünes Licht gegeben hatte, hielt er mit kleiner Fahrt auf die Tirpitzmole zu. Die beiden Taucher konnten mittlerweile von der »Habicht« an Bord genommen werden. Im Marinehafen warteten bereits drei Rettungswagen und ein Rettungshubschrauber auf den Zollkreuzer und sie. Am Ende dieses Anlegers war genug Platz für die Übergabe der Verletzten.

Inzwischen kam aus dem Schockraum der »Otto Asmussen« die Meldung, dass die Reanimation erfolgreich verlief. Es war ihnen gelungen, den von den Tauchern geborgenen Rudergänger der »Hesekil« wiederzubeleben und dessen Kreislauf für den Transport ins Krankenhaus zu stabilisieren. Der Rettungshubschrauber war inzwischen am Ende des breiten Kais gelandet. Kurz nachdem die »Otto Asmussen« festgemacht hatte, hob er schon wieder in Richtung Klinikum ab.

Jetzt war es die Aufgabe des Wasserstraßen- und Schifffahrtsamtes, mit ihrem Bergungsschiff den Frachter und die Fahrrinne von den Resten der »Hesekil« zu befreien. Erleichtert meldete sich Wartke beim Einsatzleiter des Zolls ab und griff nach seinem DLRG-Funkgerät. »Leute, ich bin stolz auf euch. Es hat alles super geklappt!«

Gabi schüttelte verwundert den Kopf. »Warum das denn?«, funkte sie zurück. »Wir haben doch nur unsere Arbeit gemacht.«

»Aber wie! Mit Ruhe, mit Effektivität und absoluter Präzision. Daran erkennt man die Profis.«

Alle freuten sich über dieses Lob.

Auf der Mole angekommen, steuerte Wartke auf Gabi zu. »Der Kamerad Harmsen ist Profitaucher und schwärmt in den höchsten Tönen von dir, dass er noch nie so gut mit jemandem zusammengearbeitet habe, den er kaum kenne. Darauf kannst du dir etwas einbilden.«

»Danke für die Blumen«, antwortete sie.

Er klopfte ihr anerkennend auf die Schulter. »Und bevor

du dafür eine Vase suchst, kommen du und Julius mit auf die ›Staberhuk‹. Deine Kollegen von der WaSchPo haben dort alle beteiligten Schiffsführer für eine kurze Nachbesprechung zusammengetrommelt.«

∗∗∗

Eine Stunde später war der Fähranleger in Laboe von Rettungsbooten überfüllt. Aus dem kleinen Grillabend für die Wasserwacht war ein Kennenlernfest für alle Retter geworden. Die meisten brachten Grillgut und Getränke mit, sodass für die gesamte Mannschaft ausreichend zu essen und zu trinken vorrätig war. Neben dem Fähranleger legten auch die Kollegen vom Zoll und der WaSchPo an, denn die waren ebenfalls kurzfristig eingeladen worden. So notwendig die dienstliche Nachlese der Retter auf der »Staberhuk« auch gewesen sein mochte, die private Aufarbeitung der Geschehnisse bei Grillwurst und alkoholfreiem Bier war mindestens genauso wichtig. Das gesellige Beisammensein war allen Ehrenamtlichen ein Bedürfnis und entschädigte für die lächerliche Tagesgage, die von den Gemeinden für Strandwachdienste gezahlt wurden. Ein weiterer Programmpunkt war die Taufe der »Ottilie«, die ausgesprochen feucht-feierlich verlief.

Gabi brauchte eher etwas Ruhe, um das Erlebte zu verarbeiten. Deshalb verdrückte sie sich in eine stille Ecke. Dort sah sie dem bunten Treiben zu, bis sich Julius' Bruder neben sie stellte, ein großes Stück von seinem Wurstbrötchen abbiss und sie mit vollem Mund kaum verständlich ansprach.

»Hinnerk«, stöhnte sie, »ab fünfhundert Gramm aufwärts fängst du leider an zu nuscheln. Das, was du mir zu sagen hast, kann sicher so lange warten, bist du das halbe Schwein weichgekaut hast.«

Der Mann wurde vor Verlegenheit rot und bemühte sich, schnell zu schlucken. »Und dabei wollte ich dir doch was Nettes sagen.«

Sie stieß mit ihrer Bierflasche an seine. »Dann spül erst mal den Rest runter und versuch es dann noch mal.«

Er nahm einen großen Schluck und wischte sich mit dem Handrücken den Mund sauber. »Du weißt«, hob er mit feierlicher Miene an, »dass ich immer gesagt habe: Frau an Bord, das Glück ist fort.«

»Und da hast du völlig recht«, stimmte Gabi zu. »Seitdem ich hier bin, hast du kein einziges Mal im Lotto gewonnen.«

Hinnerk sah sie irritiert an. »Du machst das doch erst seit gestern Nacht.«

»Stimmt, aber so lange hast du nichts gewonnen.«

Er zog die Stirn kraus. »Du nimmst mich nicht ernst.«

Sie lächelte ihn an und klopfte ihm auf die Schulter. »Doch, Hinnerk, ich mache nur ab und zu meine Späßchen. Du kennst mich doch.«

»Jau, mien Deern, und deswegen mag ich dich auch.«

»Das ist nett. Aber?«

»Du kannst mit so einem Pott umgehen, du bist ein ganz feiner Kumpel, und irgendwie habe ich das Gefühl, dass du gar keine Frau bist.«

Gabi hatte damit zu kämpfen, nicht zu lachen. Sie wusste, dass ihr dieser aufrichtige Seebär kaum ein größeres Kompliment hätte machen können, als ihr die Weiblichkeit abzusprechen. Sie stellte sich auf die Zehenspitzen, zog seinen Kopf ein wenig zu sich herunter und gab ihm einen Kuss auf die Wange. »Ich dank dir, Hinnerk, das hast du lieb gesagt, aber ich hoffe, du machst mich auf Fehler, die ich noch machen werde, aufmerksam, obwohl ich keine Frau mehr bin.«

Der lange Schlacks rieb sich verlegen die Wange. »Ich glaube, ich bin jetzt der erste Maschinist, der von seinem Schiffsführer geküsst wurde.« Er umarmte und drückte sie herzlich. »Und so einen lieben Kuss kriegt man noch nicht einmal im Puff.«

✳✳✳

»War das eben Mannschaftspflege, oder störe ich Sie gerade beim Baggern?«, hörte sie eine Stimme hinter sich.

Gabi drehte sich um und lächelte den Kampfschwimmer Udo Schüle an. »Sie stören beim Baggern. Es ist doch bekannt, dass zwei Meter große Maschinisten, die schon auf die Rente zusteuern, in mein Beuteschema passen.«

Sein Lächeln war nicht minder freundlich. »Sie gehen davon aus, dass ich mir Insiderwissen angeeignet habe?«

Sie nickte ihm anerkennend zu. »Sie sind heute gut in Form. Das war schon wieder ein Punkt für Sie.«

Er deutete eine Verbeugung an. »Die Firma dankt. Übrigens, mein Bruder hat mich eingeweiht. Jetzt bin ich auch Geheimnisträger.«

»Und was sagen Sie dazu?«

»Die Möglichkeit, dass es sich bei der Häufung von verschwundenen Menschen um einen Zufall handelt, ist relativ gering. Nur, wo ist die Schnittmenge? Was haben all diese Menschen gemeinsam, dass sie entführt wurden?«

»Gab es Lösegeldforderungen?«

»Das wurde ganz klar verneint.«

»Sie kennen Ihren Bruder besser. Ist das die Wahrheit, oder versucht er abzuwiegeln?«

»Sich diese völlige Planlosigkeit einzugestehen, ist nicht sein Ding.«

Sie erinnerte sich an Schröders Äußerung. »Er bezeichnete diese Aktion als Zwangsbestückung eines internationalen Mehrgenerationenhauses.«

Udo legte die Stirn in Falten. »So eine Art ›Big Brother Aktion‹?«

Sie zuckte mit den Achseln. »Wer weiß?«

»Einfach nur ›wer weiß‹ reicht mir nicht. Lassen Sie uns doch mal diese Möglichkeit durchspielen.«

»Okay.« Sie überlegte kurz. »Welcher Fernsehsender wäre so perfide, Menschen zu kidnappen, um sie gegen ihren Willen zur Volksbelustigung zusammenzusperren?«

»Ich fürchte, annähernd jeder, wenn ich mir so die Programme ansehe.«

Sie sah ihn prüfend an. »Sie meinen allen Ernstes, dass unsere Kulturschaffenden schon derartig degeneriert sind?«

»Das fragen ausgerechnet Sie mich?« Er schüttelte lachend den Kopf. »Wer von uns beiden stochert denn tagein tagaus in der Spreu unserer Wohlstandsgesellschaft herum, die durch den Rost gefallen ist?«

»Bei der WaSchPo ist es Gott sei Dank noch nicht so schlimm.«

»Ihre Ausbildung haben Sie aber noch an Land gemacht.«

Sie nickte. »Und deshalb bin ich dann aufs Wasser. Da haben wir noch so ziemlich heile Welt.«

Beide schwiegen eine Weile miteinander. »Und Sie?«

Er sah sie erstaunt an. »Was ist mit mir?«

»Warum sind Sie ausgerechnet zu den Kampfschwimmern gegangen?«

»Das ist eine lange Geschichte.«

»Wir haben Zeit.«

»Vielleicht will ich sie gar nicht erzählen?«

Ihr durchdringender Blick war ihm nicht unangenehm. Im Gegenteil. Er würde ihn sogar wärmen, wenn ihm innerlich mal wieder kalt sein sollte. »Wir siezen uns noch, und da wollen Sie schon an meiner Maserung kratzen?«

Sie lächelte ihn an. »Gibt es bei dir denn so viel zu kratzen?«

»Nicht mehr als bei dir, denke ich.« Er suchte nach Worten. »Ich bin zu den Kampfschwimmern, weil …«, er zuckte verlegen mit den Achseln, »… weil ich der Schwächste in der Klasse war und ständig eins auf die Fresse bekommen habe.«

Gabi hatte mit allem gerechnet, aber damit nicht. »Auf die Fresse?«

Er nickte und trank einen Schluck Bier.

»Okay.« Sie rieb sich nachdenklich den Nacken. »War das Einstellungsvoraussetzung?«

»Nein. Das war für mich aber die Motivation, so viel und

ausdauernd an mir zu arbeiten und zu trainieren, dass ich das Einstellungsverfahren dieser Truppe überstanden habe.«

Sie bremste ihn. »Moment mal. Da fehlt doch was. Sie sind doch nach dem Seepferdchen nicht gleich zu den Kampfschwimmern gegangen, oder?«

»Wir waren beim ›Du‹.«

»Sorry, stimmt.«

»Nach dem Abitur bin ich zur Marine, zu den U-Bootfahrern. Irgendwann war ich dann Obermaat, aber die Welt der U-Boote war mir einfach zu klein.«

»Hast du mit Platzangst zu tun gehabt?«

»Nein, aber sitz du mal ständig in so einem kleinen Ding und versuche, über den Tellerrand in die Welt hinaus zu blicken.«

Das leuchtete ihr ein. »Bei so einer eingeschworenen Truppe auf so engem Raum, da schmort man schon mal im eigenen Saft.«

»Das hast du korrekt ausgedrückt.« Er war erfreut, mit Gabi einen Menschen getroffen zu haben, der ihn auf Anhieb verstand.

»Aber warum ausgerechnet zu den Kampfschwimmern? Ihr seid doch die Ersten, denen sie in den Arsch kneifen.«

»Nee.« Er schüttelte entschieden den Kopf. »Wenn gekniffen wird, dann kneifen wir.«

»Und das hat dich an dem Job gereizt?«

»Nein. Es war vor allem die umfassende Ausbildung, die mich zu den Kampfschwimmern gezogen hat. In keiner Waffengattung lernst und erlebst du so viel wie dort.« Er sah sie an. »Und wie war es bei dir? Kannst du bei der WaSchPo dein Helfersyndrom befriedigen?«

»Nein. Dass ich täglich Menschen retten würde, stimmt so nicht. Das habe ich mir in meiner jugendlichen Naivität damals vielleicht so vorgestellt. Es vergeht aber keine Schicht, in der ich nicht irgendeinem Menschen helfen konnte, das hält mich bei der Stange. Ich erlebe aber auch nicht immer Schönes, das muss ich zugeben.« Sie schaute versonnen auf ihre mittlerweile leere Flasche. »Und dennoch würde ich heute wieder zur Polizei gehen.«

»Und ich zu den Kampfschwimmern, wenn ich die Ausbildung überhaupt noch einmal schaffen würde.«

Sie nahm ihm seine leere Bierflasche aus der Hand, stellte sie zusammen mit ihrer in die Kiste, griff sich zwei neue, öffnete sie und reichte ihm eine davon. Sie stießen miteinander an und tranken. Obwohl sie das überhaupt nichts anging, drängte sich ihr eine weitere Frage auf. Das schien Udo ihr anzusehen.

Er grinste sie an. »Nein, es gibt keine Frau Schüle und auch keine, die es werden will.«

Gabi hatte Mühe, sich das Lachen zu verkneifen. »Hat man mir diese Frage angesehen?«

Er nickte vergnügt.

»Und bei mir gibt es auch niemanden.«

Julius kam auf die beiden zu. »Hatten Sie nicht heute Morgen noch eine Uniform an?«

Udo nahm automatisch Haltung an. »Hauptbootsmann Schüle, Kommando Spezialkräfte der Marine. Ich danke für die Einladung, Herr Hauptkommissar.«

»Keine Ursache. Ich danke auch für die Hilfe heute Morgen.« Er sah Gabi an. »Hast du lütt Sylvie heute Abend schon gesehen, die wollte doch nur kurz etwas aus ihrer Bude holen.«

Sie guckte auf ihre Armbanduhr. »Die ist ja eben erst los.«

Julius war beruhigt. »Dann geben wir dem Mädchen noch ein bisschen Zeit.«

* * *

Die Landungsmannschaft der »Sandur« war schnell ausgebootet. Der Katamaran hatte als ehemaliger Versorger in der Mitte des Achterdecks eine große Luke mit hydraulischen Klappen, durch die man mit einem an Bord befindlichen Elektrokran bequem ein Festrumpfschlauchboot mit Mannschaft zu Wasser lassen konnte. Das Schlauchboot hatte zwei Außenbord-motoren und verfügte zusätzlich über einen Elektroantrieb. Dr. Halversson und seine Männer wurden damit am Strand geräuschlos vor dem Marinedenkmal abgesetzt. Der Weg vom Ufer bis zur Straße war schnell bewältigt. Dort klappten sie E-Scooter auseinander und begaben sich leise auf den Weg zum Hafen.

An der Kreuzung Börn/Ecke Buerbarg hielten sie. Einer der Matrosen zog ein Tablet aus seinem Rucksack und tippte darauf herum. »Moment, die Person ist nicht mehr zu Hause. Sie bewegt sich direkt auf uns zu. Bei der Geschwindigkeit des Cursors müsste sie hier gleich vorbeikommen.«

Der andere Mann zog eine Gummimaske aus seinem Ruck-sack, an der eine kleine Gasdruckflasche angeschlossen war. Sie hatten kaum Zeit, ihre E-Scooter hinter parkenden Autos zu verstecken, als sich ihnen eine junge Fahrradfahrerin näherte. Der Doktor stellte sich ihr in den Weg. »Entschuldigung, Sylvia Franke?«

Sylvie hielt erstaunt an. »Ja«, antwortete sie verdattert. »Wo-her wissen Sie das, was ist denn überhaupt –«

Zwei Arme griffen sie von hinten. Bevor sie sich beschwe-ren konnte, wurde ihr die Maske über Mund und Nase ge-stülpt, und sie atmete Betäubungsgas ein. Die Männer zerrten sie blitzschnell hinter einen am Straßenrand stehenden Pkw. Der Doktor griff sich eine mittlerweile schlaffe Hand Sylvies und desinfizierte den Handrücken. Einer seiner Assistenten drückte die Blutzufuhr am Oberarm ab. Halversson stach mit einer Kanüle in eine der hervorquellenden Venen und nahm der bewusstlosen Frau Blut ab. Anschließend zog er eine han-delsübliche Holzraspel hervor und fügte Sylvie diverse Schürf-wunden zu, hauptsächlich an dem schon durch den Einstich malträtierten Handrücken. Das gleiche Procedere erfolgte in der Beuge des anderen Armes.

»Haben wir alles?«, flüsterte der Doktor.

»Einen kleinen Augenblick«, kam die Antwort. »Ich muss

nur noch das Handy infizieren, dann sind wir hier fertig. Sie hatte unsere Mail ja nicht geöffnet.«

***

Gabi und Udo hatten Spaß daran, sich alle nur erdenklichen Szenarien auszumalen, zu welchen Fernsehsendungen man gezielt Menschen entführen würde. Mit fortschreitender Zeit wurden ihre Ideen immer skurriler.

In diesem Augenblick rief jemand von der Strandpromenade nach einem Arzt. Gabi sah sich suchend nach Drs. Simons um, aber da sie ihn nirgendwo entdeckte, lief sie los, um selbst zu helfen. Udo folgte ihr.

Gerd Rolle, einer der freiwilligen Wasserretter aus Schilksee, bemühte sich dort um eine Person, die mit dem Rücken auf dem Gehweg lag. Er hatte ihre Beine angehoben, damit das versackte Blut wieder in ihren Kreislauf fließen konnte. Es war Sylvie, die bleich im Gesicht und blutverschmiert vor ihnen lag.

Gabi beugte sich entsetzt zu ihr hinunter. »Mensch Sylvie, was ist dir denn passiert?«

»Ich weiß es nicht«, stöhnte sie. »Ich kam von zu Hause. Da habe ich noch schnell geduscht, mich dann aufs Fahrrad gesetzt und bin hierhergefahren.«

»Und was ist dabei passiert?«

»Nichts. Ich wollte mein Fahrrad hier abstellen, und dann kam Gerd und warf mich mit einem Judogriff auf den Rücken. Danach durfte ich nicht mehr aufstehen.«

»Was soll das denn?«, protestierte der Kamerad. »Sylvie lief blutüberströmt auf mich zu und fiel in meine Arme!«

Drs. Simons kam auch dazu, da er sich auf der Brücke der »Otto Asmussen« aufgehalten und durch Zufall gesehen hatte, wie die junge Frau zusammengeklappt war. Daraufhin schnappte er sich unter Deck die Notfalltasche, daher seine Verspätung.

Da Rolle ausgebildeter Rettungssanitäter war, assistierte er dem Arzt beim Anlegen einer Infusion. Zusammen mit einer Kochsalzlösung hatte die Patientin ein kreislaufstützendes Medikament bekommen. Nachdem die Wunden abgedeckt worden waren, lächelte sie wieder ein wenig.

»Wie fühlst du dich?«, fragte Gabi besorgt.

Sylvie nickte. »Besser.« Sie konnte schon aus eigener Kraft auf eine Trage rutschen, die neben sie gestellt worden war.

Gerd Rolle hingegen schien wegen ihres Vorwurfs noch immer aufgebracht zu sein. »Ihr müsst mir glauben«, versuchte er klarzustellen. »Die ist mir in die Arme gefallen. Ich würde nie jemanden mit einem Judogriff aufs Kreuz legen, schon gar keine Kameradin!«

Sylvie wunderte sich. »Wer hat das denn behauptet?«

»Na, du.«

»Ich?«

»Ja.«

Ihr wich erneut die Farbe aus dem Gesicht. »Aber das würde ich nie behaupten.«

Gabi versuchte, die beiden Kameraden wieder zu beruhigen. »Das kann schon mal passieren, dass man Unsinn redet, wenn man nicht ganz klar im Kopf ist.« Dabei entging ihr nicht, dass Drs. Simons und Udo abseits miteinander sprachen.

»Okay, bringt sie erst mal auf unser Schiff«, wies der Arzt sie an, »da haben wir alles für die weitere Behandlung, und danach beratschlagen wir, wie es weitergehen soll.«

Vier Kameraden brachten sie in den Behandlungsraum der »Otto Asmussen«.

»Was haben der Doc und du wie zwei verschworene Teenies miteinander zu tuscheln?«, raunte Gabi Udo zu.

Der zuckte unschuldig mit den Achseln. »Ich habe mich nur erkundigt, welches Lipgloss euer Doktor benutzt. Sieht doch geil aus, oder?«

VIER

Nach Sylvies Behandlung bat der Arzt Julius, Gabi und Udo eindringlich darum, in das kleine Büro ihrer Container zu kommen. Die verletzte Kollegin saß frisch verbunden am Tisch und nippte an einer Tasse Kaffee. Lender war über diese ultimative Einladung wenig erfreut. »Was ist los, Leute, ich habe noch jede Menge Schreibarbeit am Hacken, da kann ich mich nicht auch noch um irgendwelchen Kleinscheiß kümmern.«

Der Doktor unterbrach ihn. »Das hier ist kein Kleinscheiß. Ich befürchte, dass unsere Sylvie überfallen wurde.«

Julius sah sie betroffen an. »Entschuldige, mien Deern, hat man dir etwas angetan?«

»Nicht, was du denkst«, antwortete sie leise.

»Fehlt Geld, Handy oder Schmuck?«

»Es ist alles noch da.«

Julius sah irritiert auf. »Und weswegen hat man dich dann überfallen und derartig zugerichtet? Man muss dich doch brutal vom Fahrrad gestoßen haben, so wie du verpflastert bist?«

»Sie hat heftige Schürfwunden«, beantwortete der Doktor seine Frage, »die passen aber nicht zu einem Sturz. Menschen, die gefallen sind, haben andere Verletzungen. Unser Freund von Neptuns Sturmtruppe wies mich darauf hin.« Er hob ein Blutröhrchen hoch. »Ich habe Sylvie Blut abgenommen, das innerhalb der nächsten zwei Stunden im Labor untersucht werden muss. Sie wurde mit ziemlicher Sicherheit betäubt, und wenn das Blut nicht schnell untersucht wird, sind manche Gifte oder Anästhetika nicht mehr nachzuweisen. Während dieser Betäubung wurden ihr die Schürfwunden beigebracht. Weiß der Teufel, womit und warum sie das gemacht haben. Ich bin mir deswegen so sicher, weil nicht die kleinste Spur von Dreck in den Wunden zu finden war und Sylvie zur gleichen Zeit in mehrere Richtungen gerutscht sein müsste. Wenn man vom Rad fällt, hat man Wunden auf der Seite und nicht unterm Knie oder auf der Innenwade. Wenn man sich mit den Armen abstützt, dann sind Handballen, der Ellenbogen oder auch der Unterarm betroffen, aber niemals die Handrücken oder Armbeugen.« Der Doktor zeigte ihnen Fotos, die er mit Erlaubnis der jungen Frau mit dem Handy aufgenommen hatte.

In Julius' Hirn arbeitete es. »Leute, jetzt müsst ihr mir mal raten, wie ich mich verhalten soll. So etwas ist mir in meiner langen Laufbahn noch nicht untergekommen. Hänge ich das sofort an die große Glocke, also mache ich daraus einen Überfall auf Leib und Leben an einer unserer Mitarbeiterinnen, oder wollen wir erst mal abwarten, was die Blutanalyse ergibt?«

»Bitte abwarten«, flehte Sylvie. »Ich möchte auf keinen Fall im Mittelpunkt einer solchen Sache stehen. Nachher bekommt die Boulevardpresse noch davon Wind, und dann habe ich in deren Bericht meine Unschuld nachts gegen mindestens drei ›Asylanten‹ verteidigen müssen.«

»Sie hat recht, wir sollten warten«, riet der Arzt, und Gabi schloss sich ihm an.

Alle sahen auf Udo Schüle, der damit nicht einverstanden zu sein schien. »Ich bin der Überzeugung, dass da etwas ganz und gar nicht stimmt.« Er tippte auf das Handy mit dem Foto. »Das sind relativ böse Verletzungen, und die fügt man niemandem einfach mal so zu, vor allem nicht an mehreren Stellen. Der Täter will damit entweder auf etwas hinweisen, oder er will etwas vertuschen. Meines Erachtens ist das ein Fall für die Kripo.«

»So gesehen«, murmelte Drs. Simons, »hat unser Freund vielleicht doch recht. Wir sollten das allein schon in Sylvies Interesse nicht unter den Teppich kehren. Sie wollte zu uns, somit ist das ein Wegeunfall, der bei der Berufsgenossenschaft gemeldet und einem Durchgangsarzt vorgestellt werden muss.«

»Genauso machen wir das. Ihr holt einen Rettungswagen, und ich rufe einen Kollegen in der Uniklinik an, denn die können das Blut gleich untersuchen.«

»Und ich«, fügte Gabi hinzu, »werde jemanden von der Kripo anrufen. Es kann sein, dass der heute Nacht sogar Dienst hat.«

»Dann also doch Glocke, nur eine Nummer kleiner«, bemerkte Julius.

***

Um ein Uhr siebzehn kam ein neuer Notruf für die DLRG.

Udo verabschiedete sich. »Bei euch ist ja heute eine Menge los.«

»Sorry«, Gabi war selbst etwas überrascht, »das ist halt die Kieler Woche. In diesem Jahr scheint es besonders heftig zu werden.«

Drei Minuten später stachen alle in Laboe befindlichen Boote der Retter gleichzeitig in See, um nach einem Mann zu suchen, der laut der vorliegenden Meldung in suizidaler Absicht in Strande ins Wasser gegangen sein soll. Badegäste hatten am Ufer seine Kleidung gefunden.

Nach nur fünf Minuten legten sie mit ihrem schnellen Schiff die knapp drei Seemeilen zum Seebad zurück und begannen unmittelbar darauf mit der Suche. Dabei wurde wieder ihre Wärmebildkamera eingesetzt. Für den Arzt war die Arbeit mit diesem Gerät neu. »Meinst du«, fragte er Hinnerk, der einen der Suchscheinwerfer bediente, »dass der Mann so weit abgetrieben sein kann?«

»Das kommt ganz auf den Wind an. Im Augenblick haben wir eine konstante Vier aus Ost. Dabei entsteht ein ziemlicher Sog aus der Förde raus in Richtung Kiel-Leuchtturm. Bis dahin müssen wir die Suche schon ausweiten. Das Wasser hat eine Temperatur so um die sechzehn Grad, da kann man als guter Schwimmer schon noch am Leben sein.«

»Wenn er sich völlig nackich gemacht hat, dann wird er doch sicherlich keine längeren Ausflüge geplant haben!«, bemerkte Fiete. Er sah sich zu Gabi um. »Was sagt denn unsere ›tauchende Kapitöse‹ dazu, wie lange wir noch suchen sollen?«

»Fiete, nun tu doch nicht so, als wärst du neu im Geschäft. Es wird so lange gesucht, bis keine Hoffnung mehr besteht, den Mann lebend rauszufischen.«

»Und wann besteht keine Hoffnung mehr?«

Jetzt wurde es Julius zu bunt. »Fiete, die Hoffnung stirbt bekanntlich zuletzt, und das kann dauern. Deine Zollkollegen hoffen zum Beispiel schon seit Jahren, dass du keine blöden Fragen mehr stellst.«

»Ist ja schon gut«, brummte der Taucher beleidigt.

✻✻✻

Der Rudergänger des Schlauchbootes der »Sandur« hatte trotz des Wellenganges keine Mühe, das Boot unter das Luk mit dem Kran zu manövrieren, damit es wieder an Bord gehievt werden konnte. Zwischen den beiden Rümpfen des großen Katamarans war die See relativ glatt. Auf Deck wurde ein bewusstloser nackter Mann auf eine rollbare Trage gelegt. Um dessen Gesundheit schien sich niemand zu scheren, denn man ließ ihn unbedeckt.

»Kann es unserer Sache nicht schaden, wenn er sich doch einen Infekt holt?«, fragte einer der Matrosen den Arzt.

»Und wenn schon«, kam die mürrische Antwort, »dann macht das auch nichts mehr. Das, was wir brauchen, muss sowieso gekühlt werden.«

Mit einem Lastenaufzug fuhren sie von Deck in eine höher gelegene Etage, die an die eines Lazarettschiffes erinnerte.

Der neue »Patient« schlotterte am ganzen Körper vor Kälte und erwachte langsam.

»Was ist mit mir?« Er öffnete die Augen und begriff überhaupt nicht, was mit ihm geschah.

Eine Schwester trat an die Trage. »Nachspritzen oder fixieren?«, fragte sie den Arzt auf Norwegisch.

»Gib etwas nach, dann ist er ruhiger«, antwortete der Doktor. »Und dann machen wir ihn für die OP fertig.«

»Ist es auch der Richtige?«, fragte die Schwester eindringlich.

Der Arzt nickte. »Wir haben ein Bild von seinem Ausweis gemacht, damit wir nicht noch mal so eine Panne erleben und den Falschen an Bord haben.«

***

Morgens um vier Uhr wurde die Suche nach dem jungen Mann endgültig eingestellt. Sechs Stunden hatten sie erfolglos gesucht und mussten jetzt davon ausgehen, dass der vermisste, komplett entkleidete Mann, so der Polizeibericht, inzwischen ertrunken war. Die Angehörigen hatten der Polizei gegenüber versichert, dass er über keinerlei Neoprenanzüge oder sonstige Seenotbekleidung verfügte, die ihn im Wasser hätten warmhalten können. Ein Selbstmord war sowohl für seine Eltern als auch für seine Verlobte außerhalb jeder Vorstellungskraft. Der Medizinstudent hatte unmittelbar vor Antritt seiner Reise das Physikum bestanden und war mit seiner Familie zusammen an die Ostsee gefahren, um dieses Ereignis zu feiern.

Auf der Rückfahrt stand Julius wieder neben Gabi im Führerstand und sah finster drein.

»Was hast du?«, fragte sie ihn.

»Was soll ich schon haben«, sagte er, »ich denke das Gleiche wie du.«

»Ein weiteres Entführungsopfer?«

»Was sonst. Das ist doch nicht normal, dass man als gesunder Medizinstudent erst das Physikum besteht, um sich danach umzubringen. Und das ist es, wenn man bei diesen Temperaturen nachts und dann auch noch pudelnackt in die See hinausschwimmt. Nur, wem erzählen wir von unserem Verdacht? Wer hat daran überhaupt Interesse?«

Sie kratzte sich am Kopf. »Für die Spurensicherung ist es zu spät, denn es hieß, unsere Kameraden am Strand hätten die Klamotten schon eingesammelt und in einer Mülltüte den Angehörigen übergeben.« Sie warf ihm einen forschenden Blick zu. »Aber das ist nicht alles, was in dir rumort, oder?«

»Jau, ich kann es nicht begründen, aber ich habe Angst um unsere Sylvie. Für die Polizei sind die beiden Fälle zwei völlig verschiedene Schuhe. Ich kann doch nicht einfach hingehen und sagen, dass ich im Urin hätte, dass das zusammenhängt.«

»Stimmt, dann schicken die dich zum Urologen.«

»Kannst du nicht jemanden anrufen, der da etwas dran drehen kann? Du bist schließlich bei dem Laden.«

Gabi überlegte. »Die WaSchPo, die Kripo und die Schutzpolizei sind nicht nur verschiedene Welten, das sind verschiedene Kosmen desselben Dienstherrn. Bei deiner Küstenwache ist es doch auch so. Da hält der eine den anderen für ein Wesen der anderen Art. Und was soll in unserem Fall überhaupt gemacht werden? Die Klamotten des Vermissten sind, wie du sagst, kontaminiert, und Spuren darauf zu finden, das wäre unser einziger Ansatzpunkt gewesen.«

Das reichte Julius nicht. »Die Kripo könnte zum Beispiel die Handy- oder Computerdaten des jungen Mannes auswerten. Viele Selbstmörder kündigen ihre Tat ja auch offen oder versteckt in den sozialen Medien an.«

»Um derartige Daten auswerten zu dürfen, musst du erst einen Staatsanwalt und einen Richter von der Notwendigkeit überzeugen, und der wird sicherlich auch die Empfehlung von oben bekommen haben, jedes Indiz so lange wie möglich zu übersehen.«

Sie standen ein paar Minuten nachdenklich schweigend nebeneinander, dann klopfte ihr Julius freundschaftlich auf die Schulter. »Lass uns erst mal anlegen und noch 'nen lütten Tee trinken.«

✳✳✳

Die Geschehnisse um Sylvie herum ließen auch Udo keine Ruhe. Das war alles so seltsam, dass dahinter etwas Größeres stecken musste. Weswegen betäubt man einen Menschen, fügt ihm Schürfwunden zu und lässt ihn dann liegen?

Es war zwar mitten in der Nacht, dennoch rief er eine Freundin an.

»Schminkert«, meldete sich eine verschlafene Stimme.

»Hallo, hier ist Udo.«

»Spinnst du, hier mitten in der Nacht anzurufen? Zwischen uns ist Schluss, und das schon seit einem halben Jahr!«

»Sorry, Beate, aber es ist wirklich dringend.« Er erzählte ihr von dem Überfall auf Sylvie. »Dein Bruder arbeitet doch in der Uniklinik.«

»Ja, und während der Kieler Woche sogar auf der Ambulanz. Er hat gerade Dienst.«

»Rufe ihn doch bitte an, damit er sich die Wunden von der Kameradin mal genauer ansieht.«

»Und woraufhin?«

»Dass damit etwas nicht stimmt.«

Trotz der Tatsache, dass ihre kurze Beziehung von ihr beendet worden war, stieg in ihr ein Anflug von Eifersucht auf. »Hast du was mit der Kleinen?«

Nachdem Udo ihr die genauen Umstände geschildert hatte, war sie besänftigt und rief ihren Bruder an.

＊＊

Nach drei Stunden Schlaf war die Nacht für die Besatzung der »Otto Asmussen« zu Ende. Das Tagesbriefing für die Wasserretter fand in Schilksee statt.

»Moin, Julius«, begrüßte ihn Thomas Wartke, »ist die Veranstaltung heute olympisch?«

Lender hielt erstaunt inne. »Wie kommen Sie denn darauf?«

»Weil Sie die Ringe unter den Augen tragen.«

Allgemeines Gelächter.

»Ich wollte nicht nackt erscheinen. Sie tragen Ihre ja um den Bauch«, konterte er. »Ich habe die Nacht über nach einem

Selbstmörder gesucht, während Sie die Reste auf dem Grill gekillt haben.«

»Nichts da, ich war im Bett. Ich brauche meinen Schönheitsschlaf.«

Darauf hatte Lender nur gewartet. »Dann legen Sie sich um Gottes Willen bloß wieder hin.«

Alle klatschten lachend Beifall.

»So, Leute«, Wartke ging zum dienstlichen Teil der Rede über, »wir werden heute fix was zu tun kriegen. Wir haben eine konstante Fünf mit Böen bis Stärke acht aus Ost. Die Optimisten und Finn-Dinghis wurden bereits von der Regattaleitung abgesagt. Somit hätten wir die blutigen Anfänger am Strand. Die anderen Regatten finden leider entgegen unserer Empfehlung statt. Es wurde für heute wenigstens eine Tragepflicht von Rettungswesten für alle Boots- und Altersklassen ausgegeben. An der Wendeboje Nord hält sich die ›Nivea 13‹ mit unserer Berliner Ärztin Frau Dr. Meyer in Bereitschaft, im Osten sichert die ›Adler‹ und im Süden die ›Habicht‹. Die ›Otto Asmussen‹ mit Drs. Simons an Bord sichert das gesamte Regattafeld zur Fahrrinne hin Richtung Ost ab. Wenn sie über die Leitstelle einen Einsatz bekommen, dann schließt die ›Kondor‹ diese Lücke. Die ›Falke‹ bleibt in Bereitschaft. Dann haben wir zwar einen Arzt weniger im Team, aber das muss für diese kurze Zeit gehen. Die ›Berlin‹ bleibt für Bremen Rescue einsatzbereit. Die Strandwachen haben das Geschehen vom Ufer aus im Auge, dort ist auch ein Notarzt, und die WaSchPo sichert ebenfalls zur Förde hin ab. Gibt's noch Fragen?«

Die Pressesprecherin der DLRG Kiel Jessica Wienrich meldete sich. »Ich wurde heute Morgen von der Lokalpresse angerufen. Sie wollten in der morgigen Ausgabe etwas über den Vermissten von heute Nacht bringen. Was können wir dazu sagen?«

»Gar nichts. Die sollen sich an die Pressestelle der Polizei wenden.«

»Können wir sie nicht wenigstens ein bisschen füttern? Für

uns ist es wichtig, dass sie so oft wie möglich positiv über uns berichten, selbst wenn wir nur 'ne neue Fritteuse in der Geschäftsstelle haben. Jetzt, wo es wirklich etwas zu melden gibt, können wir sie nicht einfach hängen lassen.«

Ihr Chef ärgerte sich. »Du hältst am besten die Klappe. Dafür haben die zuständigen Behörden viel kompetentere Pressestellen. Was sollten wir ihnen auch sagen? Die einzige Aussage, die Fakt wäre, ist die, dass wir absolut keine Ahnung haben, und das wollen die nicht hören.«

»Aber sie werden fragen, ob wir etwas Kriminelles dahinter vermuten.«

»Vermutungen sind nicht unser Bier, basta! Wenn die etwas über Vermutungen wissen wollen, dann sollen die bei Facebook recherchieren oder sich eine Bildzeitung kaufen. Das machen sie ja sonst auch.« Er klappte verärgert sein Notizheft zu. »Und wenn ich jemanden dabei erwische, wie er eine private Pressekonferenz gibt, dann wird er kielgeholt, verstanden?«

Auf dem Weg zu ihren Booten versuchte die Berliner Ärztin mit Gabi Schritt zu halten. »Frau Haberstroh, können Sie mir bitte erklären, warum wir nur an den Wendebojen in Bereitschaft stehen?«

»Du bist neu bei der DLRG?«

Die Ärztin nickte. »Ja, woran merkt man das?«

»Weil wir uns untereinander grundsätzlich duzen. Aber nun zu deiner Frage. An den Bojen passiert am meisten. Bei den Wenden kann bei Regatten am besten Boden gutgemacht werden, und da geht es dann schon mal ganz schön zur Sache. Von da aus haben wir auch jeweils beide Geraden im Blick und können dann auch gleich helfen, wenn ein Boot gekentert ist oder jemand über Bord geht.«

Vor der »Nivea 13« blieben sie stehen. »Hier ist dein Rettungsboot. Ich wünsche dir eine ruhige Wache.«

***

Udo hatte nur wenig Schlaf bekommen. Der Bruder seiner Ex hatte ihn schon früh aus dem Bett geklingelt.

»Hier Dr. Frank Schminkert. Meine Schwester bat mich, Sie anzurufen. Wir haben die junge Dame noch hier, und sie könnte eigentlich wieder nach Hause. Ihre DLRG-Kameraden haben ihr aber wohl gesagt, dass sie auf keinen Fall allein bleiben sollte. Meine Schwester gab mir jetzt Ihre Nummer, da Sie offensichtlich in diese ganze Sache involviert sind.«

»Das ist richtig«, antwortete Udo verschlafen. »Ich bin in einer halben Stunde da. Bitte lassen Sie sie bis dahin noch bei Ihnen im Arzt- oder Wartezimmer. Ich hole sie ab.«

Nach einer Katzenwäsche schaffte er es mit fünf Minuten Verspätung.

Wie versprochen, saß Sylvie im Warteraum der Ambulanz, eingerahmt vom Geschwisterpaar Schminkert.

»Moin, alle zusammen, du auch hier«, lächelte Udo Beate an.

Sie grinste süßsauer zurück. »Ich konnte mir nicht verkneifen, mir meine Nachfolgerin anzusehen.«

»Hat sie dich inzwischen aufgeklärt?«

Seine Ex nickte einesteils erleichtert, zum anderen etwas enttäuscht. »Ja, wie langweilig, obwohl der Rest der Geschichte mehr als nur spannend ist. Lass uns in die Cafeteria gehen, dann können wir in Ruhe reden.«

Der heiße Kaffee war für Udo genau das Richtige. »So, nun schießt mal los mit eurem Bericht.«

Dr. Schminkert vergewisserte sich erneut bei Sylvie, dass er ihm alles sagen durfte.

»Natürlich«, nickte die junge Frau, »ohne ihn wäre ich nie auf die Idee gekommen, dass das gar kein Unfall war.«

»Also doch«, murmelte Udo. »Was habt ihr gefunden?«

Frank nahm einen Schluck Kaffee, bevor er berichtete. »Wir haben im Blut der jungen Frau zwei Dinge gefunden. Als Inhalationsanästhetikum wurde ihr Lachgas verabreicht und intravenös Propofol gespritzt.«

»Und wozu die Wunden?«

»Mein Oberarzt glaubt, dieses Wundbild schon bei Verletzungen durch Holzraspeln gesehen zu haben. Was uns noch auffiel, sind zwei Einstichstellen von Kanülen, quasi unter den Wunden. Einmal in der rechten Armbeuge und dann am linken Handrücken.«

»Vielleicht haben sie an der einen Stelle keine Vene gefunden«, folgerte die Ärztin.

»Es kann aber auch sein, dass man Frau Franke Blut abgenommen hat. Dann würde das Propofol in der Einstichstelle verschiedene Parameter verwischen, wenn man sie denn erhebt.«

»Das ist doch völlig gaga«, schimpfte seine Schwester. »Wer narkotisiert denn eine junge Frau, um sie danach mit einer Raspel zu bearbeiten? Und es war wirklich nichts Sexuelles?«

»Mit Sicherheit nichts, was man nachweisen könnte. Wir haben nicht einmal ansatzweise Spermaspuren oder einschlägige Verletzungen finden können. Auch der Gynäkologe hat nichts gefunden.«

»Und was hat die Kripo dazu gesagt?«

»Gar nichts«, antwortete Sylvie achselzuckend. »Nachdem eine Vergewaltigung ausgeschlossen war, haben die sich verabschiedet.«

In Udo stieg Wut hoch. »Aber so ein bisschen Raspeln ist wohl erlaubt?«

Seine ehemalige Freundin war ebenfalls aufgebracht. »Ich hasse es, Idioten recht zu geben, aber das ist wirklich eine Sauerei.«

»Wieso bin ich jetzt wieder ein Idiot? Du hast mit mir Schluss gemacht, nicht ich mit dir.«

»Und wer ist sang- und klanglos ans Horn von Afrika abgereist und hat mich Silvester mit unseren Freunden im Stich gelassen?«

»Du hast es noch immer nicht begriffen! Das ist nun mal meine Arbeit, und ich darf darüber nichts sagen! Außerdem bin ich nicht abgereist, sondern ich wurde abkommandiert.

Das ist ein feiner Unterschied. Und wer ist dann bitte schön alleine nach Kuba gefahren?«

Sie schlug mit der flachen Hand auf den Tisch. »Ach, Frauen dürfen wohl keinen Spaß haben?«

»Aber du kannst doch Schnorcheln auf Kuba nicht mit Kampfschwimmen im arabischen Meer vergleichen.«

»Wieso nicht, das eine ist links von Frankfurt und das andere rechts. Bei beidem wird man nass.«

»Blödsinn, das eine ist blutiger Ernst, und das andere ist Badespaß!«

»Spaß ist genauso wichtig wie Kampf.«

Der Doktor und Sylvie sahen irritiert zwischen Udo und der Ärztin hin und her. Sie beugte sich zu ihm vor. »Es ist wohl ein Segen, dass sich die beiden getrennt haben, denken Sie nicht auch?«

∗∗∗

Sylvie und Udo verließen das Unigelände in seinem Wagen. Er war noch immer sauer. »Was bildet sich diese Pute eigentlich ein? Sie wusste doch, dass ich zum Kommando Spezialkräfte der Marine gehöre. Wir müssen nun mal eben raus, wenn's irgendwo brennt. Da ist es völlig egal, ob es Weihnachten, Ostern oder Silvester ist.«

Sylvie war langsam etwas genervt. »Das haben Sie ja nun umfassend geklärt.«

»Tut mir leid. Es ist wirklich nicht meine Art, Beziehungsprobleme vor anderen Menschen zu erörtern, schon gar nicht, wenn diese Beziehung schon längst kalter Kaffee ist.«

Sie schwiegen eine Weile.

»Was hatte der Arzt eigentlich gemeint, als er zum Abschied sagte, dass Sie auf Ihr Blut aufpassen sollen?«

»Ich habe die Blutgruppe AB negativ.«

Udo war verblüfft. »Dann habe ich hier ja eine kostbare Fracht an Bord. Und seit wann wissen Sie das?«

»Schon seit meiner Blinddarm-OP. Aber wo ist das Problem?«

»Kann das nicht der Grund sein, warum Ihnen fremde Menschen Blut abnehmen?«

Sylvie sah ihn zweifelnd an. »Warum sollten sie das? Nur ein Prozent der Menschheit hat diese Blutgruppe. Die Wahrscheinlichkeit, nachts jemanden auf der Straße vom Fahrrad zu schubsen und ihm in der Hoffnung Blut abzunehmen, dass er AB negativ hat, ist geringer als gering.«

»Stimmt.« Udo überlegte. »Und wenn diese Kerle schon irgendwoher wussten, dass Sie AB negativ haben?«

Sylvie schüttelte den Kopf. »Das macht ja nun überhaupt keinen Sinn. Wenn sie es schon wussten, warum nehmen sie mir dann noch Blut ab?«

»Stimmt auch wieder.«

Die junge Frau sah auf ihre Uhr. »Nun hänge ich schon seit gestern Abend in diesen Klamotten rum. Ich würde gern auf direktem Weg nach Hause und mir etwas anderes anziehen.«

»Okay, aber ich weiche Ihnen nicht von der Seite.«

»Ich dusche lieber allein«, protestierte sie grinsend.

☆☆☆

Als die »Otto Asmussen« nach den Regatten in Laboe anlegte, wurden sie bereits erwartet. Sylvie war, und das konnte ihr Schüle nicht ausreden, trotz ihrer Verletzungen schon wieder in der Dienstkleidung der DLRG.

Julius nahm sie väterlich in den Arm. »Dat is aver scheun, mien Deern, dat wi di good to Fahrt weer hebben!«

Gabi hatte heute für Udo ein Lächeln. »Vielen Dank, dass du dich so gut um unser Küken kümmerst. Wie kömmt?«

»Das werde ich dir und eurem Chef gleich in Ruhe erzählen«, erwiderte Udo. »Wäre es möglich, dass wir uns dazu an einen verschwiegenen Ort zurückziehen?«

Julius bat zur Konferenz in sein kleines Zimmer. Er saß an

seinem winzigen Schreibtisch, die drei anderen quetschten sich auf das Bett.

Nach zehn Minuten war Udo mit dem Bericht fertig.

»Menschenskinder, das ist ja eine richtige Räuberpistole, so mit Betäuben und Blutabnehmen«, raunte der Vormann.

»Wobei das mit dem Blut aber noch nicht bewiesen ist«, warf Udo ein.

»Aber damit sollten wir trotzdem zur Kripo gehen!«

»Julius«, bremste ihn Gabi, »ich fürchte, den Weg kannst du dir sparen. Bei all dem, was du bei denen an durchaus plausiblen Schlussfolgerungen angeben kannst, ist kein einziger Beweis. All das kann auch nur ein dummer Zufall gewesen sein.«

Das Gesicht des Vormannes bekam eine rötliche Zornesfarbe. »Das soll Zufall sein, dass eine von meinen Leuten vom Fahrrad geschubst, betäubt und danach geraspelt wird?«

»Das kann auch irgendein Idiot getan haben, der danach als ordnungsliebender Perversling artig in den nächsten Papierkorb onaniert hat.«

Udo sah Gabi entsetzt an. »Na, hör mal, wie bist du denn drauf?«

Julius war irritiert. »Das frage ich mich aber auch! Auf welcher Seite bist du eigentlich?«

»Leute, ich bin auf eurer Seite, ich versetze mich nur in die Lage eines kleinen Kriminalkommissars vom Dienst, der ganz genau weiß, dass er von seinen Bossen Ärger bekommt, wenn er mit diesem ungeliebten Thema ankommt. Der wird alles abbügeln, auch dann, wenn du ihm eine halb verweste Leiche auf den Schreibtisch legst.«

Udo nickte enttäuscht. »Sie hat leider recht, Herr Lender. Sollten Sie wirklich mit einer Leiche im Revier aufschlagen, wird die, solange die Saison noch nicht vorbei ist, lediglich als ›Gammelfleisch‹ ans Gesundheitsamt weitergereicht.«

Julius schüttelte den Kopf. »Mensch, Kinnings, nun bin ich so lange als Schiffsführer auf See, aber so was ist mir noch nicht untergekommen. Wenn ich wenigstens im Handbuch für Küstenkapitäne unter ›Fremdraspeln bei der Besatzung‹ nachschlagen könnte, dann wüsste ich, was zu tun ist.« Er sah Sylvie an. »Mien Deern, was sagst du denn dazu?«

Sie saß wie ein Häuflein Elend neben ihnen. »Wenn ich ehrlich bin, habe ich Angst und will eigentlich nur in Ruhe meine Arbeit zusammen mit meinen Kameraden machen.«

Gabi legte den Arm um sie. »Das wollen wir auch. Wir müssen dich aber vor allem vor weiteren Attacken schützen. Das können wir nur, wenn du mitziehst und nirgendwo mehr allein hingehst.«

»Und wenn ich einfach nicht mehr bei euch mitmache?« Auf Sylvies Stirn erschienen Sorgenfalten. »So gern ich bei der DLRG bin, so sehr wünsche ich mir auch ein selbstbestimmtes Leben.«

»Das wirst du auch wieder haben, wenn alles vorbei ist. Aber wegbleiben ist keine Option. Dann wärst du noch genauso in Gefahr, hättest aber niemanden mehr, der dich beschützt.«

»Darf ich wenigstens allein ins Bad?«

Gabi sah Udo streng an. »Hat dich dieser Unhold etwa belästigt?«

Udo wies das weit von sich. »Ich habe sittsam draußen gewartet. Das möchte ich hier in aller Deutlichkeit feststellen.«

Sylvie nickte. »Ja, das hat er, aber wenn ich weiß, dass da jemand vor der Tür steht, kann ich ja nicht mal in Ruhe pupsen.«

Julius lachte. »Hier an Bord kannst du das machen, solange du willst, mien Deern. Dann stellst du dich während der Fahrt ganz ungezwungen ans Heck und unterhältst die Möwen. Und wenn Hinnerk und Fiete dich erst mal lange genug kennen und wissen, was du so draufhast, dann laden sie dich vielleicht sogar zu einem Flatulenzwettbewerb ein. Bei Seeleuten sind die immer wieder beliebt.«

Sylvie und Udo lachten darüber. Gabi war das Thema eher peinlich. »Manno, ihr seid drei erwachsene Leute.«

Julius gab ihr einen freundschaftlichen Klaps auf die Schulter. »Eines solltest du dir merken, mien Deern, aus einem verzagten Arsch kommt niemals ein fröhlicher Furz.«

»Ach«, wollte Gabi das Thema beenden, »sind wir jetzt bei den Lender'schen Lebensweisheiten angelangt?«

Julius lächelte sie triumphierend an. »Nee, mien Deern, das wird auch einem großen Mann zugeschrieben, aber der hieß nicht Lender, sondern Luther.«

✳✳✳

Der weitere Tag blieb für die Wasserretter ruhig.

Sie hatten Zeit, alles an Bord wieder zu richten, aufzufüllen, zu putzen und den Sanitätsbereich zu desinfizieren.

Am Abend saßen sie wieder am Grill, und die Gebrüder Lender erzählten diverse Schwänke aus ihrer Jugend. Dabei hörten nicht nur befreundete Wasserretter, sondern auch einige Touristen zu, die sich zur lauschenden Runde einfach hinzusetzten.

Selbst nachts um zwei Uhr saß noch eine große Traube von Menschen beisammen und hörte den Lenders gebannt bei ihren schaurigen Geschichten von Klabauter- und Kawenzmännern zu. Julius schilderte die Ereignisse derartig drastisch und ausgeschmückt, dass seine Zuhörer am nächsten Morgen Eide darauf geschworen hätten, alles, was sie gehört hatten, selbst erlebt zu haben.

Unbemerkt von den Teilnehmern des Abends legte kurz nach Mitternacht ein olivgrünes Schlauchboot an. Nachdem Udo die Insassen begrüßt hatte, holte er Gabi dazu.

»Darf ich dir mein Fireteam vorstellen?«

Sie sah irritiert auf die Männer. »Hm, erzähltest du nicht irgendetwas von einer Rotte?«

Er zeigte auf einen Kameraden. »Sven und ich sind eine Rotte. Wir vier zusammen sind zwei Rotten, also ein Fire-Team.«

»Eine Rotte stelle ich mir irgendwie schweinischer vor, so mit Bache.«

»Stimmt, eine haben wir, und das ist auch noch die Leitsau unseres gesamten Teams«, antwortete Udo lächelnd. »Die mussten wir aber zu einem Führungslehrgang abgeben. Ab morgen kommandiert sie uns dann wieder herum.«

Auf den Feldblusen der vier Soldaten prangten die Kampfschwimmerabzeichen und die Namensschilder. Darauf waren nur Vornamen zu lesen.

»Habt ihr keine Nachnamen?« Gabi zögerte, nachdem sie Udos Schild gelesen hatte. »Wieso heißt du darauf denn plötzlich Ulli?«

Mit der Frage hatte Udo gerechnet. »Bei den Mitgliedern der Spezialkräfte wirst du niemanden finden, der auf seiner Uniform den richtigen Vornamen trägt. Nachnamen schon gar nicht.«

»Ist das okay, wenn ich dich weiterhin Udo nenne?«

»Ich denke schon.«

Gabi zwinkerte ihm zu. »Und wenn ich irgendwann herausbekommen habe, wie deine Kollegen heißen, werde ich entweder eine von euch sein oder getötet werden?«

»Ohne überheblich wirken zu wollen, aber ich denke mal, dass du schon ein wenig über den Kampfschwimmerzenit hinaus bist und Probleme bei der Eignungsprüfung hättest.«

»Moment mal«, protestierte sie. »Ich bin voll diensttauglich.«

»Vielleicht reicht das für den Polizeidienst, aber mit eurem Test dürftest du bei uns in der Schreibstube noch nicht einmal Briefmarken anlecken.«

Sie zog die Stirn kraus. »Ich denke, ihr habt eine Chefin. Dann muss euer Einstellungstest doch wohl zu schaffen sein.«

»Und die sieht auch noch richtig gut aus«, er grinste sie frech an, »trotzdem hat sie einen Griff, mit dem sie einen Elefantenbullen erwürgen könnte. Die macht in Pumps eine tolle Figur, kann aber auch ein absolutes Kampfschwein sein.«

Gabi sah ihn zweifelnd an. »Du beschreibst gerade ›Wonder Woman‹.«

Seine Kollegen erwiderten im Chor: »Captain America darf das.«

٭٭٭

Da die »Otto Asmussen« am Montag der KieWo vom direkten Regattadienst freigestellt war, hatte ihre Besatzung neben dem Bereitschaftsdienst die Aufgabe, nach den Festabenden in Laboe wieder für Ordnung sorgen.

Gabi war damit beschäftigt, das Leergut des gestrigen feuchtfröhlichen Kameradschaftsabends auf einen Handkarren zu laden, da trat ein junger Mann an sie heran und grüßte sie. »Guten Tag, Kollegin Haberstroh.«

Sie drehte sich um und erkannte ihn erst gar nicht, bis es ihr dämmerte. »Bastian Schimke?«

»Genau der«, erwiderte der Angesprochene, »aber nicht mehr so ganz in der alten Form.«

Sie kannte den jungen Mann von ihrer Ausbildung her. Sie waren im selben Jahrgang. Er wäre damals wegen Unterernährung fast durch den ärztlichen Einstellungstest gefallen. Jetzt stand ihr ein Koloss von annähernd drei Zentnern Lebendgewicht gegenüber, vor dem ihr es nicht gelang, ihre Erschütterung zu verbergen.

»Leider«, versuchte er, sich zu entschuldigen, »hab ich's an den Drüsen.«

Gabi staunte. »Drüsen? Du scheinst davon mehr als andere zu haben.« Sie gaben sich zur Begrüßung die Hand. »Was treibt dich hierher?«

»Deine Anfrage von gestern, wegen der verschwundenen Leute.«

Sie wunderte sich. »Als Antwort hätte es auch eine Mail getan, denke ich.«

»Bin ich wahnsinnig? Doch nicht von meinem Dienst-PC aus.«

»Bist du bei der Kripo oder beim Geheimdienst?«

»Noch immer bei der Kripo, das weißt du doch. Ich will mir nur nicht nachsagen lassen, gegen irgendwelche Anweisungen verstoßen zu haben.«

Gabi lächelte bitter. »Also kommt da eine Ermittlungssperre von oben. So etwas habe ich mir schon gedacht.«

Bastian wand sich. »So kannst du das nicht nennen. Man hat mir lediglich deutlich zu verstehen gegeben, dass ich mir mit derartigen Nachforschungen keinen Gefallen tun würde.«

»Und weil du in deinem Job auch weiterkommen willst, bewegst du diese wohlgemeinten Worte in deinem Herzen.«

Er nickte erleichtert. »Besser hätte ich es nicht ausdrücken können.«

Gabi lud eine weitere Kiste auf. »Und warum bist du jetzt hier?«

Bastian half ihr unaufgefordert beim Beladen des Handkarrens. »Mir könnten ja in einem privaten Gespräch dir gegenüber aus Versehen ein paar Details herausgerutscht sein.«

Sie nickte wissend. »Was mir erst gar nicht aufgefallen ist. Die habe ich dann aber beim Fegen durch Zufall wiedergefunden?«

»Ich sehe, wir verstehen uns.«

Sie wischte die Hände an ihrem Overall trocken. »Dann lassen wir den ganzen Quatsch hier mal stehen. Ich möchte dich einmal ganz privat meinem Vormann vorstellen. Der liebt Getuschel hinter vorgehaltener Hand.«

✻✻✻

Nachdem Julius einen feierlichen Eid geschworen hatte, selbst seiner toten Großmutter nichts davon zu erzählen, rückte Bastian mit Details zu den Vermissten heraus. Dazu setzten sie sich an den großen Tisch in die Messe des Rettungskreuzers. Gabis Kollege klappte sein Notebook auf und berichtete.

»Die Saison hat noch gar nicht richtig begonnen, und es sind in diesem Jahr allein an der Ostseeküste schon sechs Menschen spurlos verschwunden, davon drei sogar in den letzten vierundzwanzig Stunden. Dabei hat die Kieler Woche mit ihren Menschenmassen doch gerade erst richtig angefangen.«

»Sechs Menschen, unfassbar. Mecklenburg-Vorpommern mitgerechnet?«, fragte Julius dazwischen.

»Nein, nur bei uns. In dieser Sache gibt es keine länderübergreifenden Ermittlungen.«

»Warum nicht?«

»Weil da ebenfalls die Hauptsaison beginnt«, antwortete Gabi auf Julius' Frage.

»Richtig, und weil ich dachte, dass zu diesem Thema eine Soko gegründet oder zumindest Mehrarbeit auf uns zukommen würde, habe ich schon mal recherchiert, ob es bei unseren Fällen irgendwelche Gemeinsamkeiten gibt. Vier der Vermissten waren unter vierzig Jahre alt.«

Julius runzelte die Stirn. »Bei sechs Menschen, die in der Vorsaison an die Ostsee fahren, ist das ein durchaus repräsentativer Schnitt, denke ich.«

Bastian war von dieser verhaltenen Reaktion enttäuscht, aber er legte mit wichtiger Miene nach. »Drei der Untervierzigjährigen haben im vergangenen Jahr im Internet recherchiert, ob man mit Tattoos auch Knochenmarkspender werden kann.«

Gabi verzog das Gesicht. »Da heute fast jeder mit so einem Ding herumläuft, ist das auch keine Erkenntnis, die einen vom Hocker haut.« Sie sah ihren Kollegen verschmitzt grinsend an. »Sag mal, als wir uns kennenlernten, hast du dich schon als Nerd bezeichnet, nur weil du einen Taschenrechner mit Wurzelfunktion bedienen konntest. Wie willst ausgerechnet du nach Gemeinsamkeiten von wildfremden Menschen im Netz forschen? Dazu gehört eine erstaunliche Kenntnis der Materie.«

»Da mich der Polizeiarzt wegen meiner Drüsen nur als bedingt diensttauglich eingestuft hat, bin ich dazu verdonnert worden, den ganzen Tag nur noch Recherchen im Netz zu machen. Da lernt man jeden Tag dazu.«

»Ihre Drüsen in allen Ehren, junger Mann, aber das ischa nun mal recht wenig, was Sie da zusammengetragen haben.« Julius rieb sich nachdenklich das Kinn. »Wir wissen jetzt, dass Tattooträger, die Knochenmark spenden wollen, dazu neigen, sich vorher schlauzumachen.«

»Nicht mal das«, unterbrach ihn Gabi. »Das können genauso gut auch Menschen sein, die bereits in der Knochenmark-Spenderdatei sind, sich aber ein Tattoo stechen lassen wollen.«

Bastian sah beide beleidigt an. »Das ist doch aber schon mal ein Ansatz, oder etwa nicht?«

»Hm«, Julius hob bedauernd die Achseln, »ich denke mal Letzteres, also oder etwa nicht.«

Bastian klappte enttäuscht sein Notebook zu. »Na, dann eben nicht. Ich wollte nur behilflich sein.«

Gabi knuffte ihn kameradschaftlich in die Seite, peinlich genau darauf achtend, dass sich ihr Unterarm dabei nicht bis zum Ellenbogen in seinen Hüftgürtel bohrte. »Nun schmoll nicht gleich wieder. Wir sind ja dankbar dafür, dass sich wenigstens einer in deiner Behörde für diese Fälle interessiert.« Sie griff in die Tasche ihres Overalls, holte einen USB-Stick heraus und legte ihn neben das Notebook. »Deine gesammelten Daten über die Vermissten verkleben augenblicklich doch nur deine Festplatte. Ich denke, dass es ein feiner Zug von uns wäre, wenn wir dich davon befreien würden. Was weg ist, ist weg. Dafür kannst du keinen Ärger mehr bekommen.«

Der junge Mann sah die beiden skeptisch an. »Und was wollt ihr damit anfangen?«

Gabi hatte in diesem Augenblick etwas von einem Unschuldsengel. »Allein von dreien der Opfer brauchen wir die Daten für unseren Bericht, und die Information, ob die ebenfalls tätowiert waren. Das könnte vielleicht mal wichtig werden.«

Nachdem Schimke von Bord war, zog Julius Gabi zur Seite. »Der Kampfschwimmer, den du dir geangelt hast, sprach gestern davon, dass er und seine Kameraden heute auch cybertechnisch ausgebildet sein müssen. Vielleicht kann der mit den Daten etwas anfangen.«

Auf ihrer Stirn erschien eine steile Falte. »Ich habe mir keinen Kampfschwimmer geangelt.«

»Meinetwegen«, seufzte Julius, »dann er eben dich.«

FÜNF

Kaum war Schimke von Bord, hatte Gabi die Daten an Udo übermittelt. Um den Handkarren mit dem Leergut fertig zu beladen, fehlte ihr Zeit, denn die Leitstelle Mitte meldete sich mit einem neuen Einsatz. Nachdem Hinnerk die Maschinen eingeschaltet hatte, die Crew an Bord war und Fiete und Julius die Leinen gelöst hatten, drückte Gabi die »Otto Asmussen« vorsichtig mit dem Bugstrahlruder von der Kaimauer. Erst dann fuhr sie mit kleiner Fahrt aus dem Hafen. Kaum hatte sie die Mole passiert, gab sie Gas. Julius hatte sich inzwischen bei Bremen Rescue angemeldet und mehr Informationen bekommen.

»Du hältst erst mal auf Kiel-Leuchtturm zu. Runde acht Seemeilen Nord-Nord-West von dem Leuchtfeuer soll eine Motoryacht strom- und antriebslos in der See treiben. Darauf soll sich eine verletzte Person befinden. Der ist zwar eine weitere Yacht zur Hilfe gekommen, sie können aber nicht längsseits gehen, weil der Seegang zu stark ist. Handys haben auch keinen Sinn, weil da draußen kein Empfang ist.«

»Weiß jemand, um was für eine Verletzung es sich handeln soll?«, fragte Drs. Simons, der mithörte.

»Darüber liegen keine Erkenntnisse vor.«

Da Gabi einen leichten Bogen um das Regattagebiet fuhr und bei dem Seegang kaum Sportschiffe unterwegs waren, gab sie nur so weit Gas, wie es die Höhe der Wellen erlaubte. Dennoch leisteten die Maschinen selbst bei fünf Windstärken, die von schräg vorne kamen, beeindruckende Arbeit. Ihr Notarzteinsatzschiff preschte mit knapp dreißig Knoten durch die Wellen, wobei Sylvie und der Arzt etwas Mühe hatten, sich senkrecht zu halten. Nach zwanzig Minuten passierten sie Kiel-Leuchtturm, und nur wenig später kamen die beiden Motoryachten in Sichtweite. Julius hatte inzwischen mit dem Boot, das der Yacht zur Hilfe geeilt war, Funkkontakt.

»›Andante‹, haben Sie erfahren können, was für eine Verletzung vorliegt?«, fragte Julius.

»Hier ›Andante‹, bei dem starken Wind ist eine Verständigung kaum möglich, aber wir haben etwas von einem Überfall und einer Schussverletzung verstanden.«

Auf der »Otto Asmussen« sah man nur ratlose Gesichter. »Habe ich das mit der Schussverletzung richtig verstanden?«, fragte Julius ungläubig.

»Hier ›Andante‹, ja, haben Sie. Jedenfalls kam das so bei uns an.«

Julius gab seinen Leuten das Zeichen, die »Ottilie« zu besetzen. »›Andante‹, halten Sie bitte etwas mehr Abstand. Wir lassen unser Tochterboot zu Wasser und gehen damit längsseits.«

Bei dem havarierten Boot handelte es sich um eine funkelnagelneue Sealine C330, einer knapp elf Meter langen Motoryacht, die über eine Dreihundertvierzig-PS-Maschine verfügte.

»Wenn sich darauf wirklich eine angeschossene Person befindet, dann müssen wir die erst zu uns rüber holen«, bemerkte Gabi. »Da ist ja alles überdacht, sodass der Hubschrauber mit seiner Winsch gar keinen Platz hat.«

»Ist das Tochterboot besetzt?«, fragte Julius über Funk.

»Ist komplett«, kam die Antwort.

»Dann raus mit der ›Ottilie‹. Es geht mir aber niemand an Bord, bis nicht geklärt ist, wo der Schütze abgeblieben ist. Nicht, dass ihr auch noch was abkriegt!«

Langsam glitt das Tochterboot seitwärts von der »Otto Asmussen« ins Wasser. Kaum war es frei, nahm es Fahrt zum Havaristen auf.

Nachdem sie in Rufweite waren, erkundigte sich Fiete beim Skipper, was an Bord passiert war, und setzte eine dementsprechende Meldung ab: »Das soll ein Piratenüberfall gewesen sein! Dabei soll nach unbestätigten Berichten eine Person angeschossen und eine zweite entführt worden sein. Die Piraten sind aber schon mit einem Speedboot über alle Berge. Wir gehen jetzt längsseits und dann an Bord.«

emons: **Tel. 0221-56977-0 · info@emons-verlag.de**

Bitte senden Sie mir das aktuelle Verlagsprogramm zu

Ich möchte den Newsletter von emons **per E-Mail erhalten**

Ich habe Interesse an Krimis aus folgender Region:

Besuchen Sie uns auch auf www.facebook.com/EmonsVerlag

Name

Straße

PLZ/Ort

E-Mail

emons: **verlag**
Cäcilienstraße 48

50667 Köln

01/2022

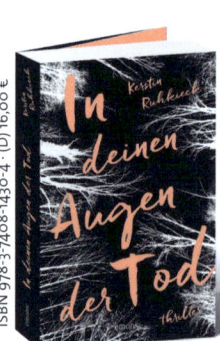

Um an der hilflos in den Wellen schaukelnden Yacht anzulegen, schob sich Fiete mit dem Boot vorsichtig näher. Erst beim zweiten Anlauf konnten Sylvie und der Arzt übersetzen. Hinnerk beobachtete das Manöver durchs Fernglas. »Wie kann ein so neues und vor allem so teures Boot derartig in Schlamassel geraten? Da ist doch alles nur vom Feinsten, selbst die Notfallausrüstung.«

»Die ›Otto Asmussen‹ von Drs. Simons kommen«, ertönte es aus dem Lautsprecher.

»Hört«, antwortete Julius.

»Es handelt sich bei dem Verletzten um einen Mann, der wirklich einen Bauchschuss erlitten hat. Der Zustand ist noch recht stabil, aber ich kann nicht sagen, welche inneren Verletzungen oder Blutungen vorliegen. Ist der Heli schon alarmiert?«

»Werde ich jetzt machen, aber die kommen aus Nordholz oder Warnemünde, das heißt, wenn überhaupt einer kommt.«

»Und wann wissen wir, ob einer kommt?«, erkundigte sich der Arzt. »Wir können mit dem Mann mit diesen Verletzungen nicht stundenlang durch die Wellen reiten.«

Julius versuchte, die Gemüter mit seiner sonoren Stimme zu beruhigen. »Bremen Rescue hat die dänische Marine eingeschaltet, weil eine der beiden deutschen Sea Kings bereits im Einsatz ist und die andere kurzfristig außer Dienst. Die Dänen haben augenblicklich eine Fregatte westlich von Langeland liegen. Von der kommt ein Heli.«

Die Laune des Arztes hellte sich bei diesen Aussichten auf, und er kümmerte sich weiter um seinen Patienten.

»Gibt es öfter so einen Engpass bei den Hubschraubern?«, fragte Gabi.

»Die Sea Kings der Marine sind über vierzig Jahre alt. Da kann es schon mal Ausfälle geben. Die neueren Sea Lions sind alle im Einsatz. Die Dänen können in diesen Fällen aber mit modernem Gerät für die Seenotrettung aushelfen, nur bei denen dauert es ein wenig länger, bis sie hier sind.«

»Aber wir haben doch auch Rettungshubschrauber hier an der Küste, warum werden die nicht gerufen?«

»Weil die speziell seewassergeschützt sein müssen, und das sind die meisten nicht. Viele von denen können mangels Ausrüstung noch nicht einmal nachts fliegen.«

✳✳✳

Der angeschossene Mann hatte alle erforderlichen Medikamente zur Stützung des Kreislaufs bekommen. Drs. Simons wartete aber mit dem Abtransport so lange, bis die Beruhigungsmittel komplett wirkten, was für den Verletzten deutlich stressfreier war. Fiete kümmerte sich derweil um den Skipper, der aufgrund der Vorfälle völlig durch den Wind war. Geschockt begann er zu erzählen. »Ich begreife gar nicht, was passiert ist. Wir sind bei dem Boot der Piraten längsseits gegangen, weil die Feuer an Bord hatten. Frankie stand am Bug und kümmerte sich um die Fender. Auf dem Boot waren vier Männer. Plötzlich zogen alle Sturmhauben über die Köpfe, einer von ihnen warf die Rauchbombe, die wir für ein Feuer an Bord gehalten hatten, ins Wasser, und dann waren auch schon drei von ihnen blitzartig hier an Bord. Einer hatte eine Pistole dabei und befahl, uns auf den Boden zu legen. Ein anderer machte sich an der Bordelektrik zu schaffen, und plötzlich war alles aus, sogar der Motor.«

»Was haben die denn von euch gewollt?«, fragte Fiete vorsichtig.

»Keine Ahnung. Es hat sich so angehört, als hätten sie irgendeine nordische Sprache gesprochen. Sie wollten auf Englisch wissen, welcher von uns Brüdern Bernd sei. Bernie ist dann auch sofort hoch und brüllte sie an, was sie sich einbilden würden, bekam dann aber gleich einen Schlag ins Genick und war sofort bewusstlos. Dann haben sie ihn gegriffen und in ihr Boot geschleift.«

»Und haben Sie eventuell etwas von dem, was die untereinander gesprochen haben, verstehen können?«

»Nein, aber den Sinn eines Satzes glaube ich, deuten zu können. Der, der meinen Bruder geschlagen hat, sollte mit einer ›Nürene‹ vorsichtig sein.« Der Skipper hielt inne, um sich genauer zu erinnern. »Fahr vorsichtig mit ›Nürene‹, hat er gesagt, was immer diese ›Nürene‹ auch gewesen sein mochte. Vielleicht heißt deren Boot so.« Dem Mann kamen die Tränen. »Dann ist Frankie aufgesprungen, hat sich unsere ungeladene Signalpistole aus dem Notfallfach geschnappt und wollte die Kerle dazu zwingen, Bernie wieder zu uns rüber zu geben. Die haben ihn aber eiskalt abgeknallt und sind dann mit einem Höllentempo abgebraust, trotz des Seegangs. Gott sei Dank hat mein Bruder die Signalpistole nicht ins Wasser fallen lassen, sodass ich ein anderes Schiff mit Leuchtkugeln auf unsere Notlage aufmerksam machen konnte. Patronen hatten wir noch. Funk und alles Elektrische war ja tot. Unser Handsprechfunkgerät und auch das Satellitenhandy haben die Kerle ins Wasser geworfen.«

Fiete dachte darüber nach, was der Skipper erzählte. »Das sieht alles wie eine Entführung aus. Warum wollten die ausgerechnet Ihren Bruder Bernd? Hat er so viel Geld oder Einfluss?«

Der Mann zuckte ratlos mit den Achseln. »Warum es ausgerechnet Bernd sein musste, kann ich nicht sagen. Wir Brüder sind zwar alle drei von verschiedenen Müttern, aber zu gleichen Teilen Inhaber eines großes Speditionsunternehmens, das wir von unserem Vater geerbt haben. Wenn es denen nur um Geld ginge, hätten sie sich irgendeinen von uns schnappen können. Ich denke mal, dass wir erst dann klüger sind, wenn sie sich mit Forderungen gemeldet haben.«

***

Da Julius bei seiner Lagemeldung an Bremen Rescue das Stichwort Piratenüberfall benutzte, setzte er automatisch ein großes Szenario in Gang. Neben einem Minensuchverband, der sich derzeit an einem Nato-Manöver beteiligte, war nach kurzer Zeit ebenfalls der Kreuzer »Eschwege« der Küstenwache vor Ort. Inzwischen war der Verletzte auf die »Otto Asmussen« gebracht und unter Deck so lange medizinisch versorgt worden, bis der Heli über dem Rettungsschiff schwebte, um Arzt und Patienten mit Hilfe der Rettungswinde an Bord zu ziehen. Bei diesem Manöver hatte Gabi darauf zu achten, mit einer konstanten Geschwindigkeit die Wellen so zu schneiden, dass das Schiff möglichst wenig wackelte. Nur auf diese Weise konnte der Hubschrauberpilot langsam über dem Rettungsschiff einschweben und sich dann darüber zum Hochwinschen des Patienten halten.

Nachdem Drs. Simons und Frankie an Bord des Helikopters waren, übergab Julius die Einsatzstelle an die Küstenwache. Die leitete sofort alle Maßnahmen zur Fahndung nach den Piraten ein. Parallel nahmen sie die beiden Brüder an Bord und ihre Yacht an den Haken.

Auf der Rückfahrt nach Laboe berichtete Fiete, was er von dem Mann erfahren hatte. Julius schielte dabei zu Gabi, um zu sehen, wie sie die Geschichte aufnahm, aber er sah in ihrem Gesicht nur Ratlosigkeit.

»Gehört das alles zusammen«, fragte er in die Runde, »oder war das eine völlig andere Vorstellung im gleichen Theater?«

Hinnerk war der Erste, der dazu etwas sagte. »Bei den Entführungen ist nur die Tatsache identisch, dass da jemand verschwunden ist. Eine Entführung mit Waffengewalt auf See und vor Zeugen ist neu.«

»Das muss nicht sein«, warf Gabi ein. »Vielleicht waren die Entführer bei den anderen Fällen auch bewaffnet, nur hatten sie da keine Zeugen und wurden nicht mit einer Waffe bedroht, wenn sie auch ungeladen war.«

Julius strich sich nachdenklich über den Bart. »Fiete, geh doch mal an den Computer und schau im Schiffsregister nach, ob ein Dampfer mit dem Namen ›Nürene‹ gemeldet ist oder einer, dessen Tochterboot so heißt. Wenn das Kerle aus dem

Norden gewesen sein sollen, dann könnte sich ›Nürene‹ auch mit Ypsilon schreiben.«

∗∗∗

Wieder in Laboe, stand Udo mit einer diesmal unbekannten Frau an der Pier. Julius beobachtete grinsend Gabis Gesicht, als sie die beiden entdeckte. »Na, mien Deern, eifersüchtig?« Gabi funkelte ihn böse an. »Hör auf mit dem Scheiß. Ich habe weder Udo an der Angel noch er mich, und wenn der hier mit einer Frau auftaucht, dann ist das seine Sache.«

»Und warum bist du dann so angesäuert?«

»Du kannst mich mal …«, murmelte sie und drängelte sich an ihm vorbei, um den Niedergang zu erreichen. »Ich gehe jetzt in die Messe und pflege den Bericht ein.«

Sie war von Julius' Sprüchen etwas genervt, aber noch mehr ärgerte sie, dass es ihr wirklich einen Stich gab, als sie Udo mit dieser Frau an seiner Seite sah. Obendrein war seine Begleitung ausgesprochen attraktiv.

Grummelnd setzte Gabi sich unter Deck an den Tisch. Es klopfte, und Udo stand im Türrahmen, hinter ihm diese Frau. »Wir bitten darum, eintreten zu dürfen.«

Sie bemühte sich um ein freundliches Gesicht. »Kommt rein, hier ist geheizt.« Sie legte das Tablet zur Seite. »Du hast Besuch mitgebracht?«

Udo grinste. »Ja, die von dir so getaufte Wonder Woman.«

Gabi war erleichtert und versuchte, das mit einem flotten Spruch zu überspielen. »Und jetzt soll sie mir vormachen, wie sie mit bloßen Händen einen Elefanten erwürgt?«

»Nein, das macht sie nur, wenn sie Hunger hat. Im satten Zustand ist sie auch das elektronische Hirn unseres Teams.«

»Soll heißen?«

»Dass sie dir eine halbe Stunde nach Rechercheauftrag sagen kann, an wen du vor zwanzig Jahren eine Mail geschrieben und warum du sie nicht abgeschickt hast.«

Gabi erhob sich von ihrem Platz und reichte der Frau die Hand. »Mein Name ist Gabriela Haberstroh.«

Die erwiderte den Händedruck. »Ich bin Emma.«

»Sie sind schon eingeweiht?« Gabi bot den beiden einen Sitzplatz an.

»Ja. Ulli hat mir auch schon den USB-Stick gegeben. Wir haben eben gehört, dass da eventuell ein Name hinzugekommen ist?«

»Bernd Plager, einer von drei Brüdern, die gemeinsam eine internationale Spedition besitzen. Bruder Frank wurde bei der Entführung heute Morgen angeschossen, und Bruder Arno ist wohl noch auf der ›Eschwege‹, um den Ermittlern mit seiner Zeugenaussage helfen zu können.«

Udo zog die Stirn kraus. »Waffengewalt ist aber neu, oder?«

»Woher sollen wir das wissen? Neu ist, dass jemand dabei angeschossen wurde.«

Emma notierte sich alles. »Gibt es weitere belastbare Indizien?«

»Nicht viele. Die Entführer haben sich in einer nordischen Sprache unterhalten. Der Skipper der Yacht hat davon wohl etwas nicht direkt verstanden, aber zumindest deuten können.«

Emma wurde hellhörig. »Und was?«

»Dass das Schiff, mit dem die Kerle gekommen sind, wohl ›Nürene‹ oder ähnlich heißen soll.«

Sie war erstaunt. »Ein Schiff das ›Niere‹ heißt? Das ist aber ungewöhnlich.«

Udo unterbrach sie. »Du musst wissen, dass Emma geborene Norwegerin ist. Was haben die Entführer denn genau gesagt?«

Gabi hatte sich diesen einen Satz notiert, weil sie selbst nach der Bedeutung recherchieren wollte. »Fär vorsichtig mit ›Nürene‹«, las sie ab. »So hat es der Skipper zu Protokoll gegeben.«

Emma zuckte mit den Achseln. »›Vær forsiktig med nyrene‹ spricht man das aus und das heißt ›sei vorsichtig mit den Nieren‹.«

»Das macht ja nun überhaupt keinen Sinn«, murmelte Gabi,

»wenn man dem einen in den Bauch schießt und beim anderen auf die Nieren aufpassen soll.«

»Vielleicht geht es genau darum.« Udo rieb sich nachdenklich am Kinn. »Vielleicht sind das Organhändler auf Raubzug.«

Gabi schüttelte den Kopf. »Unsere Sylvie ist noch vollständig. Wenn es denen um Organe ginge, dann hätten die dem Angeschossenen doch auch gleich die Nieren klauen können.«

Julius hatte eine Weile von draußen mitgehört, bevor er die Messe betrat. »Es gibt aber auch noch die Möglichkeit, dass der Skipper irgendwelchen Bullshit verstanden hat, und das erscheint mir im Augenblick als das Plausibelste.«

Gabi nickte nachdenklich.

»Was halten Sie davon«, nahm Emma den Faden wieder auf, »dass ich mich mal hinsetze und die Namen all derer, die auf der Vermisstenliste stehen, auf Gemeinsamkeiten hin überprüfe? Dabei kommt man oftmals zu verblüffenden Ergebnissen.«

Julius war damit einverstanden. »Machen Sie das, aber benutzen Sie dabei bitte keine IP-Adressen, die mit der DLRG in Zusammenhang gebracht werden können. Der Vorstand der Kieler Ortsgruppe macht mir die Hölle heiß, wenn die Gesellschaft dadurch in irgendetwas hineingezogen werden sollte.«

Emma winkte ab. »Da gibt es keine Probleme. Ich kenne jemanden von unseren Aufklärern, der benötigt so etwas wie eine IP-Adresse nicht. Der Mann ist ein Phantom im Internet.«

✳✳✳

Am Nachmittag war die See mit sechs Windstärken derartig rau, dass erneut keine Regatten stattfinden konnten. Das hielt die Skipper der größeren Klassen aber nicht davon ab, dennoch zum Training in See zu stechen. Wie befürchtet, waren in diesem Jahr wieder einige dabei, die ihre Fitness total überschätzten. Dreimal griffen die Retter ein, weil die Segler zu wenig trainiert waren, um ihr Boot nach dem Kentern wieder aufrichten zu können. Manche haben sich bei dem Versuch in der Takelage verheddert. Ohne die Hilfe der DLRG wären sie in ernste Schwierigkeiten gekommen.

So kabbelig die Ostsee auch war, an Land herrschten über dreißig Grad, und alle waren für den kühlenden Wind dankbar. Am Nachmittag begann in Laboe das Hafenfest. Die ansässigen Hilfsorganisationen nutzen diese Veranstaltung, um sich zu präsentieren. Dazu kamen die PR-Leute aus den jeweiligen Landesverbänden und alle, die nicht unmittelbar mit Wach- oder Sanitätsdienst beschäftigt waren, brieten Würstchen, verkauften Bier und passten an der Hüpfburg auf, dass sich die Kinder beim Spielen nicht verletzten. Sogar Drs. Simons, der inzwischen von einem Polizeiwagen vom Klinikum Kiel nach Laboe gebracht worden war, erwarb sich Meriten, indem er unermüdlich Touristen ansprach, ob sie nicht Fördermitglieder der DLRG werden wollten. Sylvie unterstützte ihn dabei. Hinnerk und Fiete führten eine Gruppe nach der anderen durch die »Otto Asmussen«, und auch die Kollegen der Seenotretter öffneten ihre »Berlin« für Touristen. Mit den DLRG-Rettungsbooten »Falke« und »Nivea 13« wurden sogar kleine Rundfahrten gegen einen geringen Spendenobolus angeboten. Nach so einem Erlebnis war dann im Spendentopf jede Menge Papiergeld zu finden. Für den Abend stand noch die Lesung eines Schriftstellers auf dem Programm, der aus seinem DLRG-Krimi lesen sollte. Julius wurde so lange von seiner Crew »bearbeitet«, bis er sich dazu bereit erklärt hatte, danach etwas von seinem Kampf gegen Bösewichte und Seeungeheuer zu erzählen. Um unterhaltsam durch den Abend zu führen, kam Hans Meiser extra aus Timmendorfer Strand angereist. Er war nicht nur ein Freund der Retter, sondern auch Kuratoriumsmitglied der DLRG. Es war klar, dass sich die jeweiligen Kassenwarte der verschiedenen Hilfsorganisationen über jeden zahlenden Gast bei derartigen Veranstaltungen freuten, und die PR-Leute nutzten die Gelegenheit, Reklame für ihre Vereine zu machen.

In einer etwas ruhigeren Minute arbeitete sich Gabi zu

Drs. Simons durch und zog ihn zur Seite. »Wie geht es dem Schussopfer?«

»Der arme Kerl ist vom Schockraum direkt in den OP geschoben worden, weil die Blutung nicht zum Stillstand kam. Die Kugel scheint doch etwas mehr Schaden angerichtet zu haben.«

»Kommt er durch?«

»Ich bin kein Hellseher«, Drs. Simons kratzte sich nachdenklich am Kopf, »aber ich denke mal, dass er gute Chancen hat. Er ist ja noch relativ jung und konstitutionell gut beieinander.«

Gabi sprach so leise, dass sie niemand belauschen konnte. »Was meinst du, könnten da Piraten am Werk gewesen sein, die es nur auf die Organe der Leute abgesehen haben?«

Drs. Simons sah sie erstaunt an. »Wie soll das denn funktionieren? So eine Niere oder ein Herz kann man ja nicht zur Vorratshaltung einfrieren.«

»Es werden doch ständig Organe gesucht.«

»Ja, aber doch nicht per Zeitungsinserat.«

Gabi ließ nicht locker. »Nehmen wir mal an, ich brauche dringend eine neue Leber. Wie würde das ablaufen?«

»Dann würde dein behandelnder Arzt deine ganz spezielle Typisierung durch Blutuntersuchungen, Blutgruppe und sonstige Werte bestimmen lassen und sich damit an Leiden in Holland wenden. Dort ist der Sitz von Eurotransplant. Die Mitarbeiter dort setzen deinen Namen dann mit all den gewonnenen Informationen und einer Dringlichkeitsstufe versehen auf eine Liste. Wenn in Leiden ein für dich passendes Organ gemeldet wird, dann bekommst du eine neue Leber oder was immer du brauchst.«

»Okay, das ist die eine Seite. Was machen die Krankenhäuser, die plötzlich einen Spender haben?«

»Die behandelnden Ärzte melden den nachweislich hirntoten Spender, nachdem seine Angehörigen zugestimmt haben oder er selbst einen Organspenderausweis besaß, mit einer kompletten Typisierung seiner Gene und seines Blutes ebenfalls bei Eurotransplant an. In Leiden sucht der Computer dann nach einem digitalen Crossmatch, also, er vergleicht die Typisierungen digital nach passenden Empfängern. Wichtig ist auch das Organ, denn Nieren reagieren auf fremde sogenannte ›humane Leukozyten Antigene‹ sehr viel sensibler als zum Beispiel Herz, Leber oder Lunge. Wenn also ein Spender nach so einem digitalen Crossmatch in Frage kommt, dann macht sich ein speziell ausgebildeter Entnahmechirurg auf den Weg zum Spender, entnimmt dort das Organ und bringt es anschließend zum Transplantationszentrum, in dem der Empfänger bereits operativ auf die Einpflanzung vorbereitet wurde. An einem Hirntoten arbeiten oft mehrere Entnahmechirurgen; der eine holt die Nieren raus, der andere Herz und Lunge und so weiter.«

Gabi überlegte. »Und wenn partout kein Organ für mich zu finden ist?«

Der Arzt nahm einen großen Schluck alkoholfreies Bier. »Dann kommt es darauf an, ob deine Eltern oder Angehörigen genug Geld haben, um auf dem Schwarzmarkt eines für dich kaufen zu können.«

Sie sah ihn mit großen Augen an. »Gibt's denn so etwas auch?«

»Natürlich! Ich möchte nicht wissen, in wie vielen chinesischen Todeszellen Delinquenten so lange am Leben gehalten werden, bis ihre Organe irgendwo auf der Welt benötigt werden.«

»In China?«

»Bestimmt nicht nur dort. Es gibt genug Länder, in denen noch exekutiert wird. In manchen armen Ländern werden Kinder von ihren Eltern an Kliniken zur Organentnahme verkauft.«

Gabi war entsetzt. »Welche Eltern machen denn so was?«

»Eltern, die so arm sind, wie wir es uns nicht einmal annähernd vorstellen können. Eltern, die, wenn sie überhaupt noch einen Baum finden, dessen Rinde weichkochen, damit die Kinder wenigstens etwas zu kauen haben, denn kleine Steine zu lutschen hilft vielleicht nur eine Woche gegen den Hunger. In der Natur töten die Elterntiere sogar einen Teil ihres Wurfs, wenn nicht genug Nahrung vorhanden ist.«

Gabi grauste es. »Das ist ja furchtbar.«

Der Doc zuckte mit den Achseln. »Das ist der tägliche Kampf ums Überleben, und der ist brutal, und wenn man zu Hause zwölf hungrige Gören hat, dann gibt man schon mal eines weg und hat dafür elf satte! Und weggegeben wird der, der am wenigsten arbeiten kann.«

»Aber solche Organe gingen dann doch nicht über Eurotransplant?«

»Nein, dafür gibt es einige Datenbanken im sogenannten Darknet. Die nehmen es mit den Vorschriften gegen Bares nicht so genau.«

»Aber das ist doch nicht legal?«

Er sah sie fast mitleidig an. »Schätzelein, von welchem rosa Stern kommst du eigentlich?«

***

Auf dem Katamaran »Sandur« herrschte extrem dicke Luft. Kapitän Friedjofsson war außer sich vor Wut. »Warum müsst ihr Idioten denn auch gleich schießen?«

»Weil die auch bewaffnet waren und auf uns angelegt haben«, jammerte Tróndur Olafsson. »Ich lass mich doch nicht einfach von denen abknallen!«

»Und womit haben sie auf dich gezielt? Etwa mit einer Bazooka, oder hatten die sogar eine Kanone an Bord?«

»Mit einer Signalpistole.«

»Mein Gott, es war Tageslicht. Der Lauf von dem Ding ist so dick, dass du da durchschießen könntest. Wenn du nur einen Funken Ahnung hättest, dann hättest du auf den ersten Blick gesehen, ob die Knarre auch geladen war! War sie es?«

Der Matrose zuckte hilflos mit den Schultern. »Weiß nicht.«
Der Kapitän schlug mit der Faust auf den Tisch. »Im nächsten Hafen heuerst du ab. Idioten haben hier an Bord nichts zu suchen. Geh mir aus den Augen!«

Der so Gescholtene verließ mit hängenden Ohren die Brücke des Katamarans.

Petur Holgersson, der erste Offizier, hatte die Szene schweigend verfolgt. Nachdem der Matrose verschwunden war, versuchte er, die harte Entscheidung seines Chefs etwas zu mildern. »So einen wie Tróndur kriegen wir nicht so leicht wieder. Okay, er ist zwar etwas unterbelichtet, aber er hat seinen Kram immer zuverlässig gemacht. Vor allem ist er verschwiegen, selbst im Suff.«

Der Kapitän schüttelte den Kopf. »Das weiß ich selbst, aber ich kann niemanden gebrauchen, der bei unseren Aktionen seinen Job zuverlässig erledigt. Durch diesen Schwachkopf haben wir Spuren hinterlassen. Wenn das kein glatter Durchschuss war, dann haben die jetzt ein Projektil von uns, und weißt du, wer mit dieser Waffe schon alles abgeknallt wurde?«

So weit hatte der Seeoffizier nicht gedacht. »Und nun?«

»Ich rufe in der Zentrale an, dass die uns zwei oder drei frische Leute schicken, die für derartige Unternehmungen geschult sind. Je voller es an der Küste wird, desto heikler wird ihr Job.«

»Und was passiert nun mit Tróndur?«

»Guckt nach, ob ihr etwas von ihm gebrauchen könnt. Wenn nicht, dann lass ihn den Beifang-Häcksler reinigen.«

✳ ✳ ✳

Die Veranstaltung war inzwischen zu Ende, und nachdem Julius zum großen Vergnügen der Zuhörer aus seinem »Seekästchen« geplaudert hatte, strömte die Menge gut gelaunt wieder ins Freie. Es wurde am Grill und am Getränkestand so voll, dass Gabi den Wunsch nach einer Bratwurst erst einmal zurückstellte.

Julius war etwas erschöpft. »Na, mien Deern, hat's dir gefallen?«

»Da hast du aber wieder ein paar Storys rausgehauen. Die Märchen von Seeungeheuern und Klabautermännern sind dagegen ja reinste Tatsachenberichte.«

Julius schmunzelte verschmitzt. »Zugegeben, ich habe auf meiner Glatze auch ein paar Locken gedreht, aber im Großen und Ganzen war das alles wahr.«

Gabi lachte. »Dann werden sich von den knapp hundert Zuhörern ja mindestens fünfzig aus reiner Amüsiersucht als Freiwillige bei der DLRG melden, um solche Geschichten mal live zu erleben.«

Julius winkte ab. »Es würde schon reichen, wenn jeder von denen ein bisschen spendet.« Sein Gesicht wurde wieder ernst. »Ich habe vorhin am Rande mitbekommen, dass du mit dem Doc gesprochen und danach etwas betreten aus der Wäsche geguckt hast. Gibt's ein Problem?«

»Vor dir kann man wohl gar nichts verbergen, oder?«

»Das ist mein Job, mien Deern. Der erste Blick gilt der Mannschaft, der zweite der See und der dritte dem Schiff.«

Gabi erzählte Julius die Kurzform ihrer Unterhaltung mit Drs. Simons.

»Und nun zweifelst du an der Menschheit?«, fragte er sie.

»Ein bisschen schon.«

»Stell dir mal vor, du bist mehrfache Millionärin, und dein Kind braucht plötzlich ein Herz oder eine Leber. Für zweihunderttausend Euro könntest du sofort ein passendes Organ haben und müsstest nicht ellenlang darauf warten. Die Angst, wann und ob es kommt und ob es dann nicht vielleicht schon zu spät ist, entfiele dann. Würdest du als reiche Mutter nicht sofort zuschlagen, egal, wo das Organ herkommt, ob es legal ist oder nicht, wenn sich dir diese Chance böte?«

»Ich denke, ja«, erwiderte sie betreten.

»Siehst du, mien Deern, so schnell kann ein liebender Mensch zum Verbrecher werden.«

Sie war entrüstet. »Findest du die Bezeichnung Verbrecher nicht ein wenig hart?«

»Nein. Mit der Bestellung eines solchen Organs auf dem Schwarzmarkt nimmst du billigend in Kauf, dass dafür vielleicht ein anderer Mensch umgebracht wird.«

Gabi schaute verdrießlich. »Willst du mir den Abend versauen?«

»Nein, ich wollte dir nur klarmachen, dass wir Gutmenschen ganz schnell darüber urteilen, was Recht und Unrecht ist und dabei keine Ahnung haben, über wen wir damit richten. Verbrechen rund um die Organspende können nur dann vermieden werden, wenn es genug Spenderorgane gibt. Das ist aber ein Kampf, den die Politik auszufechten hat, nicht du.« Er drückte sie herzlich. »So, mien Deern, nun iss etwas, damit du mir nicht vom Stängel fällst.«

Nachdem sich ihr Appetit wieder gemeldet hatte, stellte sie sich beim Grillstand an und machte sich bald über eine leckere Bratwurst her. Mit jedem Bissen wurde ihre Laune merklich besser.

Hinter ihr ertönte eine Stimme. »Wir müssen reden.«

Gabi fuhr herum, und wie aus dem Nichts stand Udos Chefin Emma vor ihr.

»Mein Gott«, stöhnte sie mit vollem Mund auf, »haben Sie mich erschreckt. Schleichen Sie sich immer so an?«

»Sorry, das ist eine Art Berufskrankheit.«

Gabi steckte sich den letzten Bissen in den Mund und wischte sich die Hände mit einer Serviette sauber. »Haben Sie auch Hunger oder Durst, oder wollen Sie nur so mal vorbeigucken?«

»Weder noch. Wir müssen, wie gesagt, reden.«

»Worüber? Wollen Sie mir auch sagen, dass U…« In diesem Augenblick fiel ihr ein, dass die Vornamen bei den Kampfschwimmern ja nicht die wirklichen sind. »Also, ich meine, Ulli und ich uns gegenseitig am Haken haben?«

»Ach«, Emma lächelte Gabi erstaunt an, »haben Sie das? Das würde mich für Sie beide freuen.« Ihr Gesicht wurde wieder ernst. Sie zog ein Handy aus der Tasche. »Darf ich Ihnen etwas zeigen?« Sie tippte ein paarmal darauf herum und drehte dann das Display zu Gabi. Zu sehen war, wie eine Sylvia auf WhatsApp mit einem Stephan chattete.

»Das ist das Handy von unserer Sylvie?«

»Nein, meines. Wir können darauf aber sehen, was sie gerade auf ihrem Smartphone schreibt.«

»Sie können ihr Handy mitlesen?«

»Nicht nur das. Ich kann auch jedes Telefonat und alles, was im Umkreis ihres Gerätes gesprochen wird, mithören.«

»Und wozu haben Sie das auf Ihrem Handy eingerichtet?«

»Wir haben diese Spyware auf Sylvies Handy gefunden. Sie wurde zum Zeitpunkt des Überfalls darauf installiert und zwar von einem Prepaid-Handy aus.«

Gabi war fassungslos. »Man kann damit also alles im Umkreis ihres Smartphones mithören, selbst wenn sie nicht telefoniert?«

»Ja.«

»Also auch alles, was bei uns besprochen wurde, wenn Sylvie neben uns stand?«

»Ja, und sie können auch jederzeit ihren genauen Standort bestimmen.«

»Ist das eine spezielle Spyware, oder kann man sich die irgendwo herunterladen, wenn man zum Beispiel seinem Partner nachspionieren will?«

»Die abgespeckte Version bekommt man problemlos im Darknet. Die muss man noch von Handy zu Handy aufspielen. Geheimdienste benutzen die Profi-Edition und können sie spielend über jede gewünschte IP-Adresse, wenn da keine vernünftige Firewall ist, auf jedes beliebige Smartphone übertragen. Damit kann man ein Handy sogar komplett kapern.«

»Was heißt das?«, wunderte sich Gabi.

»Dass ich jetzt zum Beispiel mit meinem Handy in Sylvies Namen chatten, Mails versenden oder Unsinn in allen sozialen Medien anrichten kann.«

»Mein Gott«, stöhnte Gabi auf, »wer so etwas installiert, kann das Leben eines Menschen in der heutigen Zeit vernichten.«

Emma nickte. »Ich denke aber, dass war in Sylvies Fall nicht die Absicht. Ich fürchte, damit wollte man jederzeit wissen, wo und in welchem Umfeld sich das Mädchen aufhält.«

»Aber wozu?«

»Ich habe in sämtlichen Schiffsregistern nachgeforscht, es gibt kein Schiff mit dem Namen ›Nyrene‹, auch kein Tochterboot. Ich bin der festen Überzeugung, die Piraten wollten heute ganz gezielt nur diesen einen Bruder auf der Motoryacht und zwar wegen seiner Nieren. Sylvie ist gesund und ihr Blut ist, wie ihr mitgeteilt wurde, Gold wert. Demnach auch ihre Organe. Ich denke, dass es nur eine Frage der Zeit sein wird, bis auch sie auf Nimmerwiedersehen verschwindet, wenn wir nicht auf sie aufpassen.«

SECHS

Für die Retter war es eine ruhige Nacht. Julius hingegen hatte kaum ein Auge zugetan, nachdem Gabi ihm von ihrem Gespräch mit Emma erzählt hatte. Es war ihm klar, dass etwas passieren musste, er aber die Verantwortung nicht mehr allein tragen konnte. Wenn sich diese Vermutungen bewahrheiten würden, brauchte er Hilfe. Er beschloss, gleich nach dem Frühstück einen alten Spielkameraden aufzusuchen, mit dem er schon zusammen im Kindergarten die Erzieherinnen geärgert hatte.

Vor dem Gebäude des Kieler Landgerichts stehend, zögerte er. Es war kaum zu glauben, dass an einem heiligen Sonntag darin Betrieb sein sollte. Durch die gläsernen Eingangstüren war zu erkennen, dass auf den Gängen geschäftiges Leben herrschte.

Seinen Kumpel aus Kindertagen hatte er seit über vierzig Jahren nicht mehr gesehen. Wilfried war zwölf, so erinnerte er sich, als seine Mutter mit ihm in eine Großstadt zog, weil es dort die besseren Schulen gab.

Aber es half alles nichts. Trotz des flauen Gefühls in der Magengrube, mit seinem Anliegen ausgerechnet am ersten Sonntag der wichtigsten Woche Kiels zu stören, trat er vor die Pförtnerloge.

»Entschuldigen Sie bitte«, sprach er den diensthabenden Justizbeamten an, »in diesem Gebäude ist doch auch die Staatsanwaltschaft untergerbracht, oder?«

Der Mann nickte. »Ja.«

»Arbeitet bei Ihnen dann auch ein gewisser Wilfried Brasche?«

Der Mann wusste nicht, was er von diesem seltsamen, aber uniformierten Kauz halten sollte. »Meinen Sie vielleicht den Herrn Oberstaatsanwalt Brasche?«

Julius zuckte hilflos mit den Schultern. »Ich denke ja, denn Staatsanwalt soll er wohl sein.«

»Ja, der ist heute hier. Dann fahren Sie mal in den fünften Stock hoch. Wenn Sie sich links halten, kommen Sie zum Zimmer 568a. Dort melden Sie sich bitte in seinem Vorzimmer.«

Julius war beeindruckt. Das hörte sich nach einem hohen Tier an, und der »Ober« vor dem Staatsanwalt machte seine Bedenken noch größer.

Vor dem angegebenen Zimmer angekommen, klopfte er zaghaft, dann trat er ein. Eine extrem fein gekleidete Dame mit drei Pfund Schminke im Gesicht und nicht viel weniger Goldschmuck am Hals und an den Händen sah ihn erstaunt an. »Sie wünschen?«

»Mein Name ist Julius Lender. Ich hätte gern Herrn Brasche gesprochen.«

Die Dame musterte ihn mit hochgezogenen Augenbrauen. »Heute ist kein Publikumsverkehr. Sie sind sicher, dass Sie sich da nicht geirrt haben?«

Julius strich sich nachdenklich durch den Bart. »Also, früher war das so ein kleiner Dicker. Wenn er das heute auch noch ist, dann denke ich schon, dass er der richtige Brasche ist.«

»Haben Sie denn für heute einen Termin?«

»Nö, das hat sich erst heute Morgen ergeben, dass ich ihn sprechen muss.«

Die Dame zog die Stirn kraus. »Ich denke nicht, dass er Zeit für Sie haben wird.« Sie drückte einen Knopf auf ihrem Telefon. »Herr Oberstaatsanwalt, hier steht ein gewisser Julius Lender von der Küstenwache, der Sie sprechen möchte.«

Die Sprechanlage blieb stumm, aber aus dem Nebenraum hörte man, wie sich jemand eilig der Tür näherte. Gleich darauf öffnete sie sich. Ein kleiner dicker Mann mit einem Strahlen im Gesicht erschien darin. »Ich werde verrückt. Julius Lender! Ich fasse es nicht. Willst du den Beutel Glasmurmeln zurück, den ich damals vergessen hatte, dir zurückzugeben?«

Die beiden Männer begrüßten sich. Der alte Freund zog den

verblüfften Julius ins Zimmer hinein. Mit so viel Herzlichkeit hatte er wahrlich nicht gerechnet. »Frau Fritsch«, rief Brasche, »bringen Sie bitte Tee für uns beide, und wir wollen nicht gestört werden.«

Er führte ihn an einen Konferenztisch, zeigte auf einen der Stühle und setzte sich daneben.

»Mensch, Julius, du bist ja inzwischen so ein richtiger Seebär geworden.« Er nahm bei seinen Worten die Streifen auf Julius' Schulter zur Kenntnis. »Und du scheinst ziemlich weit oben auf der Brücke zu stehen. Ich bin dagegen ja ein Niemand.«

»Aber einer«, entgegnete Julius nicht ohne Bewunderung, »der ziemlich viel zu sagen hat, wenn man nach dem Schmuck geht, den sich deine Sekretärin um den Hals gewickelt hat. Das macht die sicherlich nur Sonntags, oder?«

»Nee, den trägt sie immer. Es tut mir leid, Julius, leider habe ich nicht so viel Zeit, dass wir in Ruhe über die alten Zeiten plaudern können. Während der Kieler Woche fällt selbst an den Wochenenden so viel Kleinscheiß an, dass wir sogar heute mit Mann und Maus angetreten sind. Kommen wir also lieber gleich zu der Sache, die du auf dem Herzen hast.«

Es dauerte einen ganzen Pott Tee, bis Julius seinem alten Freund alles erzählt hatte. Dabei blieb ihm nicht verborgen, dass sich Brasches Gesicht immer mehr verfinsterte.

»Und was soll ich nun bei der ganzen Sache tun?«

»Du solltest die Ermittlungen an dich ziehen. So heißt es jedenfalls in meiner Behörde.«

»Aber weswegen?«

»Eine junge Frau wurde überfallen, und ein Mann wurde auf hoher See mit Waffengewalt entführt. Dabei hat es sogar einen Verletzten gegeben.«

Nachdem Julius dem Staatsanwalt die Namen der Opfer in dessen Tastatur diktiert hatte, öffneten sich die betreffenden Fenster auf dem Computerbildschirm. »Wie ich sehe, wird in beiden Fällen bereits ermittelt.«

Julius spürte, wie sich zwischen seinem alten Spielkameraden und ihm eine Mauer bildete. »Und das ist alles? Denkst du nicht auch, dass sich da eine ganz dicke Sache zusammenbraut?«

»Ich denke vor allem, dass du da einer ganz wilden Verschwörungstheorie aufgesessen bist. All das, was du aufgeführt hast, mag einigermaßen logisch geschlussfolgert sein, aber nichts von all dem ist auch nur annähernd Fakt.« Er setzte ein möglichst freundliches Gesicht auf. »Ich würde dir ja gern helfen, aber nicht, wenn du dich in irgendwelchen Blödsinn versteigst.«

Julius sah seinem Gegenüber fest in die Augen. »Also kommt die Anweisung, Ermittlungen möglichst versanden zu lassen, von dir?«

»So weit oben sitze ich nun auch nicht«, rutschte es Brasche heraus, und er versuchte, seine spontane Aussage gleich zu relativieren. »Also, ich meine natürlich, dass es so eine Anweisung nie gab! Jedenfalls habe ich noch nie davon gehört. Warum sollte es so etwas überhaupt geben?«

»Um den Touristen keine Angst zu machen, sodass sie nicht schon wieder wegbleiben könnten«, antwortete Julius scharf.

»So ein Blödsinn«, schimpfte der Oberstaatsanwalt. »Das wäre ja grob fahrlässig.«

»Das denke ich auch, mein lieber Wilfried. Ich bin um unserer alten Zeiten willen verdammt froh, dass du dann ja nichts zu befürchten hast, wenn die Sache hochkocht.«

Brasche sah ihn mit geheuchelter Ahnungslosigkeit an. »Was sollte daran hochkochen?«

»Dass weitere Menschen spurlos verschwinden und dass die Staatsanwaltschaft diese Menschenopfer als touristischen Kollateralschaden einstuft.« Er erhob sich von seinem Stuhl. »Aber eines prophezeie ich dir: Sollte meinem Mädchen irgendetwas passieren, dann wird die Öffentlichkeit alles erfahren, auch von meinem Besuch hier.« Er steuerte auf die Tür zu und drehte sich vor dem Verlassen des Raumes erneut zu seinem alten Kumpel um. »Melde dich doch mal auf ein Bier, wenn du Zeit hast.«

Ohne auf eine Antwort Brasches zu warten, verließ er das Büro.

✳✳✳

Während der Kieler Woche lag wie in jedem Jahr die »Zwillinge von Kappeln«, der Nachbau eines alten Lotsenkutters aus Lübeck, im Hafen von Laboe. In diesem Jahr sogar an derselben Kaimauer wie auch die »Otto Asmussen«. Julius und der Skipper kannten sich seit Jahren, und daher war es kein Problem, mit einem Teil seiner Leute für ein unbeobachtetes Meeting an Bord dieses Traditionsseglers um Asyl zu bitten. Kurze Zeit später saßen Gabi, Udo, Emma, Sylvie, Drs. Simons und Käpt'n Konny, der Skipper der »Zwillinge«, um den Tisch in diesem wunderschönen, holzgetäfelten Salon des Schiffes. Hinnerk war darüber etwas irritiert, dass er mit dem Dienstfahrrad Sylvies Handy in seiner Tasche in Laboe herumfahren sollte, aber die Anordnungen seines Bruders wurden nicht weiter hinterfragt.

Nachdem jeder seinen Pott Tee vor sich hatte, erzählte Julius von seinem Besuch beim Oberstaatsanwalt.

Gabi schüttelte mit angewiderter Miene den Kopf. »Auch wenn ich mit nichts anderem gerechnet habe, macht mich das wütend.«

»Aber streng genommen hat mein Kindergartenkumpel recht. Wir stochern planlos im apokalyptischen Nebel herum und verbreiten dort Panik, wo noch keine ist.«

»Wäre es denn nicht die Aufgabe der Ordnungsbehörden, sich auf das Worst-Case-Szenario vorzubereiten? Wozu haben die denn ihre hochbezahlten Spezialisten und Profiler, wenn alles, was denen nicht in ihre Planung passt, als Bullshit abgetan wird?«, fragte Drs. Simons.

Emma gab ihm recht. »Und wir wissen von der mutmaßlichen Aussage mit den Nieren an Bord der Motoryacht und dass Sylvie nicht nur überfallen und betäubt, sondern dabei

107

auch noch ihr Smartphone mit einer Spyware infiziert wurde. Ich denke mal, dass diese Tatsache Grund genug wäre, unsere Theorie zumindest ins Kalkül zu ziehen.«

»Haben wir denn von irgendeiner höheren Stelle so etwas wie Rückendeckung?«

»Sie werden es nicht glauben, Julius«, antwortete Udo, »wir haben unserem Chef, Kapitän Hinrichs, von dem Fall und unseren Annahmen erzählt, und er ist damit einverstanden, dass wir euch in unserer Freizeit unterstützen, mit all unserem Know-how.«

»Wer wir?«, fragte Lender zurück.

»Unser ganzes Team.«

»Fein«, freute sich Julius. »Auf euch kann man sich wenigstens verlassen.«

»Aber was sagt die Bundesgeschäftsführung der DLRG dazu?«, fragte Gabi und traf damit einen wunden Punkt.

»Ich weiß nicht, wie ich denen das beibringen soll«, brummte Julius ratlos.

Dafür hatte niemand ein Rezept, und alle nippten nachdenklich an ihren Teetassen.

Drs. Simons schien sich in Julius' Nöte hineinversetzen zu können. »Das ist auch eine ganz verflixte Kiste. Wenn sich die Gesellschaft offen dieses Falles annehmen würde, wäre das ein Politikum, denn normalerweise darf sich eine Hilfsorganisation nicht in hoheitliche Aufgaben einmischen. Und wenn sich die Ordnungsbehörden nicht darum kümmern, hat die Gesellschaft einfach nur die Füße stillzuhalten.«

Gabi war damit nicht einverstanden. »Und nun sollen wir uns entscheiden, ob wir dann etwas privat unternehmen werden. Was wir offiziell nicht dürfen, wissen wir schon.«

»Jau, dann bin ich ja nun mal als Vormann gefordert.« Julius sah sich in der Runde um. »Wir haben weder das Mandat noch die Möglichkeiten, irgendwelche Verbrechen aufzuklären oder zu vereiteln. Dabei würde ich auch gar nicht mitmachen. Vor allem nicht, seitdem wir wissen, dass die Kerle bewaffnet sind.

Wir müssen aber in unserem kleinen Kreis auf unsere Leute aufpassen. Da uns dabei niemand unterstützen will, müssen wir uns selbst helfen. Emma und Ulli oder Udo, ich weiß nicht, wie ich euch ansprechen soll oder darf, ihr seid darin die Spezialisten. Was würdet ihr uns raten?«

»Bleiben wir bei Emma und Udo. Wir sind uns sicher«, sagte sie, »dass Sylvie die am meisten gefährdete Person in eurer Mannschaft ist. Alles spricht dafür, dass sie im Fadenkreuz dieser Kerle steht, also müssen wir sie aus der Schusslinie nehmen.«

Die junge Frau wurde blass um die Nase. »Wie soll das passieren? Wollt ihr mich beim Abdecker abgeben, oder werde ich nur aus meiner gewohnten Welt verschwinden? Wie soll ich das meinen Leuten klarmachen?«

Gabi grinste sie an. »Stephan zum Beispiel?«

»Woher wisst ihr von Stephan?«

»Wir waren so frei, dein Handy anzuzapfen, so wie es die Kerle getan haben, die dich überfallen haben.«

Sylvie war entsetzt. »Ich wollte das vorhin gar nicht glauben.«

»Die können sogar über dein Handy mithören, was wir miteinander reden.«

Jetzt wurde ihr klar, warum Hinnerk zu seiner Verwunderung mit ihrem Smartphone spazieren radeln musste. »Und ich Schaf habe davon nichts gemerkt!«

»Wie solltest du auch. Das ist ja schließlich der Sinn einer solchen Spyware.« Emma drückte der jungen Frau ein anderes Handy in die Hand. »Das ist meine alte Möhre. Die kannst du erst mal nehmen. Ein Starterset mit einer neuen SIM-Karte bekommst du bei jedem Discounter.«

Sylvie sah sich in der Runde um. »Und dabei werde ich bereits einen uniformierten Schatten haben?«

Emma grinste sie an. »Uns gibt es auch in Privatkleidung. Du kriegst geliefert, was du bestellst.«

»Heißt das jetzt, dass ich die nächste Zeit auch nicht mehr allein auf Klo darf?«

Julius legte beruhigend seinen Arm um sie. »Da mach dir mal keine Sorgen. Dein Bodyguard wartet brav vor der Tür.« Sylvie fügte sich schweren Herzens ihrem Schicksal. »Ihr müsst mir aber glauben, dass mit diesem Stephan wirklich nichts Ernstes läuft.«

✻✻✻

Tróndur Olafsson war schwer beleidigt, vom Kapitän der »Sandur« derartig abgekanzelt worden zu sein. Er hatte das Recht dazu, sich mit der Waffe zu verteidigen. Die Kameraden von der Mannschaft sahen das genauso.

Um dem Käpt'n keinen Anlass zu geben, ihn wirklich abzuheuern, beschloss er, weiterhin und wie gewohnt zuverlässig seine Arbeit zu machen und den Anweisungen seiner Vorgesetzten nachzukommen.

So folgte er, ohne zu murren, dem ersten Offizier, der ihn und einen anderen Matrosen unter Deck begleitete, um Reinigungsarbeiten auszuführen.

»Was liegt an?«, erkundigte sich Tróndur.

»Der Beifang-Häcksler muss wieder gründlich gereinigt werden. Wir hatten den heute Morgen in Betrieb.«

Das war für alle eine ungeliebte Aufgabe, die aber notwendig war, um jegliche DNA von vorhergehenden Entsorgungen zu vernichten. Dabei wurden diverse Chemikalien eingesetzt, um wirklich alle Spuren im Häckselwerk zu beseitigen. Nach der Behandlung waren die Messerwalzen so sauber, dass sogar Blutspuren durch Luminol nicht mehr angezeigt werden konnten. Der Häcksler auf der »Sandur« stammte aus einer Zeit, als das Schiff dem Staat gehörte und für das dänische Fischereiministerium Fangproben von Trawlern untersucht hatte. Die nicht mehr benötigten Reste wurden in den Trichter gefüllt. Wenn der zu zwei Dritteln voll war, wurde die Klappe geschlossen, in den Behälter wurde Seewasser gepumpt und dann mit Hochdruck durch das Häckselwerk in die See entsorgt.

Tróndur hatte die Aufgabe, sich die Pistole des Dampf-strahlers zu schnappen, über einen Tritt in den mannshohen Trichter zu steigen und die Walzen gründlich zu bestrahlen. Holgersson beaufsichtigte diese Arbeit grundsätzlich, denn von der sorgfältigen Ausführung hing es ab, dass jegliche Beweis-führung gegen die Besatzung der »Sandur« ergebnislos blieb. Der zweite Mann sorgte bei der Reinigung dafür, dass zum angewärmten Wasser über einen Mischer genug Chemikalien beigefügt wurden.

Kaum war Tróndur in den müllcontainergroßen Trichter hineingeklettert, wurde ihm nicht die Sprühpistole des Dampf-strahlers hereingereicht, sondern der schwere Deckel über ihm zugeknallt.

»Hey, was soll denn das?«, rief er erstaunt. Er war sich sicher, dass seine Kollegen ihn gleich lachend mit dem Hinweis öffnen würden, dass er in Zukunft nie wieder auf Angehörige ihrer ›Patienten‹ schießen solle. Es tat sich aber nichts. Im Gegen-teil. Tróndur hörte, wie der Deckel verriegelt wurde und sich Schritte entfernten.

»Leute, was soll das?«

Seine Rufe hörten sich aus dem geschlossenen Häcksler ge-spenstisch an. Der Matrose, der mit Tróndur das Reinigungs-team bilden sollte, hielt sich die Ohren zu. Der Offizier war weniger zart besaitet. »Jetzt mach hier bloß keinen auf Sensi-belchen! Du hast dich dazu bereit erklärt und bekommst auch die Heuer von dem Idioten, also schalte die Pumpe ein!«

Die Hand an einem Ohr führte er mit zitternden Fingern die andere an den Pumpenschalter. Die Leute, schoss es ihm durch den Kopf, waren nach der OP immer in tiefer Narkose oder zumindest benommen gewesen. Die gaben keinen Mucks mehr von sich. Aber dieser Schwachkopf war wach! Die Pumpe sprang mit einem leisen Brummen an.

Tróndur hörte das Geräusch ebenfalls, und im selben Au-genblick spürte er, wie seine Knöchel vom kalten Seewasser umspült wurden. Jetzt wusste er, dass es für ihn kein Entrinnen mehr gab, denn er selbst hatte diese Maschinerie schon oft bedient. Kurz bevor man in der eisigen Brühe ertrank, wurde mit einem Zischen Pressluft in den Container geleitet. Dieser gewaltige Luftdruckanstieg würde einem das Bewusstsein rauben, denn dann verstummten die Schreie aus dem Trichter immer, wenn die Opfer nicht sediert waren. Im nächsten Schritt würde sich unter ihm eine Klappe öffnen, sein Körper hinab auf die sich gegensätzlich rasend schnell drehenden Messerwalzen rutschen, und er würde mitsamt seiner Kleidung innerhalb von Sekunden zu Fischfutter verarbeitet werden. Nichts würde von ihm übrigbleiben. Er faltete seine Hände.

»Horch doch mal«, flüsterte der Matrose zu seinem Vorgesetzten, »jetzt hört sich das so an, als würde dieser Idiot da drin auch noch beten.«

Der zuckte nur mit den Achseln. »Ich schätze, das würdest du auch machen, bevor sie dich durch den Wolf drehen.«

»Vater unser«, stammelte Tróndur in seiner Verzweiflung, »der du bist im Himmel, lass mich nicht im Stich.« Er dachte an seine Freundin, die hochschwanger auf seine Rückkehr wartete, und an seine Kindheit. »Denn dein ist das Reich und die Kraft und die Herrlichkeit, dass die Schweine da draußen noch rechtzeitig vom Blitz getroffen werden.« Das Wasser hatte seine Hüfte erreicht. Seine Stimme wurde lauter: »Dein Wille geschehe, wie im Himmel und gib uns unser Brot ...« Er merkte, dass er mit dem Gebet durcheinandergekommen war. »Gott, du kannst doch nicht zulassen, dass die das mit mir machen!« Der Wasserspiegel erreichte seine Brust. Verzweifelt trommelte er an die Stahlwand seines Gefängnisses. Bald guckte nur noch sein Kopf aus dem tödlichen Nass. Er begann zu schwimmen, aber er wusste, dass da kaum Luft über ihm sein konnte. »Ihr Schweine«, brüllte er aus Leibeskräften, »verflucht seid ihr und eure Familien. Krankheit und Schmerzen sollen euch das ganze Leben lang verfolgen und all eure Nachkommen sollen Qualen ...«

Den beiden Männern an der elektrischen Schalttafel gefror das Blut in den Adern. Mit Entsetzen hörten sie, wie der Rest von Tróndurs Fluch in einem Gurgeln erstickte. Weil der Matrose nervlich dazu nicht mehr in der Lage war und sich mit Grausen abwandte, schaltete Holgersson die Pressluftzufuhr ein. Das letzte, was ihr Opfer hörte, war das ohrenbetäubende Zischen. Dann spürte er nur noch einen unerträglichen Schmerz in seinen Ohren. Als sich der Boden unter ihm öffnete und sich die Messerwalzen in Bewegung setzten, war er bereits bewusstlos.

**

Am Nachmittag kam Julius von einer Besprechung mit den Häuptlingen des Testprogramms »Otto Asmussen« wieder an Bord. Gabi war froh, dass die Verantwortung der Einsatzleitung nicht mehr allein auf ihren Schultern lag. Julius hingegen sah etwas zerknirscht aus. »Wurd dir mit Entlassung gedroht?«

Er konnte sich ein müdes Lächeln abringen. »Nein, wozu bin ich Beamter. Es ist bei einer Standpauke geblieben. Die Geschäftsführung trägt unsere Vorgehensweise mit. Die Herren waren nur etwas verschnupft darüber, dass wir sie nicht schon früher in die ganze Sache eingeweiht haben.«

»Sie wollen Sylvie an Bord lassen?«

Julius war erleichtert. »Ja, sie waren, nachdem ich sie bearbeitet hatte, auch der Meinung, dass sie an keinem Ort der Welt sicherer sei als in unserer Mitte. Voraussetzung ist aber, dass sie immer einen Aufpasser der Kampfschwimmer in ihrer Nähe hat, sowie sie an Land ist.«

»Weiß Udo das schon?«

»Ja, es wird nachher auch noch eine kleine Konferenz geben, zu der wir geladen sind.«

»Und wo soll die stattfinden?«

»Auf See, mien Deern.«

Sie wunderte sich über Julius' Heimlichtuerei. Das war gar

nicht seine Art. »Das hört sich ja ›topsecret‹ an. Darf ich denn wissen, worum es geht?«

»Ich könnte es dir verraten, mien Deern, doch dann müsste ich dich töten.«

Dieser Hinweis reichte, um sie wissen zu lassen, mit wem sie sich trafen. Zwei Stunden später waren sie an den verabredeten Koordinaten mitten auf See.

»Und nun«, fragte Gabi verwundert, »hast du ein Date mit einem Dorsch, oder dressiert die Marine Delphine?«

Julius freute sich wie ein Kind über Gabis Neugier. »Größer als beides!«

»Also größer. Vielleicht ein Blauwal?«

»Noch ein bisschen größer.« Er drückte den Knopf an der Sprechanlage. »Hinnerk und der Doc, ihr macht die ›Ottilie‹ klar und Fiete kocht einen Pott Kaffee. Sylvie, du deckst in der Messe den Tisch, ein bisschen nett, aber ohne Blümchen. Wir kriegen gleich Besuch.«

In diesem Augenblick tauchte knappe hundert Meter neben ihnen ein U-Boot auf. Das Tochterboot wurde für ein »Hol über« zu Wasser gelassen, und keine Viertelstunde später freute sich Kapitän zur See Wigbert Hinrichs darüber, einen Pott frischen Kaffee vor sich zu haben.

»Meine Damen und Herren«, kam der Mann gleich zur Sache, »ich danke Ihnen für das kurzfristige Asyl. Hätte ich Sie in Laboe aufgesucht, hätte das viel zu viel Aufsehen erregt.«

»Ein U-Boot, ein Kapitän zur See, zu viel Aufsehen …«, staunte Gabi. »Geht gleich die Tür auf, und Commander Bond setzt sich zu uns?«

Der Offizier lächelte amüsiert. »Er würde sich überflüssig vorkommen, da jeder unserer Leute in allem besser wären als er selbst.« Das Lächeln schwand aus seinem Gesicht. »Leider kommen wir nun zum ernsten Teil meines Besuches.«

»Der da wäre?«, fragt Julius.

»Das sind die Recherchen von Leutnant Gulbrandsen. Daraus ergibt sich die Tatsache, dass nicht nur von der deutschen Küste Menschen verschwinden. Das gleiche Problem haben quasi alle Anrainerstaaten der Ostsee.«

Sie schwiegen fassungslos.

Udo war der Erste, der wieder Worte fand. »Und warum hat man sich da nicht schon längst zusammengeschlossen?«

»Aus dem gleichen Grund, warum die deutschen Behörden so eisern geschwiegen haben, nehme ich an.« Kapitän Hinrichs griff in seine Aktenmappe, holte die Fotografie eines hochrangigen Soldaten heraus und legte sie vor sich auf den Tisch. »Dieser Mann könnte hinter den Verbrechen stecken. Das ist Fregattenkapitän Wassili Wolodjew. Bis März vorigen Jahres war er russischer Militärattaché in Syrien. Bevor er diesen Job hatte, war er Kommandant der sogenannten ›Speznas‹. Das ist eine Truppe, die in Russland als ›Bluthunde des Kremls‹ berüchtigt ist und von der Ausbildung und Vorgehensweise mit den US-Seals und unserem Kommando Spezialkräfte vergleichbar ist.«

»Ich höre zweimal das Wort ›war‹«, bemerkte Gabi, »was macht er heute?«

»Das wissen wir noch nicht. Aus Syrien wurde er abberufen, weil ihm dort unsaubere Geschäfte nachgewiesen werden konnten und er selbst für Putin dort nicht mehr tragbar war.«

»Was waren das für Geschäfte?«

»Organhandel. Aufgeflogen sind seine Geschäfte dadurch, dass ein russisches Feldlazarett ständig genau die Organe im Darknet angeboten hatte, die mit hoher Dringlichkeit in der Welt der Reichen gesucht wurden. Nachdem der Tochter eines Oligarchen eine von ihm gelieferte infizierte Leber eingepflanzt worden war und sie starb, hatte der Spuk plötzlich ein Ende.«

»Womit wir beim Thema wären«, brummte Julius. »Ist dieser Wolodjew denn hier an der Ostsee aufgetaucht? Hat der eventuell etwas mit den verschwundenen Leuten zu tun?«

»Dahinterstecken könnte er, denn im Frühjahr 2019 hat der ganze Spuk begonnen, just zu der Zeit, als er vom aktiven Dienst in der russischen Armee verabschiedet worden war.

Ob er etwas mit den verschwundenen Menschen zu tun hat, wissen wir nicht, aber seine Kragenweite wäre es durchaus.« Der Kapitän holte weitere drei Fotos aus seinem Ordner und legte sie eines nach dem anderen neben das Bild des Fregattenkapitäns. »Er selbst ist hier noch nicht gesehen worden, aber drei seiner ehemaligen ›Speznas‹. Das ist Igor Tatschenko, diesen Herren kennen wir als Dimitri Zwetkow und der Dritte im Bunde ist Aljoscha Nikitin. Die drei Männer sind gestern Abend über den Hamburger Flughafen nach Deutschland eingereist. Wer diese Leute kennt, weiß, dass sie nicht zu einem Skatturnier gekommen sind. Immer, wenn dieses mörderische Trio in der Nähe war, hatte irgendein Dissident oder erklärter Putingegner in Europa einen Unfall, einen Herzinfarkt, starb auf mysteriöse Art und Weise an multiplem Herzversagen oder war verstrahlt. Wir wissen auch nicht mit Bestimmtheit, ob dieser Wassili Wolodjew überhaupt deren Auftraggeber ist.«

Julius sah den Kapitän skeptisch an. »Wenn sie hier mit welchem Auftrag auch immer herkommen und morden, dann muss man die Kerle doch zur Rechenschaft ziehen können.«

»Das entspricht aber nicht den diplomatischen Gepflogenheiten«, entgegnete Hinrichs.

»Und was war mit den Russen, die vor einiger Zeit in England vergiftet wurden? Das hat doch ziemliche Wellen geschlagen.«

Der Kapitän lächelte. »Herr Lender, das ist für einen Außenstehenden nur schwer verständlich, aber ich bin der festen Überzeugung, dass man sie schön hat ziehen lassen, obwohl man genau wusste, was sie auf dem Kerbholz hatten. Stellen Sie sich mal vor, diese Kerle wären eingebuchtet worden. Dann hätte Putin wieder jemanden schicken müssen, der sie zum Schweigen bringt, oder er hätte aufgeflogene Agenten zum Tausch anbieten müssen. Das ist alles nur ein Riesentheater für die Galerie. Wir wissen mit Sicherheit, dass diese drei Ex-›Speznas‹ hier sind und wir vor denen auf der Hut sein müssen.«

»Und was hat das alles nun mit unserer Sylvie zu tun?«,
fragte Julius direkt.

»Diese junge Frau ist ein interessantes Ziel für Organhändler. Es spricht alles dafür, dass sie von denen typisiert worden
ist und dass sie sie auf Wiedervorlage haben.«

»Und was können wir dagegen tun?«

»Sie nichts, aber wir. Ihre Mitarbeiterin wird, wie mit Ihrer
Leitung besprochen, ab sofort rund um die Uhr, sowie sie an
Land ist, von zwei unserer Leute bewacht. Unter deren Obhut
ist sie besser gesichert als das Gold in Fort Knox.«

***

Der Mittwoch der Kieler Woche war angebrochen, und bis dato
war das immer der ruhigste Tag, aber bei diesem Hochsommer-
wetter war selbst das kleine Seebad Laboe schon morgens voller
Touristen. In der vergangenen Nacht hatten sie keinen Einsatz,
sodass alle viel Schlaf abbekommen hatten. Für das Frühstück
hatten sie heute mehr Zeit, denn die Regatten der kleinen Bootsklassen fielen erneut wetterbedingt aus. Der Wind war so heftig,
dass die ersten Sonnenschirme weggeweht worden waren. Deshalb frühstückten sie im Inneren der Container.

Sylvie hatte, wie mit dem Kapitän besprochen, mit ihrer
unauffälligen Bewachung im Ort Körnerbrötchen besorgt. Für
Außenstehende war nicht zu erkennen, dass die jungen Männer
um sie herum hochqualifizierte Bodyguards waren.

»Na, mien Deern«, begrüßte der Vormann sie, »wie fühlt
man sich als VIP?«

»Auf keinen Fall wie ein Star. Ich komme mir eher wie eine
rollige Katze vor, die auf Schritt und Tritt von zwei Katern
belagert wird.«

Das Frühstück war reichhaltig. Als Höhepunkt hatte Hinnerk aus diversen Eiern, Zwiebeln, einem Kilo mageren Speck
und genauso vielen Krabben sein sagenumwobenes »Kapitäns-
frühstück« gezaubert. Die Kameraden vom Roten Kreuz waren

auch wieder geladen. Nach dem Frühstück kam es dann zur Diensteinteilung.

Im Grunde änderte sich kaum etwas zu den Vortagen, erst als Constanze Schubert aufgerufen wurde, fiel auf, dass sie gar nicht anwesend war. Die junge Notfallsanitäterin hatte sich erst vor ein paar Tagen bei der Einsatzleitung vorgestellt. Es kannte sie eigentlich niemand, denn sie war zur Verstärkung des medizinischen Teams kurzfristig für die Kieler Woche aus Berlin an die Förde geschickt worden. Die Bundesgeschäftsstelle hatte sie angekündigt.

»Die jungen Leute aus der Hauptstadt schlafen wohl gern etwas länger«, murmelte Julius. Zehn Minuten später war sie noch immer nicht aufgetaucht. Thomas Wartke begann sich Sorgen zu machen und sprach den ärztlichen Leiter der DLRG an: »Ihnen fehlt ein Küken im Nest!«

»Jau.« Auch dessen Blick hatte etwas Sorgenvolles. »Sie wurde mir als stets bis auf die Sekunde pünktlich beschrieben, und an den beiden Vortagen war sie das auch.«

»Vielleicht war das jetzt schon alles ein bisschen viel für sie, und sie ist, als sie heute Morgen die bewegte See gesehen hat, lieber wieder nach Hause gefahren.«

»Nein«, erwiderte der Arzt, »ich denke nicht. Die Frau scheint mir tough zu sein.« Er schaute auf seine Liste. »Sie ist für euch eingeteilt?«

»Jau, auf der ›Nivea 13‹.«

Zwei Polizisten kamen auf Thomas zu. »Sind Sie der Chef hier?«

»Jau, Wartke mein Name. Gibt's ein Problem?«

»Es sieht ganz so aus«, erwiderte der Ältere. »Habt ihr in eurer Truppe jemanden aus Berlin?«

Wartke ahnte Böses. »Ja, Frau Schubert, ist etwas mit ihr?«

»Das wollten wir Sie fragen. Ihr Wagen steht mit laufendem Motor, geöffneter Tür und Warnblinker mitten auf der Straße. Fünf Meter davor ist eine Blutlache und sonst nichts. Durch die Halterabfrage haben wir ihren Namen herausbekommen.«

»Und woher wissen Sie, dass das jemand von uns ist?«, hakte Thomas nach.

»Auf der Rückbank lag diese rote Jacke mit eurem Zeichen drauf.« Der Polizist reichte sie ihm. »Die ist doch von euch?« Er nickte. »Ja. Könnten Sie eine Kollegin und unseren Doc vielleicht kurz dort hinfahren? Das sollten wir uns vielleicht selbst ansehen.«

Keine Viertelstunde später trafen Gabi und Drs. Simons am Ort des Geschehens ein. Ein zweiter Streifenwagen hatte inzwischen die Absperrung übernommen, während das Verkehrsunfallkommando auf dem Weg zur Einsatzstelle war. Das kommt automatisch, wenn Fahrerflucht angenommen wird.

Drs. Simons steuerte direkt auf die Blutlache zu und sah sie sich genauer an. »Hier stimmt etwas nicht«, sagte er.

»Was soll daran nicht stimmen?«, fragte der Polizist.

»Wenn jemand darin gelegen hätte und dann verschwunden wäre, sähe man zumindest, wo er gelegen haben soll. Meistens sieht man sogar blutige Schleifspuren, aber hier ist rein gar nichts.«

Der Beamte war skeptisch. »Wieso ›nichts‹? Sas ist eindeutig Blut.«

»Aber so sieht auch ein Riesenklecks Ketchup aus, in den noch kein einziges Stück Pommes getunkt wurde.« Er zog ein Mäppchen aus seiner Jackentasche, entnahm ihm ein Blutzuckermessgerät und tunkte die Spitze des Sensors in die rote Flüssigkeit. Nach ein paar Sekunden stand das Ergebnis für ihn fest. »Einen Blutzuckerwert von null gibt es nicht. Das ist weder Blut noch Ketchup.«

Der Polizist schien enttäuscht zu sein. »Dann war das gar keine Fahrerflucht, die Frau hat nur fahrlässig geparkt? Soll ich die Kollegen wieder abbestellen?«

»Im Gegenteil. Machen Sie aus der Fahrerflucht eine Entführung, dann haben Sie hier das ganz große Kino.«

Der Mann fühlte sich nicht ernst genommen. »Wegen so 'nem bisschen Theaterblut veranstalte ich hier doch kein Drama!«

»Überlegen Sie doch mal!«, versuchte der Arzt den Beamten eindringlich zu überzeugen. »Womit kann man eine Notfallsanitäterin garantiert dazu bewegen, ihr Auto zu verlassen?«

»Indem man jemanden neben eine Blutlache auf die Straße legt.«

»Richtig!« Der Arzt verdrehte ungeduldig die Augen. »Und daraus ergeben sich zwei mögliche Szenarien: Vielleicht wird hier ›Vorsicht Kamera‹ gedreht, aber dann ständen hier noch der Regisseur und das Kamerateam, richtig?«

»Und Guido Cantz würde das Filmset vervollständigen«, bemerkte der Polizist.

»Und da hier niemand anderes steht als wir, liegt die Vermutung nahe, dass sie entführt wurde.«

Der Mann bekam vor Schreck große Augen. »Von wem denn?«

»Um das herauszufinden, Herr Oberwachtmeister, sollten Sie schleunigst Hilfe anfordern.«

Der Arzt drehte sich mit Grausen zu Gabi, die der Unterhaltung kopfschüttelnd zugehört hatte. »Wenn ich diesen Hirni mit einer Lanzette ersteche, bekomme ich dann mildernde Umstände?«

»Ich fürchte nein, Doc.« Gabi beugte sich zu ihm und murmelte: »Dieses Exekutivexemplar ist als Dorfpolizist wahrscheinlich das letzte seiner Art und steht damit unter Naturschutz.«

**

Die Nachricht vom Verschwinden der Kollegin Schubert schlug unter den Rettern wie eine Bombe ein. Während die »Otto Asmussen« mit der kompletten Crew an Bord für die Regatten die Position an der nördlichen Wendeboje besetzte, versuchte Julius Oberstaatsanwalt Brasche doch noch telefonisch ins Boot der Ermittelnden zu holen. Damit scheiterte er leider kläglich. Er, Lender, könne nichts anderes machen, als eine Vermisstenmeldung aufzugeben, aber dazu müsste er ein nahegelegenes Revier der Schutzpolizei aufsuchen. Und dann würde diese Anzeige wahrscheinlich nur als zweitrangig eingestuft werden, weil es sich bei ihm um keinen Anverwandten handele. »Pass auf«, schimpfte er im Beisein Gabis, »wenn irgendein Staatssekretär des Inneren doch grünes Licht für Ermittlungen geben sollte, dann behauptet dieses Arschloch später mit Sicherheit, dass all das, wovon er augenblicklich nichts wissen will, das Ergebnis seiner hervorragenden Arbeit gewesen sei.«

»Komm wieder runter«, versuchte sie, ihn zu beruhigen. »Du brauchst deine Nerven noch.« Sie reichte ihm einen Pott Tee.

»Aber ich verstehe das alles nicht!« Julius' Stimme klang verzweifelt. »Kaum haben wir eine Kameradin einigermaßen in Sicherheit, klauen sie uns eine andere, und ich fürchte, dass wir sie nicht wiedersehen werden.«

Gabi nickte beklommen. »Stimmt, die Chance, dass sie heute Nachmittag ganz von selbst wieder an der Pier steht, ist relativ gering.« Sie überlegte. »Weiß Udo schon von ihrem Verschwinden?«

»Ja.«

»Julius, ich weiß, dass es mir nicht zusteht, dir in den Hintern zu treten, aber ich denke, dass das jetzt angebracht ist.«

Er sah sie fragend an, doch bevor er etwas sagen konnte, fuhr sie fort. »Es bringt gar nichts, wenn du jetzt nur rumsitzt und jammerst, weil unsere Kollegin in irgendeinen Schlamassel reingeraten ist. Würde sie irgendwo hilflos im Wasser treiben, würdest du bei der Rettungsaktion sofort die Einsatzleitung übernehmen und loslegen. Die Arme muss aus der Brühe herausgezogen werden, selbst wenn der Teich verseucht ist.«

Julius sah sie verblüfft an. »Und was soll ich deines Erachtens unternehmen?«

»Alles andere als herumsitzen und greinen. Wenn du aktiv wirst, besteht die Möglichkeit, dass du Mist baust, das ist richtig. Frau Schubert hat aber nur dann eine Chance, wenn du etwas richtig machst. Das kannst du jedoch nur, wenn du überhaupt etwas machst.«

Der Vier-Streifen-Polizeihauptkommissar der Küstenwache war es nicht gewohnt, derartig zusammengestaucht zu werden. Er griff nach ihrer Hand. »Du weißt, dass ich dich jetzt wegen Meuterei kielholen müsste?«

Gabi lächelte ihn an. »Das macht man mit Azubis in puncto Schiffsführung, aber nicht mit Freundinnen!«

»Okay, mien Deern, ich kenne dich. Du schimpfst nicht, ohne selbst einen Plan zu haben. Lass hören.«

»Zwei Spuren führten uns auf die Fährte der Organdiebe. Weitere Hinweise gibt es nicht, aber es besteht die Chance, dass wir richtig liegen. Ruf Emma an, sie soll über ihre Kanäle, auch wenn sie noch so dunkel sind, alles über unsere Kollegin herausbekommen, was für eine Transplantation relevant wäre. Sie ist im medizinischen Bereich tätig, und ich könnte wetten, dass sie sich bei der Knochenmarkspenderdatei typisieren lassen hat. Wir brauchen einfach alles über sie. Dann soll sie ihre Kontakte zu den Aufklärern der Marine nutzen. Die können ihr mit Sicherheit sagen, welche Schiffe jeweils in der Nähe waren, als die Leute an der Küste verschwunden sind. Vielleicht haben wir da einen Treffer.«

»Bist du schon wieder bei James Bond?«, unterbrach Julius sie.

»Der würde unsere Kollegin wenigstens zurückbringen. Zugegeben, nicht ohne vorher mit ihr in der Kiste gewesen zu sein. Zumindest wäre sie dann aber wieder da.« Gabi stieß Julius mit dem Ellenbogen in die Seite. »Ruf Udo an, der hat über seine Verflossene Kontakte zu Krankenhausärzten. Die sollen bei den verschiedenen Organspendezentren, zum Beispiel Eurotransplant, recherchieren, ob die Organe von Constanze augenblicklich irgendwo gebraucht werden. Danach schließt du dich mit Kapitän Hinrichs kurz. Dem musst du mitteilen, was du alles angekurbelt hast und ihn ganz klar fragen, womit er dich unterstützen kann. Sag ihm, dass er nicht nur Udos Fireteam, sondern am besten gleich seine ganze Einsatzgruppe bereithalten und vor allem schon mal alle notwendigen Transportmittel ordern soll.«

Julius hatte Bedenken. »Der wird mir etwas husten und mir unmissverständlich die rote Karte zeigen, weil ich in seinen Bereich hineinregiere.«

»Das denke ich nicht! Zurzeit ist er in der Komfortzone, dass er der Held ist, wenn alles klappt und wir mit seiner Hilfe retten, was zu retten ist, aber nur du der Arsch bist, sollte was in die Hose gehen.«

»Da magst du vielleicht recht haben, mien Deern, und das würde ich aushalten. Leider kann ich aber auch nicht so, wie ich gern wollte. Auf Verbrecherjagd zu gehen ist nicht unsere Aufgabe. Die liegt als Vormann unseres Schiffes einzig und allein darin, Menschen in Not zu retten. Nur deshalb gibt es uns überhaupt. Dafür haben die Leute gespendet und nur dafür steht die DLRG mit ihrem guten Namen.«

Gabi zog die Stirn kraus. »Was willst du damit sagen?«

»Dass der Vormann Julius Lender und die Privatperson Lender zwei verschiedene Menschen sind. Der Vormann der ›Otto Asmussen‹ entscheidet sich einzig und allein für die Wasserrettung, das ist sein Job, während die Privatperson die Ermittler mit allem unterstützen wird, was er geben kann.«

SIEBEN

Trotz der konstanten fünf Windstärken in der Kieler Förde war das Eingreifen der Retter auf See am Vormittag nicht vonnöten. Gegen Mittag frischte es etwas mehr auf, und so konnten die kleinen Bootsklassen wieder nicht an den Start. Das Funkgerät meldete sich: »Die ›Otto Asmussen‹ für die Leitstelle Mitte kommen!«

Julius antwortete. »Die ›Otto Asmussen‹ hört.«

»Einsatz für das ›NES‹, Sturz aus großer Höhe, zum Steilufer vor dem Klärwerk Bülk in Höhe des Aussichtspunktes Eckernförde. Der Meldende macht sich durch Winken mit einer weißen Jacke bemerkbar.«

Julius bestätigte, während Gabi so weit Gas gab, wie es bei sechs Windstärken überhaupt möglich war. »Da wird wohl wieder jemand zu dicht an den Klippenrand geraten sein. Da ist sonst nichts, um aus großer Höhe zu fallen.«

»Mein Gott«, stöhnte Drs. Simons, »das hört sich nach multiplen Frakturen an. Wie sollen wir den Patienten denn bei dem Wellengang nach Laboe bringen?«

»Das müssen wir nicht«, berichtigte ihn Gabi. »Da liegt Strande näher, und die Welle kommt beim Rücktransport dann auch mehr von Backbord. Ich denke, dann wird die Fahrt schonender, als wenn wir gegen die Wellen anstampfen müssten.«

Nach fünfzehn Minuten waren sie in Höhe des Einsatzortes und sahen auch gleich einen mit einer Jacke winkenden Mann. Vorsichtig steuerte sie das Boot direkt auf den Strand zu. Julius stand am Bug und wies Gabi den Weg zwischen den von Wasser bedeckten Felsen. Der verzweifelte Angehörige der verletzten Frau staunte trotz seiner Aufregung über die Tatsache, dass das große Boot wie von Geisterhand gezogen aus dem Wasser fuhr. Als dann auch noch der Bug aufklappte und Sanitäter herauskamen, weinte er vor Erleichterung. »Mein

Gott, ich bin so dankbar, dass Sie kommen. Meiner Frau geht es so schlecht. Ich fürchte, sie ist bewusstlos.«

Der Arzt und Sylvie sahen auf den ersten Blick, dass es sich bei der Verletzung um eine offene Oberschenkelfraktur handelte.

»Was ist denn passiert?«, fragte Sylvie.

»Wir sind oben entlanggewandert, als meine Frau glaubte, Schweinswale im Wasser gesehen zu haben. Sie holte unser Fernglas aus meinem Rucksack, nahm ihre Brille ab und wollte die Tiere beobachten. Dabei ging sie immer näher an den Klippenrand. Bevor ich noch etwas rufen konnte, trat sie auf ein Grasbüschel, was wohl schon keinen Halt mehr hatte, und stürzte mit einem lauten Schrei in den Abgrund.«

»Demnach haben Sie auch nicht sehen können, wie sie aufgeschlagen ist?«

»Nein«, antwortet der Mann traurig. »Ich habe sie da unten nur so liegen sehen. Das war schon so furchtbar.« Er schnäuzte in sein Taschentuch. »Es tut mir leid, dass ich Ihnen nicht mehr sagen kann.«

»Gabi«, wies der Doc sie über Funk an, »ruf bitte in der Uniklinik an und melde ein Multitrauma. Offensichtliches Schädel-Hirn-Trauma mit einer offenen Oberschenkelfraktur nach Sturz aus sechs bis acht Metern Höhe. Dann bestell bitte den Heli zum Fähranleger nach Strande.«

»Mach ich sofort«, kam die Bestätigung.

»Wissen Sie, wann Ihre Frau die letzte Mahlzeit zu sich genommen hat?«

»Wir haben vor einer guten halben Stunde oben gepicknickt.«

»Wie alt ist Ihre Frau?«

»Sechundsiebzig und bis auf die normalen Alterszipperlein noch kerngesund.«

»Nimmt sie täglich Herzmedikamente?«

»Nein.«

»Sylvie, du bereitest eine Allgemeinanästhesie vor. Ich lege alles zurecht, damit wir danach die Fraktur ein wenig richten und das Bein schienen können.«

Die Notfallsanitäterin legte einen Zugang in eine Vene der Armbeuge, hängte eine Infusion mit einer Kochsalzlösung daran, zog die nötigen Medikamente für die Vollnarkose auf und bereitete den Tubus für die Beatmung vor. Danach leitete Drs. Simons die Narkose ein und intubierte die Patientin. Sylvie unterstützte währenddessen die flache Atmung der Frau. Nachdem der Doc den Bruch gerichtet, die Wunde notdürftig abgedeckt und das Bein geschient hatte, nahm er die Arbeit seiner Assistentin mit Bewunderung zur Kenntnis. »Du bist eine Wucht!«

»Darf ich eine Frage stellen?«, kam es von Fiete, der ebenfalls von Sylvies Professionalität beeindruckt war. »Die Frau ist doch schon bewusstlos. Warum jetzt noch die Narkose?«

»Um erstens den Kreislauf zu entlasten und zweitens, um zu verhindern, dass die Frau doch noch Schmerzen erleidet, ohne es artikulieren zu können. Dann würde sie noch tiefer in den vorhandenen Schockzustand gleiten. Und um auszuschließen, dass die Patientin ihr eigenes Erbrochenes einatmet, war eine Intubation sowieso angesagt«, antwortete der Doc.

Fiete und Hinnerk hatten schon alles für die Vakuummatratze vorbereitet, und Julius eilte als Hilfe hinzu.

Nachdem sie die Trage mit der Verletzten im Innern der »Otto Asmussen« arretiert hatten, sah der Doc skeptisch drein. »Jetzt bin ich aber mal gespannt, ob dieser Wundermechanismus die Wellenbewegungen wirklich neutralisieren kann.«

Julius setzt die Raupenketten am Boden des Schiffes in Bewegung, sodass es langsam rückwärts ins Wasser glitt. Da er Gabi zum Strand gelotst hatte, fand er den Weg an den Felsbrocken vorbei zurück ins Fahrwasser problemlos allein.

So gut der Ausgleichsmechanismus des Tragetischs auch arbeitete, die inzwischen rund einen Meter hohen Wellen mit der für die Ostsee typischen kurzen Dünung konnte er nicht komplett ausgleichen.

Julius versuchte die Fahrt so schonend wie möglich zu gestalten, doch auch seine nautische Kunst hatte bei dem Wetter Grenzen. Nach fünfzehn Minuten erreichten sie den Übergabepunkt an den Rettungshubschrauber.

Einen ersten Mangel gab es am Ende des Einsatzes im Logbuch zu vermerken: »Die Trageaufhängung ist für einen Transport von Verletzten nur bis maximal fünf Windstärken geeignet«.

✳✳✳

Als die »Otto Asmussen« wieder in den Laboer Hafen eingelaufen war, winkten ihnen Emma und Udo schon vom Deck der »Zwillinge« zu. Somit war klar, wo sie sich gleich trafen. Vorher hatte aber der Kripokollege Schimke Gabi um eine kleine Privataudienz in der Fischküche neben dem Parkplatz gebeten. Dort verspeiste er nach zwei Portionen Labskaus seinen Nachtisch, der »Neptuns Fischteller« hieß.

Nachdem sie sich zu ihm gesetzt hatte, zuckte er entschuldigend mit den Achseln. »Ich dachte, du wolltest auch etwas essen, da habe ich gleich zwei Portionen geordert, aber als du nicht kamst, habe ich alles schnell aufgegessen, bevor es kalt geworden wäre.«

Sie nickte ihm lächelnd zu. »Die Drüsen futtern einem ja auch alles weg, bevor es im Magen ankommt.« Sie bestellte sich eine Tasse Kaffee. »Weswegen sollte ich kommen?«

»Ich bin wegen eurer vermissten Kollegin hier. Euer Arzt hatte vollkommen recht. Die Lache vorm Auto war nur Theaterblut. Weiterhin haben wir ermittelt, dass die Anwohner den Wagen schon gegen vier Uhr vierzig bemerkt hatten, es aber nicht für so wichtig hielten, es zu melden. Gesehen, wie da jemand ausgestiegen oder entführt worden ist, haben sie aber nicht. Wir wissen inzwischen, dass Frau Schubert um drei Uhr sieben einen Anruf bekam. Um drei Uhr dreißig ist sie überstürzt von ihrer Pension in Brookwisch gestartet. Dabei hat sie die Wirtin aufgeweckt. Die ist zwar stocktaub, aber beim Wenden von Frau Schuberts Pkw wurde sie wohl von dem Scheinwerferlicht geweckt. Deshalb konnte sie sich so genau an die Zeit erinnern. Die KTU hat ermittelt, dass das Auto innen gründlich desinfiziert worden war. Da waren keine Fingerabdrücke, die hätten abgenommen werden können. Nicht einmal welche von Frau Schubert selbst. Das alles sind Indizien dafür, dass eure Kollegin wirklich entführt worden ist und zwar von Profis.«

Gabi trank einen Schluck. »Und was schließt ihr amtlich daraus?«

»Die Staatsanwaltschaft bekommt von mir die Ergebnisse der Vorermittlung. Der Oberstaatsanwalt entscheidet dann, was daraus gemacht wird.«

Gabi lächelte verkniffen. »Wie ich deinen Laden inzwischen kenne, bekommt Frau Schubert ein Knöllchen wegen falschen Parkens.« Sie sah auf die Uhr. »Bastian, ich danke dir, dass du uns informiert hast. Sei mir nicht böse, aber ich muss weiter. Halt mich bitte auf dem Laufenden.«

»Warte doch mal«, Schimke erhob sich von seinem Platz. »Könnten wir uns nicht mal privat treffen?«

»Sorry, mein Lieber, aber daraus wird nichts. Ich bin bereits in festen Händen, aber ich danke dir für die nette Einladung.«

٭٭٭

»Ist ja interessant«, grinste Lender sie an, nachdem ihm Gabi Bericht erstattet hatte, »wer ist denn der Glückliche? Weiß er es schon?«

Sie lief knallrot an. »Ich werde dich mit einem nassen Lappen erschlagen, wenn du Udo gegenüber irgendetwas davon erwähnst. Hier auf der ›Zwillinge‹ wäre das keine Meuterei, sondern Notwehr.« Sie flüsterte, um Udo und Emma nicht bei ihren jeweiligen Telefonaten zu stören. »Du kannst mir glauben, ich wollte den nur abwimmeln. Ich bin doch nicht bescheuert, etwas mit einem Polizisten anzufangen. Da soll mich vorher der Teufel holen.«

»Dann schon lieber ein Kampfschwimmer, nicht wahr? Bei so einem Vater machen die Kids das Seepferdchen schon im Fruchtwasser«, gluckste Julius.

Nachdem Emma und Udo die neuesten Informationen eingeholt hatten, berichteten sie.

»Constanze Schubert ist zweiunddreißig Jahre alt und lebt allein in Berlin. Sie arbeitet dort offiziell als Notfallsanitäterin im Bundeswehrkrankenhaus, ohne dass sie dort jemals gesehen wurde. Das deutet auf eine geheimdienstliche Tätigkeit hin. Sie ist eingetragene Organspenderin, ist als Knochenmarkspenderin typisiert und hat die Blutgruppe B-Positiv. Augenblicklich werden keine Organe gesucht, für die Frau Schubert als Spenderin in Frage käme.« Emma legte eine dramaturgische Pause ein. »Sehr seltsam hingegen ist, dass sie eine hundertprozentige Übereinstimmung mit einer gewissen Charlotte Mende aus Münster hat. Sie hat auch noch am selben Tag Geburtstag.« Sie zuckte mit den Achseln. »Das kann schon mal passieren, wenn jemand eine völlig neue Identität bekommt.«

»Woher wisst ihr das alles?«, fragte Julius.

Emma lächelte ihn an. »Dafür hat der Bund hochbezahlte Hacker eingekauft, und die verstehen ihr Handwerk. Eine ganz normale Datenbank ist für die kein Problem, und nichts anderes ist so eine Knochenmark- oder Organspenderdatei.«

»Könnt ihr auch im Darknet nach Organen suchen?«, unterbrach Gabi ihren Bericht.

»Jederzeit, aber wir sind in Frau Schuberts Fall weder da noch dort fündig geworden.«

»Aber warum entführen Organdiebe jemanden«, brummte Lender, »wenn sie die Innereien gar nicht gebrauchen können?«

»Vielleicht will mal jemand ganz klassisch Lösegeld erpressen.«

Julius winkte ab. »Was willst du denn für eine normale Notfallsanitäterin schon fordern? Guck dir doch die Gehälter an.

In dem Alter kann die doch noch nichts auf der hohen Kante haben. Hat sie eventuell eine reiche Familie?«

Emma runzelte die Stirn und überflog ihre Notizen. »Nein, Familie soll sie gar keine mehr haben.«

»Ich bleibe bei den Organhändlern. Hier im Norden können sie ihre Opfer auch mit einem Schiff abtransportieren. Über Land wäre das für die Kidnapper erheblich risikoreicher, oder?«

»Das denke ich auch«, pflichtete Emma ihm bei. »Auf See kann man die Organe in aller Ruhe entnehmen und die Reste spurlos entsorgen. Wir haben sogar ein Schiff gefunden, das dafür in Frage käme. Einen ehemaligen Offshore-Versorger. Die ›MS Sandur‹ ist ein Katamaran, mit dem man sich ziemlich schnell in internationale Gewässer absetzen könnte.«

Gabi war beeindruckt. »Wie habt ihr den Kahn so schnell aus hunderttausenden Schiffen auf der Ostsee herausfiltern können?«

Emma freute sich selbst über ihre Ermittlungsergebnisse. »Die ›Sandur‹ wäre das nächste Mal, wenn sie in Küstennähe gekommen wäre, sowieso von der Küstenwache aufgebracht worden, weil die Damen oder Herren auf der Brücke ständig ihre Kennung ausschalten. Es besteht der Verdacht, dass sie immer dann den Transponder vom Automatic Identification System abschalten, wenn sie nachts in unsere Gewässer einfahren. Das konnte der Crew der ›Sandur‹ aber nur ein einziges Mal gerichtsverwertbar nachgewiesen werden. Das Bußgeld dafür wurde bereits erhoben, nur konnte der Bescheid dem Kapitän noch nicht rechtskräftig zugestellt werden.«

»Waren die denn immer in der Nähe, wenn gekidnappt wurde?«

»Nachweisen können wir denen nichts, weil der Transponder aus war. Die Vermutung liegt aber nahe. Bei Menschenraub würde allein schon der begründete Verdacht für eine Durchsuchung des Schiffes reichen. Was aber überhaupt nicht in unsere Theorie passt, ist die Tatsache, dass die ›Sandur‹ für heute ein

Alibi hat. Sie schwamm zum Zeitpunkt der Entführung mitten auf der Ostsee. Für eine Durchsuchung des Katamarans bräuchten wir auch eine richterliche Anordnung, die aber vom See-Schifffahrts-Amt erst bei der Staatsanwaltschaft beantragt werden müsste.«

»Und an diesem Punkt wären wir wieder in einer Sackgasse«, grummelte Gabi. »Es kann schließlich niemand des Menschenraubes verdächtig werden, wenn es gar keinen gibt.«

Julius hatte eine Frage an Udo. »Haben Sie sich mal bei Ihren Arzt-Freunden schlaumachen können, warum es mehrere Datenbanken für Organbedarf gibt?«

»Ja, an Eurotransplant sind nur Skandinavien inklusive Island, die baltischen und die Beneluxstaaten, Deutschland, Österreich, Slowenien, Kroatien und Ungarn angeschlossen. Alle anderen Länder klüngeln das untereinander aus, wenn sie ein Organ benötigen.«

Gabi zog nachdenklich die Stirn kraus. »War das Wort ›klüngeln‹ mit Bedacht gewählt?«

»Schon, obwohl es nur auf manche Länder zutrifft. Die Spanier sind die Weltmeister im Spenden von Organen. Die können ihren Bedarf spielend mit ihrer eigenen Datenbank decken. Sie exportieren auch jede Menge ins restliche Europa.«

»Wie kann das gehen?«, fragte sie.

»Die haben die Widerspruchsregelung, wer also nicht widerspricht, ist automatisch Spender. Die grauen oder gar schwarzen Märkte für Organe findet man eher in Russland, Afrika oder in Asien. Ob man von dort ein Organ bezieht, ist einzig und allein eine Sache des persönlichen Reichtums.«

»Okay.« Julius hatte sich die brisanteste Frage bis zuletzt aufgehoben. »Nehmen wir mal an, wir haben es mit einer Bande zu tun, die Leute entführt, um deren Organe zu verkaufen. Woher wissen die, wo ihre Opfer zu finden sind?«

»Bei Eurotransplant wird gehackt, was gesucht wird. Danach wird in der Datenbank der Knochenmarkspender nachgesehen, wer die gleichen Marker hat. Bei den Blutbanken wird recherchiert, ob die Blutgruppe stimmt, und die passende Handynummer ist auch meist dabei, anhand derer man das Handy orten kann. Das alles ist in einer Stunde geschehen. Dann wird gewartet, ob das bei Eurotransplant gesuchte Organ auch im Darknet gesucht wird. Wenn das der Fall ist, dann wird zugeschlagen, denn nur da ist Geld zu holen, und zwar richtig. Bei Eurotransplant ist finanziell nichts zu holen.«

Julius war erschüttert, wie schnell man Organspender sein kann und gar nichts davon bemerkt. »Ach übrigens, Udo, was hat eigentlich Ihr Chefkapitän zu meiner Initiative gesagt? Der wird sicher nicht erfreut gewesen sein, oder?«

»Ich habe ihn zwischen Tür und Angel erwischt, und er hat publikumswirksam alles zusammengebrüllt. Was sich dieser Fatzke von der Wasserrettung denn einbilde, dass er das nicht mit sich machen ließe und dass das alles Konsequenzen haben würde. Dann hat er mich in sein Zimmer gezogen und wortwörtlich ›endlich unternimmt jemand was‹ gesagt. Er hatte bereits von eurer Kollegin gehört und natürlich wird er unsere gesamte Einsatzgruppe mit allem, was sie für einen Einsatz brauchen, in Bereitschaft halten. Er hat sich auch schon bei einem alten Kumpel, der ganz weit oben sitzt, Rückendeckung für sämtliche Aktionen in dieser Sache besorgt.«

Emma klappte die Kladde mit ihren Notizen zu. »Also, Vormann Lender, Ihre Armee hat aufgesattelt und ist in Bereitschaft. Wie lauten Ihre Einsatzbefehle?«

Julius sah sich in diesem Augenblick überfordert. »Erst mal in Ruhe einen Tee trinken und dann sollten wir gemeinsam beschnacken, wie wir vorgehen.«

Gabi kannte ihren Vormann. »Du hast noch ein Haar in der Suppe gefunden?«

Julius nickte fast entschuldigend. »Da könnte ein ganzes Toupet drin schwimmen.« Er goss die Tassen voll. »Nach reiflicher Überlegung muss das nicht so gewesen sein. Die Entführung unserer Notfallsanitäterin unterscheidet sich doch völlig von denen der letzten Zeit. Das ist das erste Mal, dass da ein ganzes Szenario aufgebaut wurde. Wozu macht man sich die Mühe? Doch nur, um uns etwas damit zu sagen, oder? Die Kidnapper haben das Handy der Kollegin in ihrer DLRG-Jacke gelassen. Wenn sie auch darin eine Spyware installiert haben, um genau zu wissen, wo sie sich aufhält, hätten sie damit doch eine Spur hinterlassen. Nach diesem Handy müssten sie doch gesucht haben, oder haben sie das einfach nur verschusselt?«

»Und wo ist das Handy jetzt?«, fragte Emma.

»Bei eurem Boss. Die Jacke haben uns doch die Schutzpolizisten gebracht. Die lag ja offen im Auto, und daran haben die Polizisten erkannt, dass das eine von der DLRG ist, und da das Handy noch in der Innentasche war, haben es die Entführer mit Sicherheit nicht in der Hand gehabt und somit auch keine DNA hinterlassen. Das mit dem Handy habe ich ja selbst erst bemerkt, als ich die Jacke auf einen Bügel gehängt habe. Den Tipp mit dem Reißverschluss an der Innentasche habe ich ihr selbst gegeben, weil sie Angst davor hatte, dass ihr das Handy auf See ins Wasser fallen könnte.«

Emmas Gesicht hellte sich auf. »Das werde ich mir gleich mal genauer ansehen, wenn wir drüben in Schilksee sind.« Sie sah sich in der Runde um. »Und wie verfahren wir nun weiter?«

**

Die »Sandur« war bei inzwischen sieben Windstärken mit kleiner Fahrt circa zwanzig Seemeilen nördlich von Hohwacht entfernt und wartete darauf, dass der Hubschrauber die letzte Lieferung abholte. Kapitän Friedjofsson hasste es, bei einem solchen Wetter quasi auf der Stelle zu dümpeln. »Unser Doc ist sowieso ständig besoffen, aber bei so einem Seegang kann man den überhaupt nicht mehr gebrauchen«, schimpfte er.

Jákup Joensen, sein Funker, zuckte mit den Achseln. »Bis zur nächsten OP ist der wieder nüchtern.«

Sie hörten ein Geräusch, als ob jemand mit einem Schraubenschlüssel an die Bordwand schlagen würde.

»Was war das?«, fragte der Funker.

»Ich habe angeordnet, dass der Schredder generalgereinigt wird.«

»Leistet Tróndur seine Strafarbeit ab?«

»Nein«, brummte der Kapitän. »Der hat abgeheuert.«

»Wo denn? Wir waren doch die ganze Zeit auf See?«

»Den hat der Heli bei der letzten Fuhre mit an Land genommen.« Friedjofsson sah besorgt auf die Uhr. »Verdammt noch mal, die sollen sich da unten beeilen. Wir müssen schon in einer Stunde zur Übernahme an der Küste sein.«

»Und warum sind wir es nicht?«

»Weil wir gewarnt wurden. Die Küstenwache hat uns auf dem Kieker. Bevor der Schredder aus forensischer Sicht nicht hundertprozentig sauber ist, will ich nichts mit denen zu tun haben. Die wollen sich bestimmt hier an Bord umsehen.«

Jákup staunte. »Dürfen die das denn?«

»Innerhalb ihrer Hoheitsgewässer, ja.«

∗∗∗

Constanze Schubert kam langsam wieder zu sich. Völlig benebelt sah sie sich um. Sie hatte Probleme einzuordnen, wo sie sich befand. Sie erkannte nur, dass sie in irgendeinem fremden Keller saß. Sie versuchte erfolglos, sich zu bewegen. Sowohl ihre Handgelenke als auch ihre Knöchel waren an einen Stuhl gefesselt. Sie hatte etwas im Mund und wollte es ausspucken, das gelang ihr ebenfalls nicht. Langsam begriff sie, dass sie nicht nur gefesselt, sondern auch geknebelt war.

Obwohl ihr Kopf enorm schmerzte, versuchte sie, sich umzusehen. Kein Zweifel, sie war in einem Keller. Sie saß vor einer alten Anrichte, auf der alles gelagert war, was man für den privaten Gebrauch zum Malern brauchte. Sie erinnerte sich, dass Frau Sönksen, ihre Zimmerwirtin, erzählt hatte, dass sie trotz ihres hohen Alters noch immer alles selbst im Haus besorgen und sogar auch reparieren und streichen würde. Das hier schien demnach der Keller ihrer Wirtin zu sein. Aber warum sollte die alte Dame sie hier unten gefesselt und geknebelt gefangen halten? Es gab keinen Ärger zwischen ihnen, und sie hatte das Zimmer schon im Voraus bar bezahlt.

Wie durch einen Wattenebel hörte sie, wie sich Männer miteinander unterhielten. Plötzlich erschien vor ihr ein bärtiges Gesicht. Der Mann fragte sie auf Russisch, ob sie Durst habe. Sie sah ihn verständnislos an. Er stellte die Frage in Zeichensprache erneut, und sie nickte dankbar.

Langsam wurde ihr klar, was mit ihr geschehen war. Sie war heute Nacht aufgewacht, weil sie angerufen worden war. Nun erinnerte sie sich auch an die Bilder vor ihrer Entführung, die Blutlache auf der Straße, wie sie ausgestiegen war, um dem Mann, der da lag, zu helfen. Der war plötzlich aufgesprungen, als sie vor ihm stand. Dann fiel ihr ein, wie sie von hinten gegriffen und ihr ein übelriechender Lappen über Mund und Nase gestülpt worden war. Danach war Dunkelheit.

Sie realisierte erst jetzt, dass der Mann von eben gar keine Gesichtsmaske trug und sie ihn jederzeit wiedererkennen würde, wenn es zu einer Gegenüberstellung käme. Ihr war klar, dass das ihre Chance, lebend aus diesem Schlamassel herauszukommen, nicht gerade erhöhte.

Einer der Entführer beugte sich zu ihr hinunter und fragte sie erneut auf Russisch, ob sie Durst habe. Und wieder tat sie so, als würde sie ihn nicht verstehen. Dieses Verhalten hatte sie in ihrer Ausbildung gelernt. Sie war sich sicher, mehr über ihre Kidnapper erfahren zu können, wenn die sich ungehemmt miteinander unterhielten. Außerdem sollten die Kerle auch nicht wissen, dass ihr Job als Notfallsanitäterin nur ein kleiner Teil ihres Berufsbildes war und sie ihre Sprache beherrschte.

***

Julius' Entscheidung, den Kriminalfall und die Arbeit der DLRG strikt zu trennen, stieß allgemein auf Verständnis. Mit der »Zwillinge« hatten sie nach Rücksprache mit dem Skipper ein geräumiges, aber langsames Boot für ihre Aktion als Hauptquartier zur Verfügung. Es lag in Laboe inmitten einiger Traditionssegler, die ebenfalls zur Kieler Woche eingeladen waren, und war damit absolut unauffällig. Um seiner neuen Aufgabe gerecht zu werden, wurde es aber kommunikationstechnisch etwas modernisiert.

Dazu musste jemand bis hoch an die Mastspitze gehievt werden. Für Hafenbesucher sah es aus, als würde Emma das weiße Toplicht der »Zwillinge« reparieren. Sie saß auf einer Art Schaukel, die von Udo mit einem langen Seil bis an die Mastspitze gezogen wurde. Wenn sie schon einmal dort oben war, setzte sie auch gleich ein neues Leuchtmittel in die Halterung und putzte das Glas von innen. Hauptsächlich aber war sie dort oben, um eine unauffällige Satellitenantenne zu installieren, die es der Besatzung ermöglichte, auf See das Internet zu benutzen. Nur so war eine gesicherte Kommunikation mit dem Einsatzstab der Marine gegeben, in ihrem Fall mit Kapitän zur See Wigbert Hinrichs.

Kaum waren sie mit ihrer Arbeit fertig, probierten sie ihr Werk mit einer Schalte dorthin aus.

»Ich habe interessante Neuigkeiten!«, begann ihr Chef das Gespräch. »Die Kollegin der Wasserretter, die heute Morgen entführt wurde, ist wahrscheinlich eine Agentin des Militärischen Abschirmdienstes MAD.«

Udo glaubte, nicht richtig gehört zu haben. »Wieso nur wahrscheinlich, und was macht eine Agentin bei der Kieler Woche und dann auch noch auf einem Rettungsboot der DLRG?«

»Nach der Sichtung dieser drei Russen war klar, dass der MAD irgendwie reagieren musste, und eine Agentin innerhalb der Retterszene zu etablieren ist nicht ungeschickt.«

Emma konnte ihr Erstaunen nicht verbergen. »Ich kann mir nicht vorstellen, dass die Gesellschaft darüber unterrichtet war.«

Dem stimmte der Kapitän zu. »Wenn ja, bin ich mir sicher, dass sie der DLRG auch nur mit Druck von ganz oben aufs Auge gedrückt wurde. In deren Reihen konnte sie unauffällig helfen und war immer dicht am Geschehen.«

»Aber sicher ist es nicht, dass Frau Schubert die MAD-Kollegin ist?«

»Nein, aber die Schlussfolgerung liegt nahe. Wir wurden im Rahmen eines Amtshilfeersuchens gebeten, nach einer Mitarbeiterin des MAD im Raum Kiel Ausschau zu halten, die seit ein paar Stunden vermisst wird und verdeckt im Rettungsdienst tätig ist.«

Udo versuchte, sich an Frau Schubert zu erinnern. Er hatte sie kurz gesehen, jedoch nie mit ihr gesprochen. »Wie eine Agentin sah die wirklich nicht aus.«

»So wie man sich einen Kampfschwimmer im Allgemeinen vorstellt, sehen Sie aber auch nicht aus.« Hinrichs dachte kurz nach. »Wenn diese Constanze Schubert wirklich die gesuchte Agentin ist, wäre es interessant zu wissen, auf wen oder was sie angesetzt wurde. Wie eine Kieler Woche funktioniert, weiß die Admiralität, denke ich, also muss es etwas anderes gewesen sein.«

Emma war nicht der Meinung. »Sorry, Herr Kap'tain, aber das macht keinen Sinn. Sollte Frau Schubert wirklich eine Agentin sein, dann hätte man sie in eine exponiertere Position eingeschleust. Als Notfallsanitäterin auf der ›Nivea 13‹ kann sie höchstens ausspionieren, ob Schietwetter ist und welche Farbe die Pflaster haben, die am Strand verteilt werden.«

»Sie könnte aber auch an vorderster Front geparkt sein, um jederzeit eingreifen zu können, und einen unauffälligeren Platz als auf diesem Rettungsboot gibt es nicht. Aber die Frage bleibt unbeantwortet: Worauf wurde sie angesetzt?«

Udo war frustriert. »Mit anderen Worten: Jetzt haben wir eine ultramoderne Satellitenantenne, stochern aber nach wie vor nur im Nebel herum.«

Kapitän Hinrichs zuckte mit den Achseln. »Mehr als jetzt

können wir augenblicklich nicht machen, und das geht schon über das hinaus, was wir eigentlich dürfen.«

Dem stimmte Udo zu. »Aber sollten diese drei russischen Spezialkämpfer etwas mit ihrer Entführung zu tun haben, dann wird es für sie schwer sein, da wieder heil herauszukommen.«

∗∗∗

Igor Tatschenko, der Führer des russischen Einsatzkommandos, war sich nicht sicher, alles korrekt verstanden zu haben. Der Empfang seines Satellitentelefons war schlecht, da er halb in der Kellertür des Hauses von Constanze Schuberts Wirtin in Brookwisch stand. »Habe ich richtig gehört, dass wir die Sache sofort und ohne Befragung beenden sollen?«

»Ja! Sie ist eine deutsche Agentin, und wir wissen, dass sie auf uns angesetzt wurde. Demnach wird der Boden an der Förde für uns zu heiß.«

»Und was sollen wir mit der Leiche machen?«

»Wartet auf die Dunkelheit und vernichtet alles.«

Tatschenko beendete das Gespräch und klappte die kurze Antenne des Satellitentelefons ein.

»Was ist?«, fragten seine Kumpane, nachdem sie bei seiner Rückkehr in den Kellerraum sein besorgtes Gesicht sahen.

»Das war's dann hier, wir sind aufgeflogen. Wir sollen uns heute Nacht nach Fehmarn durchschlagen und werden dort aufgenommen.«

»Und womit kommen wir dahin?«

»Wir nehmen das Auto der Alten da oben.«

»Sie wird etwas dagegen haben.«

Tatschenko winkte ab. »Sie wird es nicht mehr brauchen.«

»Und was machen wir mit ihr?«, fragte Nikitin irritiert und zeigte auf die gefesselte Constanze.

»Wir benötigen sie nicht mehr. Erschießt sie.«

Zwetkow wurde hellhörig. »Dann können wir vorher noch ein wenig Spaß mit ihr haben?«

Tatschenko zögerte. »Da wäre ich vorsichtig. Sie soll eine Agentin sein, und wenn dem so ist, dann wird sie sich wehren können.«

Constanze Schubert gefror das Blut in den Adern. Sie wusste genau, wen sie vor sich hatte und dass ihre Chance gleich null war, diese Entführung zu überleben. Doch sich klaglos erst vergewaltigen und dann töten zu lassen, das wollte sie auf keinen Fall.

Grinsend stellte sich Nikitin breitbeinig vor sie und öffnete seine Hose.

»Du willst Spaß haben, Brüderchen?«, frgte sie auf Russisch. »Dann binde mich los. Dann werde ich es dir besorgen, dass du die Trompeten von Jericho hörst.«

Die drei waren wie erstarrt. »Die Schlampe versteht uns«, rief Zwetkow erstaunt. »Die weiß, was sie erwartet.«

Ihr Mund verzog sich zu einem spöttischen Lächeln. »Ja, natürlich weiß ich das. Ich bin aber eine Speznasewa, und ich habe es verdient, dass ich noch einmal richtig Spaß habe, bevor ich vor meinen Schöpfer trete.«

Nikitin drehte sich zu seinem Chef. »Was soll ich machen, Igor? Was sie sagt, klingt plausibel, und wenn sie einen so nett bittet …«

»Töte sie erst und nimm sie dann.«

Der grobschlächtige Mann verzog sein Gesicht. »Nein, das macht keinen Spaß.«

Zwetkow trat hinter Constanzes Stuhl und zerschnitt den Kabelbinder an ihren Händen. »Was soll schon passieren? Wir sind zwei russische Kämpfer, und sie ist nur eine deutsche Pussi.«

Nikitin zog ebenfalls sein Kampfmesser, beugte sich vor und durchtrennte die Fußfessel.

Die Frau erhob sich, rieb sich kurz die Handgelenke und begann, mit lasziven Bewegungen ihre Bluse zu öffnen. Swetkow trat neben seinen Kumpan und öffnete ebenfalls seinen Hosenschlitz. »Guck dir diese Wahnsinnstitten an«, stöhnte er voller Vorfreude.

Constanze hatte die beiden genau dort, wo sie sie haben wollte. Als Nikitin nach ihren Brüsten greifen wollte, schnellten ihre Arme vor, und sie bohrte ihre Daumen in seine Augenhöhlen. Ein gellender Schrei hallte durch den Keller. Schockiert musste Dimitri mitansehen, wie sich sein Kamerad die Hände vors Gesicht schlug und wie zwischen dessen Fingern das Blut nur so herausschoss. Brüllend vor Schmerzen wandte sich der Mann ab. Von Entsetzen gelähmt, registrierte Zwetkow die Körperdrehung Constanzes zu spät und konnte nicht mehr verhindern, von ihrem Dreh-Kick im Gesicht getroffen zu werden. Die Wucht dieses Tritts zertrümmerte seinen Unterkiefer und ließ ihn nach hinten kippen. Ein weiterer Kick traf seine Weichteile, sodass er sich wimmernd zusammenkrümmte.

Zwei ihrer Peiniger waren kampfunfähig. Constanze drehte sich zu Tatschenko und blickte in die Mündung seiner schallgedämpften Pistole. Den Schuss, der sie auf der Stelle tötete, hörte sie nicht einmal mehr.

»Was passiert hier?«, brüllte Nikitin verzweifelt. »Ich sehe nichts mehr, und dieser Schmerz macht mich wahnsinnig! Igor, hilf mir bitte!«

Ein weiteres Mal war dieses tödliche »Plopp« zu hören, und das Gebrüll ihres schmerzgepeinigten Gefährten endete schlagartig. Die totale Ruhe, die plötzlich im Keller herrschte, dröhnte in ihren Ohren.

»Was hast du getan?«, nuschelte Zwetkow entsetzt. Er hatte Mühe, sich mit seinem blutigen Mund zu artikulieren. »Aljoscha war unser Kamerad!«

»Ich habe das getan, was ein Kamerad in dieser Situation tun muss. Ich habe ihm seinen Frieden gegeben. Jetzt hat er keine Schmerzen mehr.« Er sah verächtlich auf Dimitri, der sich mühsam aufrappelte. »Und du sagst mir jetzt lieber nicht, dass du auch welche hast.«

Zwetkow hielt sich mühsam und leicht benommen aufrecht, während Tatschenko sich zu Constanze herunterbeugte und mit einer fast liebevollen Bewegung ihre starren Augen schloss.

»Mein Gott, was für ein Weib.«

Zwetkow reagierte empört. »Das war nichts weiter als eine Schlampe! Hättest du nicht eingegriffen, wäre ich allein mit ihr fertig geworden.«

»Blödsinn! Die hätte euch eure Geilheit aus dem Hirn geprügelt.«

»So glaub mir doch! Ich hätte diese Hure fertig gemacht!«

»Nein Dimitri, hättest du nicht. Sie war auch keine Hure! Sie war eine stolze Frau und Kämpferin, die unsere Achtung verdient. Sie war eine von uns, wenn sie auch auf der falschen Seite gekämpft hat.«

»Hallo?«, ertönte plötzlich die Stimme der Vermieterin. »Ist da unten jemand?«

ACHT

Inzwischen war im Hafen von Laboe Ruhe eingekehrt. Die Traditionssegler, die morgens mit ihren Tagesgästen in See gestochen waren, lagen wieder fest vertäut am Pier, und aus fast allen Kombüsen war Topfgeklapper zu hören. Um diese Zeit herrschte sonst nur noch in den Duschen neben dem Büro des Hafenmeisters Betrieb.

Gabi saß auf einem Stuhl vor ihren Containern und genoss den Sonnenuntergang.

Julius gesellte sich zu ihr. »Na, mien Deern, schlottert dir die Büx?«

Sie drehte sich zu ihm und lächelte ihn an. »Woher weißt du das? Ich sitze hier ganz ruhig, sehe entspannt der Ostsee beim Chillen zu, und trotzdem bemerkst du meine Anspannung.«

Er nahm bedächtig einen Schluck aus seinem Teepott. »Vielleicht liegt das daran, dass mir selbst die Muffe geht. Weißt du, mein Geschäft ist die Seefahrt, mehr nicht. Da kann mir niemand mehr etwas vormachen. Und nun soll ich plötzlich bei einer kriminellen Geschichte mitmischen, von deren Spielregeln ich keine Ahnung habe. Da geben dunkle Mächte den Ton an, und ich muss auf einmal Lieder mitsingen, von denen ich weder die Melodie noch den Text kenne.« Er schüttelte den Kopf. »Und würde ich ihn kennen, dann wäre ich mit Sicherheit um meinen Schlaf gebracht.«

Gabi glaubte zu wissen, wovon Julius sprach. »Ich weiß auch nicht, in welches Fahrwasser wir da geraten sind. Wir können doch aber auch nicht einfach kneifen, wenn jemand unsere Kameraden und andere Menschen vor unserer Nase entführt. Wenn wir das untätig zuließen, dann könnten wir beide nie wieder ruhig schlafen.«

Ihre Pieper ertönten. Nach kaum einer Minute kam das Kommando »Leinen los«. Gabi stand am Ruder und konnte auf dem Bildschirm des Navigationssystems die neuen Koordinaten sehen, zu denen sie fahren sollten.

»Die ›Otto Asmussen‹ für die Leitstelle Mitte kommen!«, quäkte es aus dem Lautsprecher der Funkanlage.

Julius nahm den Hörer aus der Verankerung. »Die ›Otto Asmussen‹ hört.«

»Das Küstenfrachtschiff ›Kaleppo‹ benötigt bei einem medizinischen Notfall eure Hilfe. Bei denen ist anscheinend eine Hydraulikleitung geplatzt, wobei der Maschinist schwer verletzt wurde. Ihr meldet euch bei Bremen Rescue an.«

Wie so oft hatte sich das Wetter durch die Abendflaute beruhigt, sodass sie annähernd Vollgas geben konnten. Keine zwanzig Minuten später gingen sie bei der »Kaleppo« längsseits.

Sie trafen einen Schwerstverletzten an, dessen Haut großflächig durch Wasserdampf verbrüht war. Der Maschinist des Frachters hatte versucht, eine Hochdruckleitung zu reparieren. Dabei musste die Leitung gerissen sein, denn ein kochend heißer Sprühstrahl hatte ihn getroffen.

Dadurch, dass der Vorfall fast schon eine Stunde her war, hatten sich auf der Haut des Mannes riesige, mit Wundflüssigkeit gefüllte Blasen gebildet. Der enorme Flüssigkeitsverlust führte dazu, dass sein Blut so dick wurde, dass es in der Lunge kaum mit Sauerstoff angereichert werden konnte. Der Mann drohte zu ersticken. Durch eine Unmenge von Infusionen und kreislaufstützenden Medikamenten gelang es Drs. Simons, den Kreislauf des Maschinisten nach einer weiteren Stunde zu stabilisieren. Erst danach wurden Arzt und Patient mit einer Winde vom Deck des Frachters an Bord eines Helikopters gezogen und zum Universitätsklinikum Kiel geflogen. Dort war alles vorbereitet worden, und es stand für ihn ein Bett auf der Intensivabteilung für Schwerstverbrannte bereit.

Nachdem die Crew des Rettungskreuzers bis auf den Arzt wieder vollständig an Bord war, nahmen sie Kurs auf Laboe. Am Horizont schimmerte ein rosa Streifen der Abendsonne, und der Wind hatte wieder etwas aufgefrischt. Gabi hielt die Geschwindigkeit des Schiffes auf fünfundzwanzig Knoten. Hinnerk stellte sich neben sie. »Du bist anständig zu meinen Ladies, mien Deern. Und überhaupt passt du viel besser zu unserem Haufen, als zur WaSchPo.«

Gabi lächelte. »Dank dir, Hinnerk, für das feine Lob, aber ich bleibe doch lieber bei meinen Leuten. Dort habe ich auch sehr tolle Kollegen und ein gutes Auskommen, da bin ich auch auf See und habe durch die langen Schichten genug Freiwachen, um meinen ehrenamtlichen DLRG-Kameraden auf den Senkel gehen zu können. Genauso, wie es ist, bin ich glücklich.«

Hinnerk legte freundschaftlich seinen langen Arm um ihre Schultern und drückte sie leicht. »Das ist das Wichtigste, mien Deern.«

Er stutzte und zeigte nach backbord. »Was ist denn da hinten los? Machen die ein verspätetes Osterfeuer?«

Sie nahm das Fernglas. »Nee, Hinnerk, das ist nicht am Strand. Das ist was Größeres etwas weiter im Landesinneren. Man kann auch Blaulichter sehen. Geh doch mal auf den Feuerwehrkanal. Bei so einem so großen Feuer müsste da einiges zu hören sein.«

Der Maschinist schaltete eines der Handsprechfunkgeräte auf die Feuerwehrfrequenz. Sie konnten mithören, dass der Löschzug aus Lütjenburg der Leitstelle sein Eintreffen in Brookwisch meldete.

»Lütjenburg, das ischa man ein Stück weit vom Feuer weg. Das muss dann wirklich was Größeres sein«, murmelte er.

***

Nachdem Gabi das digitale Logbuch unter Aufsicht von Julius geführt hatte, ging sie zum Liegeplatz der »Zwillinge«. Beim Anlegen hatte sie eine Petroleumlampe an Deck brennen sehen. Ein sicheres Zeichen, dass Leben an Bord herrschte. Sie wurde mit einem alkoholfreien Weizenbier begrüßt und wollte mit ihrem Einsatzbericht beginnen, als ihr Handy klingelte. Bastian Schimke war dran.

»Hör mal, Kollege«, legte sie gleich los, »was hast du an meinem Desinteresse falsch verstanden?«

»Gar nichts«, antwortete eine leise Stimme. »Ich bin hier in Brookwisch und stehe vor der Pension, in der eure Kollegin abgestiegen ist. Du solltest vielleicht mal hier vorbeikommen, aber euren Vormann besser auf dem Schiff lassen. Das ist kein Anblick für ihn. Bring bitte diesen Udo mit. Die Rechtsmedizinerin will ihn sehen.«

Bedrückt steckte sie das Smartphone wieder in die Tasche. Udo sah ihr sofort an, dass etwas passiert sein musste. »Schlimme Nachrichten?«

Sie nickte. »Ich fürchte, ja. Mein Kripokollege war eben dran. Ich soll nach Brookwisch kommen, dort gäbe es etwas für uns Interessantes zu sehen. Julius soll ich lieber hierlassen, und dort ist eine forensische Pathologin, die dich unbedingt sehen will.«

»Mich?«, fragte Udo zurück.

»Ja.«

»Dann wird das mit unserem Fall zu tun haben«, brummte er, »und damit sind wir alle hier an Bord gemeint.«

Emma trank ihr Bier aus und erhob sich. »Dann sollten wir uns das mal ansehen. Hört sich zwar nicht so prickelnd an, aber ›wat mutt, dat mutt‹, würde euer Vormann jetzt sagen.«

Gabi meldete sich bei Julius ab, und sie fuhren los. Unterwegs berichtete sie von dem Feuerschein, den sie von See aus gesehen hatten, und kurz darauf standen sie vor der Einsatzstelle der Feuerwehr. Der Brand war weitgehend gelöscht worden. Vereinzelt wurden noch ein paar Glutnester mit der Wärmekamera aufgespürt und abgelöscht. Bastian kam die Kellertreppe hinauf, winkte ihnen zu und zeigte auf seine Gummistiefel. »Holt euch bei den Kriminaltechnikern auch welche. Da unten steht das Wasser gute zwanzig Zentimeter hoch.«

Mit Schutzanzügen, Hauben und Handschuhen bekleidet, wurden sie von Bastian in den Keller geführt.

Die Rechtsmedizinerin, die gerade eine Gewebeprobe einer Brandleiche entnahm, grüßte sie. »Hi, Udo.«

»Tach, Gide«, nickte er ihr zu. »Was gibt's denn hier so Interessantes?«

»Ihr seid ja, wie ich gehört habe, im Augenblick mit seltsamen Fällen beschäftigt. Soweit niemandem von euch dreien schlecht wird, bitte ich euch mal, diese Leiche genauer zu betrachten. Was fällt euch daran auf?«

Sie traten ein wenig zurück, um einen besseren Überblick zu bekommen.

»Ich habe ja schon so manche Brandtoten gesehen, aber dieser Körper hier liegt irgendwie seltsam«, sagte Gabi. »Findet ihr nicht auch?«

»Stimmt. Bei der Leiche handelte es sich der Physiognomie nach um eine Frau. Das Feuer muss ausgebrochen sein, als sie mit gefalteten Händen, mit dem Rücken auf einem Tisch liegend, geschlafen hatte«, bestätigte die Ärztin.

»Die hat nicht geruht. Die wurde aufgebahrt«, murmelte Udo nachdenklich.

»Das denke ich auch, und wenn ich das richtig erkenne, wurde ihr vorher der halbe Hinterkopf weggeschossen.« Die Ärztin deutete auf eine andere Ecke des Kellerraumes. »Da liegen noch zwei Leichen. Eine weitere Frau und ein Mann.«

Durch die Halogenstrahler war alles taghell erleuchtet, und sie konnten jedes Detail erkennen. Die Körper waren so gut wie komplett verkohlt. Das lag daran, dass die zweite Frau auf den Treppenstufen liegend vom Feuer erwischt worden war. Bei dem Mann hatte es nur die Rückseite verbrannt. Da er während des Brandes mit dem Bauch auf dem Steinfußboden gelegen hatte, war seine Vorderseite relativ gut erhalten. Gabi und Emma schreckten vor diesem Anblick zurück, Udo hingegen zeigte fachliche Kompetenz. »Die Leiche auf dem Tisch ist Constanze Schubert. Die Dame auf der Treppe ist wahrscheinlich ihre Vermieterin, und hier haben wir einen der Entführer. Offensichtlich ein Russe.«

Emma und Gabi waren verblüfft. »Wie kommst du denn darauf?«

Er zeigte auf die leeren Augenhöhlen. »Das passiert, wenn du deinem Gegner die Daumen in die Augen rammst. Und wo wird dir das beigebracht?«

»Bei der Ausbildung zu den Spezialkräften«, antwortete Emma.

»Richtig! Und das, was wir hier vorgefunden haben, ist die unvollständige Feuerbestattung eines oder einer ehrenvoll gestorbenen Kämpferin oder eines Kämpfers.«

Gabi zog die Stirn kraus. »Du willst doch wohl nicht behaupten, dass Knut der Schreckliche auferstanden ist, um Brookwisch zu überfallen, daran aber von Constanze der Tapferen gehindert wurde, weil sie einen seiner Leute unter Einsatz ihres eigenen Lebens getötet hatte?«

Emma vervollständigte die Geschichte. »Und weil Knut daran Gefallen fand, gab's für die Kämpferin ein Staatsbegräbnis à la Wikinger?«

Gabi schüttelte unwillig den Kopf. »Frau Doktor, würden Sie den Herrn bitte in die Klapse einweisen?«

»Dann bräuchten wir aber eine Doppelzelle. Ich gebe Udo nämlich recht.«

»Wieso Udo?«, fragte Gabi verdutzt. »Sind Sie auch eine Verflossene dieses Herren?«

Frau Dr. Gnutzmann lächelte sie an. »Nein, deren Schwester.«

»Okay, das mit der nordischen Bestattung kann ich nachvollziehen, aber woran wollt ihr erkennen, dass das ein Russe ist? An der slawischen Nasenform?«, folgerte Gabi spöttisch.

Udo stieß ihr aufmunternd mit dem Ellbogen in die Seite. »Ich schaue auf die Pistole, die der Mann im Halfter trägt und erkenne, dass es sich um eine 9x21mm Udav handelt. Das ist eine ziemlich neue russische Armeepistole.«

Gabi sah ihn erstaunt an. »9x21mm? Was soll denn das für ein Kaliber sein?«

»Ein speziell für diese Waffe entwickeltes. Das Magazin der

Udav fasst achtzehn Patronen, und es wurde wohl noch nie eine robustere Pistole entwickelt. Mit dem Ding kannst du bei minus dreißig Grad im dicksten Matsch Zimmermannsnägel in Stahlplatten hämmern und danach auf fünfundzwanzig Meter Entfernung noch die Zacken einer Briefmarke abschießen.«

Gabi war beeindruckt. »Und was schließt du noch aus der ganzen Sache hier?«

»Dass Constanze Schubert mit Sicherheit keine aktive Notfallsanitäterin war. Ich tippe auf eine Tätigkeit beim Abwehrdienst.«

»Das denke ich auch«, fuhr Emma fort. »Und der MAD kümmert sich nicht um Organhandel in Laboe. Ich fürchte mal, dass hier eine größere Aktion läuft, von der wir keine blasse Ahnung haben, sonst hätten die Russen nicht ihr A-Team geschickt.«

✳✳✳

Gabi ließ einen dicken Klumpen Kandis in ihren Tee plumpsen. Sie saßen inzwischen wieder vor ihren Containern und hatten Julius dazugebeten, um ihm alles möglichst schonend beizubringen. Gabi wusste, dass ihn der Tod dieser Frau treffen würde.

»Wie wirst du nun vorgehen?«, fragte sie ihn.

Der Vormann ließ den Kopf hängen und zuckte müde mit den Achseln. »Mien Deern, ich habe keine Ahnung. Diese Frau wurde uns Rettern wie ein Kuckucksei ins Nest gelegt. Sie war keine von uns, hatte aber unsere Klamotten an.« Er nahm einen Schluck aus seiner Tasse. »Ich habe ehrlich gesagt immer noch die Hoffnung, dass ihr euch geirrt habt und irgendeine andere Frau zu Tode gekommen ist.«

»Was auch nicht viel besser wäre«, unterbrach ihn Emma.

Julius nickte matt. »Da haben Sie recht. Nehmen wir an, es war Constanze, dann müssten wir den ganzen Kram mit Trauerflor an den Schiffen und Seebestattung, Pressearbeit und

Notfallseelsorge durchziehen. Täten wir das nicht, wüsste jeder sofort, dass das gar keine von uns war.«

»Stimmt«, pflichtete Udo ihm bei. »Ich denke aber nicht, dass wir das alles veranstalten müssen, nur um den Mördern klarzumachen, dass sie ein Mitglied der Gesellschaft war. Würden sie das denken, dann hätten Sie Constanze nicht umbringen müssen.«

Sie hörten, wie sich ihnen jemand näherte.

»Ich bitte, an Bord kommen zu dürfen«, rief eine Stimme.

»Genehmigung erteilt«, antworteten alle.

Peter Hansen, der Bundespressesprecher der DLRG, trat zu ihnen und setzte sich auf einen freien Stuhl. »Bekomme ich auch einen Pott Tee?«

Gabi nickte und goss ihm eine frische Tasse ein. »Kandis steht auf dem Tisch.«

»Ich nehme an, Sie kennen mich«, eröffnete der Gast seine Ansprache.

Alle nickten.

»Hören Sie mit den Förmlichkeiten auf«, brummte Julius ungeduldig, »und kommen Sie auf den Punkt.«

»Ich habe eben einen Anruf aus dem Verteidigungsministerium bekommen. Dort möchten sie auf keinen Fall, dass irgendwelche Geschichten über die DLRG kursieren, die der höchsten Geheimhaltungsstufe unterliegen.«

Gabi sah Julius übertrieben entsetzt an. »Was für Geschichten? Oder willst du damit sagen, dass deine Geschichten vom Klabautermann alle wahr sind?«

Hansen fixierte sie durchdringend mit den Augen. »Sie wollen mich doch wohl nicht etwa verhohnepiepeln?«

»Auf die Idee würden wir nie kommen«, versuchte Udo sie zu verteidigen.

Emma tat ernstlich ungehalten. »Kann mir mal jemand sagen, ob die Geschichte mit der Zitrone nun wahr ist oder nicht?«

Hansen sah sie entgeistert an. »Was für eine Zitrone?«

»Na die, in der Ihr Vormann vor jedem Einsatz eine frische Zitrone auf die Funkantenne spießt, damit der Klabautermann etwas gegen sein Skorbut tun kann und dem Schiff wohlgesonnen bleibt.«

»Nicht bei jedem Einsatz«, dementierte Julius. »Nur, wenn es aus der Förde rausgeht.«

Hansen ahnte, was sich abspielte. »Ich kann also davon ausgehen, dass nichts über etwaige Klabauter-Zitronen an die Öffentlichkeit gerät?«

»Ich lege für die drei meine Hand ins Feuer. Sie werden nichts darüber in der Presse finden«, beruhigte ihn Julius.

Hansen nahm einen Schluck aus seiner Tasse. »Haben Sie übrigens von dem furchtbaren Feuer in Brookwisch gehört?«

Emma sah ihn erstaunt an. »Nein, um Gottes willen, was ist denn passiert?«

»Die Besitzerin einer kleinen Pension hat offensichtlich versucht, ihre Gasheizung unsachgemäß zu reparieren, und der ganze Laden ist ihr dabei um die Ohren geflogen.«

Julius schüttelte voll übertriebener Anteilnahme den Kopf. »Und das, obwohl doch jedes Kind weiß, dass man da besser die Finger von lassen soll. Gerade im Hochsommer sind Gasheizungen ja so gefährlich.« Er sah Hansen fragend an. »Und deswegen sind Sie mitten in der Nacht von Kiel nach Laboe gefahren?«

»Äh, nein!« Hansen räusperte sich. »Ich wollte Ihnen mitteilen, dass Frau Schubert abgemustert hat.«

Gabi gab vor, ahnungslos zu sein. »Ich hoffe doch sehr, nicht unseretwegen?«

»Nein, wegen anhaltender Seekrankheit. Sie ist noch am Abend wieder nach Hause gefahren.« Er sah jeden Einzelnen von ihnen prüfend an. »Dann kann ich wohl wieder gehen?«

Alle nickten.

»Moment!«, rief Julius. Auf dem Obstteller, der auf dem Tisch stand, hatte er eine Zitrone entdeckt. Er erhob sich, griff sich die Frucht und überreichte sie dem Pressesprecher. »Die sollten Sie bei Ihrem Auto auf die Radioantenne spießen. Der Klabautermann wurde heute Abend auf der Bundesstraße nach Kiel gesichtet.«

∗∗∗

Der Donnerstag zeigte sich ebenfalls von seiner sonnigen, aber weiterhin stürmischen Seite. Eine Fähre nach der anderen legte an, und tausende Touristen strömten wieder an Land. Da sie ihren Liegeplatz direkt neben dem Fähranleger hatten, herrschte um sie herum ein Riesengetümmel. Hinzu kamen noch die vielen Segelsportler aus dem Olympiastützpunkt Schilksee. Die wollten sich, da ihre Regatten heute erneut ausfielen, auf der anderen Seite der Förde einen schönen Tag machen.

Emma und Udo konnten sich bei dem Krach, der am Ufer herrschte, ungestört an Deck der »Zwillinge« unterhalten, ohne dass jemand die Chance gehabt hätte, mitzuhören. Für ihr Frühstück war schon alles gedeckt, und während er das Sonnensegel aufspannte, kochte sie Kaffee und briet Frühstückseier.

Sie waren noch nicht ganz fertig, als Julius und Gabi an Bord kamen.

»Moin, ihr beiden«, brummte der Vormann. »Kocht mal noch eine zusätzliche Kanne Kaffee. Euer Chef wird gleich hier anlegen. Es scheint Neuigkeiten zu geben.«

Udo schien das nicht zu überraschen. »Die habe ich auch.«

Er goss beiden einen Becher Kaffee ein, und Gabi begann zu erzählen. »Morgens um sieben rief mich mein dicker Kriminalpolizist an und erfreute mich mit der offiziellen Pressemeldung der Polizei, die uns Hansen gestern schon offeriert hatte.«

»And where are the news?«, fragte Emma mit vollem Mund.

»Dass er mit sofortiger Wirkung in die Abteilung ›Cyberkriminalität‹ zum Bundeskriminalamt versetzt wurde.«

Udo horchte auf. »Und wo sitzen die?«

»Im Chiemgau.«

»In Bayern?«

»Ja.«

Udo war verblüfft. »Wo gibt's denn so etwas? Ich denke, ihr müsst hundert Jahre warten, bis euch Polizeibeamten ein Wechsel in ein anderes Bundesland genehmigt wird.«

»Nur, wenn man ihn selbst beantragt hat«, antwortete Gabi sarkastisch. »Versetzungen gegen den Willen dauern hingegen nur ein paar Sekunden.«

»Und wollte er nicht?«

»Natürlich nicht. Es ist doch ganz deutlich, dass man ihn hier nicht mehr dultete. Er war schon auf der Autobahn, als er mich anrief.«

»Das hat der arme Kerl nicht verdient«, seufzte Udo. »Aber das passt zu meinen News. Gide wollte heute Morgen mit der Obduktion der drei Brandleichen beginnen, da lag nur noch die Wirtin im Kühlfach. Als sie sich dann in ihrem Computer über den Verbleib der anderen beiden Opfer informieren wollte, war alles darüber gelöscht worden. Auch die Eingangsprotokolle mit den Kennnummern der Leichen waren verschwunden. Die Nummern waren wieder frei, als hätte es die beiden nie gegeben. Es existierte natürlich auch kein Ausgabeprotokoll. Kurz darauf wurde sie zu ihrem Vorgesetzten gerufen, und ihr wurde nahe gelegt, dass sie die vergangene Nacht in eigenem Interesse vergessen solle.«

Julius rieb sich nachdenklich das Kinn. »Dann sollten wir den ganzen Schiet auch ganz schnell vergessen.«

In diesem Augenblick machte ein dunkelgrünes Festrumpf-schlauchboot aus Eckernförde an der Backbordseite der »Zwillinge« fest. Kaum eine Minute später hatte Kapitän Hinrichs, der in Zivil vor ihnen saß, seinen frischen Kaffee vor sich.

»Sind Sie entlassen worden oder inkognito hier?«, fragte Emma.

»Letzteres trifft zu. Ich fürchte«, fuhr er fort, »ich bin der Nächste mit schlechten Nachrichten.«

Udo ahnte, worum es sich handelte. »Die Russen haben sich in aller Form verabschiedet?«

Hinrichs nickte mit finsterem Gesicht. »Das kann man wohl so nennen. Auf Anweisung von Berlin hat man sie über Fehmarn observiert ausreisen lassen. Aber es waren nur noch zwei.«

Gabi kannte diesen Begriff nicht. »Kann ich das so verstehen, dass man den Kerlen in aller Ruhe bei der Flucht zugeschaut hat?«

»Jau!«, bemerkte der Kapitän trocken. »Anders kann man es nicht ausdrücken. Sie haben sich in Fehmarn ein Boot geklaut, sind damit raus auf See und wurden dort von einem russischen U-Boot aufgenommen.«

Gabi verstand die Welt nicht mehr. »Brauchen die Russen ihre U-Boote im Augenblick nicht im Schwarzen Meer?«

»Nein«, Hinrichs schüttelte den Kopf. »Im Gegenteil. Die haben ihre Ostseeflotte sogar noch verstärkt.«

»Und was hat das mit Recht und Ordnung zu tun«, fragte Gabi, »wenn man Mörder einfach ziehen lässt?«

»Gar nichts, meine Liebe. Diplomatie hatte noch nie etwas mit ›Law and Order‹ zu tun. Hätte man die beiden verhaftet, wäre es mit Sicherheit einigen von unseren Leuten in Russland an den Kragen gegangen. Und was meinen Sie, was das in diesen angespannten Zeiten für ein Theater gegeben hätte, wenn wir so ein U-Boot aufbringen würden. Wir sind ja überhaupt schon froh, dass wir wissen, wo die Dinger rumschippern. Im Augenblick muss jegliche Konfrontation mit Nato-Einheiten vermieden werden. Nach so einem Kleinkrieg auf See steht ganz schnell die gesamte Ostsee in Flammen, und das gilt es zu vermeiden.«

Emma ließ die Schultern hängen. »Also sind wir mit unserer Theorie vom raffgierigen Fregattenkapitän Wolodjew auf dem Holzweg?«

»Ich fürchte, ja.« Hinrichs goss sich etwas Kaffee nach. »Es bleibt aber weiterhin Fakt, dass Menschen von unserer Küste spurlos verschwinden, und da ist eure Annahme, dass das Ganze etwas mit kommerziellem Organhandel zu tun haben könnte, das einzig schlüssige Szenario.«

»Sorry«, Gabi kam in Rage, »da passt etwas nicht zusammen. Wieso kommt ein russisches Spezialkommando in unser Land, ermordet ganz gezielt eine deutsche Spezialagentin und reist dann wieder ab? Was hat das mit Organen zu tun? Hätte es etwas damit zu tun, dann hätten sie der Leiche doch alles Brauchbare entnommen und sie dann erst verbrannt.«

»Kann es sein«, Julius strich sich nachdenklich über den Bart, »dass wir uns an unserer schönen Ostseeküste Flöhe plus Läuse eingefangen haben?«

»Wie meinst du das?«, fragte sie erstaunt.

»Es gibt vieles, was die Russen in unserem Land unterstützen. Alles hat aber ein einziges Ziel, nämlich unsere freiheitlich demokratische Grundordnung zu untergraben, um damit unser gesellschaftliches System zu schwächen. Herr Hinrichs, Sie haben doch Verbindungen nach Berlin. Man wird Ihnen bestimmt nicht dezidiert sagen, warum Frau Schubert zu uns geschickt wurde, aber vielleicht können Sie nach dem Gespräch ausschließen, dass es sich bei ihrer Mission um Organdiebstahl gehandelt hat.«

Hinrichs hatte diese Frage erwartet. »Und die Antwort auf Ihre Frage, Herr Lender, wäre die letzte schlechte Nachricht des Tages, weil sie die Lage noch komplizierter macht: Frau Schubert, wenn sie denn überhaupt so hieß, war nicht auf Organ-, sondern auf Waffenhandel angesetzt.«

»Hier an der Ostsee?«, fragte Udo erstaunt.

»Ja. Es wird befürchtet, dass die Russen ganz gezielt sogenannte Reichsbürgerbewegungen und rechtsradikale Verbindungen mit Waffen und Sprengstoff versorgen. Und da ist der Seeweg sehr viel komfortabler als die Versorgung über Land.«

Gabi ließ sich entsetzt auf ihrem Sitz zurückfallen. »Dann wird es wohl nicht mehr lange dauern, bis sie die ersten Rathäuser mit Panikräumen ausrüsten, weil Anträge dann mit der

Kalaschnikow gestellt werden.« Sie blickte sich in der Runde um. »Ich würde mich jetzt gern besaufen.«

»Nee, nicht jetzt«, beendete Julius das Gespräch. »In einer halben Stunde beginnen bei den großen Booten die Regatten, und dann müssen wir parat stehen.«

Damit erhob er sich, und Gabi folgte ihm.

»Wir überlegen währenddessen, wie wir die Welt retten können«, verabschiedete Udo sie.

Julius war bereits an Land, als Gabi sich von der Reling der »Zwillinge« aus zu Udo umdrehte und ihn per Handzeichen bat, zu ihr zu kommen. Er erhob sich und trat neben sie.

»Was ich dich nicht in großer Runde fragen wollte: Du schienst die Ärztin heute Nacht, obwohl sie nur die Schwester einer Ex ist, näher zu kennen.«

Er nickte. »Ja, wir haben uns gut verstanden, mehr war da nicht.«

»Die Schwester ist aber auch Ärztin.«

»Jau.«

Gabi blinzelte ihn an. »Gibt es hier in der Gegend zufällig eine Ärztin, mit der du noch nichts hattest?«

Udo grinste breit. »Ja, mit deiner Hausärztin.«

»Die ist fast siebzig«, entgegnete sie entrüstet.

»Ebendrum!«

✳✳✳

Bis auf die Betreuung der durch das Wetter recht turbulenten Regatten verlief der restliche Donnerstag ruhig. Die Ereignisse der vergangenen achtundvierzig Stunden sorgten da schon eher für Aufregung. Ob ehren- oder hauptamtliche Wasserretter, die, die bei der Kieler Woche eingesetzt wurden und keine Ahnung von den wirklichen Umständen hatten, alle waren darüber enttäuscht, dass eine Kameradin kommentarlos die Segel gestrichen hatte. Als Ersatz kam Svenja Schulte, eine Notfallsanitäterin aus Lübeck, zu ihnen, und sie sollte an ihrem ersten Tag auf der »Otto Asmussen« zusätzlich mitfahren. Die Einzige, die aufatmete, ihre Bodyguards endlich los zu sein, war Sylvie. Die Gefahr für sie sei jetzt vorüber, hieß es lapidar.

Julius und Gabi hingegen waren von dieser Entscheidung wenig begeistert. Beide glaubten nicht, dass die Vorkommnisse der vergangenen Nacht etwas an ihrer Situation verändert hätte.

»Warum freust du dich so?«, wunderte sich Gabi. »Bei deinen Bewachern warst du doch in Sicherheit.«

Sylvie winkte bedient ab. »Hör mal, ich fühle mich einfach eingeengt, wenn ich ständig zwei Kerle um mich habe, die aussehen, als wären sie meine Brüder, die mit Argusaugen auf die Unschuld ihrer kleinen Schwester aufpassen. Außerdem bin ich Single und würde gern mal jemanden Interessantes kennenlernen.«

»Und warum schnappst du dir keinen von denen? Das sind doch alles nette Kerle.«

Sylvie sah Gabi erstaunt an. »Hast du mir nicht einmal den Rat gegeben: Never fuck the company?«

»Habe ich«, grinste die, »doch seit wann bist du eine Kampfschwimmerin?«

Die sechs Windstärken, die über die Förde bliesen, machten dem Regattafeld zu schaffen. Und erneut waren manche Segler nicht dazu in der Lage, ihr Boot nach dem Kentern aufzurichten, sodass es wieder die unerfahrenen Crews waren, die den Rettern Arbeit bescherten. Gott sei Dank waren die meisten Sportler gute Schwimmer. Niemand war bis auf ein paar Beulen und Schrammen ernstlich zu Schaden gekommen.

Die »Otto Asmussen« dümpelte somit an der Nordseite des Regattafeldes in Bereitschaft.

***

Auf dem Zollkreuzer »Borkum« hingegen herrschte angespannte Betriebsamkeit. Erst am Morgen hatten sie einen dänischen Katamaran ergebnislos kontrolliert und dabei dem

Kapitän wegen Verstoßes gegen das Seerecht eine Zustellungs-urkunde vom Schifffahrtsamt Kiel überbracht. Jetzt lagen sie rund zwölf Seemeilen nordöstlich von Laboe und hielten nach einem rumänischen Küstenmotorschiff Ausschau. Die knapp neunzig Meter lange »Daciana« war laut Ladebrief in Rotter-dam mit einhundertvierundfünfzig Containern beladen wor-den und via Rostock ins litauische Klaipeda unterwegs. Von den niederländischen Kollegen hatten die deutschen Zöllner den Tipp bekommen, dass auf dem Frachtschiff zwei Fracht-behälter aus Indonesien an Bord seien, die in Sumatra am Zoll vorbei verladen worden wären und beide keinerlei Papiere oder Zollplomben hätten.

»Wie können die das denn wissen?«, fragte Ole Bargsten, ein frischgebackener Kollege von der Schule.

»Welche Container wo verplombt wurden«, erklärte ihm Kapitän Fischer, »ist präzise auf den Ladepapieren, die sich zum einen in Papierform am Container selbst und zum anderen in den Frachtcomputern als Datei befinden, verzeichnet. Die ›Daciana‹ hat einhundertvierundfünfzig Stück geladen, wovon nur einhundertzweiundfünfzig kontrolliert wurden.«

»Und wofür ist Sumatra in puncto Fracht berüchtigt?«, fragte der junge Mann.

»Für alles, was nicht legal ist, wenn es in Belawan verschifft wurde. Das ist der größte Hafen von Sumatra, und dort be-kommst du alles, für dessen Besitz du hier ins Gefängnis gehen würdest. Über diesen Hafen wickelt die Mafia auch gern Ge-schäfte ab. Letztens haben wir von dort einen Container mit manipulierten Spielautomaten abgefangen, die ursprünglich in Mailand von dort ansässigen Chinesen produziert wurden.« Der Kapitän suchte mit dem Fernglas den Horizont ab und wurde fündig. »Na, da haben wir ja unseren Kandidaten«, brummte er zufrieden. »Rüste dich aus und melde dich beim Teamführer. Der weiß Bescheid, dass du heute mit von der Partie bist.«

Kurz darauf hatten sie mit einem Beiboot des Zollkreuzers

übergesetzt. Ole Bargsten wurde zum ersten Mal Zeuge, wie ein Kapitän mit allen Tricks Kontrolleure von ihrem Vorhaben, zwei bestimmte Container überprüfen zu wollen, abzubringen versuchte. »Ah, sind ganz unten, kann man nicht machen Tür auf, wollen nicht gucken ganz oben? Kann man machen alles ganz weit auf, dass du gucken kannst mit Licht.«

Um sie herum bauten sich immer mehr Rumänen auf, sodass für die Zöllner eine Art Drohkulisse entstand. Dabei hatten die Seeleute »Twistlocks« in den Händen. Das sind schwere Eisenschlösser, die übereinandergestapelte Container an ihren Ecken durch nur eine Drehung fest miteinander verbinden. In der Hand eines kräftigen Seemannes kann so ein fünf bis sechs Kilogramm schwerer »Twistlock« schnell zu einer tödlichen Waffe werden.

Seit einiger Zeit waren die Zöllner mit sogenannten Bodycams ausgerüstet, und die neueste Generation davon sendete Bild und Ton live zum Mutterschiff, sodass die Schiffsführung jederzeit über die Arbeit der Teams auf dem Laufenden war.

»Kontrollteam«, funkte der Kapitän des Zollkreuzers, als er die Kerle sah. »Geht auf das Angebot ein, um Zeit zu gewinnen. Die ›Falshöft‹ der WaSchPo ist ganz in der Nähe. Dort bekommen wir Verstärkung.«

Der Teamführer ging mit einem Lächeln auf den Vorschlag des Frachterkapitäns ein. Somit entspannte sich die Situation zusehends. Umso irritierter waren die Rumänen, als nach einer Weile zu beiden Seiten des Frachters weitere Boote gleichzeitig längs kamen und plötzlich noch mehr schwer bewaffnete Kollegen an Deck standen. »So, Herr Kapitän«, kam der Teamführer zur Sache, »jetzt hätten wir gern die beiden Container gesehen, die in der Ladeliste nicht aufgeführt sind.«

Als sie die Türen dieser Behälter öffneten, schlug ihnen ein bestialischer Gestank entgegen, eine Mischung aus in der Nase beißendem Urin- und Verwesungsgeruch. Sechs Käfige mit einem Raumvolumen von etwa eineinhalb Kubikmetern standen darin hintereinander. In dem vordersten wimmerten eng aneinandergedrängt drei Schimpansen vor Angst, als sie die vielen fremden Menschen sahen. Ein vierter Affe lag mehr tot als lebendig neben ihnen. Seinen Wunden nach zu urteilen, musste er schwer zusammengeschlagen worden sein. Noch konnten die Kontrolleure nicht sehen, was sich in den anderen Käfigen befand, aber dieser fürchterliche Geruch ließ sie ahnen, welcher Anblick sie gleich erwarten würde.

»Herr Kapitän, Sie werden dafür sorgen, dass die Käfige sofort entladen werden.«

Der Mann war über diese Anweisung empört. »Das sein nicht Ladung, das sein Haustier. Du vielleicht Kanarienvogel haben, wir haben Affen. Das nix verboten. «

Der Teamführer hatte Mühe, die Fassung zu bewahren und dem Mann nicht in dessen bärtiges Gesicht zu schlagen. »Wenn Sie die Nacht nicht in Gewahrsam verbringen möchten, dann sind in einer Viertelstunde alle Käfige hier im Gang, wo wir besseres Licht haben und sie von allen Seiten inspizieren können.«

Es folgten ein paar Befehle auf Rumänisch, und die Besatzung zog missmutig den ersten Käfig aus dem Container. Dabei wurde keinerlei Rücksicht auf die drei greinenden Affen genommen.

Der Käfigboden mochte bei Reisebeginn frisch ausgelegt worden sein, inzwischen war das aber eine widerlich stinkende Pampe aus Stroh, Kot und Urin. Die Tiere selbst waren in einem erbärmlichen Zustand. Das Fell war räudig, die Haut mit offenen Geschwüren übersät, und die Augen dieser bedauernswerten Kreaturen spiegelten das Grauen wieder, das sie durchlebt haben mussten. Im zweiten Käfig klammerte sich ein Orang-Utan-Baby verzweifelt an seine tote Mutter, im dritten lag ein ebenfalls verstorbener Gorilla.

Der Zöllner zeigte auf den bewusstlosen Schimpansen. »Was ist mit dem Tier passiert?«, brüllte er den Kapitän an.

»Das sein Bestie«, erwiderte der abfällig. »Hat gebissen Kollegen ganz schlimm.«

»Wo ist dieser Mann?«

»Auf der Krankenstation!«

»Holen Sie ihn sofort her!«

Der Kapitän schüttelte den Kopf. »Das nicht gehen. Kollege ganz heiß und kann nicht laufen.«

Der Teamführer gab einem seiner Leute ein Zeichen. »Lass dir den Mann zeigen. Ich glaube nicht, dass der so schwer verletzt ist. Und bring aus der Kombüse auch gleich Wasser und Obst für die Tiere mit.«

Im vierten Käfig befanden sich zehn Berberaffen, wovon auch nur noch fünf lebten, und im dahinter stehenden Verschlag vegetierte ein Ameisenbär. Der letzte Käfig war leer. Die Leichen der Tiere, die einmal dort eingepfercht gewesen waren, hatte man schon über Bord geworfen.

»Teamführer kommen«, quäkte es aus dem Handsprechfunkgerät.

»Hört«, kam die Antwort.

»Der Mann hier oben im Krankenrevier ist ebenfalls mehr tot als lebendig. Er befindet sich in einer Art Fieberwahn, schreit vor Schmerzen, und sein rechtes Bein ist pechschwarz angelaufen. Sieht nach Wundbrand aus. Ob das mal Bisswunden waren, ist nicht zu erkennen. Wir brauchen hier sofort einen Arzt.«

NEUN

Die Alarmierung erreichte die »Otto Asmussen« auf der Rückfahrt von der Regattastrecke.

»Habt ihr eine Ahnung, was da anliegt?«, fragte Drs. Simons.

»Es hieß lapidar ›hilflose Person auf Frachter‹. Die ›Borkum‹ hat medizinische Hilfe angefordert. Auf unsere Nachfrage hin konnte uns der Dispatcher auch nicht mehr sagen, als dass der Zoll eine schwerkranke männliche Person in bedenklichem Allgemeinzustand auf einem rumänischen Frachter angetroffen habe.«

»Genauere Angaben konnten die Kollegen vom Zoll nicht machen?«

»Es hieß, dass da wohl jemand vom Affen gebissen worden sei.«

»Verarschen kann ich mich alleine«, brummte der Arzt und verließ den Ruderstand.

Zwanzig Minuten später ging Gabi mit dem Rettungsschiff zum Frachter längsseits. Einer der rumänischen Matrosen führte die Retter zur Sanitätskabine, und sie begannen mit ihrer Arbeit.

»Mein Gott«, stöhnte Drs. Simons, als er das Bein des Verletzten sah. »Da ist ja schon der Wundbrand drin«, flüsterte er Sylvie zu. »Wir brauchen hier so schnell wie möglich einen Helikopter, der den Mann ins Klinikum bringt. Und mach die Durchsage, dass es sich um einen männlichen Patienten mittleren Alters mit einem septischen Schock handelt.«

Kurze Zeit später hatten sie den Mann in Narkose gelegt. Seine Vitalwerte waren miserabel. Vor allem das Fieber hatte mit gut einundvierzig Grad eine bedenkliche Höhe erreicht.

»Haben Sie Eis an Bord, viel Eis?«, fragte der Arzt den Matrosen.

Der schien mit der Beantwortung der Frage überfordert zu

sein. »Eis wir haben nicht. Im Winter ganz viel Eis, müssen machen mit Pickel weg von Deck. Jetzt Sommer, kein Eis auf Schiff«, stammelte er irritiert.

»Gut, dann schaffen wir ihn mit dem Tragetuch an Deck. Die Treppen hier sind derartig eng, dass wir mit der Trage wohl kaum um die Ecken kommen. Und sagt bitte auf der ›Otto Asmussen‹ Bescheid. Sämtliche Kühlpacks, die wir an Bord haben, brauchen wir jetzt hier. Wenn das nicht reicht, müssen wir den armen Kerl zusätzlich mit ein paar Eimern Seewasser herunterkühlen.«

Auf dem Rettungsschiff waren alle damit beschäftigt, die Kollegen, die auf dem Frachter waren, zu unterstützen.

»Sie schicken einen Hubschrauber aus Nordholz«, meldete Julius zum Bergungsteam. »Sie brauchen circa dreißig Minuten, bis sie hier sind.«

»Okay«, kam die Antwort. »Wir benötigen hier drüben noch Hilfe. Könnte bitte noch jemand rüberkommen?«

»Kommt«, funkte Julius zurück. »So, mien Deern, jetzt zeig, was du kannst. Schnapp dir die Neue und übernimm drüben die Einsatzstelle.«

Gabi hatte keine Zeit, lange nachzudenken. Sie rief die Kollegin zu sich, dann griffen sie sich so viele Kühlpacks, wie sie tragen konnten, und begaben sich an Bord des Frachters. Sie legten die Packs neben dem Patienten ab. »Ist das genug?«

Drs. Simons nickte zufrieden. »Das müsste reichen, wir wollen ihn ja nicht einfrieren. Und du, Sylvie, hörst mal auf, mit dem kalten Wasser zu hantieren. Das tut den Schürfwunden an deinen Händen nicht gut. Svenja kann dich ablösen.«

Gabi wandte sich an den Chef der Zöllner. »Gibt's ein Problem«, fragte sie, »oder brennt es hier sonst noch irgendwo?«

»Nein, das tut es nicht, aber es muss entschieden werden, wie weiter vorgegangen wird. Folgen Sie mir bitte.«

Sie nickte. »Sylvie, dann kannst du mir helfen.«

Die beiden Frauen folgten dem Zöllner. Schon auf der Treppe kam ihnen dieser mörderische Gestank entgegen. Unten angekommen, verschlug es ihnen die Sprache. Bei dem erbarmungswürdigen Anblick der verwahrlosten Tiere füllten sich Sylvies Augen mit Tränen.

Es dauerte etwas, bis auch Gabi ihre Fassung wieder hatte. »Wir haben jetzt keine Zeit zu flennen.« Sie griff sich eine der Wasserflaschen, die inzwischen herbeigeschafft worden waren, und reichte sie Sylvie. »Du kümmerst dich um das Affenbaby. Nimm es auf den Arm und versuch, ihm etwas zu trinken zu geben.« Dann ging sie auf den Schimpansenkäfig zu und gab den Zöllnern ein Zeichen. »Wir müssen versuchen, das verletzte Tier da rauszubekommen.«

»Sind Sie verrückt?«, protestierte der Chef der Zolleinheit. »Das Vieh hat schon jemanden gebissen.«

»Das ist egal, wir müssen das arme Wesen da rausholen, sonst können wir ihm nicht helfen.«

»Sie wollen bei dem Vieh doch wohl nicht etwa Erste Hilfe leisten?«, rief der Zöllner entrüstet. »Das ist gemeingefährlich. Dafür werde ich meine Leute nicht in Gefahr bringen.«

»Wenn ich Ihr destruktives Verhalten richtig deute, hat dieses Tier mehr menschliche Gene als Sie!«, zischte Gabi ihn böse an. »Es handelt sich hier um einen Rettungseinsatz von Lebewesen! Wir haben somit die Einsatzleitung, und Sie haben uns dabei kommentarlos nach Ihren Möglichkeiten zu unterstützen! Haben Sie das verstanden?«

Der Teamführer wandte sich ab und raunte zu seinen Leuten: »Tut, was diese dusselige Kuh sagt, und macht danach Meldung.« Bevor er sich entfernte, drehte er sich zu ihr um. »Und eines werde ich Ihnen sagen, meine Dame, das wird ein Nachspiel haben!«

Sie überhörte die Nörgelei des Beamten und konzentrierte sich auf ihren Job. »So, Leute«, wies Gabi sie an, »jetzt versuchen wir, das arme Ding aus seinem Käfig zu ziehen.«

»Und was machen wir, wenn der auf uns losgeht?«

»Dann dürfen Sie ihn erschießen«, konterte sie, »doch in seinem Zustand hat er alle Hände voll damit zu tun, überhaupt zu überleben.«

Ole reichte einem Kollegen seine Maschinenpistole. »Halt mal, ich brauche die Hände frei.«

Um die drei Schimpansen im anderen Käfig abzulenken, versuchten sie, die Tiere mit Obst zu locken, doch ohne Ergebnis. Gabi fasste sich ein Herz und griff zwischen den Gitterstäben hindurch, um einem der apathischen Affen den Kopf zu streicheln. Wieder keine Reaktion. Als wäre er ein Zombie, reagierte der Schimpanse auf gar nichts.

»Dann werden wir ihren Leidensgenossen wohl problemlos aus seinem Gefängnis bergen können«, murmelte sie.

Vorsichtig öffneten sie die Käfigtür. Sie und der Zollazubi griffen sich je einen Arm des verletzten Tieres, um es behutsam hinausziehen zu können.

»Um Gottes Willen«, stammelte Ole, »der Arm ist gebrochen. Was soll ich machen?«

»Packen Sie mit einer Hand den Ellenbogen und mit der anderen die Schulter.« Sie wartete, bis er den Griff gewechselt hatte. »So, jetzt vorsichtig ziehen.«

Sie hätte niemals geahnt, dass ein ausgewachsener Schimpanse so schwer sein könnte. Nachdem sie das Opfer geborgen hatten, verschloss ein anderer Zöllner wieder den Käfig.

»Und nun?«

Gabi beugte sich über den Affen, um seine Vitalfunktionen zu überprüfen. Die stellten sich als besorgniserregend heraus. »Doc Simons mal bitte kommen«, funkte sie.

»Doc hört«, kam die kurze Antwort.

»Ich brauche dich hier unten auf Ebene 0. Bring bitte das volle Programm mit. Wir haben hier einen Patienten, der so gut wie reanimationspflichtig ist.«

✳✳✳

Der Dispatcher von Bremen Rescue glaubte, seinen Ohren nicht trauen zu können. »Was soll der Helikopter mitbringen? Einen Tierarzt?«

Julius ließ sich nicht aus der Ruhe bringen. »Jau, und möglichst einen, der sich mit Primaten auskennt.«

»Mit Primaten?«, echote der Kollege. »Wurde euch eine Kokosnuss geklaut?«

»Frag nicht, mach einfach. Wir brauchen den hier wirklich.«

* * *

Hinnerk und Fiete tauchten neben Gabi auf. »Können wir auch was helfen? Julius hat uns geschickt.«

»Ja«, lächelte sie erleichtert. »Kümmert euch mal bitte um die anderen Tiere. Versucht sie zu füttern oder zu tränken.«

Hinnerk versorgte sofort die fünf Berberaffen mit Wasser und gab ihnen Obst. Fiete suchte sich einen Käfig aus, dessen Inhalt ihn vor Probleme stellte. »Dascha man nich so einfach«, brummte er, »oder weißt du, wo man an Bord eines Küstenmotorschiffes Ameisen findet?«

»Wieso das denn?«, fragte Gabi.

»In dem einen Käfig ist ein Ameisenbär.«

»Dann nimm etwas, was der mit seiner langen Zunge schlecken kann. Das Tier wird auch völlig entkräftet sein. Versuch es mal mit Kondensmilch, die wird man in der Kombüse doch wohl auftreiben können.«

Fiete trollte sich. Drs. Simons trat neben sie und sah auf den Affen hinunter. »Sag mir, dass das nicht wahr ist.«

»Raten Sie mal, warum ich einen Tierarzt angefordert habe.«

Der Doktor untersuchte den Schimpansen. »Ich brauche den Notarztkoffer sofort. Im Sanitätsraum des Schiffes muss noch ein vollautomatischer Defibrillator hängen. Das ist auf solchen Schiffen Pflicht. Das alles brauche ich hier unten auf Ebene 0 und zwar dalli!«

Er klappte sein Schweizer Messer auf und begann, damit an zwei Stellen der Brust des Tieres die Haare abzuschaben. »Das müsste reichen, um die Elektroden anbringen zu können«, sagte er. Sobald der Defi neben ihm stand, öffnete er ihn und platzierte die Klebeelektroden. Sylvie rasierte den Arm des Tieres, um einen Zugang legen zu können. Das Orang-Utan-Baby klammerte sich dicht an sie und machte sich dabei instinktiv so klein, dass sie ungestört arbeiten konnte.

Auf dem Bildschirm waren enge Ausschläge der Herzaktivität zu sehen. »Der arme Kerl ist tachykard.«

»Was bedeutet das?«, fragte Gabi.

»Der Puls ist so hoch, dass sich das Herz durch die schnelle Bewegung nicht mehr richtig mit Blut füllen und somit nicht mehr richtig pumpen kann«, antwortete der Doc mit ruhiger Stimme.

Nachdem Sylvie den Zugang gelegt hatte, schloss der Arzt sofort eine Infusion mit Ringer-Lösung an. »Zieh mir mal eine Beloc auf!«

Gabi bewunderte die perfekte Arbeit der beiden immer wieder. Selbst unter diesen widrigen Umständen funktionierten sie reibungslos. »Wozu ist die Ringer-Lösung und dieses Beloc?«

»Darin ist Metoprolol, das ist ein Wirkstoff gegen den schnellen Puls, und Ringer ist eine Elektrolytlösung, weil das Tier völlig entkräftet ist.«

»Und woher wissen Sie, dass das bei Affen auch hilft?«, fragte der inzwischen zurückgekehrte Zollteamführer provokant. »Das würde sogar bei Ihnen helfen«, fertigte ihn Drs. Simons ab. »So ein Affe ist schließlich auch nur ein Mensch.«

Plötzlich zeigte der Bildschirm immer engere Amplituden des Herzschlages an. »Achtung, Kammerflimmern«, ertönte eine blecherne Stimme aus dem Gerät. »Bitte zurücktreten.«

»Gehen Sie weg da, wenn Sie keine gewischt bekommen wollen«, herrschte der Arzt Ole an, der sie bisher gut unterstützt hatte und ebenfalls neben dem Affen kniete.

Der sprang wie von der Tarantel gestochen auf. »Was habe ich denn falsch gemacht?«, fragte er erschrocken.

»Gar nichts. Aber das Tier hat unter sich gelassen, und ihr Knie war im Urin. Was meinen Sie, wie das zeckt, wenn die Kiste beim Defibrillieren Gas gibt.«

In diesem Augenblick jagte das Gerät den ersten Stromstoß durch den Körper des Affen.

»Jetzt brauche ich eine halbe Ampulle Adrenalin«, forderte der Arzt. Sylvie hielt alles schon bereit, und das Mittel konnte sofort gespritzt werden. Sie begannen mit der Herzdruckmassage.

»Muss ich jetzt etwa Mund-zu-Mund-Beatmung machen?«, fragte Ole irritiert.

»Immer ran, junger Mann, wenn's klappt, gibt's 'ne Banane.«

Wie er es in der Grundausbildung gelernt hatte, streckte er den Kopf des Affen nach hinten, verschloss mit dem Daumen den Mund und beatmete ihn durch die Nase.

»Kammerflimmern«, tönte es wieder aus dem Lautsprecher. »Zurücktreten!«

Alles rückte von dem Tier weg. Diesmal achtete der Zöllner darauf, weit genug weg vom Körper zu sein.

Es folgte ein zweiter Stromstoß, und auf dem Bildschirm zeigte sich ein annähernd normales EKG-Bild.

»Wunderbar, wir haben ihn wieder.« Drs. Simons überprüfte die Atmung. »Und schnaufen tut er auch wieder.«

Er schaute auf die Sauerstoffsättigungsanzeige. »Zweiundachtzig Prozent, das muss ganz schnell besser werden. Sylvie, gib mir mal eine Gesichtsmaske und schließ den Sauerstoff an, dann müsste es wieder hochgehen. Junger Mann, und Sie achten darauf, dass die Anzeige dann nicht mehr unter neunzig Prozent fällt, sonst müssen Sie wieder ran. Wie ist Ihr Name?«

Der Zöllner sah ihn überrascht an. »Ole Bargsten. Ich bin Azubi auf der ›Borkum‹.« Er zeigte auf den Gruppenführer. »Das ist mein Ausbilder.«

»Sehr gut machen Sie das, Herr Bargsten. Ihr Ausbilder kann noch viel von Ihnen lernen.«

***

Kurz darauf schwebte der avisierte Bundeswehrhubschrauber über der »Daciana« und ließ den Amtsveterinär der Stadt Kiel an einer Winde auf das Deck hinab. Im Anschluss zogen sie den schwerverletzten Matrosen mitsamt Drs. Simons an Bord, um den Patienten in die Uniklinik zu fliegen.

Als der Tierarzt das Elend auf der Ebene 0 des Containerschiffs sah, packte ihn die heilige Wut. »Wie kann man nur so mit lebenden Wesen umgehen? Das wird Konsequenzen haben.« Er sah sich um. »Mein Name ist Dr. Hilbert, ich bin Amtstierarzt. Wer ist hier der Verantwortliche vom Zoll?«

Der Ausbilder meldete sich. »Hier an Bord bin ich das. Mein Chef ist auf der ›Borkum‹.«

»Dann ordne ich hiermit an, dass der Kapitän dieses Schiffes festzunehmen ist.«

»Verhaften?«, fragte der Beamte ungläubig. »Wissen Sie, was Sie damit für einen Rattenschwanz an Maßnahmen auslösen? Wegen dieser paar Viecher hier?«

»Tun Sie einfach, was ich angeordnet habe. Jetzt muss ich mich erst mal um die Tiere kümmern, danach kommen Sie dann dran.«

Der Arzt kniete sich neben den versorgten Schimpansen. Er war gerührt, wie viel Mühe sich der humanmedizinische Kollege bei der Rettung dieses Tieres gegeben hatte.

Nach einer kurzen Untersuchung war er sich sicher. »Das Tier hat Dank Ihnen echte Chancen, dieses Desaster hier zu überleben. Hut ab, meine Damen und Herren.«

Erst jetzt sah er das Orang-Utan-Baby, das an Sylvie geklammert war. »Mein Gott, was ist denn das für ein kleiner Fratz?« Besorgt strich er über das Fell und prüfte die Beschaffenheit der Haut. »Und dehydriert ist er auch noch.«

»Wir haben ein paar Tüten Babynahrung für Notfälle an Bord«, fiel Sylvie ein, »die könnten wir doch mit Wasser anrühren. Ein Fläschchen ist auch dabei.«

Das Gesicht des Veterinärs hellte sich auf. »Wunderbare Idee!«

»Okay, Sylvie, nimm dein Baby mit auf die ›Otto Asmussen‹ und versorge es dort«, bat Gabi sie.

Als der Arzt die drei Affenzombies im Schimpansenkäfig sah, verfinsterte sich sein Gesicht wieder. »Haben die überhaupt schon eine Regung gezeigt?«

Gabi schüttelte den Kopf. »Nicht, so lang ich hier bin. Sie haben kein Wasser angerührt, keine Früchte, kein gar nichts. Ab und zu wimmern sie leise, wenn sich jemand dem Käfig nähert.«

»Mein Gott«, raunte Dr. Hilbert, »diese armen Tiere sind schwerst traumatisiert.«

»Gibt es das bei Affen auch?«, fragte Hinnerk, der eines von den kleinen Berberäffchen auf seiner Schulter hatte und es liebevoll streichelte. »Hat mein Zwerg hier oben auch einen an der Waffel?«

Der Doktor sah ihn sich etwas genauer an. »Nein, der scheint noch ziemlich fit zu sein.«

»Und warum wurschtelt der mir ständig am Kopf herum?«

»Der laust Sie. Unter Affen ist das eine Liebesbezeugung.« Mit Wohlwollen sah der Doc, dass auch die Artgenossen des Äffchens mit je einem Zollbeamten Aufpasser gefunden hatten. Zum Schluss sah er lächelnd dem Ameisenbären dabei zu, wie er die Kondensmilch in sich hinein schleckte. »Wer ist denn auf diese Idee gekommen?«

»Ich«, erwiderte Gabi. »Was anderes als Kondensmilch ist mir nicht eingefallen.«

»Ich muss sagen«, resümierte der Arzt, »dass diese Fellnasen großes Glück hatten, auf so engagierte Retter zu stoßen. Ich bin wirklich beeindruckt.«

»Und was wird nun aus den Tieren?«, fragte Ole, der inzwischen auch eines der Berberäffchen auf seiner Schulter hatte, sich dabei aber lange nicht so wohlfühlte wie Hinnerk.

Dr. Hilbert schaute in die Runde. »Ich denke mal, dass die alle bis auf die drei Schimpansen im Käfig eine reelle Chance haben.«

Gabi sah ihn besorgt an. »Aber die drei haben doch sonst nichts weiter.«

»Ihre Seelen sind schlimm verletzt, und ich fürchte, dass Menschen das nicht mehr heilen können.«

Gabi ahnte, dass das nichts Gutes für die Tiere zu bedeuten hatte. »Mit anderen Worten, sie werden eingeschläfert?«

»Ich denke, ja, sollten wir es nicht schaffen, sie in irgendeine bestehende Affengruppe zu integrieren. Dazu wird mir der Kollege aus dem Stuttgarter Zoo etwas sagen können. Die sind die erfolgreichsten Affentherapeuten Europas. Wenn die Pfleger in der ›Wilhelma‹ keine Tipps haben oder die Tiere nicht sogar zu sich aufnehmen, dann war es das wohl.«

✳✳✳

Was für gravierende Folgen die Entscheidung des Amtstierarztes, den verantwortungslosen Kapitän festnehmen zu lassen, nach sich zog, wurde bei der Umsetzung der Anordnung klar. Da das verletzte Besatzungsmitglied auf dem Containerschiff der erste Offizier war, konnte man seinen Boss nicht einfach festsetzen, weil sonst niemand mit den erforderlichen Patenten an Bord und somit berechtigt war, das Schiff zu führen. Nach langem Hin und Her entschloss man sich, die »Daciana« von ihrem Kapitän in Begleitung eines anderen Zollkreuzers in Richtung Wismar fahren zu lassen. Dort war genug Platz im Hafen, um das Küstenmotorschiff so lange an die Kette zu legen, bis alle rechtlichen Angelegenheiten geklärt werden konnten. Obendrein erklärte sich der Wismarer Zoo dazu bereit, die drei paralysierten Affen vorläufig und die anderen gesunden Tiere fest aufzunehmen. Das Orang-Utan-Baby und der schwerverletzte Schimpanse wurden auf die »Otto Asmussen« gebracht, die wieder Kurs auf Laboe nahm.

Auf der Rückfahrt sah der Großteil der Besatzung entzückt dabei zu, wie Sylvie ihrem Pflegekind das Fläschchen gab. Ihre Kollegin Svenja hielt bei dem Schimpansen Sitzwache. Gabi und Julius standen auf der Brücke, und Hinnerk war in seinen Maschinenraum verschwunden.

»Ist was mit deinem Bruder?«, fragte sie den Vormann.

»Nee, mien Deern, alles, was mit Tieren zusammenhängt, geht dem fürchterlich an die Nieren. Wenn der den ganzen Tag lang Zeit hätte, würde er zu Hause seinen eigenen Zoo haben.« Er sah sie verschmitzt von der Seite an. »Ich mache ja schon lange an der Küste auf allen möglichen Schiffen meine Arbeit, aber so eine Zeit wie mit dir hatte ich noch nie. Davon werde ich noch meinen Enkeln berichten.«

»Wenn du denn welche hättest«, fügte sie schmunzelnd hinzu.

»Dann sabbel ich eben deine Gören damit voll.« Er überlegte. »Wenn wir wieder in Laboe liegen, werden wir einiges zu erklären haben.«

»Wem und was?«

»Unseren Chefs und Kameraden. Die werden ja über Seefunk alles mitgehört haben.«

Gabi grinste. »Und dabei werden die sich ihren Teil gedacht haben.«

»Jau, das denk ich man wohl auch, und so ganz nach dem Lehrbuch lief das Ganze ja eigentlich auch nicht ab.«

»Was machst du dir für Sorgen, Julius? Du hast mir mal gesagt, dass Dienstanweisungen nur eine Art Korsett sind, weil man da einfach nicht alle Eventualitäten hineinstopfen kann. Und auf die Story, die wir heute erlebt haben, wäre noch nicht einmal ein Wahrsager gekommen.«

»Da magst du wohl recht haben«, brummte er, »aber wir haben unser Kontingent an außergewöhnlichem Handeln in dieser Woche verbraucht, denke ich. Wenn ich eurem Pressesprecher mit dieser Geschichte komme, dann dreht der völlig am Rad.«

»Wieso das denn, der wird sich die Hände reiben. Die DLRG als Retter der Tierwelt. Dazu ein Bild vom kleinen Fratz mit dem Fläschchen und die Gesellschaft ist wieder auf allen Titelseiten. Wenn er auf Zack ist, dann bestellt er ein paar Kamerateams zum Anleger.«

Julius überlegte. »Da magst du wohl recht haben.« Er griff zum Hörer des Funkgerätes. »Die Leitstelle für die ›Otto Asmussen‹ kommen.«

»Die Leitstelle hört.«

»Wir sind für mein Handy noch etwas weit weg vom Schuss. Gib mir mal eine Verbindung zur Kommunikationsabteilung der DLRG.«

***

Wie Gabi es vorausgesagt hatte, wartete die Presse schon am Anleger in Laboe. Sogar die Polizei musste anrücken, um die Journalistenmeute auf Abstand zu halten. Es war Pressesprecher Hansen gelungen, selbst die Freiwillige Feuerwehr für den medienwirksamen Transport des Schimpansen in die Tierklinik Kiel zu überreden. Als Sylvie dann auch noch mit dem kleinen Affenbaby auf dem Arm an Land ging, brach ein wahres Blitzlichtgewitter los. Es gab auch Gruppenfotos mit fast der gesamten Besatzung, nur Hinnerk fehlte dabei. Der Maschinist hatte sich in seinem Maschinenraum geradezu verschanzt.

Mittlerweile hatten sie auch von Drs. Simons gehört, dass dem Ersten Offizier des Containerschiffes das Bein bis zur Hüfte amputiert werden musste. Aufgrund der massiven Blutvergiftung war es aber selbst nach dieser schweren OP noch fraglich, ob er überleben würde.

»Kommt das mit dem Bein als Bemerkung ins Logbuch?«, fragte Gabi, als Julius nach dem ganzen Stress mit einem Pott Tee in der Hand neben sie trat.

»Schreib das ruhig dazu. Dann hast du auch was für deine Enkel.«

»Und Sylvie hat sich inzwischen von ihrem Pflegekind trennen müssen?«

»Mit dicken Krokodilstränen«, lachte er. »Die Presse hat

gefordert, und sie hat geliefert. Für meinen Begriff fast ein bisschen zu perfekt. Der krönende Abschluss für die Presse war dann, dass die Feuerwehrleute beim Abtransport der Tiere auch noch das Blaulicht eingeschaltet hatten.«

»Ich hoffe, ohne Martinshorn. Das hätte die Tiere doch völlig kirre gemacht.«

»Klar doch«, beruhigte Julius sie.

Gabi lächelte. »Da hat Hansen doch sicher gestrahlt, oder?«

»Hat er«, hörten sie eine Stimme im Gang, »und er strahlt noch immer.« Der Pressesprecher trat ein. »Was die Medienkontakte betrifft, haben wir damit schon nach der Hälfte der Kieler Woche alles bisher Dagewesene getoppt.« Er setzte sich. »Und nun hätte ich gern all das gewusst, worüber in der Öffentlichkeit lieber nicht im Detail gesprochen werden sollte.«

***

Der Rest des Donnerstags verlief für die Wasserretter arbeitsmäßig gesehen ruhig. Die allgemeine Erschöpfung resultierte vor allem daher, dass jeder, der bei den Einsätzen dabei gewesen war, den ganzen Abend lang immer wieder von seinen Erlebnissen berichten musste. Star war natürlich Sylvie, die sich für ihren großen Auftritt ein Groupie leistete. Ole Bargsten, der junge Zollazubi, wich nicht mehr von ihrer Seite.

»Da schleicht ja schon wieder ein Kater ums Haus. Ich denke, das mag sie nicht?«, raunte Julius Gabi zu.

»Im Prinzip hast du recht, aber sie ist, was den jungen Zollsekretär betrifft, anscheinend doch nicht abgeneigt.«

Julius' Handy klingelte. Er nahm das Gespräch an und hörte eine Weile zu. »Laut unseres Berichts lagen fünf Berberaffen tot im Käfig«, antwortete er, »und wie viele ursprünglich darin eingesperrt waren, weiß ich nicht hundertprozentig. Mir wurde nur gesagt, dass eines der Tiere wohl an Bord ausgebüxt sei, als man die restlichen Tiere wieder in den Käfig zurücksperren wollte. Und wenn der Affe nicht mehr zu finden ist, dann wird er wohl tragischerweise über Bord sein.«

Gabi legte die Stirn in Falten. »Tragischerweise über Bord. Das ist aber eine seltsame Formulierung. Bist du sicher, dass das Tier nicht mehr an Bord ist?«

»Ist es nicht.« Julius machte ein unschuldiges Gesicht.

»Aber von Bord ist es?«

»Wird wohl so sein.«

»Sag mal, Julius, hat deine Auskunftsfreude irgendetwas damit zu tun, dass der gute Hinnerk vorhin im Supermarkt war und sich danach mit Windeln, Tüten voller Obst, Nüssen und Babybrei in seinen Container geschlichen hat?«

Julius kratzte sich umständlich am Kopf. »Mag wohl sein.«

Sie grinste. »Besteht die Möglichkeit, dass wir ab heute einen neuen Ehrenamtler in der Truppe haben?«

Julius schwieg mit vielsagendem Gesicht.

Sie winkte ab. »Ich weiß, was du jetzt sagen willst ›mag wohl sein‹. Hast du denn schon eine blasse Ahnung, wie du das unseren Bossen beibringen willst?«

»Nee, mien Deern, das man gar nicht, aber dazu fällt dir bestimmt noch was ein.«

Sie war ratlos. »Und weiß der Tierarzt davon?«

»Jau, der war froh, wenigstens auch den letzten seiner Schützlinge in guten Händen zu wissen, und hat seinen Segen dazu gegeben. Der Wismarer Zoo konnte nämlich nur noch vier von den fünf Berberaffen aufnehmen.«

∗∗∗

Es war wieder mal ein gemütlicher Abend mit den Kameradinnen und Kameraden aller Retter von der Förde, und die Wohncontainer der »Otto Asmussen« waren Dreh- und Angelpunkt des bunten Treibens. Julius warf wieder seinen Drei-Sterne-Grill an, und dazu flossen reichlich isotonische Gerstensäfte – natürlich alkoholfrei.

Gabi saß etwas abseits in ihrem Stuhl und beobachtete die Party. Es sagt schon viel über Menschen aus, wie sie sich im Einsatz schlagen. Interessanter hingegen ist ihr Freizeitverhalten.

Auch bei diesem Beisammensein wurde über die neuesten Rettungssysteme gefachsimpelt, es wurden Witze erzählt, darüber gehechelt, was die da mal wieder für eine unmögliche Frisur und was der da im Laufe nur eines Jahres an Kilos zugelegt hatte. Es wurde gelacht, geschäkert, geflirtet und angegeben, als ob es kein Morgen gäbe. Sylvie turtelte mit ihrem bis über beide Ohren verknallten Zöllner, und Julius saß wie ein König mitten in der Meute auf seinem Thron und genoss das Leben um sich herum.

Gabi hatte erwartet, dass Udo oder Emma hier auftauchen würde, denn die »Zwillinge«, auf der sie zu dieser Zeit sein wollten, lag keine dreißig Meter weit entfernt. Sie hatte sich darauf gefreut, diesen wunderbar klaren Sternenhimmel mit Udo zusammen genießen zu können, doch der kam nicht.

Gegen dreiundzwanzig Uhr dreißig hielt sie nichts mehr in ihrem Sessel. Sie meldete sich bei Julius ab und ging die paar Schritte zu dem Traditionssegler.

Das Schiff lag ruhig da, kein Laut war zu hören, und nicht der kleinste Lichtschein war zu sehen. Sie klopfte auf die Holzreling des Bootes. »Hallo? Darf ich an Bord kommen?«

Keine Reaktion. Sie nahm ihr Smartphone und wählte Udos Nummer, aber es klingelte durch. Nicht einmal der Anrufbeantworter schaltete sich ein.

In ihr stieg Furcht auf. In solchen Momenten wurden in Krimis immer Leichen gefunden, und das wollte sie in ihrem Privatleben auf keinen Fall.

Vorsichtig stieg sie über die Reling auf das Schiff. Nichts rührte sich. »Ist hier denn niemand?«, rief sie zaghaft.

»Niemand ist weg, aber jemand ist unter Deck, Frau Haberstroh«, sagte direkt neben ihr eine Stimme, die aus dem Nichts zu kommen schien. Sie drehte sich in diese Richtung, und erst jetzt nahm sie in der Dunkelheit die Konturen eines Menschen wahr. Diese Stimme kannte sie. Es war einer der ehemaligen Bewacher von Sylvie.

»Mein Gott, haben Sie mir einen Schrecken eingejagt. Das können Sie einer alten Frau doch nicht antun!«, schimpfte sie scherzhaft.

»Das konnte ich nicht ahnen«, konterte er, »denn ängstliche alte Leute gehören um diese Zeit ins Heim.«

»Ist noch jemand an Bord?«, fragte sie.

»Ja, ich«, antwortete ein weiteres Phantom aus der Dunkelheit.

Sie zuckte erneut zusammen. »Kinnings, könnt ihr euch nicht etwas anziehen, woran man euch erkennen kann?«

»Das würde dem Sinn unserer Wache nicht entsprechen. Wenn Sie den Kameraden Schüle suchen, der ist unter Deck.«

Sie wunderte sich. »Man sieht gar kein Licht?«

»Auch das entspricht unserer Mission, Frau Haberstroh. Sie finden ihn im Salon.«

Gabi tastete sich den stockdunklen Niedergang hinunter und öffnete die Salontür. Das Licht im Raum war schummrig, und die Luft roch verbraucht. Emma, Udo und zwei weitere Soldaten saßen um den großen Tisch herum und unterhielten sich in gedämpfter Lautstärke.

»Hallo«, begrüßte Gabi sie irritiert. Sie hatte erwartet, dass sich ihr zur Begrüßung jemand zuwandte, aber alle Anwesenden schauten wie gebannt auf einen kleinen Bildschirm vor ihnen.

»Nimm dir ein Bier und setz dich«, brummte Udo, ohne sie dabei anzusehen.

»Seid ihr gar nicht überrascht, dass ich hier auftauche?«, fragte sie etwas gekränkt.

»Nein«, kam die Antwort von Udo, »wir haben dich ja kommen sehen.«

»Wie das denn?«

»Mit diesem Bildschirm hier.«

Sie kam näher und erkannte auf einem Monitor den Hafen von Laboe aus der Vogelperspektive.

Sie staunte. »Ist das eine Satellitenaufnahme?«

»Nein, Livebilder von einer kleinen Hochleistungsdrohne.«

»Und was macht ihr damit?«

»Gucken, wo du bleibst.«

»Das könnt ihr bei der Dunkelheit doch gar nicht sehen.«

»Doch, mit einer Wärmebildkamera, die jederzeit zugeschaltet werden kann.«

Gabi staunte. »Und wer fliegt das Ding?«

»Xaver, vom Strand aus. Da kann man die Drohne auch ungestört landen.«

Sie öffnete die Bierflasche, die ihr Udo gereicht hatte. »Warum seid ihr heute Abend nicht bei uns gewesen? War ein netter Abend.«

Emma grinste. »Das haben wir sehen können, aber wir hatten bis jetzt zu tun.«

Gabi setzte sich zu ihnen. »Gibt's denn was Neues?«

»Ja, und es wird dir nicht gefallen. Es betrifft unsere Theorie über den Organhandel. Dieser unter färingischer Flagge fahrende Katamaran war sauber. Die Zollkollegen haben absolut nichts finden können, was auch nur annähernd als verdächtig eingestuft werden konnte. Außergewöhnlich war die enorme Ausstattung der medizinischen Abteilung, aber das war schließlich mal ein Laborschiff des Fischereiamtes, und da wurden Fische jeder Größe seziert. Also blieb ihnen nichts weiter übrig, als dem Kapitän die Aufforderung zur Anhörung zum Bußgeldverfahren wegen des fehlenden Transpondersignals auszuhändigen.«

»Was er kalt lächelnd zahlen wird, vermute ich.« Gabi nahm frustriert einen Schluck Bier. »Und was wird nun? Einpacken und Schwamm drüber oder wieder aufstehen, Krönchen zurechtrücken und weitermachen?«

Udo grinste sarkastisch. »Die Variante mit dem Krönchen steht uns besser.«

»Das ehrt euch, aber wie soll das funktionieren? Gibt es neue Ansatzpunkte oder Erkenntnisse?«

»Wenn wir ehrlich sind«, sagte Emma, »wird der Nebel, in dem wir herumstochern, eher dicker als dünner. Doch obwohl wir diesem dänischen Katamaran nichts nachweisen können, steht er bei uns ganz hoch im Kurs.«

»Warum?«

»Weil er alle Voraussetzungen für eine Entführung, eine Organentnahme und die Entsorgung aller Beweise erfüllt. Sie haben PS-starke Tochterboote an Bord, sie haben eine exzellent ausgerüstete medizinische Abteilung und sie haben sogar einen Arzt für die paar Leute an Bord. Man kann auf dem Ding sogar mit einem Heli landen, um die entnommenen Organe abzuholen. Also für eine Organisation, die mit gestohlenen Organen handelt, wäre dieses Schiff ein Volltreffer.«

»Außerdem kostet es richtig Asche, so einen Kahn mit rund zwölf Mann Besatzung zu unterhalten. Die dänischen Behörden haben das Schiff schon lange abgestoßen. Danach diente es als Offshore-Versorger, und nun gehört es einer Holding mit Sitz in Panama.«

»Mit Sitz in Panama und fährt unter der Flagge der Färöerinseln?«, fragte Gabi.

»Das ergaben unsere Recherchen.«

»Das ist seltsam. Normal wäre es, dass europäische Schiffe aus Kostengründen nach Panama ausgeflaggt werden. Gibt es für uns die Möglichkeit, den Standort des Schiffes ständig zu überprüfen?«

Udo drehte seinen Laptop zu ihr. »So, wie es für Flugzeuge den Link ›Flightradar‹ gibt, gibt es auch einen für Schiffe. Wir haben sogar die etwas verfeinerte Variante für die militärische Seeüberwachung.«

»Und eure Drohne?«

»Die gehört einem Kameraden privat. Wir wollten einfach mal testen, ob wir so ein Ding ohne großen Aufwand für unsere Arbeit einsetzen können, aber das klappt nicht. Um nachts in unbekanntem Terrain fliegen zu können, brauchst du Telemetriedaten wie Höhe der Drohne, Position, Kompass und Geschwindigkeit. Das wäre technisch zwar möglich, aber die Anschaffung würde in die Zehntausende gehen, und die Genehmigung für den Betrieb eines solchen Hightechgerätes würde ein Privatmann gar nicht bekommen. Unsere Aufnahmen haben nur geklappt, weil Carsten hier jede Laterne und Möwe mit Namen kennt. Ohne diese speziellen Kenntnisse hätte es mit Sicherheit Bruch gegeben.«

In diesem Augenblick stapfte der Pilot mit seinem Fluggerät unterm Arm in den Salon. »Der Akku ist alle!«

Udo stellte sie einander vor. »Das ist Carsten, und das ist Gabi, von der ich dir schon erzählt habe.«

Die beiden nickten sich zu.

»Okay.« Sie sah auf ihre Uhr. »Es geht auf eins zu. Ich werde mich in die Koje hauen. Ihr stochert weiter im Nebel, und ich halte meine Ohren in Polizeikreisen auf. Ein paar andere Kontakte als den guten Bastian habe ich ja noch.«

Sie war schon dabei, die Salontür zu öffnen, als Udo noch etwas einfiel. »Übrigens, morgen kommt der Skipper wieder, und wir werden in See stechen. Einfach mal ausprobieren, wie unsere Kommunikation funktioniert. Wundere dich also nicht, wenn wir morgen nicht hier sind.«

***

Gabi liebte diese Nachtstunden am Hafen. Das Knattern der Fahnen im Wind, das Schlagen der Seile an die Masten der Segelyachten und das Nippen des Wassers an den leicht schaukelnden Bootsrümpfen. Das war das unverkennbare Klangbild einer Marina, welches sie in ihrer Berliner Zeit vermisst hatte. Das war mit ein Grund, warum es sie nach ihrem schmerzlichen Beziehungsende wieder an die See in ihre Heimat gezogen hatte.

Um diese Stimmung länger zu genießen, ging sie sehr langsam. Als sie sich ihren Containern näherte, hörte sie Hinnerk mit jemandem reden. »Na, mien Schieter, den ganzen Tach unter Deck oder auf der Kammer, da wird man ja rammdösich. Was sachst du, du hast gar keine Angst mehr, das musst du auch nicht mehr haben, mein Kleiner, Onkel Hinnerk ist bei dir, und jetzt kann dir nix mehr passieren.«

Im Mondschein sah sie, wie der Mann auf einer Bank saß und selig lächelnd etwas in sich hinein murmelte. Erst als sie näher kam, entdeckte sie, dass dem nicht so war. Auf seiner Schulter saß ein Berberäffchen, brabbelte dem großen Mann unaufhörlich etwas ins Ohr und strich mit seinen kleinen Händen fast zärtlich durch sein Kopf- und Barthaar. Man musste kein Paartherapeut sein, um zu sehen, dass da zwei Kreaturen jeweils ihre große Liebe gefunden hatten.

Hinnerk schreckte zusammen, als sie sich neben ihn setzte. »Na, mein Alter, schmust du gerade mit einem kleinen Geist?«

»Wieso Geist?«

»Weil ich denke, dass das der kleine Berberaffe ist, der auf so tragische Weise über Bord gegangen ist.«

»Genau der ist das. Und nu isser tot, und wenn die Sonne rauskommt und auf meine Schulter scheint, sitzt da nur noch ein Geripppe. Genau wie bei Johnny Depp mit seinem Piratenboot.«

»Und wie willst du der Gesellschaft klarmachen, dass in unseren Containern jetzt für vier Wochen der Affe los ist?«

»Wieso in den Containern?«

Gabi zog die Stirn kraus. »Du wirst ihn doch wohl nicht mit an Bord nehmen?«

»Aber natürlich! Jeder Kapitän, der etwas auf sich zählt, hat ein Haustier. Meistens ist das ein Papagei«, maulte Hinnerk, »da werde ich als Maschinist doch wohl auch so etwas haben dürfen.«

»Aber ein Papagei und ein Käpt'n, die gehören irgendwie zusammen, das kennt man so aus Büchern und dem Fernsehen. An einen Affen müssen sich die Leute erst noch gewöhnen«, versuchte sie, ihm schonend beizubringen.

»Dann beweis mir mal, dass das kein Papagei ist!«

»Mensch, Hinnerk, ein Papagei hat Federn.«

»So 'n Blödsinn! Ich habe schon ganz viele nackte Aras und Amazonenpapageien gesehen.«

»Die waren aber auch gestört. Deiner ist normal und hat Fell.«

»Jau! Dann ist das eben ein nackter Papagei, dem kalt ist.« Gabi lachte. »Und Papageien legen Eier.«

Hinnerk wusste auch darauf zu antworten. »Dann musst du mal ganz fix in die Windeln gucken. Da findest du jeden Tag ein Ei drin.«

»Hat das Tierchen denn schon einen Namen?«

»Jau«, entgegnete Hinnerk feierlich. »Es ist ein Er und heißt Rasmus.«

»Mit so einem schönen Namen ist das bestimmt kein Papagei. Ich denke mal, dass es sich dabei um einen Klabauter-Affen handelt.«

Hinnerk strahlte übers ganze Gesicht und drückte sie herzlich. »Du bist die Erste, die das begriffen hat. Jau, ein Klabauter-Affe isses, und so einer gehört nun mal auf jedes Schiff.«

»Das glaube ich dir, mein Großer. Aber was meinst du? Ist Julius damit einverstanden?«

»Er weiß ja von Rasmus«, brummte Hinnerk verlegen, »aber er hat keine Ahnung davon, dass ich ihn auch mit auf das Schiff nehme. Wenn ich Rasmus den ganzen Tag in meiner kleinen Container-Butze lasse, bekommt der wirklich eine Macke und kriegt am Ende noch Federn.«

»Und was, glaubst du, wird er zu dem Affen an Bord sagen?«

»Was kann er schon gegen seine eigene Familie sagen? Wenn ich sein Bruder bin, dann ist Rasmus doch quasi so eine Art Neffe, oder?«

Die weitere Nacht verlief ruhig, und der Wettergott meinte es mit den Veranstaltern der Kieler Woche gut, denn der Wind flaute auf drei bis vier Windstärken ab, sodass auch die kleinen Segelklassen endlich mit ihren Regatten beginnen konnten. Was die Sportler aufatmen ließ, stellte die Retter aber vor erhebliche Probleme, denn ihr Personal reichte vorn und hinten nicht. Hinzu kam, dass die »Otto Asmussen« für Notfälle in der gesamten Förde in Bereitschaft gehalten werden musste.

Julius und seine Crew bezogen diesmal direkt am Strand Position und beobachteten die Regatta der Kids in ihren kleinen Booten, den Optimisten.

»Mensch, Kinnings«, begeisterte sich Julius, »da sind einige dabei, die haben das Geschäft mit dem Segeln verstanden. Da kann sich so mancher Freizeitskipper eine dicke Scheibe von abschneiden.«

Der Spaß hielt allerdings nicht lange an.

»Leitstelle Mitte für das NES ›Otto Asmussen‹ kommen«, tönte es aus dem Lautsprecher der Funkanlage.

Gabi schaute auf den Vormann und erwartete, dass er antwortete, doch der erwiderte ihren Blick nur. »Nu, mien Deern, dein Schiff, dein Funkgerät.«

Gabi griff sich den Hörer. »Die ›Otto Asmussen‹ hört!« Sie ärgerte sich über ihre etwas zitterige Stimme.

»Etwa zehn Seemeilen östlich von Damp hat eine holländische Ketsch Rauch im Maschinenraum gemeldet. Sie haben zwar alles mit CO_2 geflutet, es hat aber wohl Rückzündungen gegeben. Laut Skipper sind sechs Mann an Bord. Die genauen Koordinaten und die Kennung des Transponders werden digital übermittelt. Die ›Berlin‹ und die ›Fritz Knack‹ aus Olpenitz wurden über Bremen Rescue ebenfalls alarmiert. Schaltet euch auf Kanal 16 dazu. Sie wissen, dass ihr auch kommt.«

Gabi bestätigte und gab Signal, damit alle wussten, dass die »Otto Asmussen« zu einem Einsatz in See stechen musste. Danach meldete sie sich bei Bremen Rescue an.

»Was ist eine Ketsch?«, erkundigte sich Sylvie, die sich zusammen mit dem Arzt auf der Brücke aufhielt.

»Ein meist etwas klobiger Zweimaster mit Besansegel«, antwortete Julius in aller Ruhe.

»Was ist ein Besansegel?«

»Wenn ein Segelboot zwei Masten hat, dann ist der hintere, meist etwas kleinere, der Besanmast.«

Eine knappe halbe Stunde später sahen sie dicken schwarzen Rauch am Horizont. Kurz darauf waren sie in Rufweite des Schiffes.

Am Bug des rund zwanzig Meter langen Zweimasters stand die Besatzung und winkte verzweifelt.

»Hinnerk, mach die Löschkanone klar«, befahl Gabi mit fester Stimme. »Im Rumpf des Seglers scheint die Hölle los zu sein. Kühl ihn möglichst so weit runter, dass die Leute da vorne keine heißen Füße kriegen. Fiete und das Sanitätsteam besetzen die ›Ottilie‹.«

Sie manövrierte ihr Rettungsschiff so in den Wind, dass möglichst viel Wasser aus der Löschkanone den Havaristen traf. Dabei musste Hinnerk aufpassen, dass er mit den zweitausend Litern Seewasser, die von der Löschkanone mit einem Druck von zehn Bar abgegeben wurden, niemanden von Bord spülte.

Der Rauch, der aus dem Schiff drang, wurde immer dunkler und bekam teilweise eine üble gelbe Farbe, was darauf hindeutete, dass er viele entzündliche Brandgase enthielt. Die Gefahr, dass das Schiff explosionsartig durchzündete, war hoch, denn durch die Holztäfelung und Möblierung war genug Brandlast an Bord.

Inzwischen waren die beiden angekündigten Seenotrettungskreuzer an der Einsatzstelle eingetroffen. Auch die »Berlin« ließ ihr Tochterboot »Steppke« zu Wasser. Als die »Ottilie« und die anderen Boote in Position waren, gab Gabi über Megafon die Anweisung, dass die Crew der Ketsch das Boot verlassen sollte. Einer von ihnen musste vom Skipper mit sanfter Gewalt zum Sprung überredet werden. Im Wasser öffneten sich ihre Schwimmwesten automatisch, und alle begannen, nach Leibeskräften in Richtung der beiden Rettungsboote zu schwimmen.

Gabis Anweisung zum rettenden Sprung kam keine Sekunde zu früh. Der Flashover an Bord riss die Kabinenscheiben des Seglers explosionsartig aus den Verankerungen und ließ sie im hohen Bogen ins Wasser fliegen. Die Stichflammen, die aus sämtlichen Öffnungen des Bootes schossen, waren gewaltig. Eine Scheibe traf dabei die »Fritz Knack« wie ein Geschoss am Bug. Bis auf ein paar Kratzer im Lack blieb das aber ohne Folgen. Hinnerk und die »Berlin« spritzten so viel Wasser, wie die Pumpen hergaben, auf das Segelschiff. Da zu wenig davon das Innere der Ketsch erreichte, war der Löscherfolg nur mäßig. Doch wichtiger war, dass alle Schiffbrüchigen wenige Minuten später gerettet und an Bord der »Otto Asmussen« gebracht worden waren, wo sie Drs. Simons einen nach dem anderen untersuchen konnte.

Es war nicht zu verhindern, dass die Ketsch völlig ausbrannte. Durch die Löscharbeiten hatte das Schiff so viel Wasser genommen, dass es extrem tief lag und bei der kleinsten Welle komplett vollzulaufen und zu sinken drohte. Von der Besatzung hatte niemand Verletzungen davongetragen. Die »Berlin« nahm das qualmende Wrack an den Haken und schleppte es vorsichtig nach Damp. Die »Otto Asmussen« setzte die Schiffbrüchigen ebenfalls dort ab, damit der Schiffseigner alles mit dem Hafenkapitän regeln konnte.

Julius war stolz darauf, mit Gabi eine so fähige Schiffsführerin an seiner Seite zu haben. »Was ein Jammer, mien Deern, dass du dein Talent bei der WaSchPo verschwendest. Bei der DLRG oder zumindest auf einem Löschboot der Berufsfeuerwehr wärst du viel besser aufgehoben.«

»Mensch, Julius«, kam die prompte Antwort, »stell dir mal vor, ich würde, wenn du in Rente gehst, die ›Otto Asmussen‹

übernehmen, wenn die DLRG sie denn behalten darf. Dann würde ich die erste ›Vorfrau‹ der deutschen Küstenrettung sein und hätte ständig Pressefuzzis im Schlepptau. Also bleib ich lieber dort, wo ich bin, und habe meine Ruhe.«

Julius grinste. »Du bist nicht nur gut, sondern auch klug. Vielleicht solltest du noch besser in die Politik gehen.«

***

Nachmittags kam der Wind konstant mit vier Stärken aus Ost, und die See war in der Förde relativ glatt; für die 470er-Bootsklasse ideale Verhältnisse. Die bunten Segel, vor allem die aufgeblähten Spinnaker, boten, wenn nach der Südkehre auf das Ufer zugesegelt wurde, ein prächtiges Bild. Gabi genoss es, dieses Spektakel in vorderster Linie mitansehen zu können. Besonders spannend war der Augenblick, wenn die Boote nach der Wende auf die Nordboje zuhielten. Blitzschnell wurde dann der Spinnaker eingeholt und anschließend das Trapez besetzt. Danach wurde wieder Fahrt aufgenommen. Das gesamte Feld war relativ dicht beisammen, und bis auf zwei Boote waren alle auf einer Strecke. Plötzlich rauschte ohne jegliche Ankündigung ein sogenannter Drücker, eine Böe mit gut acht bis neun Windstärken, über das Wasser und wirbelte alles durcheinander. Viele Boote schlugen um, weil die Segler im Trapez gar nicht so schnell reagieren konnten. Schlagartig herrschte Chaos auf See. Dadurch, dass die Boote relativ dicht nebeneinander segelten, gab es durch die umschlagenden Mastbäume der Nachbarboote teilweise böse Verletzungen. Eine Frau wurde so schwer am Kopf getroffen, dass sie von den beiden Einsatz-Tauchern der »Otto Asmussen« bewusstlos aus dem Wasser gerettet werden musste. Auch hier klappte die Zusammenarbeit unter den Rettern problemlos, und bereits nach einer Viertelstunde war die Frau so weit medizinisch versorgt, dass sie an die RTW-Besatzung in Schilksee zum Abtransport ins Krankenhaus übergeben werden konnte.

Bei den anschließenden größeren Klassen gab es weitere

dieser tückischen Winddrücker, doch jetzt waren alle Sportler gewarnt, und je schwerer ein Boot ist, desto weniger heftig reagiert es.

Auf dem kurzen Rückweg nach Laboe dachte Gabi an ihre Kampfschwimmerfreunde. Sie hatten den ganzen Tag nichts von sich hören lassen, und sie konnte es kaum erwarten, zu erfahren, wie das Probesegeln mit der »Zwillinge« verlaufen war. Der Traditionssegler hatte schon kurz vor ihnen festgemacht, und Udo winkte ihr beim Anlegen fröhlich zu. Sie konnte Julius gegenüber nicht verbergen, wie sehr sie sich über diesen Gruß freute.

»Na, mien Deern, wie ich feststelle, hat nicht nur unsere Sylvie Schmetterlinge im Bauch.«

»Wie kommst du denn darauf?«, antwortete sie verlegen.

»Weil du dich mit dieser roten Gesichtsfarbe während der Fahrt eigentlich nur Backbord über die Reling hättest lehnen dürfen.«

✳✳✳

Es war etwas ungewohnt, Emmas Kampfschwimmerteam in Zivil an Deck arbeitend anzutreffen. Sie und Udo kannte Gabi mit Namen, bei den anderen musste sie immer auf die Namensschilder auf der Uniform sehen, die fehlten jetzt aber.

»Wo ist der Skipper?«, fragte sie.

»Der macht Essen. Es gibt gebratenen und kandierten Spargel. Wenn Käpt'n Konny den macht, wird die ›Zwillinge‹ sofort zum Zwei-Sterne-Schiff.«

»Das habe ich gehört«, ertönte es durch die Dachluke des Salons. »Gestern waren es noch drei Sterne. Für den Abzug machst du nachher Backschaft.«

»Was ist das denn?«

Udo grinste sie an. »Die Back ist der Tisch in der Messe. Backschaft ist demnach abräumen, Tisch sauber machen und danach abwaschen.«

Kurze Zeit später saßen sie beim Essen, und es war in der Tat ein Hochgenuss. »Das ist sogar für einen vierten Stern gut«, schwärmte Gabi.

»Wer derartig herumschleimt, muss zumindest mit abtrocknen«, antwortete Udo mit vollem Mund.

»Übrigens«, berichtete Emma, »in der vergangenen Nacht ist eine Frau aus ihrem Hotel in Kühlungsborn verschwunden.«

»Passen ihre Marker zu den Organen, die augenblicklich gesucht werden?«, erkundigte sich Gabi.

»So gut, dass wir davon ausgehen müssen, dass sie bereits tot ist, denn die gesuchten Organe sind von der Liste verschwunden.«

»Und habt ihr auf dem Schiffsradar die Position des Katamarans überprüfen können?«

Emma nickte verdrossen. »Ja. Der Transponder lügt nicht. Die ›Sandur‹ war zu der Zeit östlich von Falster, die kann damit nichts zu tun gehabt haben.«

Gabi war enttäuscht, dass sie schon wieder einen Verdächtigen von ihrer Liste streichen mussten. »Dann stehen wir also wieder mal am Anfang unserer Ermittlungen.«

»Leider«, seufzte Emma.

»Schade, dass es auf See keine Blitzer gibt. An Land konnte durch diese Aufnahmen schon so manche Straftat aufgedeckt oder ausgeschlossen werden.«

»Dafür haben wir Satellitenbilder«, Udo nahm einen kräftigen Schluck Wasser.

Gabi wurde hellhörig. »Und da kommt man jederzeit ran?«

»Natürlich nicht jeder. Unsere militärische Aufklärung aber schon.«

Sie dachte nach. »Wäre es nicht möglich, Satellitenbilder von den Zeiten zu kontrollieren, zu denen Menschen auf dem Seeweg verschwanden?«

Emma verzog das Gesicht. »Im Prinzip schon, aber dass die Opfer auf dem Seeweg verschwinden, ist bisher nichts als eine Annahme.«

Udo schürzte nachdenklich die Lippen. »Trotzdem, Gabi hat recht. Wir sollten die See auch nachträglich kontrollieren. Und wenn immer dasselbe Schiff in der Nähe war, haben wir wieder einen Verdächtigen.«

»Aber sind die Opfer nicht meistens nachts verschwunden?«, warf der Skipper ein.

»Richtig«, nickte Gabi, »aber derzeit wird es nachts meist nur vier Stunden lang richtig dunkel. Wir wissen, was die Pötte für Fahrt machen, und können an den jeweiligen Standorten ausrechnen, wo die zur Zeit der Entführungen herumschipperten.«

Emma lächelte verschmitzt. »Das müssen wir gar nicht. Die Satellitenbilder haben eine derartig hohe Auflösung und Lichtempfindlichkeit, dass man nachts zwar nicht mehr sehen kann, ob jemand Dreck hinter dem Ohr hat, aber man weiß zumindest, wer es ist.«

Gabi lächelte siegessicher. »Okay, von wem kriegen wir die Bilder?«

Udo schüttelte den Kopf. »Wir niemals, aber unser Kap'tain jederzeit.«

Gabi zog die Stirn kraus. »Ich steige da langsam nicht mehr durch. Bei uns nennen wir den Chef auf dem Boot auch gern mal Käpt'n oder förmlich Herr Kapitän. Warum macht ihr das bei eurem nicht auch so?«

Udo sah sie fragend an. »Weil bei der Marine ein Kapitän nun mal mit Herr Kap'tain angeredet wird.«

∗ ∗ ∗

Es fing schon leicht an zu dämmern, als eine Barkasse aus Eckernförde am Fähranleger festmachte und ein Kurier eine schwarze Mappe von der Marinekommandantur an Emma überreichte.

»Muss der Kurier Strafarbeiten ableisten?«, fragte Gabi spitz. »Heutzutage kann man Dokumente auch mailen.«

Udo grinste verschmitzt. »Wir sind schließlich nicht bei

der Polizei. Ab einer gewissen Geheimhaltungsstufe werden amtliche Dokumente immer per Kurier versandt.«

»Und was sind das für Dokumente?«

»Wahrscheinlich die angeforderten Satellitenbilder.«

Minuten später hatten sie diese auf dem Tisch im Salon ausgebreitet und verglichen sie.

Nach einer Weile stutzte Udo. »Moment mal.« Er legte eines der Bilder in die Mitte des Tisches, sodass alle darauf schauen konnten, und deutete mit dem Zeigefinger auf einen Punkt. »Diese Aufnahme ist von heute Morgen um vier Uhr achtunddreißig. Ich könnte schwören, dass das hier die ›Sandur‹ ist.«

Emma zog die Stirn kraus. »Wie kann das sein?« Sie griff sich eine Lupe und schaute sich den Punkt genauer an. »Du hast recht, das ist der Katamaran.« Sie tippte auf ihrem Notebook herum und drehte den Bildschirm zu ihm. »Die ›Sandur‹ war um diese Zeit laut Transponder exakt fünfzehn Seemeilen östlich von Falster.«

Gabi kratzte sich am Hinterkopf. »Ole, der neue Lover von Sylvie, ist beim Zoll, und der berichtete, dass die ›Sandur‹ gestern Morgen südlich von Fünen anstandslos kontrolliert wurde.« Sie schaute in die Runde. »Holt doch mal bitte die Seekarte raus. Ich muss etwas nachrechnen.«

Der Skipper hatte sie griffbereit und rollte sie über den Fotos auf dem Tisch aus. Gabi zeigte mit einem Bleistift auf die Karte. »Also, gestern Morgen wurde die ›Sandur‹ hier kontrolliert. Ab wann war sie dann westlich von Falster?«

Emma gab etwas in ihr Notebook ein. »Um siebzehn Uhr sechzehn.«

Gabi nickte. »Das ist kein Teufelswerk. Diese Strecke ist für das schnelle Schiff in der kurzen Zeit kein Problem. Und da liegt sie noch immer?«

»Jep«, bestätigte Emma, »sie hat sich seit dieser Zeit nicht mehr bewegt.«

Udo legte die Stirn in Falten. »Das ist für so ein Schiff aber sehr ungewöhnlich.«

»Sie würden für die dänische Fischereibehörde nautische Messungen vornehmen, gaben sie gestern an.«

»Zwischen Dänemark und Schweden?« Emma schüttelte den Kopf. »Nie und nimmer. In der Region ist bereits jedes Seegrasbüschel vermessen worden. Vor allem haben die Färinger dort nichts zu suchen, also ist das Blödsinn.«

»Okay«, resümierte Udo. »Die ›Sandur‹ ist zur gleichen Zeit an zwei Orten gesehen worden, die rund fünfzig Seemeilen auseinander liegen. Wie kann das sein?«

Carsten, der IT-Spezialist, hatte sich bisher mit Äußerungen zurückgehalten, aber nun war sein Wissen gefragt. »Es handelt sich dabei um ein Forschungsschiff. Die haben meist hochseetüchtige Tochterboote dabei, also Festrumpfschlauchboote mit einer kleinen Kajüte. Oft sind diese Dinger auch mit nautischen Geräten wie Radar und Seefunk ausgestattet. Man muss nur die Funkgeräte von Mutter- und Tochterschiff tauschen und das Töchterlein für eine Weile in der rauen See ankern lassen.«

Gabi nahm einen großen Schluck Bier. »Könnt ihr eure Aufklärung dazu bringen, den Katamaran lückenlos sowohl digital als auch optisch zu beobachten?«

»Wir nicht, aber wenn er das hört, dann wird unser Alter die Aktion abnicken und alles Notwendige in die Wege leiten.«

✳ ✳ ✳

Als Gabi zu ihrem Schiff zurückkehrte, war es schon nach Mitternacht. Auf der Bank vor dem Schuppen saßen Sylvie und Ole eng umschlungen und flüsterten sich zwischen endlosen Küssen etwas zu. Als sie Gabi bemerkten, rückten sie sittsam auseinander.

»Kinder, das müsst ihr nicht. Wenn ich mir mal einen Lover geschnappt habe, dann ging das bei mir ähnlich ab. Aber sagt mal, die holde Maid wohnt hier in Laboe. Könnt ihr nicht ganz in Ruhe bei ihr zu Hause knutschen?«

»Für den Weg fehlt uns leider die Zeit«, jammerte Sylvie.

Sie legte die Handflächen aneinander und bat Gabi inständig: »Ole muss morgen früh um sechs schon wieder an Bord seines Zollkreuzers sein. Lass uns bitte noch eine Viertelstunde allein Abschied nehmen.«

Lachend verzog sich Gabi in ihr Containerzimmerchen. Es war gut, dass ihre junge Kollegin nicht bemerkt hatte, wie neidisch sie auf die beiden war. Sie konnte sich immer besser vorstellen, so eine Bank auch mit Udo zu teilen.

✳✳✳

Gegen drei Uhr in der Nacht schlug ihr Meldeempfänger Alarm. Diesmal war es ein Notruf von einem Angler, der vor dem Schönberger Strand ein gekentertes Schlauchboot gesichtet haben wollte. Daran sollte sich mindestens ein Schiffbrüchiger festkrallen.

Sie mussten kurz auf Drs. Simons warten, der sich noch halb im Tiefschlaf beim Anziehen das Schienbein am Bett gestoßen hatte. Danach starteten sie zügig in die stockdunkle See.

»Seltsam«, murmelte Julius, »ich kenne den Strand. So hell, dass man weit auf die See rausgucken kann, ist die Beleuchtung der Promenade dort nicht.«

Gabi bemerkte seine Anspannung. »Erwartet uns etwa eine Übung?«

»Nee, mien Deern, nicht während der Kieler Woche. Da haben wir genug zu tun.«

»Und warum guckst du so sorgenvoll?«

»Bei meinem Papa juckte immer sein Zeh, wenn sich etwas zusammenbraute. Das hat ihm im Krieg so manches Mal das Leben gerettet.«

»Und juckt er jetzt auch bei dir?«

»Nee, ich bin ja nicht mein Papa.« Er strich sich durch den Bart. »Aber wenn ich er wäre, würde er jetzt bei mir jucken.«

Nach kurzer Bedenkzeit war ihm klar, was er zu tun hatte. »Wie weit haben wir noch bis zur angegebenen Stelle?«

»Zwei Seemeilen.«

»Dann stoppt sofort die Maschinen und löscht sämtliche Lichter!«

Gabi schaltete auf Leerlauf und legte die »Otto Asmussen« neunzig Grad zur Fahrtrichtung. Alle an Bord wussten, dass sie noch nicht am Einsatzort eingetroffen sein konnten, und kamen neugierig auf die Brücke.

»Was ist los?«, erkundigte sich Drs. Simons.

»Wir haben keine Zeit für lange Erklärungen. An Bord bleiben nur der Doc, Hinnerk und ich. Gabi, Fiete, Sylvie und Svenja gehen aufs Tochterboot. Ihr wartet hier auf uns. Wir machen unsere Beleuchtung gleich wieder an, das Tochterboot bleibt dunkel. Wenn alles gut geht, sammeln wir euch in einer halben Stunde wieder ein.«

»Ab, auf die ›Ottilie‹, ohne Quittung Ende!«

Der Gesichtsausdruck des Vormanns ließ keinen Widerspruch zu. Das Tochterboot wurde besetzt und zu Wasser gelassen. Alle sahen Gabi fragend an.

»Was guckt ihr mich an?«, reagierte sie verärgert. »Ich bin genauso ratlos wie ihr.«

»Aber irgendwas muss er doch gesagt haben, warum das nun alles so sein soll?«, fragte Fiete.

»Nö, hat er nicht.«

»Und warum sitzen wir hier?«

»Weil der Zeh seines Vaters jetzt gejuckt hätte.«

Kopfschüttelnd sahen sie der »Otto Asmussen« nach, wie sie wieder mit voller Beleuchtung und Blaulicht auf ihr Einsatzziel zuraste.

❊❊❊

Mitten in der Nacht wurde Emma an Bord der »Zwillinge« von ihrem Smartphone geweckt. Auf dem Display war das Bild ihres Chefs zu sehen. Sie nahm das Gespräch an. »Moin, Herr Kap'tain, was liegt an?«

»Moin, Frau Leutnant. Uns wurden beunruhigende Nachrichten zugespielt. Von einem Handy wurde an ein ebenfalls anonymes Prepaidhandy folgende SMS geschickt: ›Zielperson ist zurzeit auf dem Rettungsschiff ›Otto Asmussen‹ im Einsatz. Sie ist zu sichern und in Bereitschaft zu halten. Empfänger noch nicht klar.‹ Von diesem Prepaidhandy wurde ein Notruf an die Leitstelle abgeschickt, um die ›Otto Asmussen‹ zu alarmieren.«

Durch das laute Klingeln von Emmas Smartphone waren die anderen ebenfalls geweckt worden. Um diese Zeit konnte das nichts Gutes bedeuten. Aus dem Tiefschlaf direkt in Action, das hatten sie oft genug geübt, das war ein Teil ihres Jobs. So standen sie bereits fertig ausgerüstet neben Emmas Koje, bevor diese das Telefonat überhaupt beendet hatte. Während sie in ihren Kampfanzug schlüpfte, gab sie die ersten Anweisungen. »Marius und Udo, ihr macht das RHIB klar. Carsten, du holst dir die Koordinaten für den Einsatz vom Satelliten, und der Rest macht die Ausrüstung bereit. Während der Fahrt erzähle ich, was los ist.«

Die Truppe war ein eingespieltes Team und nach nur drei Minuten verließen sie ohne verratende Positionsbeleuchtung den Hafen von Laboe.

✳✳✳

Als die »Otto Asmussen« die Koordinaten ihres Einsatzortes erreicht hatte, konnten sie zuerst kein umgeschlagenes Boot entdecken, wovon der Anrufer berichtet hatte. Mit beiden Suchscheinwerfern leuchteten sie die See ab, bis sie in knapp hundert Metern Entfernung etwas im Wasser treiben sahen. Mit kleiner Fahrt hielt Julius darauf zu. Es war tatsächlich ein Schlauchboot, aber seine Tarnfarbe war für den Freizeitbereich völlig untypisch. Ihm sträubten sich die Nackenhaare, und das passierte nur, wenn unmittelbare Gefahr drohte. Er stoppte das Schiff in sicherer Entfernung.

»Hier ist das Notarzteinsatzschiff ›Otto Asmussen‹. Geben

Sie sich zu erkennen!«, tönte Julius' Stimme aus dem Lautsprecher.

Im Licht des Scheinwerfers erhob sich hinter dem Schlauchboot eine Hand und winkte ihnen zu.

»Da scheint wirklich jemand in Not zu sein. Deine Vorsichtsmaßnahmen waren völlig unbegründet«, murmelte der Arzt verärgert. »Dadurch haben wir wertvolle Zeit verplempert.«

Julius nahm das Gemecker zur Kenntnis, reagierte aber nicht weiter darauf. »Hinnerk, wir beide machen das Bergenetz klar, danach gehe ich vorsichtig zum Schlauchboot längsseits. Ohne die ›Ottilie‹ kriegen wir die nicht anders aus dem Wasser.«

»Willst du nicht das Tochterboot anfunken, damit die herkommen?«, drängelte Drs. Simons weiter. »Dann ginge das doch alles viel schneller.«

»Dreh du mal deine Tupfer und lass mich meine Arbeit machen«, fertigte ihn der Vormann ab.

Nach zwei Minuten hatten sie das Bergenetz an der Steuerbordreling einsatzbereit. Julius wollte danach zurück auf die Brücke. Plötzlich stand wie aus dem Nichts ein Taucher vor ihm, seine tropfnasse Maschinenpistole im Anschlag. »Sie machen gar nix Bewegung«, redete der Mann ihn in gebrochenem Deutsch an. »Hände hoch und Ruhe.« Er schaute sich um, als würde er etwas suchen.

»Wo sein kleines Boot? Wo sein junge Frau von Boot?«

»Boot kaputt, Frau zu Hause«, log Julius.

»Nix kaputt! Im Hafen war noch ganz, und Frau war hier auf Schiff!« Der Mann zeigte auf Hinnerk. »Du kommen her.«

Julius' Bruder ging vorsichtig mit erhobenen Händen auf ihn zu.

»Du auf Knie!«, herrschte der Mann ihn an.

Der Maschinist kniete vor ihm nieder.

Und wieder zu Julius gewandt: »Wenn du nicht sagen Wahrheit, ich Mann erschießen.« Mit diesen Worten drückte er die Mündung seiner Waffe gegen Hinnerks Schädel.

In diesem Augenblick kreischte etwas neben den beiden

auf, und ein graues Fellknäuel warf sich kratzend und beißend an den Kopf des Tauchers. Der war völlig perplex, trat zwei Schritte zurück und versuchte, dieses Etwas mit dem Arm von seinem Gesicht zu wischen. Dabei löste sich aus seiner Maschinenpistole ein Schuss, der in die Dachkante des Deckaufbaus einschlug.

»Rasmus!«, rief Hinnerk entsetzt. »Komm sofort zu mir.«

Der Affe ließ von dem Taucher ab und sprang auf den Arm seines Herrchens.

Wutentbrannt richtete der Mann seine Waffe auf die beiden. Hinnerk presste das Tierchen an sich und schloss die Augen. Neben ihrem Schiff heulte plötzlich ein Motor auf. Das Boot der Kampfschwimmer konnte durch die Umkehr seines Jetantriebes aus voller Fahrt nach nur wenigen Metern aufstoppen. Der Fremde drehte sich hastig, die Waffe im Anschlag, in Richtung des Geräusches und wollte das Feuer eröffnen. Doch bevor er abdrücken konnte, wurde sein Körper zweimal wie von einer riesigen Faust durchgeschüttelt. Ein lautes Gurgeln ertönte und Blut spritzte über das Deck des Rettungskreuzers.

Hinnerk traute sich nicht, die Augen zu öffnen. Er war sich nicht sicher, etwas davon zu bemerken, wenn man selbst von einem Schuss getroffen wurde, aber hören sollte man den Knall doch wohl? Das Herzchen von Rasmus raste wie wild, also musste der Affe okay sein. »Julius, lebst du noch?«

»Jau«, ertönte es trocken hinter ihm. »Solange man nicht auf mich schießt, tu ich das auch noch eine Weile.«

Der Maschinist schlug die Augen auf. Vor ihm lag der fremde Taucher. Aus einer Wunde am Hals pulsierte Blut. Drs. Simons war umgehend zur Stelle. Er drückte sie mit dem Finger ab. »So ein Mist«, brüllte er, »ich brauche hier sofort eine Gefäßklemme.«

Hinnerk holte den Notarztkoffer und reichte ihm das passende Instrument. »Und jetzt Licht.«

Auch eine Lampe hatte er parat und leuchtete dem Arzt. Trotz dieser erschwerten Umstände gelang es Drs. Simons, die durch die Kugel zerfetzte Halsschlagader abzuklemmen. »So, jetzt hat er noch eine Chance. Der Mann hat viel Blut verloren. Ich lege den Zugang, und du hängst was ran. Kochsalz oder Ringer, egal was. Volle Möhre alles rein. Wir brauchen Volumen, damit das Herz etwas zu pumpen hat.«

Die Stimme des Arztes klang nicht mehr so gereizt, weil Hinnerk als Ersthelfer ebenfalls einen tollen Job machte.

Nachdem der Taucher versorgt war, schaute Drs. Simons zum ersten Mal auf. »Kann mir mal jemand sagen, woher der Schuss kam?«

»Jau, von jemandem, der versucht hat, unsere Sylvie zu entführen.«

»Dann entschuldige ich mich hiermit in aller Form für meine Meckerei eben.«

Julius winkte ab. »Lass mal gut sein, Herr Doktor, solange du das machst, was ich sage, darfst du dabei so viel meckern, wie du willst.«

Im selben Augenblick näherte sich von Land her eine Sea King der Marine, und die »Otto Asmussen« lag in gleißendem Licht. »Und wer in Dreiteufelsnamen hat den Helikopter bestellt?«

Julius war ebenfalls ratlos. »Ich nicht.«

»Wir waren das!« Udo war in voller Kampfmontur hinter dem Vormann aufgetaucht. »Meine Kameraden und ich.«

»Bevor Sie mir erschöpfend Antworten geben, muss der Mann transportfähig gemacht werden. Udo, helfen Sie uns bitte dabei.«

»Rasmus, geh zu Onkel Julius!«, befahl Hinnerk dem Affen. Zur Überraschung aller turnte das Tier behände an dem Vormann hoch und setzte sich auf dessen Schulter. Verblüfft guckte Julius den Affen an. »Ich bin also der Onkel eines Primaten?«

»Und der Bruder eines Idioten«, fügte Hinnerk kleinlaut hinzu.

Als der Verletzte und der Doc vom Helikopter aufgenommen worden waren, entspannte sich die Stimmung an Bord.

»Menschenskinder«, schimpfte Julius, »ich ging davon aus,

dass du das Tier bei Einsätzen im Container lässt. Ich fürchte, dass mir die Autorität so 'n büschen entglitten ist. Bruderherz, ich denke, dass wir nachher einiges zu beschnacken haben.«

Er ging auf die Brücke, um von dort aus mit dem Suchscheinwerfer einen besseren Überblick zu haben, aber von dem vermeintlichen Schiffbrüchigen, der ihnen vor ein paar Minuten noch vom Schlauchboot aus zugewinkt hatte, war nichts mehr zu sehen.

»Um den sollten Sie sich keine Sorgen machen«, brummte Udo neben ihm. »Das wird ebenfalls ein bewaffneter Taucher gewesen sein.«

»Und wo ist der hin? Wenn dem die Luft ausgeht, braucht der doch auch Hilfe?«

»Nee, Herr Lender, da machen Sie sich mal keine Sorgen. Der wird mit Sicherheit einen Scooter für Taucher haben, und die Dinger ziehen einen recht schnell außer Sicht. In Not ist der garantiert nicht, aber wenn doch, dann wäre es nicht schade um ihn.«

»Und was machen wir jetzt?«

»Zur Beweissicherung sammeln wir das Schlauchboot ein«, antwortete Udo, »und Sie melden Ihr Schiff, wenn Sie Ihre Besatzung eingesammelt haben, wieder einsatzbereit.«

***

Schon am frühen Morgen kam ein Gutachter von der nahegelegenen Werft, um sich das Einschussloch am Rand des Aufbaudaches der »Otto Asmussen« genau anzusehen. Der Mann konnte Entwarnung geben und verschloss es mit einer silikonartigen Masse. Zum Abschied sagte er: »Das ging nicht ganz durch. Beim nächsten Aufenthalt in der Werft kann das kurz zugeschweißt und überlackiert werden.«

Ausschlafen war dennoch nicht angesagt. Julius' Crew, zwei leitende Mitarbeiter der Gesellschaft, Kapitän Hinrichs, Emmas Team sowie ein Leutnant der Marine-Aufklärer kamen auf der Barkasse zusammen, mit der der Chef der Kampfschwimmer gekommen war.

Allen steckte der Schrecken der vergangenen Nacht noch in den Gliedern.

»Meine Damen und Herren, Kameradinnen und Kameraden«, begann der Kapitän zur See seine Ansprache, »mit der heutigen Nacht haben die Ereignisse rund um die Entführungen an unserer Ostseeküste eine neue Dimension angenommen. Leider muss ich Ihnen mitteilen, dass es der Kidnapper von heute Nacht nicht geschafft hat. Eine halbe Stunde nach Eintreffen im Krankenhaus ist er seinen schweren Verletzungen erlegen. Demnach können wir uns von der Seite her keinerlei Aufklärung erwarten.«

»Und deswegen wundere ich mich umso mehr«, warf Dr. Neubert, der Geschäftsführer der Gesellschaft, ein, »dass in dieser Runde die Staatsanwaltschaft und die Kripo fehlen. Entführungen mit Waffengewalt sind doch nun wirklich schwerwiegende Delikte!«

»Ich kann Ihren Unmut verstehen«, versuchte Hinrichs ihn zu beruhigen, »aber genau darin liegt das Problem. Wir müssen davon ausgehen, dass die Staatsanwaltschaft eventuell sogar auf politischen Druck hin die Kripo in der Ausführung ihrer Ermittlungen ausbremst.«

»Haben Sie Beweise für diese ungeheuerliche Behauptung?«

»Nein, aber Indizien. Ein junger Beamter, der sich sehr für die Aufklärung der Fälle eingesetzt hatte, wurde, nachdem er freundliche Aufforderungen zu amtlichem Desinteresse ausgeschlagen hatte, nach Süddeutschland strafversetzt.«

»Und warum das Ganze?«

»Aus berechtigter Angst davor, dass die Touristen vor lauter Schreck die Koffer packen und lieber an die polnische Ostseeküste fahren.«

»Ist denn nur Deutschland von diesem Problem betroffen?«

»Mit Sicherheit nicht. Die Anrainerstaaten halten sich mit der Publikation dieser Vorfälle leider ebenfalls zurück.«

Dr. Neubert schaute in die Runde. »Ich denke, dass wir dieses Problem als DLRG nicht lösen können und uns auf unsere Stammkompetenzen konzentrieren sollten. Wir sind keine Polizisten.«

»Da gebe ich Ihnen völlig recht, Herr Doktor, aber da haben Kidnapper eine Ihrer ehrenamtlichen Helferinnen im Visier. Noch viel schlimmer ist, dass diese Verbrecher genau wussten, wann und wo diese Helferin im Einsatz sein wird.«

Neubert wurde blass. »Wollen Sie damit andeuten, dass wir mit den Kerlen gemeinsame Sache machen?«

»Nein, Herr Doktor. Ich behaupte nur, dass diese Verbrecherorganisation erschreckend gut informiert ist. Das können wir durch Gesprächsprotokolle belegen. Leider wissen wir noch nicht, wie sie an diese fundierten Kenntnisse kommen. Wir fürchten, durch eine breit gestreute Spyware.«

Es dauerte einen Moment, bis sich das Entsetzen des Geschäftsführers gelegt hatte. »Um welche Helferin handelt es sich?«

»Um Frau Sylvia Franke. Sie hat eine ausgesprochen seltene Blutgruppe, und es scheint in Aserbaidschan jemand Hochkarätiges mit genau dieser Blutgruppe ernstlich krank geworden zu sein. Unsere Leute haben herausbekommen, dass diese Person, zu der Frau Frankes Marker passen, eine Niere und die Bauchspeicheldrüse benötigt. Geld soll dabei keine Rolle spielen.«

»Woher bekommt man derartige Informationen?«

»Aus dem Darknet!«

»Und die Menschen mit den passenden Markern werden hier an der Küste weggefangen, ihnen werden die Organe entnommen, und dann?«

»Sie werden entsorgt, Herr Doktor, und dabei ist noch nicht einmal gesichert, dass sie dann bereits tot sind.«

»Jetzt verstehen Sie sicher auch, warum sich Vormann Lender so schützend vor Ihre Kollegin gestellt hat.« Hinrichs hielt inne. »Es mag sich jetzt hart anhören, aber Ihre bloße Anwesenheit, Frau Franke, bringt das ganze Schiff in Gefahr. Dieses Risiko können wir nicht mehr eingehen, und deswegen«, fuhr er fort, »wird Frau Franke vorläufig zum Stützpunkt Eckernförde abkommandiert. Bis die Gefahr für sie gebannt ist, können wir sie dort am besten schützen.«

Dr. Neubert nickte erleichtert. »Hauptsache sie ist in Sicherheit. Aber wie verfahren wir jetzt als DLRG weiter?«

»Offiziell entbinden Sie Frau Franke mit sofortiger Wirkung vom ehrenamtlichen Dienst und schicken sie nach Hause.«

»Mit welcher Begründung?«

»Was weiß ich denn?« Hinrichs überlegte kurz. »Vielleicht wegen einer posttraumatischen Belastungsstörung. Das wird Ihnen jeder abnehmen. Wichtig ist, dass Sie das laut genug hinausposaunen, sodass unser digitaler Maulwurf auch etwas zu melden hat.«

»Aber was hat Frau Franke davon? Wieso zu ihr nach Hause? Die ist doch bei Ihnen in der Kaserne!«

»Das weiß aber niemand, denn sie wird zu Hause so lange von Leutnant Emma Gulbrandsen vertreten werden. Von der Figur her ähneln sich die beiden, und den Rest bekommt selbst ein mittelmäßiger Maskenbildner spielend hin.«

Gabi musste bei der Vorstellung schmunzeln. »Das müssen Sie nur noch ihrem frisch verliebten Zöllner klarmachen, und das wird schwierig, denke ich.«

Hinrichs schüttelte lächelnd den Kopf. »Auch daran haben wir gedacht. Der junge Mann wird ihr, nach Absprache mit dem Zoll, den Kasernenaufenthalt versüßen. Er hingegen wird von Stabsbootsmann Kirchner an der Seite der vermeintlichen Frau Franke vertreten.«

»Aber nur außerhalb der Wohnung«, bemerkte Emma mit einem drohenden Blick zu ihrem Kameraden.

Dr. Neubert schwankte zwischen Ver- und Bewunderung. »Sie werfen Ihre Leute diesen Kerlen also als Köder vor?«

Hinrichs nickte. »Aber nur mit dem Wissen, dass sich schon so mancher große Fisch an unseren Ködern verschluckt hat.«

»Und wissen Sie, mit wem wir es zu tun haben?«

»Wir wissen nur, dass es sich um absolute Profis handelt. Die Ausrüstung und Bewaffnung des Toten war aus allen Nationen zusammengewürfelt, die Kampfschwimmereinheiten unterhalten. Aber jedes einzelne Teil war immer nur vom Feinsten. Fingerabdrücke, DNA und Gesichtserkennung ergaben leider keine Treffer in den Datenbanken. Die Analyse der Tattoos des Toten lassen darauf schließen, dass der Mann einmal in der russischen Armee gedient hat. Die schlecht bezahlten Soldaten der Roten Armee versuchen, nach der Entlassung ihre exzellente Ausbildung zu vergolden. Da ist ihnen jedes Angebot recht, und das Ausland zahlt auch erheblich besser als russische Securityfirmen. Sowie wir mehr wissen, werden wir Sie selbstverständlich informieren. Und wie sieht es mit der ›Otto Asmussen‹ aus?«

Dr. Neubert zuckte mit den Achseln. »Der Gutachter hat grünes Licht gegeben. Es läuft, bis auf ein gewisses Affentheater, alles wieder normal, und Frau Schulte bleibt als Ersatz für Frau Franke an Bord.«

Julius und Hinnerk bekamen einen roten Kopf, was bei den erfahrenen Seeleuten nur selten vorkam. »Also, Herr Doktor«, stammelte der Vormann, »mit dem Affen kam das so –«

»Nee, Julius«, unterbrach ihn sein Bruder. »Das muss ich selbst mit dem Herrn Doktor klären. Also, Herr Doktor: Das ischa man bekannt, dass jeder Käpt'n seinen eigenen Papagei hat. Das ist nach internationalem Seerecht auch genauso festgeschrieben.«

»Ist es das?«, fragte Dr. Neubert mit hochgezogenen Augenbrauen. »Das wusste ich gar nicht.«

»Jau, die halten die Vögel dann aber im Käfig. Nun ist das bei meinem Papagei man so, dass bei dem alle Federn wech sind. Und so 'n Käfig hat ja auch nur Stangen, wo es duchziehen tut.«

Dr. Neubert hatte sichtlich Spaß am Gestammel Hinnerks. »Ist ja interessant!«

»Und wenn bei Papageien die Federn wech sind, also alle

wech, dann isser nicht nur nackt, dann hat er auch einen an der Klatsche.«

»Nicht möglich«, kommentierte der Doktor diese Erkenntnis.

»Und wenn die richtig einen an der Klatsche haben, dann nennt der Vogelpsüchopater das bipolisches Verhaltenstun. Also, der denkt dann, der wäre was anderes.«

»In Ihrem Falle denkt der Vogel, er sei ein Affe!«

»Genau!«

Julius konnte die Belustigung im Gesicht seines Chefs deutlich sehen. Hinnerk hingegen war zu sehr in seine Erklärung verstrickt, als dass er es auch bemerkt hätte. »Und das kann bei den Papageien dazu führen …«

Dr. Neubert führte seine Rede weiter. »… dass so einem armen Tier sogar ein Fell wächst, obwohl es doch eigentlich Federn sein sollten.«

Hinnerk war sprachlos. »Haben Sie auch so ein verrücktes Viech in der Familie?«

»Ja«, antwortete Dr. Neubert lachend. »Wir haben in unserer Wasserretter-Familie einen Maschinisten, der denkt, er kann seinem Chef einen Affen für einen Papagei verkaufen.«

***

Nachdem alle Wasserretter wieder von Bord der Barkasse waren, bat Kapitän Hinrichs seine Mannschaft, auf ein kurzes Wort zu bleiben.

»Leute«, begann er seine Ansprache, »wir wandern in dieser Sache mit schwerer Marschausrüstung auf extrem dünnem Eis. Frau Obermaat Franke ist Angehörige der Marine. Deshalb habe ich für diese Aktion auch noch zwei IT-Spezialisten von unseren Aufklärern loseisen können. Die sind zurzeit dabei, alle uns bekannten Datenbanken, die etwas mit Organspende, Knochenmarkspende, Melderegister und Touristik zu tun haben, miteinander zu verknüpfen. Dabei wird das Darknet natürlich nicht vernachlässigt. Ich habe auch einen alten Freund auf unsere Seite ziehen können, der Kriminaldirektor beim LKA in Kiel ist. Sollte sich bei diesem ganzen Datensalat eine weitere Person herauskristallisieren, die hier oben wohnt oder Urlaub macht und deren Marker zu einem der momentan gesuchten Organe passen, dann wird er denjenigen oder diejenige unter Polizeischutz stellen.« Er sah sich um. »Gibt's noch Fragen?«

***

Die »Sandur«, der dänische Katamaran, dümpelte auf hoher See in den Wellen. Kapitän Friedjofsson fühlte sich unwohl in seiner Haut. In den vergangenen Tagen war so viel schiefgelaufen, dass er seinen Chefs gegenüber in Erklärungsnot geriet. All das, was passiert war, hatte er nicht beeinflussen können, obwohl er dafür die Verantwortung trug.

Bei der Konferenzschaltung über Satellit blieb sein Bildschirm wie gewohnt schwarz. Seine Gesprächspartner hingegen konnten ihn sehen, was den Mann von vornherein in eine defensive Position versetzte. In knappen Sätzen berichtete er von den Ereignissen, ohne dabei etwas zu beschönigen. »Besonders schmerzlich ist natürlich der Verlust einer unserer Männer, aber da hatten unbekannte Spezialkräfte plötzlich eingegriffen. Die kamen wie aus dem Nichts. Der Ausrüstung und der Vorgehensweise nach könnte es sich dabei um Leute einer Armee-Spezialeinheit gehandelt haben, berichtete unser Mann.«

»Bei den augenblicklichen Ost-West-Spannungen tummeln sich sogar Amerikaner in der Ostsee. Es ist uns aber völlig egal, ob uns die Dänen, die Deutschen oder die Amis dazwischengefunkt haben. Uns fehlt dadurch ein wichtiger Mann. Wir befürchten«, erklang es ärgerlich aus dem Lautsprecher, »dass Ihnen das ganze Unternehmen über den Kopf wächst. Wir können uns keine weiteren Verluste mehr leisten.«

»Ich möchte betonen«, versuchte sich Friedjofsson zu rechtfertigen, »dass –«

»Sie können sich keinerlei Ausreden mehr leisten«, wurde er harsch unterbrochen. »Ihnen werden neue Koordinaten übermittelt. Sie werden unverzüglich darauf Kurs nehmen. Ein Helikopter wird Ihnen dann Verstärkung bringen.«

ELF

Ein Handy in Kiel klingelte. Der Besitzer sah verärgert auf das Display. Er ahnte schon, wer ihn anrief, als das Wort »anonym« erschien. »Was ist an meiner Anweisung ›keine Anrufe auf diesem Handy‹ unverständlich?«

»Mäßigen Sie sich gefälligst im Ton«, kam die scharfe Antwort.

Der Mann erkannte die Stimme und schoss in die Höhe. »Oh, entschuldigen Sie bitte. Ich habe nicht mit Ihnen gerechnet.«

»Wenn Sie die augenblickliche Situation im Blick hätten, dann hätten Sie mit meinem Telefonat rechnen müssen.«

Der Mann dachte fieberhaft nach, was der Anrufer damit meinen könnte. »Sie denken an die Schießerei auf dem Schiff?«

»Was interessiert uns das, wenn sich irgendwelche Seeleute gegenseitig abknallen? Glauben Sie ernsthaft, dass ich deswegen anrufe?«

»Ja, äh«, der Mann griff in seine Hosentasche, zog ein gefaltetes Taschentuch heraus und tupfte sich den Schweiß von der Stirn, »dann weiß ich wirklich nicht, weswegen Sie anrufen.«

»Ich meine die Tatsache, dass sich erneut eine Agentin in Laboe aufhält, von der Sie mal wieder nichts wissen.«

Der Mann war erleichtert. »Sie meinen die Soldatin in der Wohnung der Wasserretterin?«

»Was heißt hier Soldatin. Diese Frau ist Offizierin und Anführerin einer Kampfschwimmereinheit. Außerdem hat sie beste Verbindungen in die höchsten Kreise der Marine. Die wird mit Sicherheit nicht eingesetzt, wenn es nur um Organhandel geht!«

Letztere Information war sogar für den Angerufenen neu. »Eine Kampfschwimmerin ist keine Agentin.«

»Aber es ist eine Ansammlung von Spezialkräften, die wir

derartig konzentriert nicht in unserer Nähe dulden können. Sorgen Sie dafür, dass die wieder in ihre Kaserne oder ganz von der Bildfläche verschwinden.«

Es klickte in der Leitung.

»Ja, aber wie soll ich denn …«

Der Mann schaltete kopfschüttelnd sein Smartphone aus und warf es wütend auf seinen Schreibtisch.

»Ich hätte mich nie auf diesen ganzen Irrsinn einlassen sollen«, murmelte er.

Er dachte nach, griff zum Festnetztelefon und drückte die Kurzwahltaste. »Schröder, ich habe einen Auftrag für Sie. Nähere Instruktionen dann mündlich. Wir treffen uns am üblichen Ort.«

✳✳✳

Auf der »Otto Asmussen« herrschte nervöse Stimmung. Die ging in erster Linie von Drs. Simons aus.

»Ich sehe ja ein«, lamentierte er, »dass Sylvie in Gefahr ist, aber deswegen kann man sie mir doch nicht wegnehmen. Bei uns ist sie doch in Sicherheit. Sie ist zwar ein junges Ding, aber sie ist einfach klasse. Mit ihr verstehe ich mich blind. Ich brauche gar nichts zu sagen, sondern strecke einfach nur meine Hand aus, und schwupps«, er schnipste mit den Fingern, »reicht sie mir genau das, woran ich gedacht habe.«

»Hast du ihr das schon mal gesagt?«, brummte Fiete neben ihm.

»Was?«

»Dass sie so gut ist.«

Der Arzt war verlegen. »Ja, anscheinend nicht so oft, wie sie es verdient hätte. Aber sie muss doch gemerkt haben, wie sehr ich ihre Arbeit schätze«, versuchte er sich aus der Affäre zu ziehen.

»Das kriegt so ein junger Mensch auch gerne mal öfter gesagt«, bemerkte Fiete zurecht.

»Da magst du wohl recht haben. Dann werd ich das auf jeden Fall tun, wenn ich sie wiedersehe.«

Die Meldeempfänger piepten, und sie wurden gleichzeitig auch über Funk gerufen. »Die ›Otto Asmussen‹ für die Leitstelle Mitte!«

»Hört«, meldete sich Julius.

»Die DLRG-Station Schilksee benötigt ärztliche Hilfe. Schockzustand eines Jugendlichen nach großflächiger Berührung mit einer Feuerqualle. Anfahrt mit Sonderrechten.«

Julius bestätigte die Einsatzmeldung und ließ zweimal das Schiffshorn erklingen. »Das medizinische Team soll sich bereithalten!«

Er gab Gas und schlängelte sich mit dem wendigen Notarzteinsatzschiff geschickt mitten durch das Regattafeld auf den Strand von Schilksee zu. Die Windjammerparade, die am heutigen Tage um zehn Uhr in Kiel gestartet wurde, würde erst mittags Laboe erreicht haben, sodass sie freie Fahrt hatten. Gabi kannte die Örtlichkeiten, denn dort hatte sie schon oft Strandwache gehalten.

Nach wenigen Minuten zog der Kettenantrieb das Schiff an den Strand. An der aufgeregten Menschenmenge konnten sie genau sehen, an welchem der Strandkörbe ihre Hilfe gebraucht wurde. Der Arzt sah auf den ersten Blick, was los war. Das Kind hatte einen anaphylaktischen Schock. Sein Zustand war dramatisch. Durch die allergische Reaktion auf das Nesselgift der Qualle war der Kehlkopf des Jungen so weit zugeschwollen, dass er kaum noch Luft bekommen konnte. Die Gesichtsfarbe war bedenklich blau. »Wir haben keine Zeit mehr, ihn an Bord zu bringen!« Er funkte zum Schiff. »Ich benötige hier oben Hilfe und bringt den Not-OP-Koffer mit!«

Er sah sich um. »Svenja, du ziehst je eine Ampulle Midazolam, Fenistil, Prednisolon und Adrenalin auf. Ich lege den Venenzugang.« Der Junge zuckte etwas zusammen, als der Doc die Kanüle in seinen Arm stach.

Als die herbeigerufene Hilfe mit dem angeforderten Koffer

neben ihm stand, folgten weitere Anweisungen. »Fiete, du gibst dem Jungen Sauerstoff über die Maske. Danach legst du das EKG an. Wir brauchen die Parameter. Hinnerk, du schließt den Vernebler an die Maske und gibst zusätzlich noch eine Ampulle Adrenalin in die Kochsalzlösung.«

Der Zugang war gelegt und er spritzte die Medikamente, die Svenja ihm anreichte. »Jetzt bekommt Ihr Kind auch noch ein Beruhigungsmittel, damit die Panik nachlässt«, versuchte Drs. Simons die Mutter zu beschwichtigen. »Mit den anderen Arzneien hoffe ich, die Schwellung im Hals schnell bekämpfen zu können. Ihr Junge hat durch die Berührung mit der Feuerqualle einen allergischen Schock erlitten. Ich versuche, einen Luftröhrenschnitt zu vermeiden. Sind noch weitere Allergien bekannt?«

Sie schüttelte den Kopf. »Nein, bisher hat er alles vertragen.«

Die Wirkung der Medikamente setzte ein, und der Junge atmete sofort ruhiger. Die Sauerstoffsättigung des Blutes stieg auf über neunzig Prozent, und die Gesichtsfarbe normalisierte sich.

»Ich denke«, Drs. Simons nickte der Mutter aufmunternd zu, »dass wir die Situation im Griff haben. Sie hatten Glück, dass wir hier in Bereitschaft gelegen und kompetente Ersthelfer am Strand alles professionell eingeleitet haben. Es hätte sonst für Ihren Jungen ernst werden können.« Er klopfte ihr aufmunternd auf die Schulter.

Drs. Simons sah sich nach den Rettungsschwimmern um, die versuchten, die Einsatzstelle mit Handtüchern vor den Blicken und Handys der Gaffer zu schützen. »Habt ihr Rasierschaum dabei oder auf der Station?«

»Hier«, antwortete einer von ihnen. »Wir wollten gerade mit der Behandlung anfangen, da kippte der Junge um.«

»Dann könnt ihr jetzt damit beginnen. Je früher die Nesselfäden aus den Poren sind, desto besser.«

»Sie wollen meinen Jungen rasieren?«, erkundigte sich die erstaunte Mutter.

»Nein, Rasierschaum ist das beste Mittel, um die Haut von den Fäden der Feuerqualle zu reinigen, sie zu kühlen und somit auch den Schmerz zu nehmen. Haben Sie eine Kreditkarte zur Hand?«

Die Frau sah ihn erschreckt an. »Wieso? Kostet das Ganze denn was?«

Der Doc lachte. »Nein, wir streichen mit der Karte die eingeschäumten Nesselfäden der Qualle von der Haut. Es kann auch eine EC-Kunden- oder Krankenkarte sein.«

»Und Ihr Einsatz kostet wirklich nichts?«, fragte die Mutter erneut.

»Nein, keine Angst. Wenn Sie etwas zahlen möchten, dann können Sie der DLRG eine kleine Spende zukommen lassen, und sie bringen morgen vielleicht neuen Rasierschaum mit. Den müssen die Rettungsschwimmer nämlich oft von ihrem Taschengeld selbst kaufen, und mehr als fünf Euro am Tag verdienen sie hier nicht.«

»Wer arbeitet heutzutage denn schon für fünf Euro am Tag?«, fragte die Mutter erstaunt.

»Wir, meine Dame«, antwortete einer der Rettungsschwimmer, »und das auch noch gern.«

Sie packten ihre Sachen zusammen und warteten sicherheitshalber so lange, bis ein Rettungswagen eingetroffen war, der den Jungen zur Beobachtung in die nächste Klinik bringen sollte.

»Sie werden sehen«, munterte der Doc die noch immer aufgeregte Mutter auf, »Ihr Sohn wird morgen Nachmittag wieder schwimmen dürfen, aber mit Schutzanzug und Notfallmedikament in Ihrer Badetasche. Und Sie sollten zukünftig für jedes Familienmitglied eine Sprayflasche mit Rasierschaum dabeihaben. Es gibt hier leider noch mehr Feuerquallen.«

Sie sah ihn fragend an. »Und was machen wir damit, wenn der Urlaub zu Ende ist und wir den Schaum gar nicht gebraucht haben?«

»Sie rasieren sich die Beine oder schenken ihn den Strandrettern von der DLRG. Die werden ihn bestimmt in dieser Saison noch aufbrauchen.«

✳✳✳

Es dauerte eine Weile, bis sich Emma und Marius Kirchner in Sylvies kleiner Wohnung eingerichtet hatten.

»Es ist erstaunlich«, lächelte ihn seine Vorgesetzte an, »dass es keinen Kampf um das Bett gegeben hat.«

Marius grinste zurück. »Ich kämpfe grundsätzlich nur dann, wenn Aussicht auf Erfolg besteht. Erstens bist du meine Chefin, zweitens eine Frau und drittens liegen Männer in so einer Situation immer auf der Couch. Das kannst du in jedem alten Film sehen.«

»Mach dir keine Hoffnung.«

»Worauf?«

»Im Film wachen beide dann doch immer in einem Bett auf.«

Er schüttelte den Kopf. »Kannst du dir vorstellen, mit einem Mann in der Kiste zu sein, während zwischen dir und ihm ein geladenes Sturmgewehr liegt?«

Sie lachte. »Nein!«

»Womit unsere nächtlichen Aktivitäten geklärt sind. Viel interessanter ist, was wir tagsüber machen.«

»Wir bleiben hier oben. Würden wir ständig ausgehen, dann müssten wir doch die Verliebten mimen, und darauf habe ich wirklich keine Lust.«

Marius zuckte mit den Achseln. »Händchenhalten ginge ja noch. Aber du hast recht. Innige Küsse wären für die Rolle notwendig, für die Darsteller hingegen gewöhnungsbedürftig.«

Sie lachte. »Vor allem dann, wenn ich dir danach verliebt ins Ohr flüstere: ›Stehen Sie bequem, Herr Oberbootsmann‹.«

Er musste bei dieser Vorstellung ebenfalls lachen. »Chefin hin, Chefin her, nach so einem Kuss könnte das durchaus auch eine andere Bedeutung bekommen.«

Bei einem zufälligen Blick aus dem Fenster sah Emma, wie

ein Mann, offensichtlich das Mitglied eines Sondereinsatzkommandos, hinter einem Auto Deckung suchte. Um den Polizisten nicht zu signalisieren, dass sie entdeckt worden waren, versuchte sie möglichst gelangweilt zu wirken. »Marius, ich weiß nicht, was hier draußen gebacken ist, aber es kann sein, dass wir gleich Besuch bekommen.«

Instinktiv griff er nach seiner Waffe.

»Das ist ganz schlecht«, stoppte sie ihn, »auf der anderen Straßenseite habe ich einen SEK-Mann gesehen. Sollten die hier bei uns reinstürmen und unsere Knarren sehen, gibt es eine Katastrophe.«

Sie setzten sich beide demonstrativ friedlich aufs Sofa, nachdem sie ihre Gewehre schnell außerhalb ihrer Reichweite gelegt hatten.

Keine Minute später wurde die geschlossene Wohnungstür mit einer Ramme aufgebrochen. Holzsplitter aus der Türzarge flogen quer durch das Apartment. Innerhalb von Sekunden standen diverse vermummte Gestalten im Raum und bedrohten sie mit ihren Maschinenpistolen. »Hände hoch, das ist ein Polizeieinsatz!«, riefen die Beamten durcheinander. Wenig später hörten sie aus den Nebenräumen der kleinen Wohnung das Wort »Gesichert!«

Bevor Emma etwas sagen konnte, wurde sie von zwei Polizisten vom Sofa gerissen und brutal auf den Fußboden geschleudert. Ein Beamter kniete sich auf ihren Rücken, bog ihre Arme nach hinten und fesselte ihre Hände. Marius erging es nicht anders.

»Hier liegt ein Irrtum vor«, versuchte Emma die Polizisten aufzuklären.

Einer der Leute rief: »Positiv, hier ist etwas.«

Emma und ihr Kollege wurden unsanft an den Armen hochgezogen und wieder nebeneinander auf das Sofa gesetzt.

Ein durch eine Sturmhaube vermummter Polizist stellte sich breitbeinig vor sie. »Ist ja interessant. Wir haben uns also geirrt, Frau Leutnant?«

Einer seiner Kollegen reichte ihm eine schwarze Tasche. Er öffnete den Reißverschluss. Betont langsam zog er ein in Plastikfolie eingeschweißtes Päckchen heraus. Nach und nach kamen fünf weitere zum Vorschein. »Sechs Kilo hochreines Kokain«, konstatierte der Einsatzleiter süffisant, »und so viele Waffen, als würden Sie einen Bürgerkrieg anzetteln wollen. Das soll also ein Irrtum sein?«

Emma wurde zornig. »Und ob! Aber da Sie, ohne diese Päckchen geöffnet zu haben, wissen, was darin ist, scheinen Sie über Herkunft und Inhalt der Tasche besser Bescheid zu wissen als wir.«

»Werd bloß nicht frech, du Junkieschlampe«, brüllte der Polizist sie an und stieß ihr den Kolben seiner Waffe ins Gesicht. Emma fiel nach hinten. Aus einer Platzwunde über ihrem Jochbein schoss Blut.

»Sind Sie wahnsinnig!«, schrie Marius entsetzt und fuhr hoch. »Wir sind –«

Weiter kam er nicht. Er spürte einen Schlag im Genick und verlor das Bewusstsein.

✳

Sylvie hatte sich kaum ein wenig in der Stube, die man ihr in der Kaserne der Kampfschwimmer zugewiesen hatte, eingerichtet, da meldete sich ihr Handy erneut.

»Verdammter Mist«, schimpfte sie. »Warum habe ich dieses blöde Ding nicht ausgeschaltet?«

Ihre neueste elektronische Anschaffung war eine automatische Kamera, die in ihrem Wohnzimmer durch Bewegungsmelder aktiviert wurde und alle Bilder, die während ihrer Abwesenheit gemacht wurden, auf ihr Handy sendete. Auf diese Weise wurde ihr jede Bewegung von Emma und Marius in Bild und Ton gemeldet.

Anfangs hatte sie regelmäßig nachgeschaut, wenn es piepte, bald aber die Lust daran verloren, ständig die Bilder zu kontrollieren. Wütend schaltete sie das Smartphone auf tonlos und packte ihren Koffer zu Ende aus.

»Ole muss mir nachher zeigen, wie man diese Funktion von hier aus deaktiviert«, murmelte sie.

Es klopfte leise an der Tür.

»Herein?«

Ihr Freund öffnete vorsichtig die Tür.

»Bist du salonfähig?«

Sie musste lachen. »Ich hoffe, es würde dir gefallen, wenn ich es nicht wäre.«

Er schloss die Tür, nahm sie in den Arm und küsste sie. »Solange uns Vater Staat beherbergt, sollten wir vielleicht etwas züchtiger sein.«

»Schade!«

Sie griff nach ihrem Smartphone und drückte es ihm in die Hand. »Während ich den Rest von meinem Kram auspacke, kannst du vielleicht meine Überwachungskamera killen. Die bringt mich langsam um den Verstand.«

Ole setzte sich auf einen der Stühle am Tisch und öffnete die betreffende App. »Was geht denn bei dir zu Hause ab? Da tobt ja der nackte Punk.«

Er zeigte ihr die Bilder, auf denen man sah, mit welcher Brutalität Emma und Marius verhaftet wurden.

»Wir müssen unbedingt zu Kapitän Hinrichs. Da ist etwas fürchterlich schiefgelaufen.«

***

Um die Windjammerparade mit ihren lauten Schiffshörnern in der Außenförde zu begrüßen, postierte sich die »Berlin« in Höhe Laboe vor dem Marinedenkmal und die »Otto Asmussen« vor Schilksee.

Als das Flaggschiff der Parade, die frisch renovierte »Gorch Fock«, gefolgt von vielen anderen Windjammern an ihnen vorbeigezogen war, hatte Julius feuchte Augen.

»Ich weiß auch nicht, was das soll!«, rief er Gabi zu, während er mit dem Horn Signal gab. »Wann immer ich diese prächtigen Schiffe sehe, erfüllt mich das mit Euphorie. Und wenn sie dann auch noch Vollzeug gesetzt haben, will ich da unbedingt mitfahren.«

Gabi gab ihm einen freundschaftlichen Klaps auf die Schulter. »Tu dir keinen Zwang an, Seebär, stell dich an die Reling und hiss dein Taschentuch.«

»Darf ich das auch im Ruderhaus machen?«

»Gern, aber dafür nimmt du ein frisches«, kommentierte Hinnerk den Gefühlsausbruch seines Bruders.

⁎⁎⁎

In der Notfallambulanz des städtischen Krankenhauses herrschte Ausnahmezustand. Während der Kieler Woche war das völlig normal. Eine unkomplizierte Kopfplatzwunde hatte länger zu warten, auch dann, wenn die Betroffene unter Polizeischutz stand. Nach über drei Stunden erschien endlich ein Arzt, um sich Emmas Verletzung genauer anzusehen.

»Sie sind, laut Aussage der Polizei, bei der Festnahme unglücklich auf den Fußboden gefallen?«

»Nein«, antwortete sie knapp. »Mir wurde mit dem Kolben einer automatischen Waffe gezielt ins Gesicht geschlagen.«

Der Arzt notierte den Unfallhergang. »Diese Version passt auch besser zur Wunde«, antwortete er. »Ich würde Ihnen raten, das nähen zu lassen. Das gibt eine feinere Narbe, als wenn ich die Wunde kleben würde.«

»Tun Sie, was Sie für richtig halten.«

»Tja, die Herren vom SEK sind manchmal etwas übereifrig.« Er desinfizierte Emmas Wange und bedeckte ihr Gesicht mit einem sterilen OP-Tuch. »Sie sind Offizierin?«

»Leutnant zur See.«

»Wenn ich den fallschirmspringenden Sägefisch auf Ihrer Uniformjacke richtig deute, sind Sie Kampfschwimmerin?«

»Ja, hier in Eckernförde.«

»Mit sechs Kilo Kokain im Gepäck bleiben Sie das nicht mehr lange, fürchte ich.« Dem Arzt wurde von der Schwester eine Spritze gereicht. »Jetzt wird es mal kurz unangenehm.« Emma zuckte nicht einmal, als er die Nadel in ihre Haut stach. »Haben Sie von einem Menschen, den man mit sechs Kilo Kokain erwischt hat, je etwas anderes gehört, als dass ihm das Zeug untergeschoben wurde?«

Der Doktor lachte auf. »Nein, das habe ich nicht.«

»Sie werden verstehen, warum ich mich dann lieber nicht zu den Vorfällen äußere.«

Kaum hatte sie das ausgesprochen, wurde die Schiebetür des ambulanten OPs aufgeschoben. Ein höherrangiger Militärpolizist trat ein. »Und daran haben Sie gutgetan, Frau Leutnant«, kommentierte er Emmas Worte. »Ich bitte Sie in Ihrem Interesse, sich nur noch im Beisein der Militärpolizei oder Ihres Anwalts zu den Vorwürfen zu äußern.«

Der Arzt funkelte den Mann böse an. »Selbst wenn Sie der Kriegsgott persönlich wären«, wies er ihn zurecht, »haben Sie hier nichts zu melden. Das nächste Mal klopfen Sie bitte an, bevor Sie in unserem Krankenhaus eine Tür öffnen, verstanden?«

Der Polizist erschrak. »Tut mir leid, Herr Doktor. Das war im Eifer des Gefechts.«

»Entschuldigung angenommen.« Der Arzt schnitt den letzten Faden der sechs feinen Stiche ab. »So richtig schön sind Sie jetzt nicht mehr, meine Dame, aber welcher Killer wäre auf solch einen eindrucksvollen Schmiss nicht stolz?«

»Danke für diese charmante Berufsbezeichnung. Ich kann mir aber gut vorstellen, Herr Doktor, dass Sie in Ihrer beruflichen Laufbahn erheblich mehr Leute umgebracht haben als ich.«

Sie erhob sich von dem OP-Tisch, ging zum Waschbecken und besah sich die Naht. »Sie haben recht. Schön ist anders, aber Hauptsache, es hält. Gegen Tetanus bin ich geimpft, und wenn Sie mir jetzt noch ein wenig Verbandspray drauf sprühen, kann ich mich sorgenfrei in Justitias Arme begeben.«

»Keinen Verband?«, fragte der Arzt.

»Vielen Dank«, entgegnete Emma, »mit einem Pflaster sehe ich ja krank und nicht mehr gefährlich aus.«

✳✳✳

»Sie können da nicht einfach so rein«, rief Stabsbootsmann Krüger im Vorzimmer des Kapitäns, als Sylvie und Ole an ihm vorbei in Hinrichs Büro wollten. »Ich muss Sie erst anmelden, aber ich sage Ihnen gleich, dass der Chef erstens schlechte Laune hat und zweitens in so einer Stimmung für gewöhnlich tötet.«

»Darauf können wir keine Rücksicht nehmen«, rief Ole, und beide betraten das Büro seines verblüfften Chefs. Ein verzweifelter Krüger hechtete hinterher. »Es tut mir leid, Herr Kap'tain, ich konnte sie nicht aufhalten.«

Seinen Humor hatte Hinrichs trotz des Stresses nicht verloren. »Da haben wir aber Glück, Krüger, dass wir nicht auf Feindfahrt sind.« Und zu Sylvie gewandt: »Und Sie, Frau Franke, gehen mir langsam fürchterlich auf den Keks. Was ist nun schon wieder passiert?«

»Es geht um den Leutnant!«

»Sie meinen Leutnant Gulbrandsen.« Hinrichs zuckte mit den Achseln. »Ich muss Ihnen leider mitteilen, dass sie nicht mehr in Ihrer Wohnung ist. Das wurde mir eben von den Feldjägern gemeldet. Die beiden wurden vom SEK der Polizei wegen Drogenbesitzes festgenommen.« Er sah Sylvie durchdringend an. »Da ich meine Kameradin lange genug kenne, bleibt für mich nur der Schluss, dass der Stoff bereits in Ihrer Wohnung gewesen sein muss. Und zu Ihnen, Frau Obermaat, passen sechs Kilo Koks auch nicht.«

Sylvie wurde blass vor Schreck.

»Aber nicht doch, das ist Blödsinn«, platzte es aus Ole heraus. »Und das können wir beweisen!« Er ging um den Schreibtisch des Kapitäns herum, stellte sich neben ihn und hielt Sylvies Smartphone so, dass der das Display sehen konnte.

Darauf war zu erkennen, wie die Wohnungstür aus den Angeln flog und SEK-Beamte hereinstürmten. Emma und Marius ergaben sich kampflos, und dann kam die Tasche mit dem Rauschgift ins Spiel.

In Hinrichs stieg Wut auf. »Und was sollen diese Bilder beweisen?«, brummte er enttäuscht.

Ole ließ den Film erneut abspielen und hielt ihn an der entscheidenden Stelle an. »Sehen Sie diesen Beamten hier?«

»Ja.«

»Und was hat er in der Hand?«

»Eine Tasche.«

»Genau!«

»Moment«, rief der Kapitän, »das ist die Tasche, die der Mann gleich neben dem Sofa hervorziehen wird?«

Ole nickte. »Exakt!«

Hinrichs sprang erleichtert auf. »Die Schweine haben das Zeug selbst mitgebracht!«

»Was Sie mit diesen Bildern beweisen können.«

»Junger Mann, wenn Sie zur Marine wollen, dann haben Sie mit mir einen Befürworter Ihrer Bewerbung.« Und zu seinem Bootsmann: »Krüger, kopieren Sie unverzüglich den Film von diesem Handy, und machen Sie mir danach gleich eine sichere Leitung nach Hannover.«

»Wen wollen Sie sprechen?«

»Den Brigadegeneral, aber pronto!«

✳✳✳

Inzwischen hatte es sich in Laboe bei den Wasserrettern herumgesprochen, dass in Sylvies Wohnung Drogenhändler festgenommen worden waren. Inwiefern ihre Kollegin in den Vorfall verwickelt war, wusste niemand genau, aber alle verbreiteten die Geschichte unter dem Siegel der größten Verschwiegenheit. Auf jeden Fall solle es Verletzte gegeben haben, denn Blut sei geflossen, das sei verbrieft.

Gabi und Udo saßen angesäuert auf der Brücke der »Otto Asmussen«, und Julius versuchte, sie zu beruhigen. »Kinnings, nun kommt mal wieder auf den Boden der Tatsachen. Ihr beide kennt sowohl Sylvie als auch Emma. Gibt es auch nur den kleinsten Hinweis darauf, dass an der Rauschgift-Geschichte ein Funken Wahrheit dran sein könnte?«

»Never ever!«, kam es entschieden von Gabi.

»Was meinen Sie, Udo?«

»Ausgeschlossen. Ich lege für Emma meine Hand ins Feuer.«

Tränen der Wut schossen in Gabis Augenwinkel. »Aber für die da draußen sind die beiden mindestens Drogenbarone. Ich würde dieses gehässige Pack am liebsten in einen Sack …«

»Komm mal wieder runter, mien Deern. Mit so einer Wut im Bauch bist du nicht besser ›als die da draußen‹.«

Gabi fühlte sich ertappt. »Du hast wie immer recht. Tut mir leid.«

»Aber was machen wir denn nun?«, fragte Udo kopfschüttelnd. »War's das jetzt?«

»Im Gegenteil«, brummte Julius. »Als Hinnerk vorhin davon hörte, sagte er sofort: Je doller man einer Bestie auf den Schwanz tritt, desto lauter jault sie. Und merkt euch eines: Hinnerk ist manchmal ein bisschen doof, aber niemals blöd.«

Udo sah ihn fragend an.

»Wo jault denn da eine Bestie?«

»Nun denkt doch mal nach! Wenn jemand schon so weit geht, euren Leuten Rauschgift unterzuschieben, und anders kann es nicht gelaufen sein, dann seid ihr denjenigen einfach zu dicht auf die Pelle gerückt. Und wenn echte Polizisten Soldaten Drogen unterschieben, dann bewahrheitet sich mal wieder, dass der Fisch vom Kopf her stinkt.«

»Siehst du«, fuhr Gabi auf, »nun müssen wir nur noch rauskriegen, in welchem Aquarium der schwimmt!«

»Reg dich wieder ab.« Udo kratzte sich am Kinn. Das tat er immer, wenn er überlegte. »Sie hatten mit Ihrer Idee, dass wir hier in Laboe Flöhe und Läuse haben, absolut recht. Das

Prozedere bei der, nennen wir es mal ›Jagd‹ auf Sylvie, war ganz anders als die Aktionen gegen die Berliner Agentin und jetzt gegen Emma und Marius. Das war irgendwie durchdachter als der Vorfall auf dem Schiff. Auf See wurde noch planlos rumgeballert, an Land hingegen war das Vorgehen erheblich professioneller.«

Julius zuckte mit den Achseln. »Aber was nützt es, sich den Kopf über Eier zu zerbrechen, die ganz woanders ausgebrütet werden«, beendete er das Thema. »Wir müssen warten, was unsere Oberen dazu sagen, und dann das Beste draus machen.«

***

Pünktlich um einundzwanzig Uhr fünfundfünfzig traf ein mit zwei Personen besetzter VW-Bus der DLRG am Tor des Fliegerhorstes Nordholz bei Cuxhaven ein. Ein Wagen der Feldjäger lotste ihn zu einem flachen langgezogenen Bürogebäude. Dort angekommen, wurden die beiden Herren von einem Bootsmann erwartet und in einen Konferenzraum geleitet, in dem fünf Offiziere versammelt waren. Der Kommodore, Fregattenkapitän Schellenberg, begrüßte die zwei Neuankömmlinge. »Meine Herren, Frau Kap'tain, darf ich Ihnen vorstellen: Dr. Thomas Neubert, der Geschäftsführer der DLRG, und das«, er zeigte auf die Frau in Uniform, »ist Frau Korvettenkapitän Uta Schäfer von den Marineaufklärern«, seine Hand wanderte weiter, »dies ist Kapitän zur See und Chef der ›Spezialkräfte Marine‹ Wigbert Hinrichs, daneben Brigadegeneral Meinolf Weskamp, oberster Chef der Feldjäger.« Er machte eine kurze Pause. »Der andere Kollege von der Marine ist Fregattenkapitän Schilling, der persönliche Adjutant des Vizeadmirals. Leider konnte Admiral Keuter nicht kommen. Er ist momentan auf einer Nato-Tagung in Brüssel. Über eine abhörsichere Leitung«, er wies auf einen Bildschirm an der Wand, »wird gleich ein Vertreter der Generalbundesanwaltschaft aus Karlsruhe zugeschaltet.« Er nickte allen zu. »Ich bitte die Dame und die Herren, Platz zu nehmen.«

Kaum saßen sie, erschien auf dem Bildschirm eine Frau. »Guten Abend allerseits, mein Name ist Ilona Wagner, ich bin Bundesanwältin hier in Karlsruhe.«

»So sehr ich es schätze«, begann der Brigadegeneral der Feldjäger, »eine weitere Frau in der Runde begrüßen zu können, sehe ich dennoch keinen Grund, in diesen Fall die Bundesanwaltschaft einzubinden.«

»Das geschieht auf Bitten des militärischen Abschirmdienstes und ist mit dem Staatssekretär, der von all dem hier natürlich nichts weiß, abgesegnet.«

»Aber warum?«, bohrte der Chef der Feldjäger weiter.

»Um Kapitän Hinrichs Leute aus dem Einflussbereich der örtlichen Staatsanwaltschaft herauszulösen. Den beiden wurde auf eine sehr plumpe Art und Weise nachweislich Kokain untergeschoben, was anhand von Filmaufnahmen bewiesen werden kann. Wir wissen absolut nicht, wer die Auftraggeber dieser Aktion waren. Sie müssen auf jeden Fall in den Reihen der Polizei oder Staatsanwaltschaft zu finden sein. Vielleicht sogar noch höher. Die können wir aber nur dann überführen, wenn wir ihre Handlanger im Amt lassen, natürlich unter Beobachtung.«

Weskamp nickte. »Die Aufnahmen sind mir bekannt. Aber damit bin ich doch eigentlich raus aus der Runde, oder?«

»Nein. Wir bitten Sie, die junge Dame, die eigentlich in dieser Wohnung lebt, unter Ihre Fittiche zu nehmen.«

»In Hannover?«

»Nein, gern auch in Eckernförde, aber in der Obhut Ihrer Leute. Die Kampfschwimmer, die sie bisher geschützt haben, werden sich in naher Zukunft um andere Dinge zu kümmern haben.«

»Die da wären?«

»Wir wurden darüber in Kenntnis gesetzt, dass sowohl der Verfassungsschutz als auch der militärische Abschirmdienst schon seit längerer Zeit eine höchst gefährliche Gruppierung im Fokus hat. Diese nennt sich ›Deutsch nationale Freibürger‹. Diese sogenannte DNF hat ihren Hauptsitz auf einem alten Gut nördlich von Malente. Die Kerntruppe besteht aus circa sechzig Frauen und Männern, die sich, ich zitiere, die ›Reinhaltung des deutschen Wesens‹ auf ihre preußischen Kriegsfahnen geschrieben haben. Diese ultrarechts orientierte Gruppierung ist eher mit einer Wehrsportgruppe zu vergleichen als mit einem harmlosen Kulturverein. Mitglied dieser Gruppe kann nur werden, wer bis in die dritte Generation deutsch ist, wer keinerlei Vorstrafen und eine militärische Ausbildung hat.«

»Warum liegt gerade diese Gruppe im Fokus, und warum der MAD?«, fragte der Adjutant der Admiralität.

»Weil wir davon ausgehen müssen, dass auch aktive Bundeswehrangehörige darin eine Rolle spielen. Diese Truppe ist mit modernen Pistolen, mit MG120 und mit AK12 ausgerüstet. Das sind modernste russische Schnellfeuerwaffen von einer ungeheuren Durchschlagskraft und Präzision. Wir wissen, dass diese Gruppe über ein dermaßen großes Arsenal verfügt, dass man damit eine kleine Bürgerkriegsarmee ausrüsten könnte. Leider haben wir noch keine Ahnung, wo sich dieses Arsenal befindet. Wir gehen davon aus, dass es irgendwo in der Nähe von Malente sein muss.«

»Und wer versorgt sie mit den Waffen?«

»Unser Verdacht, dass die Russen dahinterstecken, erhärtet sich immer mehr. Vor Weissenhaus wurde ein leerer Versorgungstorpedo russischer Bauart gefunden. Verschossen werden diese Dinger von U-Booten der ›Lada-Klasse‹, das sind relativ kleine, aber dennoch moderne, dieselbetriebene Boote. Die werden gern dazu benutzt, um Frachten und manchmal auch Spionagetrupps gezielt abzusetzen. Genau diese U-Boote wurden in der letzten Zeit mehrfach vor der deutschen Küste gesichtet. Ein russisches Killerkommando konnte mit Hilfe eines solchen Bootes entkommen, nachdem eine unserer Agentinnen liquidiert worden war.«

»Und was haben die Russen nun damit zu tun, dass unseren Leuten Rauschgift untergeschoben wird?«

»Der Einfluss der Russen auf die neu erstarkte rechte Szene in Deutschland ist enorm. Die Braunen sitzen heutzutage wieder in Führungspositionen und sogar in Regierungs- und Ordnungsbehörden. Denen wird nicht verborgen geblieben sein, dass ihre Umtriebe inzwischen bei höchsten Regierungsstellen Beachtung finden.«

»Und stecken die Russen auch hinter diesem kriminellen Organhandel?«, wollte General Weskamp wissen.

»Wir denken nicht. Selbst an der baltischen und der russischen Ostseeküste verschwinden Touristen. Wir haben dementsprechende Anfragen bei Interpol.«

Der Geschäftsführer der DLRG war zutiefst betroffen. »Meine Damen und Herren, mein Kollege und ich sind über das, was wir eben gehört haben, erschüttert. Aber was hat das alles mit uns zu tun?«

»Herr Dr. Neubert«, griff Kapitän Hinrichs die Frage auf, »Sie sind mit Ihren Leuten leider in einem Bereich tätig, in dem diese beiden Gruppen ihr Unwesen treiben. Sie sind mit Ihrer ›Otto Asmussen‹ und den anderen Booten schlicht und ergreifend zwischen die Fronten geraten.«

Neubert nickte. »Und da können wir uns nur durch absolute Neutralität heraushalten.«

»Und dennoch müssen wir Sie um etwas bitten«, fuhr Kapitän Hinrichs fort. »Halten Sie es für möglich, dass wir mit unseren Leuten die ›Otto Asmussen‹ für unsere Zwecke besetzen und Sie mit einem ähnlichen Reserveschiff den Rettungsbetrieb aufrechterhalten?«

»Ihr Plan, meine Damen und Herren, scheitert schon daran, dass es sich bei der ›Otto Asmussen‹ um einen Prototyp handelt und wir über kein adäquates Reserveschiff verfügen.«

»Aber die Marine könnte Ihnen eines stellen.«

»Bei allem Wohlwollen, Herr Kapitän, so sinnvoll Ihr Ansinnen aus Ihrer Sicht auch sein mag, werden wir es auf keinen

Fall unterstützen. Ein Fahrzeug, ob nun zu Lande oder auf dem Wasser, das unsere Farben und oder unser Wappen trägt, wird ausschließlich zur Menschenrettung eingesetzt. Als anerkannte Hilfsorganisation haben wir ethische Grundsätze. Dazu gehört die eben erwähnte strikte Neutralität. Wer uns ruft, bekommt Hilfe, mehr nicht, und das ist völlig unabhängig davon, wodurch Seeleute oder Menschen jeglicher Nationalität bei Katastrophen in Not geraten sind. Uns sind auch Gesinnung oder Hautfarbe von Hilfsbedürftigen egal. Unser Ruf ist sowohl an der Küste als auch im Inland tadellos, und wir tun alles dafür, dass es so bleibt. Sollten wir nur ein einziges Mal von diesem Prinzip abweichen, würden wir uns damit auf Jahre hinaus unglaubwürdig machen, was unsere tägliche Arbeit erheblich erschweren dürfte.«

Hinrichs war spürbar enttäuscht. »Okay, das ist nachvollziehbar, und das müssen wir so akzeptieren. Wie schnell Ihre Schiffe aber in Gefahr geraten können, haben Sie gesehen. Dürfen wir bei Ihnen wenigstens je einen Mann von uns als Schutz stationieren?«

»Leider muss ich selbst das ablehnen. Waffen haben bei uns an Bord nichts zu suchen und würden unserer Grundeinstellung ebenfalls widersprechen. Wir werden sehen, wie wir uns selbst schützen können, ohne dabei unsere Aufgabe aus den Augen zu verlieren. Sollten Sie aber Aktionen auf See planen, dann sind wir gern dazu bereit, Ihre Leute dabei im Notfall als neutrale Wasserretter oder mit unserem Notarzteinsatzschiff medizinisch zu unterstützen.«

✳✳✳

Jeder an Bord der »Sandur« bekam mit, dass auf dem Festland wieder jemand neue Organe bekommen würde. Dann war im ganzen Schiff das sonore Brummen der Fischmühle zu hören. Was die Mannschaft des dänischen Katamarans irritierte, war die Tatsache, dass Kapitän Friedjofsson zum letzten Mal in

Erscheinung trat, als er am Mittag den neuen Schiffsführer begrüßt hatte, der mit dem Helikopter eingeflogen worden war. Danach hatte ihn niemand mehr an Bord gesehen. Nur seine Kleidung fand ein Matrose in einem der Abfallsäcke, die mit Gewichten beschwert über die Reling geworfen wurden. Als der Heli zum zweiten Mal landete, um eine Kühlbox zu laden, wusste die Mannschaft, dass wenigstens nicht alles von dem »Alten« auf See bleiben würde.

Mit dem neuen Kapitän kamen auch zwei weitere dieser Spezialisten, wie sie von der Crew genannt wurden, an Bord. Wieder waren es verschwiegene Zeitgenossen, denen man am liebsten nicht im Dunkeln begegnen mochte. Damit waren mit dem neuen Chef fünf bewaffnete Russen an Bord. Die schienen eine eingeschworene Gemeinschaft zu sein, was dem Rest der Crew Unbehagen bereitete.

Kapitän Oleg Spassow, ein gebürtiger Weißrusse, ließ nach dem Abendessen die komplette Crew in der Messe antreten. »Leute«, begann er seine Ansprache, »wir alle verdienen hier an Bord der ›Sandur‹ viel Geld. In den vergangenen Wochen habt ihr unseren Investoren nur Kosten bereitet. Damit ist jetzt Schluss. Wir müssen effizienter vorgehen.«

»Das hätten wir auch getan«, unterbrach ihn die Anästhesieschwester, »wenn wir zuverlässigere Daten darüber bekommen würden, wo und wie wir die Patienten abgreifen können. Es gab da einige Zwischenfälle, an denen wir weiß Gott keine Schuld hatten. Hier bei uns lief und läuft alles reibungslos.«

»Und das wird es zukünftig auch an Land. Deswegen sind ja auch neue Leute an Bord. Wir erwarten im Laufe der Nacht die nächste Anlieferung. Haltet euch bitte bereit.«

Er sah den Schiffsarzt eindringlich an. »Haben wir uns verstanden, Dr. Halversson?«

Man musste den Arzt nur ansehen, um zu wissen, dass er schon wieder betrunken war. »Wie? Was?«, schreckte er hoch.

»Ob Sie mich verstanden haben!«, brüllte ihn Spassow an.

»Er hat Sie verstanden«, antwortete Schwester Hansina für

ihn. »Er wird seine Arbeit nachher wie immer äußerst korrekt ausführen. Dafür sorge ich.«

..*.

Gabi und Udo hatten sich um Mitternacht auf der Mole von Laboe verabredet. Dort konnten sie ungestört miteinander reden. Udo hatte versprochen, sie über alles zu unterrichten, was er von seinem Chef erfahren hatte.

»Für uns ist demnach business as usual?«, fragte sie enttäuscht.

»Sieht wohl so aus.«

»Vielleicht ist es das Beste. Dann können wir wenigstens unsere Arbeit machen, ohne dass jemand mit einer Knarre an Bord stürmt.« Sie guckte ihn von der Seite an. »Apropos Waffe, wie ist es eigentlich, wenn man einen Menschen erschießt?«

»Diese Frage wurde mir schon oft gestellt.«

»Und wie ist die Antwort?«

Er zuckte mit den Achseln. »Vor der drücke ich mich ehrlich gesagt.«

Sie zog die Stirn kraus. »Und wie lange willst du vor dieser Antwort noch wegrennen?«

»Solange mir diese Frage nur von anderen gestellt wird und nicht von mir selbst.«

»Für so gefühlskalt hätte ich dich nicht eingeschätzt.«

»Das hat damit nichts zu tun. Ich gehe ja nicht einfach in die Welt hinaus, um jemanden abzuknallen. Im Gegenteil: Wir versuchen alles, um genau dies zu vermeiden. Leider kommen wir immer wieder in Situationen, in denen nur eines zählt: Ich will weiterleben! Gestern war es wieder so weit. Hätte ich nicht geschossen, würde ich jetzt nicht hier neben dir sitzen. Mir ist wichtig, dass ich das auch in Zukunft noch kann.«

Sie spürte, wie sich in ihrem Hals ein Kloß bildete. »So wichtig, dass du dafür einen Menschen erschießt?«

Udo ärgerte sich. »Aber na klar doch! Die WaSchPo-Schnecke will ich vögeln, habe ich mir gedacht, der schieß ich eine Rose, und da die Schießbude auf dem Rummel schon geschlossen hatte, habe ich halt irgendjemanden abgeknallt. Das mögen die Frauen doch so, oder?«

Ihr rollten Tränen über die Wangen. »Es tut mir leid. Die Frage war Blödsinn. Ich rede manchmal so einen Stuss, wenn ich jemanden mag. Und wenn ich jemanden doll mag, dann habe ich Angst davor, diesen Jemanden zu sehr zu mögen, weil …« Sie fischte ein Tempo aus ihrer Jeanstasche und schnaubte.

»Frau Oberkommissarin«, er legte die Innenseite seines Zeigefingers zärtlich auf ihren Mund, »wären Sie bitte so freundlich, mit dem Reden aufzuhören? Wenn es Ihnen recht ist, hätte ich Sie jetzt gern geküsst.«

Ihr Herz schlug bis zum Hals. »Wenn Sie bitte so freundlich sein würden, Herr Oberbootsmann. Ich habe mir nämlich …« Sie spürte seine Lippen auf den ihren und genoss es, obwohl sie fürchtete, vor Aufregung Herzrhythmusstörungen zu bekommen.

»Boah, jetzt verstehe ich«, murmelte sie, »wie Dornröschen von nur einem einzigen Kuss wach werden konnte.« Sie machte eine Pause. »Und ausgerechnet jetzt arbeiten wir nicht mehr zusammen.«

»Das denke ich nicht«, Udo ergriff ihre Hand und küsste sie, »denn ich werde noch weiter auf dich aufpassen müssen. Das Thema Organhandel ist für uns noch lange nicht ausgestanden.«

»Ihr sollt euch doch aber nur noch um diese National-Irren kümmern. Für die Organschieber sind wir jetzt doch uninteressant, da Sylvie für sie inzwischen unerreichbar ist, oder?«

»Die haben damit begonnen, sich mit brutaler Waffengewalt das zu holen, was sie brauchen. Das kann leicht zum Kollateralschaden werden, und Sylvie ist nicht die Einzige mit dieser seltenen Blutgruppe.«

»Die Ostsee ist groß.«

»Und die Touristenmassen an der Küste bedeuten für die

Kerle viel Menschenmaterial. Wo können die ungestörter zuschlagen als am Ufer eines Meeres, um dann auf See zu fliehen?«

»Bleibst du denn hier in Laboe auf der ›Zwillinge‹?«

»Erst mal ja. Unser Fireteam wird aufgefüllt, und ich bin als
Dienstältester der Team-Führer. Dann wird noch ein anderes
Fireteam in Fehmarn untergebracht. Als was die getarnt sind,
weiß ich nicht.«

Sie saßen eine Weile und schwiegen miteinander. Jeder spürte
den Herzschlag und die Wärme des anderen.

Eigentlich wäre es jetzt Zeit für die Frage »Gehn wir zu dir
oder zu mir?«. Aber wozu, es war auch so perfekt.

ZWÖLF

Selbst in den Nächten der Kieler Woche hatten die Angestellten der Krankenhäuser keine Pausen. Je älter der Tag wurde, desto höher stieg der Alkoholpegel einiger Besucher, und die Wartezimmer der Ambulanzen waren zum Bersten voll. In den OP-Sälen der Kliniken herrschte sogar in den Nächten Hochbetrieb, da viele Verletzte erst dann operiert werden konnten, wenn sie ausgenüchtert waren.

Hinzu kam, dass ein kompletter Saal, inklusive Personal, für die Organentnahme bei einem klinisch toten Motorradfahrer mit einer sehr seltenen Blutgruppe geblockt wurde. Er hatte bei einem Unfall derart schwere Kopfverletzungen erlitten, dass man ihn offiziell für hirntot erklären musste. Nachdem sich seine Angehörigen damit einverstanden erklärt hatten, wurden seine Organe durch Maschinen so lange künstlich am Leben gehalten, bis der Fachmann für Transplantationschirurgie aus der Aachener Empfängerklinik eingetroffen war. Das Herz und die Nieren waren für Patienten in dessen Uniklinik, die Lunge für einen Mann in Essen und die Leber für eine Frau in Bonn bestimmt. Alle entnommenen Transplantate sollten zusammen mit nur einem Ambulanz-Jet von Kiel nach Maastricht geflogen werden. Dort warteten zeitgerecht drei Pkw, welche die Organe mit Blaulicht in die jeweiligen Transplantationszentren bringen sollten.

Nachdem alles in speziell gesicherten Kühlboxen verstaut und auf einem Rollwagen vom OP-Trakt zur Krankenwagenvorfahrt des Krankenhauses gebracht worden war, raste plötzlich ein Kombi die Auffahrt hoch. Drei mit Schnellfeuergewehren bewaffnete Männer sprangen heraus, schlugen den Arzt und einen OP-Pfleger mit den Gewehrkolben bewusstlos und begannen, die Kühlboxen in Windeseile in ihrem Kombi zu verstauen. Zwei Polizisten, die im Vorraum der Ambulanz unter den vielen Betrunkenen für Ordnung sorgen sollten, sahen das Geschehen, zogen ihre Waffen und stürmten durch die gläserne Schiebetür.

»Hände hoch, Polizei«, rief der eine von ihnen, aber bevor er seine Waffe korrekt entsichert und im Anschlag hatte, wurde er von zwei Schüssen getroffen. Sein Kollege sprang hinter eine Balustrade in Deckung und eröffnete das Feuer auf die fliehenden Diebe. Genau so schnell, wie der Wagen die Auffahrt hochgeprescht war, raste er zur anderen Seite wieder hinunter.

Durch die Schüsse hochgeschreckt, rannten die Menschen vor die Tür, um nach der Ursache des Krachs zu sehen. Dabei stolperten die ersten fast über den angeschossenen Polizisten.

Der Pfleger, der zuerst bei ihm war, sah sich hilfesuchend um. »Wo ist Dr. Schminkert? Wir brauchen ihn hier! Der Mann ist in Bauch und Oberschenkel getroffen worden!«

Die Schwester neben ihm ahnte Schlimmes. »Den habe ich eben in der Eins gesehen, als er bei dem ›Besoffski‹ die Kopfplatzwunde geklammert hat.«

In diesem Augenblick stand ebendieser betrunkene Mann mit einem blutigen OP-Tuch über dem Kopf in der Eingangstür. »Kann mal jemand helfen? Die Scheiben haben geklirrt, und auf einmal lag der Arzt neben mir auf dem Boden. Ich schwöre, ich habe nichts gemacht, auch nicht mit der Scheibe!«

Eine andere Schwester sah von außen die Einschusslöcher im Fenster des ersten OP und begriff sofort, was passiert sein musste. »Mein Gott!«, rief sie. So schnell sie konnte, rannte sie zu dem betreffenden Raum. Der Arzt lag in einer Blutlache und versuchte verzweifelt und schwer nach Luft ringend, die Wunde selbst zuzuhalten. Die Schwester drückte den Notfallknopf, und auf dem langen Gang der Notfallambulanz ging unter Sirenengeheul die Notfallbeleuchtung an. Über der Tür des Behandlungsraumes blitzte eine grelle Lampe.

Die Schwester kniete sich neben den Schwerverletzten und drückte ihre Hand fest auf die Wunde. »Frank«, schluchzte sie,

»jetzt mach keinen Scheiß. Wir brauchen dich doch noch!« Ihr liefen Tränen über die Wangen.

Nur Sekunden, nachdem sie den Alarm ausgelöst hatte, war das Notfallteam zur Stelle und leitete sofort alles Nötige zur Lebensrettung des Kollegen ein.

Es dauerte eine ganze Weile, bis die Polizei so viele Informationen gesammelt hatte, dass auf einen bewaffneten Organdiebstahl geschlossen werden konnte. Es wurden umgehend Straßensperren in Richtung Hafen, Schilksee und Laboe errichtet, aber sie blieben erfolglos. Der Kombi wurde nirgends gesichtet.

Um sechs Uhr fünf startete ein aserbaidschanischer Geschäftsmann mit seinem Learjet vom Kieler Flughafen in Richtung Baku. Nur Minuten später löschte die Freiwillige Feuerwehr von Olpenitz das Wrack des gesuchten Kombis. Sie konnten jedoch nicht mehr verhindern, dass das Fahrzeug völlig ausbrannte und somit sämtliche Spuren vernichtet waren. Der angeschossene Arzt und der Polizist konnten durch Notoperationen gerettet werden.

⁎

Bereits um sieben Uhr morgens begann unter Leitung des Staatssekretärs des Inneren Dahlke und des Oberstaatsanwalts Brasche eine Sitzung im Krisenzentrum der Kieler Polizei.

»Meine Damen, meine Herren«, eröffnete der Oberstaatsanwalt das Meeting, »die Vorfälle in den vergangenen Nachtstunden an der hiesigen Uniklinik waren derartig spektakulär, dass wir mit einer breiten Berichterstattung darüber rechnen müssen. Ich fürchte, dass uns die ganze ›Null-Informations-Strategie‹ in Sachen Organkriminalität spätestens morgen um die Ohren fliegt.«

»Verehrter Herr Brasche«, versuchte der Staatssekretär die Dramatik der Rede zu senken, »die Presse hat keine Veranlassung, die Entführungen der letzten Zeit und diesen Organdiebstahl in Zusammenhang zu bringen. Wie kommen Sie überhaupt auf die Idee? Haben Sie nur den kleinsten Beweis, der für diese ›Organkriminalität‹, wie Sie es nennen, spricht?«

Der Polizeidirektor war mehr auf Brasches Seite. »Mit Verlaub, Herr Staatssekretär, aber Sie machen sich das ein wenig einfach. Die Journalisten sind schließlich nicht blöde und können sehr wohl eins und eins zusammenzählen. Wir haben hier eine Schießerei in einer Uniklinik mit zwei Schwerverletzten. Gestohlen werden frisch entnommene Organe. Es mehren sich an der Küste Entführungen ohne jegliche Lösegeldforderungen. Das passt doch zusammen. Das können wir nicht mehr unter der Decke halten, das kommt raus. Ihre bisherige Strategie, Ermittlungen bei etwaigen Verdachtsfällen ins Leere laufen zu lassen –«

»Sind Sie verrückt? Was heißt hier ›Ihre Strategie‹? Es ist eine Unverschämtheit, mir mit einer derartigen Unterstellung zu kommen!«

»Ich will Ihnen gar nichts unterstellen! Sie haben zwar nichts angewiesen, uns aber sehr deutlich gemacht, dass tiefergehende Ermittlungen, was den Tourismus betrifft, nicht förderlich sind. Wir müssen jetzt langsam eine Taktik entwickeln, wie wir mit den Geschehnissen von diesem Zeitpunkt an umgehen!«

»Was heißt von diesem Zeitpunkt«, brüllte der Staatssekretär, »wir und Sie machten und machen nichts weiter als unseren Dienst, so, wie es sich gehört.«

»Selbstverständlich«, erwiderte der Polizeidirektor milde lächelnd, »dann werden Sie sicher die Pressekonferenz einberufen, während ich endlich meine Soko einrichten darf?«

Dahlke schäumte vor Wut. »Was für eine Pressekonferenz? Liefern Sie erst mal Ergebnisse, dann können wir an die Presse treten.«

»Wir haben Ihnen bereits erste Ergebnisse geliefert, Herr Staatssekretär, und der junge Kollege wurde daraufhin von Ihnen nach Bayern versetzt.«

»Der wurde aus gesundheitlichen Gründen versetzt, er hatte Übergewicht.«

»Mit Verlaub, Herr Staatssekretär, dann habe ich nur eine Frage: Warum sind Sie noch hier, wenn man in Bayern so schön dünn wird?«

✳✳✳

Das Frühstück vor dem Mannschaftscontainer der »Otto Asmussen« verlief still. Die Gebrüder Lender waren sowieso nicht die Gesprächigsten, wenn sie niemand etwas fragte. Sollte dies doch einmal vorkommen, konnte Hinnerk meist nicht sofort antworten, weil er sich beim Essen den Mund zu sehr vollstopfte, um etwas erwidern zu können. Gabi und Fiete hatten an einer Konversation kein Interesse. Im Geiste saß sie noch immer auf der Mole und spürte die wohltuende Wärme Udos. Dabei schien sie einen extrem glücklichen Eindruck zu machen.

»Na, mien Deern«, Julius stupste sie mit seinem Ellenbogen in die Seite. »Hast du es ihm gesagt?«

Ihr stieg die Röte ins Gesicht. »Was soll ich ihm gesagt haben?«

»Das mit den Schmetterlingen.«

Sie sah ihn verdutzt an. »Schmetterlinge?«

Hinnerk stupste sie von der anderen Seite an. »Dass die immer dann in deinem Gekröse herumflattern, wenn ein ganz bestimmter Kämpfer hier vorbeischwimmt.«

Die drei Männer grinsten sie an. Selbst Rasmus legte seinen Kopf auf die Seite und bleckte freundlich die Zähne.

Gabi fühlte sich ertappt. »Ihr seid unmöglich, wisst ihr das?«

»Jau«, erwiderten sie.

Udo trat neben sie und klopfte an die Containerwand. »Ich bitte, an Bord kommen zu dürfen.«

»Da sind Sie ja nun man schon«, begrüßte Julius ihn knapp. »Wie ich sehe, ist er noch nicht da.«

»Wer?«

»Mein Bruder, Gabis Kollege.«

»Haben Sie sich im Hafen geirrt?«

»Nein, er wollte sich mit uns hier treffen, dienstlich.«

»Dann wird er gleich da sein«, bemerkte Fiete. »Draußen hat gerade die ›Brunswick‹ festgemacht, und wenn der Herr Bruder sogar mit dem Dienst-Flitzer kommt, dann muss das was Wichtiges sein.«

Julius erhob sich von seinem Platz und goss einen zusätzlichen Pott Tee ein, den er dem Wasserschutzpolizisten in die Hand drückte, als er sich neben sie setzte. »Willkommen, Herr Schiffereimeister. Wenn Sie ein Knöllchen loswerden wollen, dann geben Sie es bitte unserer Schiffsführerin. Ich war's nicht.«

»Moinsen«, erwiderte Hauptkommissar Fürst, Gabis Schichtführer bei der WaSchPo. »Es wäre schön, wenn es nur ein Knöllchen wäre, weswegen ich hier bin.« Er sah wie gebannt auf den Affen. »Was ist das denn? Fahrt ihr jetzt mit einem Leierkasten auf Rettung und bittet um Spenden?«

»Nein«, erwiderte Julius trocken. »Das war eine wunderschöne Seejungfrau, bis mein Bruder sie geküsst hat.«

»Sind Affen hier erlaubt?«

»Hab ich nicht nach gefragt«, brummelte Hinnerk, »ich wollte ja auch 'nen Frosch haben.«

Der Hauptkommissar kam zum Thema seines Besuches. Er erzählte von den Vorfällen in der vergangenen Nacht und von der erfolglosen Suche nach den Verbrechern.

»Au Backe«, sagte Hinnerk. »Wie nennt man das eigentlich gesetzlich, wenn man einfach nur Organe klaut? Ist das Teile-Kidnapping?«

»Lass man gut sein.« Gabi tätschelte versöhnlich seinen Unterarm. »Ich denke mal, dass meinem Kollegen nicht nach Blödeln zumute ist.«

Udo spürte sofort, dass das noch nicht alles gewesen sein konnte, weswegen sein Bruder hier aufkreuzte.

Der kam auch gleich zur Sache. »Gabi, nachdem du bei uns

warst und mich nach dieser Organmafia ausgequetscht hast, wirst du doch wohl nicht etwa deine Füße stillgehalten haben, oder?«

»Wie kommst du darauf?«

»Das Übungsboot von den Kampfschwimmern liegt neben der ›Zwillinge‹, zwei von denen wurden hier in Laboe erwischt, und es gab ja wohl auch eine Schießerei hier an Bord. Da muss man kein Hellseher sein, um zu merken, dass hier in dieser Sache etwas abgeht.«

»Sagen wir mal so«, ergriff Udo zuerst das Wort, »wir beobachten die Sache von hier aus.«

»Würde es euch etwas helfen«, ging der Hauptkommissar darauf ein, »wenn ich euch sage, dass es mit diesem seltsamen Katamaran, der ›Sandur‹, heute Nacht wieder einen Vorfall gegeben hat?«

Gabis Augen leuchteten vor Neugier. »Helfen nicht«, flunkerte sie, »aber du weißt doch ganz genau, wie gern Seeleute tratschen.«

»Die haben ja vor Kurzem eine Geldstrafe aufgebrummt bekommen, weil sie mit abgeschaltetem Transponder in deutschen Gewässern herumgeschippert sind. Heute Nacht haben die dänischen Kollegen drei Seemeilen östlich von Mommark eine Boje gefunden, auf der ein batteriebetriebener Transponder fröhlich den Standort der ›Sandur‹ gefunkt hat. Von dem Schiff selbst war weit und breit nichts zu sehen.«

»Das erklärt«, reagierte Gabi auf die Neuigkeit, »warum die auf dem Schiffsradar immer ganz woanders kreuzen als auf den Satellitenbildern.«

Udo schüttelte den Kopf. »So weit zum Thema Tratschen.«

In diesem Augenblick wusste Gabi, dass sie sich verquatscht hatte.

Kommissar Fürst lächelte. »Dann lasst es mich mit dem guten alten Schiller sagen: ›So nehmet auch mich zum Genossen an. Ich sei, so gewährt mir die Bitte, in eurem Bunde der dritte.‹«

Hinnerk sah sich fragend um. »Schiller? Ist das der mit den Locken?«

**

»Wir haben sechs Kilogramm Kokain bei Ihnen gefunden. Mein Gott noch mal, Sie sind Berufssoldatin und sollten eigentlich ein Vorbild für unsere Jugend sein.« Die Stimme des Oberstaatsanwaltes überschlug sich. »Mit Ihrem Schweigen reiten Sie sich nur noch weiter in die Scheiße, das verspreche ich Ihnen. Auf Gnade können Menschen bei mir nur hoffen, wenn sie sich kooperativ zeigen.«

Emma sah den Mann regungslos an. »Ohne meinen Anwalt muss ich gar nichts sagen!«

»Sie denken vielleicht, so eine JAG-Abteilung mit feschen Marine-Anwälten wie im US-Fernsehen gibt es wirklich? Unsere Marine hat gar keinen Anwalt für Sie. Die werden Sie sang- und klanglos rausschmeißen. Und privat können Sie sich, wenn überhaupt, nur irgendeinen Anfänger leisten, der höchstens schon mal ein Knöllchen glattgebügelt hat. Sie müssen nämlich wissen, dass Rechtsschutzversicherungen bei Kapitalverbrechen nichts zahlen.«

Die Tür des Verhörraumes öffnete sich, und eine äußerst attraktive Frau um die vierzig betrat ihn. »Sie sind der Kollege Brasche?«, fragte sie den Oberstaatsanwalt.

Er sah sie wie vom Donner gerührt an, blieb aber sitzen. »Ja, aber was machen Sie hier? Sehen Sie nicht, dass ich hier mitten in einem Verhör bin? Wer sind Sie überhaupt?«

»Sitzen Sie nur weiter bequem. Mein Name ist Ilona Wagner, und ich komme von der Bundesanwaltschaft aus Karlsruhe. Warum wurden wir hier noch nicht eingeschaltet?«

Brasche suchte verblüfft nach Worten. »Warum sollten Sie?«, stammelte er. »Von der Bundesanwaltschaft sind Sie? Können Sie sich ausweisen?« Er fühlte sich überrumpelt und wollte auf Angriff schalten. »Ich frage noch mal: Warum sind Sie hier?«

Frau Wagner zeigte ihre ID-Card und stellte ihren Aktenkoffer neben den Tisch. »Ich bin doch hier bei der Strafsache ›der Staat gegen Gulbrandsen‹?«

»Ja äh, gegen … aber …«

»Der Staat gegen ›aber‹?«, fragte sie provokativ mit hochgezogenen Augenbrauen.

»Nein, gegen Guldbrandsen.«

Die Stimme der Bundesanwältin wurde schneidend. »Und warum ist die Beschuldigte beim Verhör gefesselt? Das verstößt gegen die Bestimmungen.«

»Äh, sie ist gefährlich.«

»Wie viele Wunden hat denn der Polizist davongetragen, der sie festgenommen hat?«

Brasche wurde mit jeder Frage kleinlauter. »Soweit ich weiß, keine.«

»Und was werfen Sie der so gefährlichen Frau Leutnant vor?«

Brasche stand der Schweiß auf der Stirn. »Sie sind von der Bundesanwaltschaft?«

»Ja, das hatten wir bereits geklärt.«

Er fummelte umständlich ein Taschentuch aus seiner Hosentasche, zog es heraus und tupfte sich die tropfnasse Stirn ab. »Wir werfen dem Leutnant Drogenbesitz vor.«

Frau Wagners Stimme wurde schneidend. »Da fehlt doch noch etwas Entscheidendes, denke ich!«

»Verstoß gegen das Betäubungsmittelgesetz?«, schob er kleinlaut nach.

»Also, wenn Sie keine Apothekerin verhaftet haben, dann schließt das eine das andere doch ein, oder?«

Brasche lächelte sie gequält an. »Da haben Sie eigentlich recht, Frau Kollegin.« Er überlegte. »Dann haben wir noch Waffenbesitz und das Tragen einer Uniform.«

»Na, da kommen wir der Sache doch schon näher, verehrter Herr Kollege. Zwei Leute in nahezu identischer Uniform, und beide haben die gleichen Waffen.«

Brasche wischte sich wieder mit dem Tuch übers Gesicht. »Stimmt!«

»Und wie nennt man so etwas noch?«

Der Blutdruck des Staatsanwalts stieg gefährlich an. Er hatte das Gefühl, wie ein blutiger Anfänger »gegrillt« zu werden. »Ein Treffen?«

Frau Wagner mutete wie eine Grundschullehrerin an, die ein lernbehindertes Kind unterrichtete. »Und was machen die beiden, wenn sie sich zum ersten Mal treffen?«

Er hatte jetzt so etwas wie einen Lauf. »Sie gründen eine Vereinigung.«

»Ja, und was für eine Vereinigung?«

»Eine terroristische Vereinigung. Sie waren ja bewaffnet.« Brasche war dankbar, die korrekte Formulierung gefunden zu haben. »Aber wenn beide bei der Bundeswehr sind, dann ist das mit den Waffen doch logisch, oder?«

»Das stimmt, Herr Kollege, aber damit haben wir Terroristen in unserer Armee. Warum haben Sie die Bundesanwaltschaft in diesem Fall nicht schon lange eingeschaltet, wie es Ihre Pflicht gewesen wäre?«

In diesem Augenblick war Brasche klar, dass er von der Bundesanwältin reingelegt worden war. »Weil man doch im Falle dieser beiden nicht unbedingt von Terroristen sprechen kann.«

Frau Wagner sah ihn drohend an. »Sie wollen sich doch jetzt wohl nicht etwa selbst widersprechen?«

»Äh, nein.«

»Sehen Sie, Herr Kollege, dann ist das damit unser Fall. Draußen stehen zwei Feldjäger. Frau Gulbrandsen und Herr Kirchner sind unverzüglich in deren Gewahrsam zu überstellen. Ihnen sind auch die Waffen der Festgenommenen, deren beschlagnahmte Drogen sowie sämtliche weiteren Beweismittel und Ermittlungsergebnisse auszuhändigen.« Und zu Emma gewandt: »Frau Gulbrandsen, ich habe Ihr Ehrenwort als Offizierin, dass Sie keinen Fluchtversuch unternehmen?«

Emma erhob sich. »Jawohl, Frau Bundesanwältin!«

»Dann folgen Sie mir bitte.«

»Aber wenigstens die Drogen können Sie uns doch hierlassen. Sonst haben wir ja gar nichts in der Hand gegen sie.«

»Nichts da, das ist jetzt unser Fall«, antwortete sie, »und ohne den Stoff wird die Anklage ziemlich dünn. Das wollen Sie doch nicht, oder?«

Der anwesende Justizbeamte war sich nicht sicher, wer im Raum das Sagen hatte, und schaute fragend auf den Oberstaatsanwalt. »Was ist denn nun?«

Brasche gab sich geschlagen. »Nehmen Sie der Frau Leutnant und dem Hauptbootsmann, der draußen wartet, die Handfesseln ab.« Danach erhob er sich ebenfalls. »Moment mal, und wohin bringen Sie die Täter?«

»Die mutmaßlichen Täter, Herr Kollege. So viel Zeit muss in einem Rechtsstaat schon sein. Wohin die beiden verbracht werden, wird die Bundesanwaltschaft noch entscheiden, aber mit Sicherheit wird ihr Aufenthaltsort als ›geheim‹ eingestuft werden. Ich werde den beiden die Kronzeugenregel nach Paragraf 209a der Strafprozessordnung anbieten.« Sie öffnete die Tür des Raumes und bat Emma mit einer Geste, ihr zu folgen. »Guten Tag, Herr Kollege.«

Als sie die Auffahrt der Staatsanwaltschaft betraten, saß im Wagen der Feldjäger ein lächelnder Marius Kirchner neben einem noch viel breiter grinsenden Wigbert Hinrichs. In einem Jeep hinter ihnen wurden zeitgleich die Waffen und in einer verschlossenen Stahlkiste das Kokain verladen. »Frau Anwältin, sollten Sie irgendwann einmal bei einem Fall ins Schwimmen kommen, werden wir Ihnen gern dabei helfen.«

»Keine Ursache, Herr Kapitän.«

Emma grüßte ihren Vorgesetzten und sah sich irritiert um. »Entschuldigen Sie die Frage, Herr Kap'tain, aber was geht hier vor?«

»Wir haben eben gerade jemandem mächtig Stress gemacht. Diesem Jemand fehlen nun sechs Kilo Koks in seinem Giftschrank, und die zahlt man nicht mal so eben aus der Portokasse.«

»Sie meinen das Koks, das die bei uns gefunden haben wollen?«, fragte Emma.

»Genau diese sechs Kilo. Man hat Ihnen die Pakete untergeschoben.«

Emma nickte entschlossen. »Nichts anderes habe ich behauptet.«

»Stimmt, aber im Gegensatz zu Ihnen können wir es beweisen!«

***

Sie saßen noch immer vor ihren DLRG-Containern, um ihren Tee zu genießen. Der Vormann sah von Weitem, wie der Skipper der »Zwillinge« suchend vor der »Otto Asmussen« stand.

»Komm rüber«, rief Julius, nachdem er sich erhoben hatte.

Kapitän Konny machte einen gestressten Eindruck, als er vor ihnen stand.

»Was verschafft uns die Ehre?«

Der Skipper nahm dankbar den Pott Tee an und schaute zu Udo. »Ich habe eben einen Anruf von der Admiralität bekommen, dass ihr meinen Traditionssegler für eine militärische Aktion benötigt. Ob ich euch das Schiff anvertrauen würde.«

»Jau«, nickte Udo, »ich habe das veranlasst. Wenn wir mit der ›Zwillinge‹ zu einer Marineaktion rausfahren sollten, muss das durch die Chefetage genehmigt und das Schiff damit versichert sein. Und was hast du geantwortet?«

»Mein Schiff kriegt niemand anderes.« Er sah sich mit einer entschuldigenden Geste unter den Anwesenden um. »Ihr müsst mich verstehen. Ich will nun wirklich kein Spielverderber sein, aber von der Traditionssegelei habt ihr keine Ahnung. Die Gefahr, dass ihr mir die alte Dame zerlegt, ist viel zu groß. Wenn ihr die ›Zwillinge‹ haben wollt, dann nur mit mir als Skipper.«

»Aber zwei aus meinem Team sind Sportsegler.«

Julius schüttelte den Kopf. »Allein dieser Einwurf zeigt, dass Sie keine Ahnung davon haben, wie man einen Traditionssegler führt.«

»Also, wenn ihr ins Wasser hüpft« fuhr der Skipper fort, »um dort, sagen wir mal, beruflich tätig zu werden, dann brauch ich noch mindestens zwei weitere Leute an Bord. Allein kann ich den Pott nicht segeln.«

»Das stimmt wohl«, brummte Julius, »da hätte ich einen, den Darius. Der ist Ehrenamtler bei den Seenotrettern. Der kennt sich wie kein Zweiter mit Traditionsschiffen aus.«

»Und mit der Nummer zwei kann ich euch aus der Patsche helfen«, warf Benno Fürst ein. »Gabi, was hältst du davon, wenn ich deine Freistellung mit sofortiger Wirkung beende und dich als Zeichen des guten Willens der WaSchPo auf die ›Zwillinge‹ abordne. Außerdem hast du alle nötigen Patente. und somit seid ihr auch für die Erbsenzähler auf der sicheren Seite, wenn das Schiff doch eine Beule abkriegen sollte. Das ist ja dann schließlich keine Privatfahrt mehr. Darüber hinaus wäre es in diesen unsicheren Zeiten nicht schlecht, wenn auf der ›Zwillinge‹ mit dir dann wenigsten jemand ist, der noch mit einer Knarre umgehen kann, wenn die Kämpfer von Bord sind.« Er sah den Skipper fragend an. »Haben wir einen Deal?«

Der nickte. »Darius kenne ich. Der ist bei mir auch schon gesegelt. Der kann wirklich was. Wenn der dabei ist und Ihre Kollegin auch, haben wir den Deal.«

✳✳✳

Benno Fürst war wieder auf dem Weg zu seiner Dienststelle, und Gabi räumte ihre Kabine. Udo sah ihr dabei zu, wie sie ihre Sachen in den Seesack stopfte, um auf die »Zwillinge‹ umzuziehen. Eigentlich müsste er sich darüber freuen, sie in der nächsten Zeit näher bei sich zu haben, er hatte aber eher ein flaues Gefühl bei dem Gedanken.

Ihr blieb das nicht verborgen. »Freust du dich denn gar nicht, dass wir jetzt beide auf einem Schiff sind?«

Er zuckte mit den Achseln. »Gestern hätte ich es bestimmt noch toll gefunden.«

»Heute also nicht.« Ihr war die Enttäuschung anzusehen. »Was ist in den vergangenen vierundzwanzig Stunden passiert?«

»Gestern war ich noch verknallt. Heute bin ich in dich verliebt.«

Sie nahm sein Gesicht zwischen ihre Hände und küsste ihn zärtlich. »Und dabei störe ich?«

»Ich fürchte mich davor, Angst um dich haben zu müssen. Das würde mich bei meiner Arbeit behindern.«

Sie setzte sich neben ihn auf die Koje. »Das kann ich gut verstehen, aber ich gehöre nicht zu deinem Kommando. Wenn du mit deinen Leuten im Einsatz bist, bleibe ich währenddessen an Bord und sehe zu, dass unser Schiff nicht gekapert wird. Wo ist das Problem?«

Sein Smartphone klingelte. »Moin, Herr Kap'tain«, meldete er sich. »Sie sind über die neue Aufteilung der Mannschaften informiert?«

»Ja, ich habe eben mit Hauptkommissar Fürst telefoniert. Folgendes: Die Spezialisten des MAD sind dahintergekommen, wie die Organhändler an Daten und Namen der Besitzer gekommen sind, deren Innereien gerade auf dem Markt gefragt sind. Demnach wird für die Schwester irgendeines Ölscheichs eine Lunge gesucht. Eine Dame mit den passenden Markern schippert gerade mit ihrer Familie auf einer Segelyacht mit dem Namen »Obadjah« nordöstlich von Fehmarn herum. Wir konnten das Handy dieser Ivanka Baumgarten orten. Die Küstenwache hat ein Boot aus Fehmarn zu den Koordinaten geschickt, um die Familie sicher in den Hafen zu eskortieren.«

»Jawoll, Herr Kap'tain«, quittierte Udo die Info, »wir bleiben hier in Laboe in Bereitschaft?«

»Vorerst ja. Ende!«

»Wenn sich die Kollegen darum kümmern, kann ich ja in Ruhe weiterpacken.« Gabi gab ihm noch einen Kuss und stopfte ihre restlichen T-Shirts in den Seesack.

***

Auf der achtzehn Meter langen Ketsch »Obadjah« herrschte ausnahmsweise gute Stimmung. Das Holzschiff war geräumig und mit so viel Komfort ausgestattet, dass sich eine fünfköpfige Familie darauf wohlfühlen konnte. Obwohl das Ehepaar Baumgarten und deren Kinder leidenschaftliche Segler waren, verging aber kaum ein Tag, an dem die »Pubertiere«, wie der Vater seine dreizehnjährigen Zwillingstöchter nannte, nicht querschossen.

Bei vier Windstärken war die See etwas krisselig, und nachdem sie alle Segel gesetzt hatten, machte ihr Schiff knappe neun Knoten Geschwindigkeit. Torsten, der Junior, stand stolz am Ruder, während sein Vater neben ihm über alles wachte. Die beiden Mädchen zogen sich unter Deck auf ihrem Tablet einen Beauty-Podcast rein, und Mutter Baumgarten sorgte in der Kombüse für Ordnung.

Plötzlich schob sich ein Festrumpfschlauchboot, dessen Bug dick mit zurechtgeschnittenen Autoreifen gepolstert war, steuerbord längsseits. Einer der vier Insassen rief etwas zum Skipper der »Obadjah«.

Hermann verstand kein Wort. »Ivi!«, brüllte er nach unten. »Hier sind welche, die sprechen glaube ich Russisch. Kannst du mal an Deck kommen?«

Seine Gattin zog sich die Gummihandschuhe aus, wollte sich die Rettungsweste überziehen, fand sie aber nicht an ihrem Platz. »Für den kurzen Augenblick wird es so gehen«, murmelte sie und stieg den Niedergang hoch. »Wo sind die?«

Ihr Mann zeigte nach Backbord. »Neben uns. Und guck dir mal den Gummiwulst am Bug an. Das werden blutige Anfänger sein, die schon einige Bootsstege gerammt haben.«

Zusammen traten sie aus dem Ruderhaus. Ivanka Baumgarten, die Tochter russischer Emigranten, beherrschte die Sprache nur noch mäßig, aber um den Weg zu erklären, würde es reichen. »Können wir Ihnen irgendwie weiterhelfen?«, rief sie, indem sie ihre Hände als Sprachrohr um den Mund legte und sich dabei über die Reling beugte.

In dem Moment riss der Bootsführer das Ruder nach Backbord, und das Boot rammte die »Obadjah« mittschiffs. Der Ruck, der durch das Schiff ging, war gar nicht so heftig, doch er reichte aus, dass sich Frau Baumgarten nicht mehr halten konnte und ins Wasser stürzte. »Mann über Bord«, rief ihr Gatte, griff sich einen der Rettungsringe und warf ihn in ihre Richtung. Im Salon schauten die beiden Mädchen auf. »Was war das denn eben?«, fragte die eine, ohne sich die Kopfhörer abzunehmen.

Die andere winkte ab. »Papa wird wieder über eine Boje gefahren sein. Das macht er ja gern.«

Der Vater wusste natürlich, was der Rudergänger beim »Mann-über-Bord-Manöver« zu tun hatte, aber sein neunjähriger Sohn war damit überfordert. Er stieß ihn daher unsanft zur Seite. »Ich übernehme!« Er legte die »Obadjah« in den Wind, rollte Fock, Groß- und Besansegel elektrisch ein und ließ den Motor an. Die Segel waren noch nicht ganz eingezogen, da gab er bereits Gas, wendete scharf und hielt auf die Stelle zu, an der seine Frau ins Wasser gefallen war. Durch den Rettungsring, an den sie sich klammerte, war ihre Position gut auszumachen.

Rund fünfzig Meter vor ihr nahm der Skipper das Gas zurück, schaltete in den Leerlauf und wollte das Boot mit dem Rückwärtsgang abstoppen, um seine Frau wieder an Bord holen zu können.

»Mädels, kommt schnell nach oben, ich brauche euch hier«, rief er den Niedergang hinunter. »Und du wirfst bitte die Strickleiter so über die Reling, wie ich es dir gezeigt habe.« Er schrie jetzt nach unten: »Ira, Mara ich brauche euch hier oben! Mama ist über Bord!«

Die Zwillinge reagierten nicht. Die dicken Kopfhörer, die die beiden aufhatten, ließen sie nichts von dem Drama an Deck mitbekommen.

Der Skipper gab volle Fahrt zurück, um die »Obadjah« aufzustoppen. Das Schlauchboot hingegen hielt wieder auf die Ketsch zu, drehte bei, legte sich erneut längsseits, und zwei Mann seiner Besatzung sprangen an Deck. Hermann Baumgarten kam gar nicht dazu, die Maschine wieder auf Leerlauf zu stellen, denn die Kerle griffen ihn sofort an, sodass er keine Chance hatte, sich zu wehren. Der Junge wollte seinem Vater helfen. Ein heftiger Schlag von einem der Männer ließ ihn rückwärts taumeln. Er fiel, knallte mit dem Hinterkopf auf eine Holzkante und blieb benommen liegen. Sein Vater konnte sich aus dem Griff des anderen Angreifers winden und wollte seinem Jungen beistehen. »Das ist Piraterie«, rief er immer wieder verzweifelt.

Einer der Verbrecher zog eine Taserpistole und schoss ihm in den Rücken. Von Muskelkrämpfen geschüttelt verlor er sämtliche Körperkontrolle und kippte hilflos über Bord. Als er im Wasser aufschlug, öffnete sich seine Rettungsweste.

Jetzt bekamen auch die beiden Mädchen etwas von dem Tumult an Deck mit. Laut nach ihren Eltern rufend, stürmten sie den Niedergang hinauf, aber als Mara den Kopf aus dem Luk steckte, schlug einer der Verbrecher zu. Sie stürzte die Treppe wieder hinunter, riss ihre Schwester dabei mit sich und knallte beim Fall heftig mit der Stirn an die Kante des Kartentisches. Die Kerle kümmerten sich nicht weiter um die Zwillinge, im Gegenteil. Sie schlossen die Tür des Niedergangs und verriegelten sie von außen mit einem hölzernen Belegnagel, den sie durch die beiden Messingtürgriffe steckten. Ohne weiter auf den Jungen zu achten, sprangen sie wieder in ihr Boot und hielten auf die Mutter zu, die sich an den Schwimmring klammerte. Aus immer größer werdender Entfernung, die »Obadjah« fuhr ja noch im Rückwärtsgang, musste sie alles mit ansehen. Sie ließ den Rettungsring los und wollte schwimmend fliehen, als sie das Boot auf sich zukommen sah, hatte aber keine Chance. Vier starke Arme griffen nach ihr und zogen die sich heftig wehrende Frau in ihr Boot. Danach flüchteten die Kidnapper mit Vollgas.

**

»Was ist denn da hinten mit der Ketsch los?«, murmelte der Schiffsführer des Polizeikreuzers »Fehmarn«, als er aus einer knappen Seemeile Entfernung die »Obadjah« durch sein Fernglas beobachtete. »Es sieht so aus, als wäre da niemand an Bord, und das Ding fährt rückwärts.«

»Das könnte sogar die Ketsch sein, die wir suchen«, sagte der Steuermann. »Aber da soll doch eine fünfköpfige Familie drauf sein. Ist an Deck wirklich niemand zu sehen?«

»Nee«, kam die Antwort. »Nicht mal im Ruderhaus. Fahr mal so dicht ran, wie es geht. Das müssen wir uns genauer ansehen.«

Nur Minuten später gingen drei Polizisten mit ihrem Tochterboot bei der noch immer rückwärtsfahrenden »Obadjah« längsseits. Zwei Mann zogen sich an der Reling hoch und sprangen an Deck. Sie horchten. Es klang so an, als würde sich jemand erbrechen.

Als sie das Ruderhaus betraten, sahen sie einen völlig benommenen Jungen, der mit einer blutenden Kopfwunde in seinem Erbrochenen lag und ständig würgte. Einer der Beamten kümmerte sich sofort um ihn. Dann waren auch noch Rufe unter Deck zu hören. Sein Kollege zog den Belegnagel aus den Griffen und öffnete die Tür zum Niedergang. Von oben bot sich ihm ein schreckliches Bild. Da lagen zwei blutverschmierte Mädchen am Fuß des Niedergangs. Als er zu ihnen hinuntergestiegen war, erkannte er, dass nur eine der beiden eine fingerlange Stirnplatzwunde hatte. Die andere klagte über Schmerzen und eine Schürfwunde am Knie.

»Bitte habt keine Angst«, versuchte er die weinenden

Schwestern zu beruhigen. »Ich bin von der Polizei. Was ist denn passiert?«

»Das wissen wir selbst nicht. Wir waren hier unten, und als wir nach oben wollten, wurden wir brutal die Treppe hinuntergeschubst, und oben wurde die Tür verriegelt. Wo ist unser Bruder? Wo sind unsere Eltern?«

»Euer Bruder liegt oben an Deck und hat wahrscheinlich eine dicke Gehirnerschütterung. Eure Eltern haben wir noch nicht gefunden.«

✳✳✳

»Die ›Otto Asmussen‹ für Bremen Rescue kommen!«, tönte es über die Lautsprecher des Rettungsschiffes.

»Hört«, meldete sich Julius von der Brücke.

»Wir haben einen Hilferuf von der ›Fehmarn‹ bekommen.«

Der Vormann schaute auf das Display. »Die Koordinaten sind übermittelt, wir laufen aus.«

»Zu Ihrer Information, das Seenotrettungsboot ›Romy Frank‹ aus Puttgarden wurde zur Verstärkung über Bremen Rescue zur Unterstützung alarmiert. Sie schalten sich bitte auf Kanal 10 zu.«

Gabi horchte auf. »Udo, geh du schon mal auf die ›Zwillinge‹, ich komme nach. Den Einsatz nehme ich noch mit!«

Nachdem sie ausgelaufen waren, hatte Fiete über Funk mehr erfahren. »Da soll eine Ketsch von der Küstenwache aufgebracht worden sein, auf der lediglich verletzte Kinder angetroffen wurden. Die Eltern sind anscheinend über Bord.«

An der Einsatzstelle ging Julius bei der »Obadjah« längsseits, sodass der Doktor, seine Assistentin und Fiete übersetzen konnten. Während sie sich um die Kinder auf der Ketsch kümmerten, beteiligte sich die »Otto Asmussen« an der Suche nach den vermissten Eltern.

Julius brütete über der Seekarte und zeigte mit der Antenne seines Handsprechfunkgerätes auf einen Punkt. »Hier, kam eben die Meldung, wurde das Handy der Frau geortet.« Er kennzeichnete die Stelle mit einem Kringel. »Hier sind wir jetzt. In rund einer Stunde ist das eine Drift von ungefähr einer halben Seemeile. Die ›Fehmarn‹ bleibt erst mal bei der Ketsch. Wir, die ›Romy Frank‹ und die beiden Tochterboote fahren einen Suchfächer auf Punkt eins zu.«

Nach Absprache über Funk starteten sie mit der Suche. Ein paar Minuten später hatten sie den Vater gesichtet. Er war bei Bewusstsein und konnte sich durch Handzeichen bemerkbar machen. Kurz darauf saß er in eine Wolldecke gehüllt in der Messe des Rettungsschiffes.

»Was ist mit meinen Kindern?« Der Mann hatte Tränen der Verzweiflung in den Augen.

»Ihre Kinder sind in Sicherheit, und nach Ihrer Frau suchen wir noch die See ab«, versuchte Gabi ihm schonend beizubringen.

»Im Wasser müssen Sie sie nicht suchen. Sie wurde von den Kerlen auf deren Boot gezogen, und dann sind sie mit ihr weggerast.«

»Was für Kerle?«, fragte ihn Julius.

Heinrich Baumgarten erzählte hastig, was passiert war.

»In welche Richtung sind sie geflüchtet?«

»In Richtung Dänemark, würde ich sagen.«

Julius sah ihn ernst an. »Dann ist Ihre Frau also gekidnappt worden.«

»Ja, und das ist völlig widersinnig. Sie hat nichts bei sich, was von Wert ist. Was wollen die von meiner Frau?«

Keiner der Retter traute sich, dem Mann etwas von den Organdieben zu erzählen. Das wollten sie dem Notfallseelsorger überlassen, der sie in Laboe erwartete.

Als die »Otto Asmussen« wieder neben der »Obadjah« aufstoppte, standen die beiden Mädchen, eines am Knie verbunden, das andere mit einem dicken Kopfverband, an der Reling und winkten ihrem Vater zu. Sie konnten von selbst übersteigen, ihr Bruder wechselte auf dem Arm von Fiete die

Schiffe. Während die »Fehmarn« die Ketsch sicherte, nahm ein Polizist die Aussage der Opfer des Überfalls auf.

Auf der Fahrt nach Laboe hatte er für eine Befragung ausreichend Zeit. Von dort aus wurden sie dann mit einem Rettungswagen ins Krankenhaus gebracht.

DREIZEHN

Als Gabi kurz darauf mit ihrem Seesack auf der Schulter am Pier vor der »Zwillinge« stand, stieg in ihr eine unendliche Wut auf. Nur widerwillig schloss sie sich Udos Fireteam auf der Jagd nach irgendwelchen Nationalidioten an. Während sich die Organ-Kidnapper laufend Menschen vor ihrer Nase wegschnappten, um sie danach brutal auszuweiden, hielt sie die Suche nach Neonazis für nebensächlich. »Hi Skipper, ich bitte, an Bord kommen zu dürfen!«

»Komm über«, antwortete Käpt'n Konny.

»Wissen Sie, wo der Rest der Crew ist?«

»Hier an Deck duzen wir uns. Und nun bring dein Zeug unter Deck, dort findest du sie.«

Missmutig ließ sie ihren Seesack den Niedergang hinunterplumpsen, um hinterherzustapfen.

Udo erwartete sie. »Hast du einen Furz gefrühstückt?«

»Nein, ich hätte eigentlich Wichtigeres zu tun, als rechten Idioten hinterherzujagen.«

Er stimmte ihr zu. »Wir sind darüber, was du eben erlebt hast, im Bilde. Und genau diesen Verbrechern geht es jetzt an den Kragen.«

Gabis Gesicht hellte sich schlagartig auf. »Und wie?«

»Dadurch, dass wir jetzt genau wissen, wie sich die Organhändler mit den nötigen Infos versorgen, können wir ihnen auch eine Falle stellen.«

Gabis Gesicht verfinsterte sich wieder. »Aber da ist eine Frau in akuter Lebensgefahr.«

»Wissen wir«, erwiderte Udo. »Hör dir doch erst mal unseren Plan an.«

***

Auf dem Innenhof des Kasernengebäudes in Eckernförde stand ein in Tarnfarben angestrichener Unimog mit Containeraufbau. Die überlangen Antennen und der große Satellitenspiegel auf dem Dach ließen ihn wie einen TV-Übertragungswagen aussehen. Im Innern des Containers befanden sich zwei Bedienplätze mit insgesamt vier Monitoren, auf denen Fluginstrumente abgebildet waren. Sie waren jeweils links und rechts neben großen Bildschirmen so angebracht, dass die Operatoren sie jederzeit im Blick hatten. Vor dem Piloten stand ein Joystick, mit dem eine hochentwickelte Drohne gesteuert werden konnte. Der Systemoffizier daneben hatte diverse Tastaturen vor sich, und die Abbildungen auf seinen Monitoren waren andere. Auf dessen Hauptbildschirm war ein bestimmter Teil der Ostsee aus großer Höhe abgebildet. Zwei Punkte darauf waren gekennzeichnet. Der Rote mit »Target« – Ziel – und der Grüne mit »VTOL« – vertical take-off and landing –, die englische Bezeichnung für eine Drohne. Der grüne Punkt näherte sich rasant dem roten.

Kapitän Hinrichs stand neben dem Arbeitsplatz des Systemoperators und verfolgte das Geschehen gebannt. »Woher kommen die Bilder?«, fragte er.

»Aus einem Aufklärungsflugzeug in rund achtzehntausend Fuß Höhe.«

»Das sind ungefähr sechstausend Meter?«

»Ganz genau fünftausendvierhundertsechsundachtzig.«

Hinrichs war beeindruckt. »Haben Sie einen Taschenrechner verschluckt?«

»Nee«, kam es trocken zurück, »das steht oben links auf dem Monitor.«

Der Kapitän sah besorgt auf seine Armbanduhr. »Viel Zeit bleibt uns nicht mehr. Was ist, wenn es dunkel wird?«

»Dann schalten wir auf Nachsicht um«, war die kurze Antwort, »aber bis dahin sind wir schon längst fertig.«

Je mehr sich die Drohne dem Zielort näherte, desto besser wurde die Auflösung des Bildes auf dem Hauptbildschirm.

Ungefähr einen Kilometer vor dem Ziel stieg der Pilot auf dreitausend Fuß.

»Warum tut ihr das?«, fragte der Kapitän. »Die See ist bewegt und so ein kleines Ding schlecht auszumachen. Wenn ihr euch vom Heck aus nähert, ist die Chance, entdeckt zu werden, gleich null.«

»Im Gegenteil«, berichtigte ihn der Systemoperator, »wer auf einem Schiff steht, schaut meistens auf den Horizont, aber so gut wie nie senkrecht in die Höhe.«

Das leuchtete Hinrichs ein. Für ihn war das wie ein Fernsehspiel. In diesem Fall ging es aber darum, unbemerkt einen kleinen Sender auf dem Dach der »Sandur« abzusetzen, damit der Katamaran auch nachts oder bei schlechter Sicht jederzeit von ihnen geortet werden konnte.

Mit jedem Meter, den sich die Drohne dem Schiff näherte, verringerte sich ihre Geschwindigkeit und ging immer mehr vom Gleit- in den Vertikalflug über.

»Wie funktioniert das?«, fragte der Kapitän fasziniert.

»Im Horizontalflug sind die Propeller nach vorn gekippt, und je langsamer sie in der Luft wird, desto mehr Auftrieb benötigt sie. Dann kippen die Motoren senkrecht nach oben. Aber sorry, Herr Kap'tain, jetzt geht's in die heiße Phase.«

Als ihre Drohne genau über der »Sandur« stand, versorgte die Rumpfkamera den großen Monitor mit einem gestochen scharfen Bild von der Landezone. Auf dem Steuerbordlaufgang neben der Brücke des Katamarans standen zwei Männer und rauchten.

Da er Fragen des Kapitäns zuvorkommen wollte, kommentierte der Pilot sein Handeln. »Jetzt warten wir hier oben so lange, bis die Herren ganz in Ruhe aufgeraucht haben. In dieser Höhe haben die keine Chance, uns zu hören.«

Nach weiteren fünf Minuten Flugzeit, die Raucher waren wieder unter Deck, konnte sich die Drohne unentdeckt auf das Dach der Schiffsbrücke senken. Über Knopfdruck des Systemoperators wurde der Sender ausgeklinkt und war nun durch einen starken Magneten fest mit dem Stahl der Schiffshaut verbunden.

Sodann stieg die Drohne wieder senkrecht in die Höhe. »It's done«, murmelte der Pilot. »Jetzt haben wir die Kerle am Haken.«

Hinrichs wählte eine Nummer auf seinem Smartphone. »Wir haben die ›Sandur‹ markiert. Jetzt kann Phase zwei beginnen.«

**

Nachdem die Besatzung der »Zwillinge« komplett war, gab Käpt'n Konny das Kommando zum Ablegen. Gabi stand neben ihm und sah ihm bei der Handhabung des schwerfälligen Kutters zu.

»Tja, junge Frau«, erklärte er ihr, »hier braucht man noch Muskelkraft am Ruder und ein Feeling dafür, wohin die alte Dame, oftmals gegen den Willen des Rudergängers, fahren will. Dagegen sind eure Polizeikreuzer mit ihren Bugstrahlrudern wahre Gazellen im Wasser.«

»Stimmt«, bestätigte sie. »Die kann man mit dem kleinen Finger steuern.«

»Bist du schon mal auf einem Traditionssegler gefahren?«

»Ich bin gelernter Küstenschiffer, aber wenn ich das hier richtig überblicke, habe ich auf der ›Zwillinge‹ gerade als Leichtmatrose angeheuert.«

Der Skipper schmunzelte. »Halte dich an Darius, der beherrscht die Traditionssegelei aus dem Effeff. Von dem lerne sogar ich hin und wieder noch was.«

Es brauchte sehr viel Fingerspitzengefühl, um das knapp zweiundzwanzig Meter lange Schiff im engen Hafenbecken von Laboe zu wenden, aber Konny beherrschte sein Handwerk. Mit kleiner Fahrt passierten sie schließlich die Hafenmole.

»Wir haben eine konstante fünf aus Nord-West«, rief er der Mannschaft an Deck zu.

»Gaffelgroßsegel, Fock und Klüver klarmachen! Darius, du nimmst unsere Leichtmatrosin unter deine Fittiche. Ihr beide seid das Backbordteam. Sven«, rief er einem aus Udos Fireteam zu, »du kennst dich auch etwas aus, du bildest mit Udo das Steuerbordteam. Und macht die Dirken klar, damit wir den Großbaum freikriegen! Die beiden anderen machen schon mal die Fock klar!«

»Was zum Teufel sind Dirken?«, fragte Gabi ihren Lehrmeister.

»Das sind die Leinen, an denen das Ende des Großbaums hängt. Die müssen wir auf Kommando anziehen, damit der Baum etwas angehoben wird. Dann kann Konny den Baumständer umlegen, sodass das Großsegel frei schwingen kann. Du hilfst mir aber vorher, die Zeisinge zu lösen.«

Diesen Begriff kannte sie vom Sportsegeln, und sie half ihm, die Bänder aufzubinden, mit denen das große Segel am Baum zusammengehalten wurde.

Nachdem sie aus der Fahrrinne der Förde heraus waren, drehte Konny den Bug in den Wind und ließ das große Segel setzen. Dabei fielen so viele Fachworte, dass Gabi überfordert auf Durchzug stellte und sie nur an der Leine zog, die Darius ihr zeigte. Am Ende ihres Traditionsabenteuers würde sie aber schon einige Begriffe und Abläufe kapiert haben, dessen war sie sich sicher.

Als die Segel gesetzt waren, hatte die Besatzung die Schwerstarbeit hinter sich.

»So, mein Lieber«, begann Gabi, als sie sich zum Verschnaufen neben Udo setzte, »nun tu mal Butter bei die Fische. Wie lautet euer Plan?«

»Da wir nun wissen, wie die Verbrecher ihre Daten zu den gesuchten Organen und den dazu passenden Spendern bekommen, haben wir die Schwester des Scheichs auf ›rot‹ gesetzt. Das heißt, dass sich ihr Gesundheitszustand so weit verschlechtert hat, dass sie augenblicklich nicht operiert werden kann. Die Gefahr, dass ein zu sehr geschwächter Mensch bei so einer schweren OP auf dem Tisch bleibt, ist einfach zu groß. Krankenhäuser, die einen Spender auf ihrer Intensivstation liegen haben, wissen, dass Scheichs extrem großzügig sein können, wenn Angehörige gerettet werden müssen. Sie lassen ihre hirntoten Spender dann auch gern etwas länger an den Geräten. Welches Krankenhaus braucht kein leicht verdientes Extramilliönchen? Das geht meist so lange, bis sich der entsprechende Empfänger erholt hat oder gestorben ist. Danach erst werden die noch vorhandenen Organe Eurotransplant gemeldet und somit für Normalsterbliche freigegeben.«

Gabis Gesicht verfinsterte sich. »Aber die Schwester dieses Scheichs wartet doch auf ein Organ. Die könnt ihr doch nicht einfach absovieren.«

»Sie hat ihre Lunge schon. Das wissen wir, aber die Gauner nicht. Dank der Beziehung eines Marinestabsarztes hat Eurotransplant den Bedarf noch nicht gecancelt und spielt unser Spielchen mit.«

»Und woher wissen die, dass der Suchende Geld hat?«

Udo zuckte mit den Achseln. »Eine gesetzliche Krankenkasse wird, um eine Niere für Oma Kasuppke zu suchen, wohl kaum ins Darknet gehen.«

Das leuchtete Gabi ein. »Und damit denkt ihr, die Tötung der gekidnappten Frau aufschieben zu können?«

»Wir hoffen es zumindest. Die Gauner beobachten das Darknet ganz genau, weil sie dort problemlos die höchsten Preise aufrufen können. Bei Eurotransplant würden sie nur einen Bruchteil davon bekommen und müssten den Erlös für die Organe obendrein noch durch eine offizielle Klinik ›waschen‹ lassen, und die wollen von dem kleinen Kuchen auch noch ein Stück abhaben. Stirbt ein potenzieller Abnehmer aus dem Darknet oder wird auf ›rot‹ gesetzt, dann wird der unfreiwillige Spender auf der ›Sandur‹ mit Sicherheit noch etwas auf ›Halde‹ gelassen. Tot bringt er kein Geld.«

Gabi war skeptisch. »Das denkt ihr vielleicht.«

»Stimmt, aber die Hoffnung stirbt zuletzt.«

»Leider werden diese Kerle dadurch nicht überführt.«

»Korrekt, deswegen haben wir einen Köder gelegt. Zwei Kameraden der Spezialkräfte der Marine mimen ein frisch verliebtes Paar, das eine Woche Campingurlaub am Weissenhäuser Strand macht. Die Marker der Frau haben wir in die Datenbanken und bei Eurotransplant eingepflegt und auch im Darknet dazu passende Organe gesucht. Wir gehen davon aus, dass die Kerle darauf anspringen. Das Fireteam aus Fehmarn überwacht das Ufer, wir schippern unauffällig in der Nähe der ›Sandur‹ herum.«

Gabi überlegte. »Das ist ein hoher Personaleinsatz. Und warum entert ihr den Katamaran nicht sofort?«

»Wissen wir, ob diese Frau Baumgarten in diesem Augenblick nicht schon tot ist und ihre sterblichen Überreste bereits entsorgt wurden? Wenn dem so ist, wir den Kahn entern und dort nicht auch nur die kleinste Spur von etwas Belastendem finden, dann sind wir die Angeschmierten.«

Das leuchtete Gabi ein. »Und was ist nun meine Aufgabe bei der Sache?«

»Du wirst mit Darius und dem Skipper zusammen die ›Zwillinge‹ segeln und sie bei Bedarf beschützen.«

»Indem ich ›Buh‹ rufe, wenn jemand ohne Fahrkarte an Bord kommt?«

»Nein, indem du deine Pistole ziehst.«

Sie feixte. »Ich muss dem Bösewicht aber erst mal schonend beibringen, dass ich meine Knarre in Kiel im Waffenspind habe und sie erst holen muss, um damit Angst und Schrecken verbreiten zu können.«

Udo griff neben sich und reichte ihr eine olivgrüne Pistolentasche. Sie öffnete sie und staunte. »Eine Walther P99 mit zwei Ersatzmagazinen! Damit kann ich ja einen Krieg anfangen. Wusstest du, dass wir die im Dienst haben?«

»Natürlich. Auf das Ding bist du schließlich eingefuchst.«

Sie lächelte ihn an. »Darf ich dich küssen?«

Er lief rot an. »Ja bitte, äh, aber lieber doch nicht vor den anderen. Ich bin schließlich im Dienst.«

Sie küsste ihn auf die Wange. »Ich auch!«

***

Da die Kieler Woche traditionell um Mittsommer herum stattfindet, ist es in den Abendstunden noch sehr lange hell. Hinnerk hatte diesmal keinen Spaß daran, sich wie jeden Abend mit einem Fernglas auf die Hafenmole von Laboe zu stellen, um die ein- und auslaufenden Schiffe zu beobachten. Auf seiner Schulter saß Rasmus und knackte Erdnüsse.

Julius stellte sich neben ihn. »Was ist los, Bruder, dich bedrückt doch was. Haben du und dein ›Papagei‹ die erste Beziehungskrise?«

»Nee, Mann, ich mach mir Sorgen um unsere Deern. Ob das so gut geht? Die tun doch da bestimmt auch schießen.« Auf Hinnerks Stirn waren tiefe Sorgenfalten zu sehen.

»So richtig recht ist mir das auch nicht«, murmelte der Vormann, »aber wir müssen darauf vertrauen, dass sie da heil rauskommt. Als Polizistin hat sie es ja auch gelernt, in Deckung zu gehen, wenn's knallt.«

»Du kennst doch unsere Deern. Wenn es wirklich knallen tut, dann ist sie doch die Erste, die hinter der Deckung vorguckt und nachsieht, ob sie jemandem helfen kann.«

Ihre Pieper schlugen Alarm. »Wenn das der Einsatz ist, auf den ich warte, dann kannst du höchstpersönlich auf unsere Deern aufpassen.«

Hinnerks Gesicht hellte sich auf. »Holen wir sie wieder ab?«

»Nee, wir sind aber zur Not ganz in der Nähe des Geschehens. Falls etwas passiert, machen wir mit Arzt und medizinischer Ausrüstung das Lazarettschiff. So haben wir es heute morgen mit der Marineleitung abgesprochen.«

Hinnerks Gesicht verfinsterte sich wieder. »Dann sind wir

aber noch immer viel zu weit weg, um ihr helfen zu können, wenn es für sie eng wird.«

Julius schüttelte belustigt den Kopf. »Mönsch, Jung, nun krieg dich mal ein, sonst kriegt dein Vogel vor lauter Eifersucht noch 'n Affen.«

Die Schiffshörner der »Otto Asmussen« ertönten zweimal.

»Dann haben wir vorher wohl doch noch einen anderen Einsatz reinbekommen«, brummte Julius. Nach einer knappen Minute drückte er ihr Schiff mit den Bugstrahlrudern von der Kaimauer ab.

»Auf unserem Navi steht ›Strand Hasselfelde‹, das ist doch der Hausstrand der DLRG?«

»Das ist kein Strand, sondern offiziell nur ein Ufer, über dessen Böschung unsere Zentrale liegt«, bestätigte Svenja. »Dort hinunter gibt es noch nicht einmal Rettungswege, deshalb ist das auch kein amtlich zugelassener Badestrand. Wahrscheinlich ist genau das der Reiz für die jungen Leute, dort zu baden und anschließend zu feiern. Und weil es während der Kieler Woche null freie Hotelbetten mehr gibt und sogar die Campingplätze ausgebucht sind, wird da gern auch wild gezeltet. Wie lautet denn das Alarmierungsstichwort?«

Fiete sah auf das Display des Meldeempfängers. »Internistischer Notfall bei Kleinkind.«

»Kleinkind, um die Zeit? Das hört sich nicht gut an.« Sie machte ein ernstes Gesicht und stieg zum Doc in den Schockraum, um dort alles für die erwartete Behandlung vorzubereiten.

Die »Otto Asmussen« schien durch die vielen Presseberichte auf der Förde eine Art Promistatus erlangt zu haben. Ihnen wurde auf dem Wasser nicht nur Platz gemacht, sondern die Menschen auf den Booten und an den Ufern winkten dem Rettungsschiff auch zu, wenn es mit Blaulicht an ihnen vorbeibrauste.

Schon von Weitem war zu sehen, dass an diesem Strandstreifen eine ausgelassene Feierstimmung herrschte. Überall brannten kleine Lagerfeuer, und der Duft von Gegrilltem waberte übers Wasser. Zwischen den Feuern stand aber jemand am Ufer und winkte mit einer Taschenlampe.

»Da scheint es zu sein«, brummte Julius. »Dort werde ich uns mal aus dem Wasser ziehen.«

Ein völlig verzweifelter junger Mann empfing sie. »Kommen Sie schnell, unser Kind atmet nicht mehr.«

Während er den Doktor und Svenja zu seinem Zelt führte, berichtete er: »Es war alles wunderbar. Der Junge schlief schnell ein, obwohl er abends ganz leicht Fieber bekam. Dann haben wir später noch mal nachgesehen, wie es ihm geht, und da lag er mit hohem Fieber wie tot in seinem Bettchen.«

Als sie die Zeltbahn zurückschlugen, versuchte die Mutter gerade ihr Kind zu reanimieren. Der Arzt und die Notfallsanitäterin übernahmen sofort. Während der Doc die Reanimation übernahm, schloss Svenja die Überwachungsgeräte an und legte einen Zugang. Der Monitor zeigte ein Kammerflimmern an. Es wurde defibrilliert, der Stromstoß zeigte leider keinen Erfolg. Svenja übernahm die Herzdruckmassage und Drs. Simons intubierte das Kind, damit es über ein Gerät, das Fiete inzwischen zum Zelt gebracht hatte, beatmet werden konnte. Die blaue Gesichtsfarbe des Kindes änderte sich aber nicht, und es waren durch das Stethoskop auch keinerlei Atemgeräusche in der Lunge wahrzunehmen. Der Arzt hatte einen schlimmen Verdacht. »Kann es sein, dass Ihr Kind heute beim Planschen Wasser geschluckt und dabei auch eingeatmet hat?«

Die Mutter sah ihn erstaunt an. »Ja. Mats hat heute Vormittag am Ufer gesessen und mit seinen Förmchen im Wasser gespielt, da ist eine Fähre vorbeigezogen, die Bugwelle hat ihn erfasst und das zurücklaufende Wasser hat ihn in die See gezogen. Wir waren aber zur Stelle und haben ihn sofort rausgefischt. Er hat zwar fürchterlich gehustet und kurz danach etwas Salzwasser erbrochen, war danach aber wieder völlig okay.«

»Fiete«, fragte der Arzt, »wo ist hier der nächste größere Anleger, an dem ein RTW direkt bis ans Wasser fahren kann?«

»›Reventlou‹«, antwortete er. »Das ist direkt an der Kiellinie, quasi einmal über die Förde. Da tobt die KieWo auch nicht ganz so doll, sodass Fahrzeuge da gut durchkommen.«

»Okay, da sollen sofort ein RTW und ein ECMO-Team hinkommen.«

Fiete funkte Julius an, Hinnerk stellte die Trage neben das Kind, und dann betteten sie den Jungen während der laufenden Reanimation um. Für den Transport zum Schiff kniete sich Svenja ebenfalls auf die Trage, um das Herzchen weiter massieren zu können. Da die Räder im Sand nur blockiert hätten, trugen Fiete und Hinnerk die Trage mit Svenja und dem Kind darauf zum Schiff.

»Dürfen wir mitkommen?«, fragte der besorgte Vater.

»Das lässt sich machen«, antwortete der Doktor. »Aber nicht im Behandlungsraum, sondern in der Messe.«

Sowie sie an Bord der »Otto Asmussen« waren, zog Julius das Schiff schon einmal vorsichtig wieder ins Wasser zurück, um gleich startbereit zu sein, wenn das »Go« aus dem Behandlungsraum kam. Hinnerk und Svenja assistierten dem Arzt, während sich Fiete um die geschockten Eltern in der Messe kümmerte. Dann starteten sie.

Drs. Simons hatte inzwischen die Herzmassage übernommen, sodass seine Kollegin die Blutgasanalyse durchführen konnte.

»PH sechs Komma neun«, meldete sie mit besorgtem Gesicht.

»Ist das schlecht?«, fragte Fiete besorgt.

»Das ist lebensgefährlich mies«, antwortete sie.

Nur Minuten später machten sie am Anleger fest. Der RTW der Feuerwehr war schon vor Ort, und als sie die Trage mit der wieder reanimierenden Svenja darauf in den Rettungswagen schoben, traf auch das ECMO-Fahrzeug ein, sodass das Kind sofort von dem Spezialteam versorgt werden konnte.

Jetzt hatte Drs. Simons endlich auch Zeit, die Eltern des Jungen aufzuklären.

»Mein Gott, was machen Sie mit unserem Kleinen«, empfing ihn die Mutter in der Messe. »Wir verstehen das alles nicht.«

»Es tut mir leid, dass wir Sie so lange im Unklaren gelassen haben, aber ich hatte leider keine Zeit, Ihnen jeden Handgriff zu erklären. Das Leben Ihres Kindes war in diesem Augenblick einfach wichtiger. Also: Der kleine Mats leidet an einem höchst akuten Lungenödem. Seine Lunge ist voller Wundwasser und Schleim, sodass unsere manuelle Beatmung nicht ausgereicht hat, das Blut Ihres Kindes mit ausreichend Sauerstoff anzureichern. Daher auch die blaue Gesichtsfarbe. In dem Rettungswagen sind ein darauf spezialisierter Anästhesist und ein medizinischer Techniker dabei, Ihren Jungen an eine künstliche Lunge anzuschließen. Sowie das passiert ist, hat Mats wieder eine Überlebenschance.«

Die Eltern waren am Boden zerstört. »Wie kann denn unser Kind in seinem Bettchen so viel Wasser in die Lungen bekommen?«, fragte die weinende Mutter. »Da war doch alles trocken!«

»Der Junge hat, als sein Kopf bei dieser Bugwelle unter Wasser gezogen wurde, Seewasser eingeatmet. Der Mediziner nennt das assimilieren. Ein Bisschen davon hat er wieder aushusten können, aber nicht alles. Das Wasser in der Förde ist natürlicherweise voller Keime, und die haben eine Lungenentzündung hervorgerufen. Diese Entzündung ist so stark gewesen, dass der Körper sehr viel Wundwasser und Schleim produziert hat. An diesem körpereigenen Wasser wäre Ihr Sohn beinahe erstickt.«

Der Vater verstand die Welt nicht mehr. »Passiert denn so etwas öfter?«

Der Arzt nickte. »Ja, leider. Man nennt das ›sekundäres Ertrinken‹.«

»Und wird Mats jetzt wieder ganz gesund?«

Vor dieser Frage fürchtete sich der Arzt etwas. »Wir haben alles Menschenmögliche getan, dass Ihr Sohn zumindest wieder eine Chance hat, gesund zu werden. Ob er genesen wird und ob er bleibende Schäden davongetragen hat, wird sich erst in den nächsten Tagen zeigen.«

»Ist er denn trotz dieser ganzen Maßnahmen noch nicht über den Berg?«

»Es tut mir leid, aber bevor Ihnen jemand diese Frage beantworten kann, werden für Sie wohl noch einige Stunden voll bangen Wartens ins Land gehen.«

Nur Stunden nach diesem Gespräch kam die Nachricht, dass sich der Zustand des Kindes stabilisiert hatte. Eine Woche später konnte der kleine Mann das Krankenhaus, von zwei überglücklichen Eltern begleitet, völlig gesund verlassen.

* * *

Der neue Kapitän der »Sandur« blickte besorgt auf den Bildschirm des Schiffsradars. »Die Kieler Woche ist vorbei, es geht auf Mitternacht zu, und hier ist Verkehr wie auf dem Broadway. Da stimmt doch was nicht.«

Jákup Joensen, der Funker des Katamarans, schaute ebenfalls auf den Bildschirm und zeigte auf die »Zwillinge«. »Dem Signal nach zu urteilen, ist das ein Holzschiff.« Er rief auf dem Computer das Schiffsregister auf und gab die Transponderkennung ein. »Ja, das ist ein alter Segelkutter. Bei den großen Pötten handelt es sich um eine deutsche und eine dänische Fregatte. Dies hier«, er zeigte auf einen anderen Punkt auf dem Bildschirm, »ist die ›Nordrhein-Westfalen‹ und das ist die ›Peter Willemoes‹. Die scheinen hier eine Art Manöver zu haben.«

Kapitän Spassow schüttelte den Kopf. »Nein, dann hätten die das Sperrgebiet erweitert.« Er tippte nun ebenfalls auf den Bildschirm. »Das ist ein Kreuzer der Küstenwache, und hier haben wir ein ganz neues Notarzteinsatzschiff.« Sein Gesicht wurde immer verkniffener. »Da braut sich etwas zusammen.«

»Du meinst, wegen uns? Aber wie sollen die denn rausgekriegt haben, dass wir heute Nacht hier an Land tätig werden wollen? Selbst wenn, würden die unseretwegen nicht die Nato alarmieren. Außerdem haben wir den Transponder gar nicht angeschaltet.«

»Du glaubst doch wohl nicht etwa, dass uns die Fregatten nicht auf dem Bildschirm hätten? Trotz der Dunkelheit erkennen die alles.« Er überlegte. »Frag noch mal in der Zentrale nach, ob die letzten personenbezogenen Marker und der Aufenthalt der Zielperson wirklich authentisch sind. Mein Gefühl sagt mir, dass da irgendetwas nicht stimmt.«

Joensen sah ihn fragend an. »Auf der sicheren Leitung?«

»Natürlich auf der sicheren Leitung, du Depp, oder willst du an Deck gehen und Lichtzeichen morsen?«

***

Kapitän zur See Wigbert Hinrichs war gereizt. Normalerweise wurden Einsätze der Kampfschwimmer direkt aus Potsdam dirigiert. In ihrem Fall lag die Verantwortung allein bei der Marine. Nachdem die Admiralität darüber informiert worden war, kam die Einsatzleitung auf einem in Eckernförde liegenden Aufklärer zusammen. Dort war die dafür notwendige Infrastruktur vorhanden. Auf dem Anleger traf er auf die Bundesanwältin.

»Hallo, Frau Wagner, Sie als Zivilistin dürfen ins ›Allerheiligste‹?«

Sie musste lachen. »Moinsen, Herr Kap'tain. Ich habe die Freigabe für dieses Schiff bekommen. Aber erst, nachdem ich dem Abschirmdienst glaubhaft versichert habe, dass ein normales Faxgerät für mich das Nonplusultra an Technik ist. Da bekam die Redewendung ›idiotensicher‹ eine ganz andere Bedeutung.«

Hinrichs lächelte. »Sie reden mich mit Kap'tain an? Sie haben wohl recherchiert?«

»Frau will ja nicht als Outsider dastehen.«

Er strahlte sie an. »Übrigens, vielen Dank noch mal, dass sie meine Leute rausgehauen haben. Sie haben dafür noch etwas gut bei mir.«

»Nicht dafür, sagt man doch hier oben?«, lachte sie.

»Ich freue mich wirklich, Sie wiederzusehen, Frau Wagner, aber warum sind Sie in Eckernförde?«

»Das erfahre ich wohl auch erst an Bord. Gehen wir rein, dann werden wir beide klüger. Auf jeden Fall muss es so wichtig sein, dass ich extra von Karlsruhe an die Waterkant geflogen wurde.«

In einem Raum, der vor modernster Technik nur so strotzte, wurden sie gebeten, Platz zu nehmen. Beeindruckt sahen sie sich um. Es gab kaum einen Fleck an den Wänden, der nicht mit Screenboards oder Monitoren bedeckt war.

»Für Sie muss das doch Alltag sein«, flüsterte Frau Wagner ihm ehrfürchtig zu, »erzählen Sie doch mal, was das alles für Bildschirme sind.«

»Gute Frau, ich kann Ihnen genau sagen, wie viele Flöhe auf einen Kubikmeter Fördewasser kommen und dass Sie nass werden, sollten Sie reinfallen. Woher soll ich hingegen wissen, was das hier für eine Technik ist? Allein zum Putzen dieser Bildschirme braucht man einen Speziallehrgang, der topsecret ist.«

»Sind Sie nun bei der Marine oder nicht?« Sie grinste ihn an.

»Die Innereien dieses Schiffes sind so geheim, dass es den Pott eigentlich gar nicht gibt. Außerdem kann man auch ein guter Katholik sein, ohne zu wissen, was der Papst für Unterhosen trägt.«

»Sind Sie katholisch?«

»Nein, aber ich denke mir einfach, dass er welche trägt, wenn er andere Leute segnet.«

Ein hoher Offizier betrat in Begleitung zweier Adjutanten den Raum. »Frau Bundesanwältin, Herr Kap'tain«, begrüßte er sie, »ich bin Flottillenadmiral Bertram Schneider, ich leite das Unternehmen ›Wehrsportgruppe‹.«

»Sind damit diese aufrechten Nationalisten, die wir beobachten, gemeint?«, fragte Frau Wagner.

»Genau die und deshalb sind Sie hier«, kam die kurze Antwort. »Das ist eine terroristische Vereinigung, die schließlich in Ihr Ressort fällt. Aber mehr dazu von Leutnant Bartels von der Aufklärung.«

»Meine Dame, meine Herren«, begann der junge Mann ohne Umschweife, »da wir ein russisches U-Boot der Lada-Klasse orten konnten, das sich in unmittelbarer Nähe von Fehmarn aufhält, gehen wir davon aus, dass eine erneute Waffenlieferung bevorsteht.«

Der Flottillenadmiral zog die Stirn kraus. »Wenn ich die Kennung auf dem Radar-Bildschirm richtig deute, ist das eine dänische Fregatte?«

»Das ist die ›Peter Willemoes‹.«

»Die manövrieren aber ziemlich weit weg vom Schuss.«

»Das ist richtig. Die Russen sollen denken, dass wir ihr U-Boot mehr in Richtung Gedser vermuten.«

»Und hier vor Ort sind …?«

»Die ›Nordrhein-Westfalen‹, die schwedische Korvette ›Harnösand‹, unsere Kampfschwimmer, die polnische Korvette ›Kaszub‹, die Küstenwache, die WaSchPo, das SEK des Zolls, ein NES der DLRG und die U32.«

»Warum der Zoll?«

»Da wir noch nicht wissen können, ob unsere Leute auch auf dem Festland tätig werden müssen. Auf dem Truppenübungsplatz Putlos wäre das für sie kein Problem, im Hinterland hingegen wäre es heikel.«

Admiral Schneider schien diese Antwort zufrieden zu stellen. Doch Frau Wagner hatte Fragen. »Und warum wäre der Einsatz der Bundeswehr im eigenen Land ein Problem?«, flüsterte sie Hinrichs zu.

»Weil der erst vom Bundestag abgesegnet werden müsste. Und dann könnten wir das Unternehmen auch gleich mit Ort und Zeit in einer Pressekonferenz ankündigen.«

Sie sah ihn verdattert an. »Ist denn unser Parlament, was die Infos betrifft, so löcherig?«

»Löcherig ist gar kein Ausdruck«, kam die trockene Antwort, »zuerst wird getwittert, und danach erst gedacht, wenn überhaupt gedacht wird. Wir haben unter unseren Politikern jede Menge ›Trump-eltiere‹. Noch schlimmer aber ist die Tatsache, dass relevante Infos von den Rechten sofort an ihre Gesinnungsgenossen weitergegeben werden.«

»Auf See«, fuhr der Leutnant fort, »sind wir, wie schon erwähnt, ausreichend aufgestellt. An Land ist das SEK des Zolls in Bereitschaft und in Ufernähe ein komplettes Team der KSM. Das ist wie folgt aufgeteilt: ein Fireteam, also vier Leute, auf einem Traditionssegler ganz in der Nähe des Einsatzortes, ein weiteres Fireteam auf einem Fischkutter in Fehmarn und eine Rotte, also zwei Personen, auf dem Campingplatz Weissenhäuser Strand. Sie als potenzielles Ziel der Organdiebe und er der ahnungslose Ehemann. Ein weiteres Fireteam befindet sich auf der U32. Als strategische Reserve haben wir ein komplettes Halbteam, also zehn Kampfschwimmer, auf der ›Nordrhein-Westfalen‹. Sie haben dort Helikopter zur Verfügung, die speziell für die Bedürfnisse des Kommandos Spezialkräfte ausgerüstet sind. In dem Augenblick, in dem die Russen versuchen, Waffen oder Personen anzulanden, schlagen wir zu.«

»Und was ist mit den Organhändlern?«, fragte Hinrichs ungeduldig. »Ist der Kampf gegen diese Verbrecher etwa verschoben, oder gibt es einen Grund, warum dafür nur so wenig Leute vorgesehen sind? Bei denen ist ein unschuldiges Opfer in Lebensgefahr!«

»Herr Kap'tain«, versuchte Admiral Schneider ihn zu beruhigen, »wir haben hier zwei Baustellen, aber nur einen Bagger. Sie werden einsehen, dass feindliche U-Boote, die an Möchtegern-Nazis Waffen liefern, Priorität haben.«

Es kostete Hinrichs einige Mühe, nicht zu explodieren, aber der Admiral hatte völlig richtig entschieden. Für ihn selbst hatte die Frau und Mutter auf der »Sandur« einen Namen. Damit war er befangen.

Ilona Wagner bemerkte seinen Zorn. »Na hoppala, einen

Berufssoldaten mit dem Herzen auf dem richtigen Fleck trifft man selten.«

»Eine Bundesanwältin mit 'nem Arsch in der Hose aber auch«, antwortete er.

Sie strahlte ihn an. »Sind Sie verheiratet?«

Er schüttelte den Kopf. »No, Ma'am, I'm a lonesome sea wolf.«

»Hätten Sie, wenn der Spuk hier vorbei ist, Lust auf ein Essen mit einem Landdrachen der Justiz?«

»Gern.«

»Aber nicht, dass Sie auf die Idee kommen, dass jeder für sich zahlt.«

»Darauf würde ich nie kommen«, entgegnete er charmant, »jeder zahlt die Rechnung des anderen.«

✳✳✳

Als Lockvögel wurden der Ausbilder der Kampfschwimmer, Tim Schrader, und die Auszubildende, Bootsmann Angela Fox, eingesetzt. Neben Emma war sie die einzige Frau in den Reihen der Spezialkräfte der Marine. Der Leutnant war leider schon durch die Verhaftung in Laboe bekannt, so musste die junge Kollegin in ihren ersten echten Einsatz. Das vermeintliche Paar hatte sich auf dem Campingplatz Weissenhäuser Strand häuslich eingerichtet. Geübte Camper konnten auf den ersten Blick erkennen, dass die beiden in Sachen Zelten über keinerlei Erfahrung verfügten. Nachdem sie endlich mit dem Aufbau ihrer Behausung fertig waren und ihre spartanische Ausrüstung darin verstaut hatten, dämmerte es. Sie teilten sich eine Büchse Ravioli, die sie auf einem kleinen Gaskocher erwärmt hatten, und als die Dunkelheit einsetzte, verzogen sie sich ins Vorzelt.

»Unsere Knarren haben wir mit, aber den Mücken sind wir wehrlos ausgeliefert«, brummte Tim verärgert. »Und das wäre bestimmt das Erste, woran ein echter Camper gedacht hätte.« Angela war aufgeregt. Immer wieder kontrollierte sie ihre Dienstpistole. Für eine Soldatin, die sich noch in der Ausbildung zur Kampfschwimmerin befand, war diese Nervosität sicher normal, dennoch ärgerte sie sich über sich selbst.

»Mein Gott«, sagte ihr Rottenführer, »was fummelst du nun schon wieder am Magazin herum?«

»Um mich zu beruhigen.«

»Und wie soll ich dich vorm Feind beschützen, wenn du mich vorher zum Wahnsinn bringst oder sogar erschießt?«

»Sorry, Herr Stabsbootsmann, aber was würden Sie an meiner Stelle tun?«

»Dich mit meiner Waffe zum Wahnsinn bringen.«

Beide mussten lachen.

»Und bitte merken: Wir sind hier im Einsatz, wir sind ein Ehepaar, also bin ich für dich Tim.«

»Jawoll Herr ... sorry, Tim.«

»Und nun mach dir bitte keine Gedanken. Ich war bei meinem ersten Einsatz mindestens genauso aufgeregt.«

»Das ist nicht nur mein erster Einsatz, sondern ich fühle mich mit lediglich einem Trainingsanzug bekleidet und mit nur einer Pistole geradezu nackt.«

»Mehr habe ich auch nicht am Leibe, und das ist für ein junges Paar im Urlaub normal. Hör also auf zu meckern, denn wie lautet das Motto der Kampfschwimmer?«

»Lerne Leiden, ohne zu klagen«, zitierte sie.

»Than do it, liebste ›Gattin‹.«

Plötzlich horchten sie auf. Sie hatten die Lage ihres Zeltes so ausgewählt, dass sie im Ernstfall über den Maschendrahtzaun zum anliegenden Truppenübungsplatz verschwinden konnten. Falls es wider Erwarten zu einem Schusswechsel kommen sollte, wollten sie das aus Rücksicht vor Kollateralschäden nicht im Zentrum des Campingplatzes geschehen lassen.

»Hier müsste um diese Zeit eigentlich absolute Ruhe herrschen«, murmelte Tim unwirsch. Er drückte die Sendetaste seiner Sprechverbindung. »Lagezentrum für Rotte Camping kommen.«

»Lagezentrum hört.«

»Wisst ihr, was hier auf dem Truppenübungsplatz los ist? Wir hören Rufe und Motorengeräusche. Ich weiß nicht, wer da noch nachts zugange ist, aber mit ihrem Lärm vertreiben die Kameraden noch unsere Zielpersonen.«

Der Dispatcher hörte sich ebenfalls verärgert an. »Wir haben hier auch Bewegung auf dem Schirm. Haben Sie die Möglichkeit, dort für Ruhe zu sorgen? Bevor wir jemanden vom Stab erreicht haben, kann das um diese Zeit die halbe Nacht dauern.«

»Sollen wir also erkunden?«

»Ja, das macht mal. Alles andere würde zu lange dauern. Es wäre zu ärgerlich, wenn uns die eigenen Leute die Aktion vermasseln würden.«

Tim quittierte, und sie rüsteten sich aus. »Die Knarren nehmen wir lieber mit. Die können wir nicht unbeaufsichtigt im Zelt lassen«, ordnete er an.

Um sich auf dem dunklen Truppenübungsplatz orientieren zu können, nahm er auch ein kleines Nachtsichtgerät mit.

Der Zaun war für die Kampfschwimmer kein ernsthaftes Hindernis, und sie strebten geradewegs auf die lärmenden Soldaten zu.

»Rotte Camping für Lagezentrum kommen.«

Tim drückte auf die Sprechtaste seines Miniohrsenders und flüsterte: »Hört.«

»Eure Zielpersonen nähern sich mit einem Schlauchboot. Ihr müsst spätestens in zehn Minuten wieder am Zelt sein.«

Er war zuversichtlich, bis dahin für Ruhe gesorgt zu haben. »Verstanden.«

Es dauerte nur Sekunden, bis sie den Maschendrahtzaun überwunden hatten.

Angela sah sich unruhig um. »Also, irgendetwas ist hier seltsam«, flüsterte sie. »Normalerweise sind Truppenübungsplätze mit Bewegungsmeldern gesichert. Die müssten schon längst beim Wachposten angeschlagen haben. Warum können die dahinten und wir hier unbehelligt herumrennen?«

»Vielleicht haben sie hier keine Sensoren, oder die sind wegen dieser Nachtübung ausgeschaltet.« Tim sah durch sein Nachtsichtgerät. »Das dahinten sind Soldaten. Die rennen mit modifizierten G36-Sturmgewehren herum. Das wird eine Spezialeinheit sein. Unsere Leute sind das nicht. Dazu haben sie zu wenig Ausrüstung.« Er richtete sich auf. »Dann wollen wir doch mal artig nachfragen. Vielleicht findet hier wirklich eine Übung oder Ähnliches statt.«

»Einigen wir uns auf Ähnliches«, ertönte plötzlich eine Stimme seitlich von ihnen. »Ihr legt euch jetzt beide ganz langsam bäuchlings auf die Erde und verschränkt eure Hände hinter dem Nacken.«

»Sorry, Leute«, antwortete Tim, »das ist ein Missverständnis. Wir sind vom Kommando Spezialkräfte der Marine, also KSM, und das ist keine Übung, wir sind im Einsatz.« Dennoch legten sich beide, wie angewiesen, lang auf die Erde.

»Für wie blöd hältst du mich? Das KSM im Trainingsanzug hier an der deutschen Küste im Einsatz? Wenn das publik würde, gäbe es einen Riesenwirbel.«

Der gleißende Lichtstrahl einer Lampe wurde auf sie gerichtet. »Na guck mal einer an, die haben ja Waffen und einen Stöpsel im Ohr.« Einer der Männer beugte sich zu ihnen, entwaffnete sie und zog den Ohrhörer der Kommunikationsanlage aus Tims Ohr.

»Hat die Schlampe auch so ein Ding?«

»Natürlich«, zischte Angela böse. »Ich bin ja nicht als Kuli hier.«

Auch ihr wurde der Sender aus dem Ohr gezogen. Der Mann griff an seinen Gürtel, zog ein Multitool aus einem Etui und zerstörte beide Ohrstöpsel mit einer Zange. Die Verbindung zum Lagezentrum war somit gekappt.

»Habt ihr Idioten einen Schuss überhört?«, fragte Tim stinksauer und wollte sich erheben.

»Die Frage könnte ich auch dir stellen«, murmelte ein anderer und stieß ihm den Gewehrkolben brutal ins Genick. Tim war sofort bewusstlos, den stechenden Schmerz spürte er nicht mehr.

»Und was wird nun mit den beiden?«

»Erst mal fesseln und dann in den Bunker. Dort wird der Boss entscheiden.«

VIERZEHN

»Was ist mit der Rotte Camping?«, fragte Hinrichs irritiert, nachdem er auf das Display schaute und keine Kennung mehr sehen konnte. »Gibt's eine Funkstörung?«

Der Dispatcher zuckte ratlos mit den Achseln.

Der wachhabende Offizier sprang dem Mann zur Seite. »Die verscheuchen auf meine Anweisung hin ein paar Infanteristen, die anscheinend nachts in Putlos üben.«

Hinrichs war wie vom Donner gerührt. »Was für eine Übung, mit welchen paar Infanteristen? Mit dem Kommando des Truppenplatzes war eine absolute Sperre vereinbart. Haben Sie schon versucht, jemanden von der Wache zu erreichen?«

»Die ganze Zeit, da geht aber niemand ran.«

Der Admiral war ebenfalls auf die neue Situation aufmerksam geworden und erhob sich von seinem Arbeitsplatz. »Brennt da was an?«

»Das ist möglich. Die Rotte Camping meldet sich plötzlich nicht mehr«, klärte ihn der Wachhabende auf.

»Dann sollten die Kampfschwimmer nach ihren Kameraden suchen und ihnen, falls nötig, zur Hilfe kommen. Herr Kap'tain«, wandte sich der Admiral zu ihm, »ab sofort läuft der Einsatz gegen die Organhändler unter ›Aktion Putlos‹. Sämtliche daran beteiligten Einheiten gehen auf Spezialfrequenz zwo. Herr Kap'tain, das ist Ihre Truppe. Die ›Aktion Tango‹ mit den Waffenschiebern läuft parallel unter meinem Befehl auf Spezialfrequenz 1 weiter, wie gehabt. Sollte es Überschneidungen geben, dann schließen wir uns sofort kurz.«

Hinrichs wusste, was umgehend zu tun war. »Sind die Helis unseres Halbteams auf der ›Nordrhein-Westfalen‹ einsatzbereit?«

»Ja!«

»Die sollen sofort losfliegen und nach ihren Kameraden

auf dem Truppenübungsplatz suchen. Herr Admiral, ich brauche Ihre Genehmigung, dass das Zoll-SEK auf dem Truppenübungsplatz tätig werden darf.«

»Die haben Sie.«

»Das Zoll-Team soll erst das Wachgebäude aufklären und sehen, was mit den Wachleuten los ist. Sind die Zollkollegen für uns sichtbar?«

»Ja, Herr Kap'tain, die können sich bei uns aufschalten.«

»Dann sollen sie das machen und auf weitere Anweisungen warten. Außerdem sollen die auf Friendly Fire achten. Keine Ahnung, was da für Spinner rumballern. Das Fireteam ›Zwillinge‹ ist ab sofort in erhöhter Bereitschaft!«

✻✻✻

»Was heißt erhöhte Bereitschaft?«, fragte Gabi besorgt.

Udo, der sich mit seinen Kameraden zusammen ausrüstete, klärte sie auf: »Das heißt, dass wir komplett einsatzbereit auf der Reling sitzen werden und uns, nachdem das ›Go‹ gekommen ist, nur noch ins Wasser gleiten lassen.«

»Und was sind das für Propeller an der Hose?«

»Das sind sogenannte Jetboots. Die werden durch das Batteriepack hier an der Hüfte mit Strom gespeist und machen uns im Wasser sehr viel schneller.«

Sie grinste ihn an. »Du siehst wie eine Cyber-Robbe aus.«

Udo lachte leise. »Ich bin eine.«

✻✻✻

Das Kaperteam der Organhändler hatte das Handy ihrer Zielperson geortet, und zwei Mann schlichen in Begleitung der Anästhesieschwester auf das Zelt zu, in dem sie ihr Opfer vermuteten. Normalerweise war der Doc bei solchen Unternehmungen dabei. Heute jedoch verbot sein Alkoholpegel jegliche Mitwirkung an der Aktion. Schwester Hansina würde ihn bestens vertreten, dessen war sich Kapitän Spassow sicher, als er sie dem Team zuteilte.

Der Anführer der Gruppe sah sich nervös um, als sie dicht an den Zelten entlangschlichen. Die beiden Männer hatten Nachtsichtgeräte, und ihr Tritt war sicher. Die Schwester hingegen versuchte, mit Trippelschritten exakt deren Spur zu folgen, um nicht über eine der gespannten Zeltschnüre zu stolpern. Den Hauptweg mieden sie, um Begegnungen mit Nachtschwärmern zu vermeiden.

Plötzlich stoppte ihr Anführer und lauschte angespannt in die Dunkelheit. »Hier stimmt etwas nicht«, flüsterte er seinem Kollegen zu. »Diese unglaubliche Ruhe verheißt nichts Gutes.«

»Du warst wohl noch nie auf einem deutschen Campingplatz«, raunte sein Partner grinsend zurück. »Selbst wenn sie Urlaub haben, halten sich die Germanen an die Nachtruhe. Bei uns käme kein Mensch auf die Idee, bei so einer traumhaften Sommernacht zu schlafen und nicht zu feiern.«

»Dann hoffen wir mal das Beste«, murmelte sein Boss, »da vorn ist es.«

Nahezu lautlos schlichen sie an das Zelt heran und horchten auf Geräusche aus dem Innern. »Hörst du was?«

Der Angesprochene schüttelte den Kopf. »Die scheinen nicht einmal zu atmen.«

Vorsichtig schnitt einer von ihnen den Zeltstoff neben dem Reißverschluss auf. Ein kurzer Blick durch die Nachtsichtkamera ins Innere reichte, um ihm klarzumachen, dass ihre Aktion gescheitert war.

»Das Zelt ist leer«, flüsterte er seinen Kumpanen zu. Er schlüpfte hinein und untersuchte das Gepäck. Dabei fand er die Handys des Pärchens und Teile von Ausrüstungsgegenständen, die eindeutig militärischen Ursprungs waren.

»Das sind keine Camper, das sind Bullen oder Ähnliches.«

»Und was machen wir jetzt?«, fragte Hansina.

Der Anführer der Gruppe überlegte. »Erst überall diese unheimliche Stille, dann Handys ohne ihre Besitzer, die ihrem

Gepäck nach keine normalen Urlauber sein können.« Er kratzte sich nachdenklich am Kinn. »Ich fürchte, dass das eine Falle ist. Ich frage mich nur, warum sie noch nicht zugeschnappt ist. Solange wir noch die Möglichkeit haben, sollten wir zum Boot zurück. Macht ihr euch sofort auf den Weg, ich werde die ›Sandur‹ über Satellitentelefon benachrichtigen und komme nach.«

✳✳✳

Emma und ihr neunköpfiges Team saßen nach wenigen Minuten einsatzbereit in den beiden Spezialhubschraubern, die eigens für die Kampfschwimmer ausgerüstet waren. Die Helis wurden einer nach dem anderen aus dem Hangar der Fregatte gezogen, um danach sofort zu starten. Normalerweise sind auf den Fregatten Sea Lions stationiert, die aber bei diesem Einsatz wie ein schwerfälliger Drache über den Truppenübungsplatz gedonnert wären. Die beiden Spezialhubschrauber wirkten dagegen wie quicklebendige Hornissen. Mit ihnen war es möglich, Emmas Halbteam nur fünf Minuten später an zwei verschiedenen Punkten im Tiefflug schwebend abzusetzen.

Kapitän Hinrichs verfolgte in der Einsatzzentrale alle Geschehnisse auf den Bildschirmen. Sowohl aus der Totalen von einem Aufklärer als auch durch Bilder der Teammitglieder, die mit einer nachtsichtfähigen Bodycam ausgerüstet waren. Sämtliche Aufnahmen wurden separat gespeichert, um die nach jedem Einsatz stattfindende Manöverkritik effektiver zu machen.

»Wo sind augenblicklich Bewegungen zu sehen?«, fragte Emma über Funk.

»Leider nirgends mehr«, antwortete Hinrichs.

»Wir hören und sehen hier auch nichts«, bestätigte Emma. »Wir werden im Fächer in Richtung Zeltposition ausschwärmen. Vielleicht finden wir dort etwas.«

✳✳✳

Die »Otto Asmussen« stach in See.

»Was liegt an?«, fragte Svenja.

»Jetzt fahren wir zu dem Einsatz, der schon angekündigt war. Wir sind als Notarzteinsatzschiff in Bereitstellung für die nächtliche Aktion angefordert, und genau diesen Auftrag werden wir auch erfüllen und kein Jota davon abweichen.« Julius schielte zu Hinnerk, weil er von ihm einen Einwurf erwartete.

Sein Bruder schwieg aber verbissen. »Und wo ist dieser Bereitstellungsraum?«, fragte er nur kurz angebunden.

»Eine halbe Seemeile nördlich von Sehlendorfer Strand. Wenn es vor Weissenhaus wirklich hoch hergehen sollte, sind wir im Nullkommanichts am Ort des Geschehens.«

Fiete deutete auf den Radarmonitor. »Da boxt jetzt schon der Papst. Ein dicker Pott neben dem anderen.«

»Jau, aber die sind allesamt im Manövergebiet. Hoffentlich kommt nicht irgend so ein Döspaddel angeschippert und vermasselt denen alles.«

✳✳✳

Nach dem brutalen Überfall wurden Angela und Tim mit einem Sack über dem Kopf auf der Pritsche eines alten amerikanischen Pick-ups ein Stück weit durch das Gelände gefahren. Während ihrer fast abgeschlossenen Ausbildung war Angela schon öfter auf dem Truppenübungsplatz Putlos gewesen. Ihre Fahrt dauerte keine drei Minuten, und sie fuhren niemals lange geradeaus. Sie mussten sich also noch auf dem Übungsgelände befinden. Bei jedem Ausbildungsbesuch wunderte sie sich aufs Neue, wie viele Ecken und Winkel es auf diesem Gelände gab. Bis auf ein alpines Szenario war hier praktisch alles zu finden. Selbst der Häuserkampf konnte geübt werden. Sie hätte auch niemals gedacht, dass es derartig viele unterirdische Katakomben gäbe. Die Bunker für die schweren Übungsgranaten der Artilleriegeschütze waren ebenfalls unter der Erde angeordnet. Ihrer Einschätzung nach mussten sie sich jetzt bei diesen Munitionsdepots befinden. Der Wagen hielt an, und sie wurden von der Ladefläche gezerrt. Danach ging es zu Fuß weiter. Tim wurde dabei mehr geschleift als geführt. Angela kannte diese Räumlichkeiten, doch war da plötzlich neben dem Eingangsstollen eine Tür, wo ihrer Erinnerung nach eigentlich keine sein durfte. Von da an ging es nur noch bergab. Nach einhundertsechsundachtzig Schritten, sie zählte genau mit, hatten sie einen modrig riechenden Raum erreicht. Ihnen wurden die Säcke vom Kopf gerissen. Die Soldaten ließen Tim auf die Erde gleiten. Er war zwar wieder bei Bewusstsein, doch völlig desorientiert. Sie musste sich neben ihn auf den Betonboden setzen. Angela schätzte, dass sie sich in einem ungefähr vier mal fünf Meter großen Raum befanden.

»Hier kannst du auf deinen Prinzen aufpassen. Aber keinen Sex, wir sind ein anständiges Haus«, prustete einer ihrer Peiniger.

Sie sah sich aufmerksam um. Bei der Beleuchtung handelte es sich um uralte Wandlampen, wie sie noch in Weltkriegsbunkern zu finden waren. Selbst die Glühbirnen schienen aus dieser Zeit zu sein, denn sie erzeugten nur ein diffuses Licht. An der kahlen Wand war etwas in deutschen Druckbuchstaben geschrieben. Nachdem sich ihre Augen an das Funzellicht gewöhnt hatten, entzifferte sie die Schrift. Zwischen zwei Reichsadlern, die jeweils ein Hakenkreuz in ihren Klauen hielten, war »Für Führer, Volk und Vaterland« und darunter »Der Endsieg ist unser« zu lesen.

Tim hatte Mühe, sich aufzurappeln. Es dauerte eine Weile, bis er neben ihr saß.

»Mein Gott, wo sind wir denn hier reingeraten?«, flüsterte er ihr zu.

»Weit unter der Erde und achtzig Jahre vor unserer Zeit.«

Jetzt erkannte auch er die Schrift an der Wand.

»Und du bist dir sicher, dass wir noch auf Bundeswehrgelände sind?«

Sie nickte. »Wir sind nicht weit gefahren, und auch nicht gelaufen. Dafür aber tief in die Erde hinein. Es ging immer nur abwärts.«

»Was wollen die nur von uns?« Tim bewegte seinen Kopf hin und her, um zu testen, ob er eine Verletzung am Nacken hatte. »Kannst du dir das mal ansehen?«

Sie untersuchte seine Wunde. »Du hast einen kleinen Cut am Hinterkopf. Das blutet aber nicht mehr.«

»Diese Schweine«, murmelte er wütend. »Wenn unsere Leute erst mal hier sind, werde ich diesem Typen in die Eier treten. Hast du den, der mir den Gewehrkolben ins Genick gestoßen hat, erkannt?«

»Ja, er hatte eine Sturmhaube auf.«

»Mit dieser Beschreibung kann ich nur herzlich wenig anfangen. Hier tragen alle solche Dinger.«

Sie lehnten sich wieder an die Betonwand.

»Und nun?«, fragte Angela.

»Das könnte ich dich auch fragen.«

»Woher soll ich das wissen? Du bist der Meister, ich bin nur Azubi.«

✳✳✳

Der Funk-Operator in der Einsatzzentrale hob einen Arm. Hinrichs sprang sofort vom Stuhl auf und trat neben ihn. »Was ist?«

»Das Fireteam ›Fischkutter‹ meldet, dass das Schlauchboot der Organdiebe wieder auf den Strand zukommt. Auf dem anderen Bildschirm können wir drei Personen erkennen, die sich von Land aus dieser Stelle nähern. Das scheinen die zu sein, die vor einer halben Stunde dort abgesetzt wurden.«

»Es sind sicher nur drei, nicht mehr?«

»Sicher nur drei.«

Hinrichs rieb sich nachdenklich das Kinn. »Die Gauner kehren also unverrichteter Dinge zurück. Kein Wunder, unsere

Lockvögel sind ausgeflogen. Leider wissen wir auch nicht, wohin.«

»Sollen wir die drei festnehmen?«

Die Staatsanwältin schüttelte den Kopf. »Nein, weswegen auch? Dieser Katamaran fährt unter der Flagge der Färöer-Inseln. Das Land gehört zu Dänemark und damit zur Europäischen Union, also zum Schengen-Raum. Sie dürfen daher anlegen, wo sie wollen, wenn es kein Sperrgebiet ist. Außerdem können wir ihnen nichts nachweisen. Wir müssen sie ziehen lassen.«

Der Operator gab die Info weiter.

»Das Fireteam Fischkutter soll sich weiter um den Putloser Strand kümmern. Wir erwarten ja noch andere Gäste«, brummte Hinrichs und setzte sich wieder neben die Bundesanwältin. »Eigentlich wollte ich Ihnen vorführen, was wir für eine tolle Truppe sind. Das war ja wohl nichts.«

Sie lächelte ihn verständnisvoll an. »Einigen wir uns darauf, dass ihr eine tolle Truppe mit einem ganz schlechten Tag seid.« Sie zog die Stirn kraus. »Nur wenn ich es mir recht überlege, kann ich nichts finden, was ihr vermasselt haben solltet. Ich denke, dass ihr noch genug zu tun bekommen werdet, was ich dann später bewundern kann.«

»Ich drücke dir die Daumen.«

Sie sah ihn gespielt erstaunt an. »Sind wir schon beim ›Du‹?«

Er zuckte mit den Achseln. »Tut mir leid, wenn ich im Stress bin, habe ich mit den Förmlichkeiten Probleme.«

»Okay, dann bleiben wir dabei. Weswegen bist du so gestresst?«

Hinrichs kaute nachdenklich an der Unterlippe. »Ich habe das Gefühl, dass wir hier die Rechnung ohne den Wirt gemacht haben. Wir hängen mit unseren Leuten zwischen drei Fronten: einmal die Waffenlieferer, dann die Empfänger und dann noch die Organmafia.«

»Warum sagst du Waffenlieferer und nicht Russen?«

»Ich muss offiziell bleiben. Auf diplomatischem Parkett

macht man sehr leicht Riefen ins Holz. Die Russen sind Anrainer der Ostsee. Die dürfen hier, ob über oder unter Wasser, so lange herumschippern, wie sie wollen. Wenn wir die des Waffenschmuggels bezichtigen oder eines ihrer U-Boote sogar aufbringen, könnte sich der Vorfall ganz schnell zu einer internationalen Krise auswachsen. Es gelten im Spionagegeschäft ganz besondere Regeln. Da macht man seinem Gegner lediglich klar, dass man ihn erwischt hat. Das reicht unter Diplomaten schon aus, um ihn zu düpieren.«

Ilona Wagner war enttäuscht. »Die russischen Agenten machen in unserem Land, was sie wollen. Sie ermorden Menschen, die ihrem Regime nicht in den Kram passen. Sie unterstützen unverhohlen all das, was unsere Demokratie unterhöhlen oder das Land schwächen kann, ob nun journalistisch, logistisch, mit Waffen oder mit Geld. Sind denn bei unserer Abwehr nur Schnarchnasen beschäftigt? Warum greift da niemand ein?«

Hinrichs winkte ab. »Die Jungens sind wacher, als du denkst, aber sie machen ihren Job nur dann gut, wenn niemand etwas davon erfährt.« Er sah sie an. »Hast du etwas davon erfahren?«

Sie zog die Stirn kraus. »Nein.«

»Siehst du. Den Weg dieser Waffen können wir nur deswegen so genau verfolgen, weil ein paar davon markiert wurden.« Er lächelte sie triumphierend an. »Und glaub mir, den Gefallen hat uns der Russe nicht selbst getan.«

»Damit haben wir aber doch die Beweise, die wir benötigen, um den Vorfall in die Welt zu posaunen.«

»Aber wir würden denjenigen gefährden, der diesen Job für uns erledigt hat, und seit Bush Junior die Welt mit Saddams Giftgas belogen hat, würde uns diese Ungeheuerlichkeit kein Mensch mehr glauben. Wen interessieren heute noch Fakten, solange sie nicht alternativ sind.«

✳✳✳

Der Kapitän der »Sandur« beobachtete gebannt, was sich auf dem Monitor der Radaranlage abspielte. Er zeigte auf einen weiteren Punkt, der hinzugekommen war.

»Was ist denn das für ein Schiff?«

Sein erster Offizier sah im Schiffsverzeichnis nach. »Das ist eine polnische Korvette, die ›Kaszub‹. Mit seinen fünfunddreißig Jahren, die das Schiff auf dem Buckel hat, ist das bereits ein Museumsdampfer.«

»Wie alt der Pott ist, interessiert niemanden. Ich möchte wissen, ob das Schiff noch in Dienst ist«, sagte Spassow gereizt.

Holgersson nickte. »Ich denke mal, ja.«

»Also die Polen auch noch, egal, mit was für einem Kahn.« Das Gesicht des Kapitäns verfinsterte sich. »Wir sind hier mitten in ein Manöver geraten! Aber so etwas wird doch immer bekannt gegeben, und jedes Schiff, das in die Nähe kommt, wird gewarnt. Warum wissen wir nichts davon?«

»Weil der Transponder unseren Standort von der Boje vor Dänemark aus funkt.«

Bei Spassow schrillten alle Alarmglocken. »Hat die Frau noch ihre Organe?«

»Ja. Die vorgesehene Empfängerin scheint verstorben oder ihr Zustand labil zu sein. Sie ist jedenfalls von der Liste gestrichen worden. Wir wollten die Spenderin aber hier an Bord behalten, weil sie relativ gängige Marker hat.«

»Das ist mir egal. Werft sie in die See, mitsamt ihrem Gekröse. Man darf sie hier nicht an Bord finden, sollten wir gekapert werden.«

»Auf dem üblichen Weg entsorgen?«

»Nein, die Reinigung des Schredders dauert zu lange. Werft sie einfach über Bord, aber betäubt sie vorher. Und danach macht ihre Kabine steril. Ich will keinerlei DNA von dem Weib hier an Bord haben.«

»Warum die Hektik?«

»Weil wir von Kriegsschiffen umzingelt sind. Ob wir nun

unseren Transponder angeschaltet haben oder nicht, sie sehen uns. Und wenn sie uns noch nicht angesprochen haben, zeigt das, dass sie uns im Visier haben. Also entsorgt das Weib außenbords, und du nimmst danach unseren Transponder auseinander. Dann kann uns kein Mensch nachweisen, dass wir nicht gerade dabei sind, ihn zu reparieren, sollte jemand an Bord kommen.«

»Und warum haben wir dann keine Positionsleuchten an?«

»Weil unser Stromgenerator auch kaputt ist, basta!«

»Damit kommen wir nicht durch.«

»Egal. Dafür gibt's vielleicht eine saftige Geldstrafe. Für Mord gäbe es lebenslänglich Knast.«

***

Die »Zwillinge« kreuzte im Abstand von maximal einer halben Seemeile von der »Sandur« entfernt. Käpt'n Konny wusste, dass sein Schiff von der Besatzung des Katamarans gesehen werden musste. Erstens war sein Transponder in Betrieb, zweitens gab das Schiff einen deutlichen Radarschatten ab, und drittens hatten sie ihre vorschriftsmäßige Beleuchtung an, an der der Fachmann erkennen konnte, was für ein Boot der Traditionssegler war.

Um sich bei den Gaunern nicht verdächtig zu machen, funkte er immer wieder die Marineschiffe an, und fragte, wann das Manöver endlich beendet sei, weil er doch das Gebiet passieren wolle. Und die gaben natürlich immer genervter die Anweisung, gefälligst abzuwarten.

Dieses ewige nur mit dem Fock- und Klüversegel am Wind zu kreuzen, bedeutete für Gabi und Darius körperliche Arbeit. Hilfe von Udos Team bekamen sie dabei nicht. Die waren damit beschäftigt, ein hochsensibles Richtmikrofon in Richtung »Sandur« zu halten, um mitzubekommen, was sich an Bord des Katamarans tat. Dazu musste auf dem eigenen Schiff absolute Ruhe herrschen.

Plötzlich waren auch ohne jegliche Technik gellende Hilferufe einer Frau zu hören.

»Was ist denn da los?«, fragte Udo.

Sein Kollege horchte angestrengt und flüsterte zurück: »Das hört sich an, als würden die bei einer Frau Waterboarding machen. Sie prustet und jammert, dass die Kerle doch bitte aufhören mögen, aber die sagen immer nur, dass sie lediglich Medizin bekommen würde, die sie unbedingt trinken müsse.«

Dann war wieder ohne Mikrofonverstärker für alle ein langgezogener Schrei zu hören. Danach klatschte ein Körper auf die Wasseroberfläche.

»Ab ins Wasser«, brummte Udo entschlossen. »Wenn wir das, was wir eben gehört haben, richtig deuten, müssen wir die Frau retten.«

Auf ein Nicken hin ließen sich alle vier Kampfschwimmer geräuschlos von der Reling des Seglers ins Wasser gleiten.

»Wie machen die das nur so leise?«, fragte Gabi Darius. »Bei mir plätschert es, selbst wenn ich nur in die Badewanne steige.«

»Bade in Zukunft einfach zu zweit«, kam die trockene Antwort. »Dann ist ein gewisses Plätschern nicht weiter verräterisch.«

Udo und sein Team hatten die Stelle, an der die »Sandur« vor fünf Minuten noch gelegen hatte, erreicht. Sie mussten mit ihren Nachtsichtgeräten nicht lange suchen, bis sie die Frau gefunden hatten, die inzwischen knapp zwei Meter tief leblos im Wasser trieb. Sie konnte schnell aufgegriffen und wieder an die Wasseroberfläche gezogen werden. Udo streifte seine Tauchermaske ab und begann damit, sie zu beatmen. Durch den Propellerantrieb an beiden Oberschenkeln hatte er keine Mühe, sich und die Frau über Wasser zu halten. Es dauerte nicht lange, da setzte ihre Spontanatmung ein. Ihr Prusten und Husten zeigte, dass ihre Abwehrreflexe ebenfalls wieder funktionierten.

»Hallo, junge Frau«, rief er. »Sie sind bei uns in Sicherheit.

Wir sind von der Marine und bringen Sie zu einem unserer Schiffe.«

✳✳✳

Der Rückzug des Kaperteams der »Sandur« vom Zeltplatz zum Strand verlief geordnet. Nach dem Telefonat hatte der Anführer seine Leute schnell wieder eingeholt. Die beiden Männer waren Hansina gegenüber aber konditionell überlegen. Sie musste immer wieder Pausen einlegen, um durchzuatmen.

»Du rauchst zu viel«, schimpfte ihr Boss, »und jetzt wunderst du dich, dass du jeden Glimmstängel einzeln wieder auskotzt.«

»Dafür saufe ich nicht«, röchelte die Anästhesieschwester. »Aber wenn es dich beruhigt, wenn wir wieder an Bord sind, werde ich mit der Qualmerei aufhören.«

Sie hatten nur noch die mit Spitzgras bewachsenen Stranddünen zu überqueren, um das Wasser zu erreichen. Da Hansina aber über kein Nachtsichtgerät verfügte, sah sie das Kaninchenloch, in das sie hineintrat, nicht. Das Knacken ihrer Unterschenkelknochen war selbst für ihre Begleiter deutlich zu hören, und ihre Schmerzensschreie gellten über den menschenleeren Strand.

»Um Gottes willen, ich habe mir das Bein gebrochen!«, stöhnte sie und sackte nach hinten weg. Dabei war ein weiteres Knacken zu hören.

Der Anführer packte sie unter den Achseln, zog sie mit einem Ruck hoch und ihr Bein aus dem Loch heraus. Als er sie ruppig absetzte, knickte ihr Unterschenkel in Höhe der Wade im rechten Winkel ab. Hansinas Schrei wurde von der Hand, die sich brutal über ihren Mund legte, erstickt. Sie musste sich vor Schmerzen erbrechen.

»So eine Scheiße«, fluchte der zweite Mann, »was machen wir denn jetzt?«

»Lasst mich hier liegen«, stöhnte Hansina, »ich werde es

irgendwie schaffen, in Richtung Straße zu robben, und von dort aus kann ich um Hilfe rufen. Da vorn sind ja auch Häuser.«

Der Anführer der kleinen Gruppe nahm ihre Hände. »Nein, Schwesterlein, wir lassen dich hier nicht so einfach liegen. Ich habe etwas dabei, was dir die Schmerzen nimmt. Dann musst du auch keine Angst mehr haben.«

Sie kniff die Augen zu und versuchte, in ihren Schmerz hineinzuatmen. Das riet sie in so einem Fall immer ihren Patienten. »Hast du eine Feldration Morphium dabei?«, stöhnte sie leise.

»Ja, Oleg macht sie gerade fertig. Sie wird dir helfen.«

Sie konnte nicht sehen, wie ihr Ersthelfer dem anderen Mann, der hinter ihr stand, zunickte, als der einen Schalldämpfer auf seine Pistole schraubte.

Die Anästhesieschwester schien plötzlich etwas zu ahnen, öffnete erschreckt die Augen und richtete sich auf. »Aber euer Chef hat doch gesagt, dass er weder Gefangene noch Verletzte duldet.«

»Was der schon sagt. Du bist doch eine von uns. Bleib ruhig und atme weiter deinen Schmerz weg.« Die Stimme ihres Anführers hatte etwas Hypnotisierendes. Beruhigt entspannte sie sich.

»Leg dich wieder hin«, beschwor er sie.

Sie schüttelte verbissen den Kopf. »Nein, wer sitzt, stirbt nicht.«

Inzwischen hatte der andere die Mündung seiner Pistole eine Handbreit über den Scheitel der Frau gehoben.

»So, die Injektion ist bereit. Achtung, jetzt gibt es einen kleinen Pieks, und schon ist das Gröbste überstanden.« Der Anführer nickte erneut, dann hörte man nur noch ein gedämpftes »Plopp«.

Hansina Brattaberg sackte grotesk zuckend in sich zusammen, als hätte man einer Marionette mit einem Schnitt die Schnüre gekappt.

Ungerührt schraubte der Schütze den Schalldämpfer von seiner Waffe. Er war sich bewusst, dass er jetzt hier liegen würde, hätte er sich derartig übel verletzt.

***

»Moment mal, Herr Kap'tain«, rief der Operator Hinrichs zu. »Jetzt hat sich die Gruppe der Organdiebe am Strand getrennt. Zwei bewegen sich Richtung Wasser, und die dritte Person bleibt in den Dünen.« Er ging näher an den Monitor heran, um das Bild besser beurteilen zu können. »Es sieht fast so aus, als würde die dritte Person liegen. Jedenfalls rührt sie sich nicht und liegt auch irgendwie verdreht am Boden.«

Hinrichs erhob sich von seinem Stuhl und trat ebenfalls an den Monitor heran. »Hm, Sie scheinen recht zu haben.« Er wandte sich zur Staatsanwältin. »Das ist eine neue Situation. Sollen wir jetzt zugreifen?«

»Weswegen? Drei Bürger aus dem Schengener Raum sind am Strand. Zwei davon wollen eventuell baden, und einer legt sich in die Dünen. Was ist das für ein Tatbestand?«

Auf dem Monitor konnten sie beobachten, wie die beiden ins Boot stiegen und ohne ihren Kollegen in See stachen.

»Und jetzt?«

»Jetzt fahren zwei Boot und einer schläft«, Frau Wagner war ihre Unzufriedenheit anzusehen, »so leid es mir tut, ich sehe da nichts Gesetzeswidriges.« Dann hellte sich ihr Gesicht plötzlich auf. »Stehen die Dünen nicht unter Naturschutz?«

»Ich denke, ja.«

»Dann schnapp sie dir, Tiger, aber mehr als ein Knöllchen ist dafür nicht drin, wenn deren Strafregister nicht von Haus aus schon ellenlang ist.«

Er nickte dem Operator zu. »Schicken Sie aber die Landespolizei. Das ist noch der öffentliche Teil des Strandes.«

***

Udo und sein Fireteam hatten den Rückweg zur »Zwillinge« zur Hälfte geschafft, als sich ihnen ein Motorboot mit hoher Geschwindigkeit näherte und direkt auf sie zuhielt. Tagsüber wären sie in ihren schwarzen Anzügen und Kampfwesten schon kaum aufgefallen, und so konnten sie sicher sein, dass sie nachts erst recht nicht zu sehen waren. Udo hielt der halb bewusstlosen Frau Nase und Mund fest zu und tauchte ab. Seine Kollegen halfen ihm dabei, sie in die Tiefe zu ziehen. Im Wasser war der Schlag deutlich zu hören und zu spüren, als einer der Kameraden durch einen Propeller der beiden Außenbordmotoren getroffen wurde. Seine Schmerzensschreie waren durch das Wasser hindurch wahrzunehmen.

Da Udo seine Tauchermaske noch nicht wieder aufhatte, konnte er nur verschwommen sehen, wie sich der Kamerad vor Schmerzen wand. Er hatte mit der Frau im Arm nur wenig Bewegungsfreiheit. Dafür kümmerten sich die beiden anderen sofort um den schwerverletzten Teamgefährten. Die Schiffsschraube des Havaristen hatte ihn so ungünstig getroffen, dass sein Oberschenkel der Länge nach aufgerissen und der Knochen gebrochen war. Sein Bein wurde vom eng anliegenden Neoprenanzug etwas geschient.

Udo schob die Frau einem Kameraden zu, damit er sie über Wasser halten sollte. Als ausgebildeter Notfallsanitäter war er dafür zuständig, sich um den Verletzten zu kümmern. Für solche Fälle hatte er spezielle Injektionskartuschen dabei, mit denen er im Wasser und durch den Taucheranzug hindurch schmerzstillende Spritzen geben konnte. Dann band er das Bein mit geübten Griffen ab.

Jetzt hatten drei Kampfschwimmer zwei nahezu bewusstlose Menschen im Schlepptau.

Über Funk waren sie mit der Zentrale in Verbindung, und Hinrichs konnte ihnen Hilfe schicken.

✳✳✳

Auf der »Otto Asmussen« weiteten sich Hinnerks Augen vor Entsetzen, als er mithören konnte, was sich rund um die Besatzung der »Zwillinge« abspielte.

»Mensch, Julius, da müssen wir hin. Unsere Deern sitzt mitten im Schiet, und wir dümpeln hier einfach nur rum.«

Dem Vormann war es auch nicht recht, zur Tatenlosigkeit verdammt zu sein, aber er hielt sich eisern an die Anweisungen. »Ob und wann wir eingreifen, entscheidet die Leitstelle und nicht wir. Und die bekommen ihre Anforderungen von der Manöverleitung. Solange wir nichts von denen hören, bleiben wir ganz genau hier.«

Die Erregung des Maschinisten war inzwischen auch auf den Affen auf dessen Schulter übergesprungen, und Rasmus krallte sich nervös schnatternd an seinem Hals fest. »Aber eins sage ich dir: Wenn unserer Deern was passiert, dann sind wir geschiedene Leute!«

»Mein Gott, Hinnerk«, versuchte Lender seinen Bruder zu beschwichtigen, »hör doch selbst. Sie haben zwei Fregatten ganz in der Nähe, und beide haben nicht nur einen Doc an Bord, sondern eine ganze medizinische Abteilung. Und sie sind viel schneller als wir.«

»Da scheint es aber jemanden ernstlich erwischt zu haben«, unterstützte Drs. Simons Hinnerk. »Wir haben auch einen Schockraum an Bord und sind erheblich wendiger als diese Riesenpötte.«

»Die haben ihre Festrumpfschlauchboote mit Jetantrieb und das geeignete Personal für solche Situationen. Wir halten uns an die Anweisungen«, beendete Julius die Debatte, »und nun will ich nichts mehr hören.«

Hinnerk drehte sich auf dem Absatz um und verließ beleidigt den Ruderstand. »Komm, Rasmus, mit dem sind wir böse. Der lässt unsere Deern im Stich!«

✻✻✻

Die SEK-Einheit vom Zoll hatte kein Problem damit, das kleine Wachgebäude zu umstellen. Das Ergebnis der routinemäßigen Lagesondierung, die vor jedem Einsatz erfolgte, verwunderte den Einsatzleiter. Das Wachhäuschen in der Mitte der Einfahrt war durch einen dösenden Wachmann besetzt. Hin und wieder verscheuchte er eine Fliege, die sich ständig auf sein verschwitztes Gesichts setzte. Er war zu träge, dabei die Augen zu öffnen. In der Wachstube des Eingangsgebäudes lag der diensthabende Gruppenleiter mit dem Oberkörper auf dem Schreibtisch und befand sich offensichtlich im Tiefschlaf. In den Ruheräumen, das beobachteten die Zöllner durch die Fenster, war auch niemand anzutreffen, der seine Dienstpflichten hätte wahrnehmen können. Irgendetwas störte den Erkunder aber an diesem im Grunde friedlichen Bild.

»Team zwo ist hinten am Gebäude«, meldete der Führer über Funk. »Wir können den Aufenthaltsraum überblicken, aber hier stimmt was nicht. Vier Mann liegen teils auf und teils neben dem Tisch. Sie liegen aber so, als ob alle beim Abendbrot vom Blitz getroffen wären.«

»Team eins«, erkundigte sich der Einsatzleiter, »der Wachmann im Straßenhäuschen döst noch immer?«

»Ja«, kam die Antwort, »aber mit dem stimmt offenbar auch irgendetwas nicht. Der hat nämlich keine übliche Dienstpistole, sondern eine funkelnagelneue AK-15 auf seinem Schoß liegen. Außerdem trägt er nicht die blaue Uniform der Wachleute, sondern einen Tarnanzug, und er hat auch ein Walkie-Talkie bei sich, das weder bei der Armee noch bei der Polizei gebräuchlich ist.«

»Dann Zugriff. Seht aber zu, dass der Mann keinen Funkspruch mehr absetzen kann.«

Der vermeintliche Wachsoldat hatte null Chance, sich zu wehren. Die Zöllner näherten sich ihm völlig geräuschlos. Einer von ihnen sicherte die Waffe, und der andere zog den Schlummernden mit einem kräftigen Ruck aus dem Wachhäuschen, sodass er schmerzvoll auf dem Kopfsteinpflaster aufschlug.

In Sekundenschnelle war er fixiert, geknebelt und das Funksprechgerät gesichert.

Trotz des Hinweises auf die schlafenden Männer näherten sich die SEK-Leute dem Wachgebäude nur mit Vorsicht. Der Dienstkleidung nach zu urteilen waren das aber echte Wachmänner. Als sie die Fenster des Gebäudes kontrollierten, wussten sie, warum im Wachgebäude alles schlief. Neben den Fensterrahmen waren kleine Löcher gebohrt. In die Räume ragte jeweils ein dünner Plastikschlauch hinein, an dessen Enden je eine geöffnete Gasflasche angeschlossen war.

»Die haben die armen Schweine mit Gas ausgeschaltet«, meldete der Einsatzleiter der Zentrale.

»Okay«, kam die Antwort, »wir schicken Notärzte und die Feuerwehr. Die bergen die Leute dann unter Atemschutz. Ihr unternehmt nichts, bevor nicht die Spezialisten da sind. Es sind auch Militärpolizisten zu euch unterwegs, denen ihr die Einsatzstelle nach Beendigung des Einsatzes übergebt. Danach postiert ihr euch von der Campingplatzseite her am Weissenhäuser Strand, um dort bei Bedarf die Kampfschwimmer zu unterstützen.«

FÜNFZEHN

Die Wellen waren bei vier Windstärken zwar nur einen halben Meter hoch, aber die Aktion kostete Udos Team dennoch Kraft. Die Jetboots an ihren Taucheranzügen waren bei ihrer Rettungsaktion eine enorme Hilfe.

»Sven«, munterte Udo den verletzten Kampfschwimmer immer wieder auf, »du darfst mir nicht ganz wegsacken.« Der Notfallsanitäter wusste genau, dass der enorme Blutverlust und die Gabe des Morphins zusätzlich eine einschläfernde Wirkung hatten. Mit jeder Minute, die verstrich, trübte der Mann immer mehr ein. Sollte er am Ende bewusstlos werden, würde bei ihm jegliche Spannung aus dem Körper weichen. Ihn dann über Wasser zu halten, wäre fast unmöglich. Mit der Frau, die durch die Drogen komplett weggetreten war, kämpften sie schon zu zweit. Immer wieder flutschte ihnen ihr schlaffer Körper aus den Armen.

»Einsatzzentrale, wann kommt endlich Hilfe?«, flehte Udo schon fast. »Der verletzte Kamerad verabschiedet sich immer mehr, und die Frau ist annähernd reanimationspflichtig.«

»Es sind zwei Ärzteteams von den Fregatten zu Ihnen unterwegs«, antwortete der Operator. »Eines kommt von der ›Nordrhein-Westfalen‹ per Boot, und das andere schicken die Dänen von der ›Peter Willemoes‹ mit dem Heli. Macht mit eurem Laserpointer auf euch aufmerksam, wenn sie sich nähern.«

* * *

Dr. Halversson torkelte schwer betrunken über das Deck der »Sandur«. »Wo ist Hansina?«, fragte er verzweifelt jeden, den er an Bord antraf. »Ich brauche sie! Ohne sie kann ich nicht arbeiten.«

Wind und Seegang hatten etwas zugenommen, sodass der

schwankende Mann noch mehr Probleme hatte, sich auf den Beinen zu halten.

Von der Brücke aus beobachtete der Kapitän das Bild des Jammers, während er mit seinem Satellitentelefon Instruktionen von seinen Auftraggebern einholte.

»Wollen wir den Doc nicht lieber unter Deck bringen?«, fragte der Steuermann.

»Nein«, erwiderte Spassow, »der kotzt uns sonst nur in die Messe.«

»Und wenn er über Bord geht?«

»Dann werden sich einige Aale eine Alkoholvergiftung holen, mehr nicht. Wir haben für dieses Wrack sowieso keine Verwendung mehr. Unser Auftrag hat sich erledigt. Wenn wir aus dem ganzen Schlamassel heil rauskommen sollten, nehmen wir Kurs auf Tórshavn. Dort werden wir so lange in Deckung gehen, bis Gras über die ganze Sache gewachsen ist.«

»Und was ist mit unserer Prämie?«

»Die wirst du bekommen. Darüber solltest du dir keine Sorgen machen, aber vorher gibt es noch einiges für uns zu tun.«

* * *

Der Sea Lion-Helikopter der »Peter Willemoes« und das Festrumpfschlauchboot der deutschen Fregatte trafen fast gleichzeitig bei Udos Fireteam ein. Als die erschöpften Taucher die Motorengeräusche der sich nähernden Retter hörten, gab einer von ihnen Lichtzeichen mit dem Laserpointer seiner Waffe.

Derweil verschlechterte sich der Zustand der Frau zusehends. Sie mussten sie inzwischen schon wiederbeleben. Dazu schwamm einer von Udos Kameraden hinter sie, umklammerte ihren Oberkörper und drückte ihren Rücken fest gegen seine Brust. Auf diese Weise konnte der andere ihren Brustkorb so zusammendrücken, dass das Blut aus dem Herzen gedrückt wurde, ohne die Patientin von sich wegzustoßen. Als die fünf Menschen im grellen Lichtkegel des Helikopters erschienen, war anhand ihrer Bewegungen von oben zu erkennen, in welcher Notlage sie sich befanden.

»Fireteam«, ertönte es aus dem Lautsprecher des Hubschraubers, »wir schicken Ihnen einen Rettungskorb für Ihren Kameraden runter. Die Frau wird von dem Boot an Bord genommen.«

Udo hatte weder die Kraft noch die Zeit, mit irgendwelchen Handzeichen diese Meldung zu quittieren. Er schaute nur kurz nach oben und stellte erleichtert fest, dass die Korbtrage mit einem Notfallsanitäter daran zur Rettung aus der See bereits zu ihnen heruntergelassen wurde. Als der Korb im Wasser eingetaucht war, musste der Verletzte nur noch durch die Haltegurte hindurch darüber geschoben werden. Auf ein Zeichen des Sanitäters hin hob sich der Korb wieder, und ihr Kamerad schwebte gesichert in Richtung Rettung.

Der Soldat war noch nicht im Hubschrauber, da kam auch schon das Festrumpfschlauchboot längsseits. Die Sanis der Fregatte zogen die Frau an Bord und fuhren sofort mit der Reanimation fort.

»Und was ist mit euch?«, fragte der Bootsführer, als die drei Soldaten keine Anstalten machten, ebenfalls an Bord zu kommen.

»Wir schwimmen zu unserer Basis«, winkte Udo ab, »dort haben wir unseren ganzen Kram. Ich denke mal, dass der Einsatz für uns noch nicht beendet ist.«

***

Im Rettungsboot der deutschen Fregatte kümmerten sich inzwischen eine Militärärztin und ein Notfallsanitäter um die Frau. Ihr Zustand war äußerst bedenklich.

»Wenn ich nur wüsste«, fluchte die Ärztin, »was man der Armen eingeflößt hat.«

»Wenn sie überhaupt etwas bekommen hat«, bemerkte der Sanitäter. »Die Kampfschwimmer haben das ja auch nur als Hörspiel mitbekommen. Es ist ein Wunder, dass sie überhaupt reagiert haben.«

»Das stimmt schon, aber wenn du jemanden über Bord wirfst und nicht willst, dass er an Land schwimmen kann, dann machst du vorher kein Waterboarding, sondern stellst ihn ruhig. Was würdest du in diesem Fall geben?«

Der Sanitäter überlegte. »Zuerst ein Beruhigungsmittel, und da bieten sich alle Benzodiazepine oder K.o.-Tropfen an.«

»Und was noch?«

»Um sicherzugehen, noch eine Fuhre Betablocker.«

Die Ärztin überlegte. »Eine halbe Ampulle Atropin hat sie schon bekommen, aber so richtig will das Herz noch nicht. Wir geben ihr noch die andere Hälfte. Was haben wir als Gegengift für K.o.-Tropfen oder Ähnliches da?«

»Bei einer so unklaren Intoxikation wäre Anexate angebracht«, kam die kurze Antwort. »Vielleicht reagiert sie darauf.«

»Dann rein damit. Eine ganze Ampulle.« Sie schaute zum Steuermann hoch. »Kurs auf die ›Nordrhein-Westfalen‹. Und ich will, dass dort zur Sicherheit ein Heli bereitsteht, der die Frau nach Kiel fliegt.«

»Und was ist, wenn das ganze Zeug, was Sie da reinpumpen, wirkt?«

»Dann darf die Gute während des Fluges aus dem Fenster gucken.«

***

Gabi kam sich wie eine hysterische Ziege vor. Ihr rollten ein paar Tränen der Erleichterung über die Wangen, als Udo an Bord der »Zwillinge« kletterte.

»Wenn du irgendein Loch im Fell hast«, schimpfte sie, »dann kannst du gleich wieder ins Wasser gehen. Angeschlagene Teepötte kommen mir nicht ins Service.«

»Ich hoffe, du hast dann aber auch nur eine Tasse in Gebrauch«, lachte Udo.

Ihr war es völlig egal, was seine Kameraden dabei dachten. Sie umarmte ihn zur Begrüßung und gab ihm einen Kuss.

»Ich bin in Ordnung«, versuchte er sie zu beruhigen, »aber du hast recht. Es hätte auch schiefgehen können. Das ist nun mal unser Job. Deiner übrigens auch!«

Während er und seine Kameraden eilig die Ausrüstung überprüften und frische Batteriepacks in die Akkutaschen der Jetboots gleiten ließen, erzählte er, was vorgefallen war.

»Aber warum seid ihr jetzt in Hetze? Die Frau ist gerettet und euer Kamerad in guten Händen.«

Udo zog die Riemen seiner Ausrüstung nach. »Wir sind zu wenige, um gleichzeitig auf zwei Hochzeiten zu tanzen. Jetzt schwimmen wir erst mal zur ›Sandur‹ und legen sie an die Kette. Das bringt uns Zeit.«

Gabi zog ihre Stirn kraus. »Hier auf See an die Kette legen?«

»Jawoll. Wir manipulieren ihren Antrieb.«

»Und wie macht ihr das?«

»Willst du das wirklich wissen?«

»Ja, natürlich.«

Er beugte sich zu ihr, hauchte ihr einen Kuss auf die Wange und flüsterte: »Ich sag's dir aber nicht, weil ich dich …«

Sie schubste ihn von sich und verdrehte die Augen. »… sonst töten müsste. Ich weiß! Aber was soll ich in der Zwischenzeit machen?«

»Unten hängt noch ein Taucheranzug, der dir passen müsste. Den zieh dir schon mal an. Wenn wir zurück sind, erkläre ich dir alles.«

»Soll ich jetzt auch noch tauchen?«

»Ja. Zu einem Fireteam gehören vier Leute. Du bist hier die Einzige an Bord, die taktisch einigermaßen ausgebildet ist, die tauchen und mit unseren Waffen umgehen kann. Du bist sozusagen unsere Traumbesetzung.«

»Und wer soll so lange die ›Zwillinge‹ segeln?«

Käpt'n Konny winkte ab. »Solange du von Bord bist, bergen wir die Segel und schmeißen den Motor an. Wenn die ›Sandu‹ erst mal festliegt, dürfen wir auch wieder Krach machen.«

Bevor Gabi protestieren konnte, ließen sich Udo und seine beiden Kameraden wieder ins Wasser gleiten. Diesmal hatten sie aber zwei seltsam anmutende Metallzylinder bei sich.

Sie ging auf Konny zu. »Hast du eine Ahnung, was in diesen Druckbehältern ist?«, fragte sie ihn.

Er zuckte mit den Achseln und grinste sie dabei an. »Absolut keinen Schimmer, aber wenn ich es wüsste und es dir verriete, müsste ich mich wahrscheinlich selbst töten.«

＊＊＊

In der Einsatzzentrale bat der Operator den Kapitän zu sich. »Meldung von der Polizei: Bei der schlafenden Person in den Weissenhäuser Dünen handelt es sich um eine bewusstlose Frau mit einer schweren Kopfverletzung und einer Unterschenkelfraktur.«

Hinrichs schaltete sofort. »Wir haben die ›Otto Asmussen‹ gleich um die Ecke in Bereitschaft. Schickt die dahin.«

Nachdem die Meldung raus war, konzentrierten sich wieder alle auf das russische U-Boot, das von den Tauchsonden der Helikopter geortet worden war. Von der Ausrichtung her lag es inzwischen für einen Torpedobeschuss in Richtung Weissenhäuser Strand bereit.

»Achtung«, meldete der Operator, »das Zielobjekt öffnet die Torpedoklappen.«

Im Raum herrschte atemlose Stille.

»Und Schuss«, kam die Meldung.

»Wie schnell ist so ein Torpedo?«, fragte Frau Wagner Kapitän Hinrichs im Flüsterton.

»Kampftorpedos so um die einhundert Stundenkilometer, das sind rund fünfundfünfzig Knoten. Diese Frachttorpedos sind aber erheblich langsamer, und damit sie mehr Fracht aufnehmen können, haben sie erheblich kleinere Antriebs-aggregate. Durch die Durchmesser der Abschussrohre sind die immerhin in der Größe stark begrenzt.«

»Ein weiterer Schuss«, meldete der Operator.

»Das scheint eine größere Bestellung zu sein«, raunte Hinrichs der Staatsanwältin zu, bevor er sich wieder von seinem Stuhl erhob. »Was ein Glück, dass Amazon nicht auf diese Weise Pakete verschickt. Das würde ein ganz schönes Gedränge unter Wasser geben.«

»Schuss Nummer drei«, meldete der junge Mann.

»Setzt das Fireteam des Fischerbootes davon in Kenntnis. Die sind dabei, den Strand zu sichern. Das Halbteam auf dem Truppenübungsplatz soll erst mal die Suche nach den Kameraden einstellen und das Fireteam Fischkutter von Land her unterstützen. Wenn wir die Herrschaften beim Einsammeln ihrer Sendungen beobachten, werden wir sie sicher verfolgen und somit deren Unterschlupf und damit auch unsere Camping-Rotte finden können.«

Der Admiral wandte sich an seinen Adjutanten.

»Ist meine Information korrekt, dass die Polen für das Manöver ein Seal-Team der US-Marine an Bord haben?«

»Das ist korrekt.«

»Dann sollen sich die Cowboys als taktische Reserve in Bereitschaft halten.«

✳✳✳

Auf dem Katamaran der Organmafia herrschte Krisenstimmung. Kapitän Spassow war stinksauer, dass ein Motor des Festrumpfschlauchboots ausgefallen war.

»Ist das beim Anlanden passiert?«

»Nein«, versicherte ihm der Mörder von Schwester Hansina. »Auf dem Rückweg haben wir irgendetwas überfahren. Aber das passiert halt, wenn man auf der stockdunklen See mit einem Boot herumrast.«

»Sieh zu, dass du das so schnell wie möglich reparieren kannst. Möglichst in der nächsten halben Stunde.«

Der Mann schüttelte den Kopf. »Das ist völlig unmöglich. Nur die Schraube zu wechseln, reicht da nicht. Da wird mit Sicherheit auch die Antriebswelle im Eimer sein. Soweit ich gesehen habe, gibt es dafür Ersatzteile im Lager. Für die Montage müsste ich aber noch einen Helfer mit Ahnung haben. Wenn ich jeden Handgriff erklären muss, dauert das Stunden. Soll ich mir Sigurd, den Maschinisten, krallen?«

»Ja, tu das.«

»Das ist großer Mist, dass uns das passiert ist. Aber warum plötzlich diese Eile?«

»Wir sind von der halben Nato, dem Zoll und der Küstenwache umzingelt. Sollte nicht gerade ein Krieg ausgebrochen sein, dann gilt der Zinnober wahrscheinlich uns. Und wenn dem so ist, möchte ich die Möglichkeit haben, dass ich mich, wenn's eng wird, verdünnisieren kann.«

Der Mann sah seinen Kapitän fragend an. »Du dich?«

»Mischa«, versuchte der ihn zu besänftigen. »Wie lange kennen wir uns? Wenn ich ›ich‹ sage, dann meine ich natürlich uns, unser Team. Und verquatsch dich nicht bei der Mannschaft. Wenn wir wirklich abhauen müssen, habe ich keine Lust, diese Jammerlappen mit durchzuschleppen.«

»Die feine englische Art wäre das aber nicht.«

»Wieso? Wir sind Russen und kennen es nicht anders, als dass nur die Stärksten überleben. Dabei stören Skrupel.«

***

Für den Weg zum Weissenhäuser Strand benötigte die »Otto Asmussen« keine fünf Minuten. Die Lichtsignale der Polizisten waren schon von Weitem zu erkennen, sodass die Sucherei wegfiel.

Nachdem sich das Rettungsschiff den Strand hochgezogen hatte, verließen Drs. Simons und Svenja schwer bepackt das

Schiff und stapften mit dem Polizisten zusammen durch den Sand. Schon nach der ersten Düne waren sie bei der verletzten Person. Neben ihr wachte der Streifenkollege.

»Ich habe ja keine große Ahnung«, bemerkte er kleinlaut, »aber ich denke, die Frau ist tot.«

Der Arzt wollte schon bemängeln, dass die Polizisten nicht mit Wiederbelebungsmaßnahmen begonnen hatten, doch als er das verletzte Bein und die Kopfwunde der Toten sah, legte sich sein Zorn. Da war wirklich nichts mehr zu machen.

»Dann trommelt mal das ganz große Programm zusammen, meine Herren.«

»Sehe ich das richtig«, fragte einer der Beamten, »dass das ein Kopfschuss ist?«

»Das ist nicht nur ein einfacher Kopfschuss. Was wir hier sehen, ist ein Mensch, der hingerichtet wurde.«

Die Polizisten waren wie von Donner gerührt. »Das ist doch wohl nicht Ihr Ernst?«, fragte einer der beiden.

»Haben Sie's nicht ein bisschen dünner?«

Drs. Simons hob mit Bedauern die Schultern. »Leider nein. Die Frau ist aus nächster Nähe erschossen worden und der Schütze müsste dem Einschusskanal nach direkt über ihr geschwebt haben.«

»Das ist unwahrscheinlich«, bestätigte der Polizist.

»Also muss die Frau vor dem Schützen gesessen oder gekniet haben. So laufen Hinrichtungen im Allgemeinen ab. Was ist daran für Sie nicht glaubwürdig?«

»Wenn Sie das sagen, Herr Doktor, dann wird das wohl stimmen. So etwas hatten wir hier aber noch nie in Weissenhaus«, murmelte der andere.

***

Um die rund tausend Meter zum Strand des Truppenübungsplatzes zurückzulegen, brauchte Emmas durchtrainierte Gruppe keine fünf Minuten, obwohl die Kampfschwimmer voll ausgerüstet waren. Als sie den Dünengürtel erreicht hatten, gab Emma flüsternd Anweisungen. »Wir bilden Rotten der Nummerierung nach von West nach Ost. Abstand fünfundzwanzig Meter. Das Fireteam ›Fischkutter‹ kommt von Osten her. Also achtet beim Gefecht auf Friendly Fire. Noch Fragen?«

Emma schaute in die schweigende Runde. Niemand rührte sich. »Versucht, so viele Gefangene wie möglich zu machen«, fuhr sie fort, »denn wenn deutsche Soldaten im eigenen Land auf Landsleute schießen, birgt das eine ungeheure politische Sprengkraft in sich. Geschossen wird also nur bei unmittelbarer Bedrohung der eigenen Person. Abmarsch!«

Sie verschanzten sich hinter den Dünenkämmen und beobachteten den Strand und die See.

***

Der Operator meldete sich. »Hier tut sich etwas, Herr Admiral. Vor den Munitionsbunkern sind plötzlich Leute zu sehen.«

Hinrichs und der Admiral sprangen von ihren Stühlen auf. »Haben Sie mitbekommen, woher die gekommen sind?«, fragte Schneider.

»Die standen plötzlich vor den Munitionsbunkern.«

In diesem Augenblick schob sich wie aus dem Nichts ein Fahrzeug ins Bild. »Dafür kann es doch nur eine Erklärung geben!«

»Richtig«, sagte Hinrichs, »da haben sich Parasiten mit schwerem Gerät unterirdisch in Putlos eingenistet.«

Der Admiral nickte besorgt. »Halten Sie es für möglich, dass diese Gruppierung erheblich mehr über den Truppenübungsplatz weiß als die verantwortlichen Stellen der Bundeswehr? Sind da einige Führungsoffiziere lediglich auf dem rechten Auge blind, oder hat die Farbe der See, auf der unsere Marine herumfährt, eine braune Färbung angenommen?«

»Zumindest sieht es so aus, als hätten wir braune Flecken

in unserem Fahrwasser«, stimmte Hinrichs ihm zu, »und wir sollten jetzt sofort etwas dagegen unternehmen, bevor es zur Pest wird.«

Der Leutnant verzog das Gesicht. »Wenn Sie meine bescheidene Meinung dazu hören wollen, Herr Admiral, dann sollten wir nicht gleich mit Kanonen auf Spatzen schießen. Ich denke, wir sollten in erster Linie an die Reputation der gesamten Marine denken. Wenn Sie die Sache gleich an die große Glocke hängen, dann zerstören Sie immerhin auch Karrieren von Kameraden.«

Admiral Schneider bekam ein böses Funkeln in seinem Blick. »Herr Leutnant, Ihre Meinung ist mehr als nur beschämend. Bei dieser dunkelbraunen Brut handelt es ich um keine Kameraden. Solch katastrophaler Korpsgeist ist genau das, was diese Nazis in der Truppe schützt. Darüber sollten Sie einmal nachdenken. Sie sind mit sofortiger Wirkung von dieser Aufgabe hier entbunden. Ich erwarte Sie morgen in meinem Büro zum Rapport, und bis dahin werden Sie über den Bockmist, den Sie eben gefaselt haben, reflektieren. Sie können abtreten.«

In der Kommandozentrale herrschte eisiges Schweigen. Als der Leutnant den Raum verlassen hatte, flüsterte der Admiral zu seinem Adjutanten gewandt: »Ich fürchte, dass der Mann, sowie er von Bord ist, anfängt zu telefonieren. Ich möchte wissen, mit wem.« Und wieder laut. »Hinrichs, was würden Sie jetzt vorschlagen?«

»Die Torpedos werden kaum den Strand hochlaufen. Die Kerle müssten über Taucher verfügen. Ich würde das Seal-Team gleich einsetzen. Die US-Boys und unser Fireteam Fischkutter sollten die Herren unter Wasser ausschalten. Dann haben wir zumindest Zeit gewonnen, um an Land mehr Kräfte heranzuführen. So könnten wir dem ganzen Spuk ein Ende bereiten.«

Admiral Schneider nickte zufrieden. »Sie haben recht, Hinrichs, Sie werden die gesamte Aktion in Eigenregie zu Ende bringen. Ich werde derweil die Admiralität und die Abwehr unterrichten. Auch wenn es wehtut, aber diesen Skandal dürfen wir nicht unter der Decke halten. Gegen diese rechte Pest hilft nur kompromisslose Transparenz.«

***

Auf der Brücke der »Sandur« schaute Kapitän Spassow erleichtert auf den Radarbildschirm. »Ich weiß zwar nicht, warum, aber die Meute scheint kein Interesse an uns zu haben. Wir sollten uns, ohne größeres Aufsehen zu verursachen, aus dem Staub machen. Die Positionsleuchten bleiben aus. Wir wollen nach wie vor nicht gesehen werden. Kleine Fahrt voraus, Kurs dreihundert Grad.«

Vorsichtig schob der Steuermann die Gashebel nach vorn. Das Brummen der beiden Maschinen wurde lauter, doch das Schiff bewegte sich nicht.

»Gib mehr Gas, wir scheinen in der Strömung zu liegen.«

Der Rudergänger erhöhte die Umdrehungen des Motors, aber anstatt, dass sich das Schiff langsam in Bewegung setzte, ertönte ein übles Geräusch aus beiden Rümpfen des Katamarans. Es hörte sich an, als riebe Metall kreischend auf Metall.

»Gas weg!«, kam der Befehl, und Spassow drückte den Sprechknopf für den Maschinenraum. »Was ist bei euch da unten los?«

Die Stimme des Maschinisten klang panisch. »Käpt'n, glauben Sie mir bitte, ich habe wirklich nichts falsch gemacht, aber auf beiden Seiten sind die Antriebswellen aus den Gelenken gesprungen. Ich brauche hier unten Hilfe. Wir haben zwar Ersatzgelenke da, aber für den Einbau brauchen wir Stunden.«

»Beide Gelenkwellen gleichzeitig kaputt?«, fragte Spassow ungläubig. »Das geht doch gar nicht. Da hat doch jemand dran gedreht.« Er sah sich misstrauisch um. »Sollten wir einen Saboteur an Bord haben?«

Er nahm das Satellitentelefon in die Hand.

»Wen wollen Sie denn jetzt anrufen?« Der Steuermann war irritiert.

»Ich weiß nicht, wie das passieren konnte, und schon gar nicht, wer dafür verantwortlich ist, aber man hat uns vorerst lahmgelegt. Ich muss unsere Leute darüber unterrichten, und dann wird es Zeit, dass uns eine Lösung für unser Problem einfällt.«

✳✳✳

Nachdem sie wieder in dem ihnen zugeteilten Bereitstellungsraum angekommen waren, stand die gesamte Besatzung der »Otto Asmussen« um Julius herum und starrte gebannt auf das Display.

»Kinnings«, murmelte Fiete, »hier ist ja mehr los als auf der Reeperbahn am Freibiertag.«

»Und ich sage euch«, fügte Hinnerk hinzu, »das dicke Ende kommt noch.«

»Bruder, hör auf zu unken«, erwiderte Julius, »es ist genug Marine und Polizei vor Ort. Lass die das man alles schön machen, sodass wir nachher wieder ganz in Ruhe nach Hause schippern können.«

»Die ›Otto Asmussen‹ für Bremen Rescue, kommen«, tönte es aus dem Lautsprecher.

»Wir hören«, antwortete Julius.

»Es wurde ein medizinischer Notfall auf einem Sportboot gemeldet. Den Koordinaten nach müsste das ganz in eurer Nähe sein. Dem nur sehr schlechten Englisch des Meldenden nach zu urteilen, hat sich jemand bei Reparaturarbeiten an Bord eine heftige Kopfverletzung mit anschließender Bewusstlosigkeit zugezogen. Die Meldung kam über Satellitentelefon, da auch die gesamte Elektrik ausgefallen sein soll. Der Skipper wird mit Lichtsignalen auf sich aufmerksam machen. Anfahrt mit Sonderrechten, dann erkennen sie euch gleich.«

»Wir übernehmen«, quittierte Julius, nachdem er sich davon

überzeugt hatte, dass die angegebenen Zielkoordinaten digital zu ihnen übermittelt wurden.

✳✳✳

In der Einsatzzentrale der Marine schaute alles gebannt auf die Monitore, und Emma vervollständigte den Überblick der Einsatzleitung durch ihre Beobachtungen.

»Achtung«, hallte ihre Stimme aus dem Lautsprecher, »hier am Strand tut sich etwas. Es sind drei Pritschen-Chevys vorgefahren, und im Augenblick machen sich vier Taucher fertig. Sie wollen offensichtlich die erwartete Ware bergen. Soweit ich erkennen kann, verfügen sie über professionelles Tauch-Equipment, und was die Bewaffnung betrifft, stehen sie uns in nichts nach. Am Strand befinden sich noch weitere vierzehn Gegner, und so, wie sie das Terrain absichern, haben sie mit Sicherheit eine militärische Ausbildung. Wir bleiben so lange auf Position, bis Anweisungen folgen.«

Die Bundesanwältin Ilona Wagner fühlte sich in die Zeit zurückversetzt, als ihre Eltern davon erzählten, wie sie gebannt auf das krisselige Fernsehbild der Übertragung der ersten Mondlandung starrten und gleichzeitig dazu dem Radioreporter lauschten, um noch besser informiert zu sein.

»Und du bist absolut sicher, dass du ganz genau erkennen kannst, wer da gegen wen antritt?«, fragte sie im Flüsterton Kapitän Hinrichs.

»Du nicht?«, antwortete er, ohne den Blick vom Bildschirm abzuwenden.

»Nun ja, ich gucke kleinen grünen Männchen beim Strandgang zu.«

»Feindliche Taucher sind im Wasser«, hörten sie die Stimme des Operators.

»Unser Team und die ›Seals‹ sind in Position?«

»Der Zugriff könnte erfolgen!«

»Achtung«, kam es genauso ruhig von Admiral Schneider,

»sowie die Gauner den Bergungsballon des ersten Torpedos anblasen, erfolgt der Zugriff. Wir wollen die Kerle und die Waffen.«

Der Operator schaltete die Signale der Bodycams des eigenen Fireteams auf den großen Monitor. Zunächst blieb alles schwarz, dann waren schemenhaft Lichtkegel von den Taschenlampen der Taucher zu sehen. Auf dem Bild war zu erkennen, dass in einen großen gelben Sack aus einer zusätzlichen Druckflasche Luft hineingelassen wurde.

»Jetzt den Störsender«, wies der Admiral den Operator an.

Über Monitor wurden sie Augenzeugen, wie die fremden Taucher auf einmal gleichzeitig zuckten und sich an die Ohren griffen.

»Was haben die denn?«, fragte Frau Wagner.

»Die haben urplötzlich ein grässliches und unerträglich schmerzendes Pfeifen im Ohr und somit nur noch eines im Sinn, nämlich die Stöpsel aus ihren Ohren zu reißen. Das ist genau der Augenblick, in dem unsere Leute zuschlagen.«

»Und warum zucken unsere nicht?«, fragte sie.

»Weil die auf einer sicheren Spezialfrequenz sind«, antwortete Hinrichs.

Auf einem der kleinen Bildschirme war zu sehen, wie einer der Kampfschwimmer seinen Gegner von hinten in den Schwitzkasten nahm. Der Mann wand sich wie ein Aal, aber es gelang ihm nicht, sich aus der Umklammerung zu befreien. Dann gab es nur noch ein wild verwackeltes Durcheinander, und als das Bild wieder stand, war zu erkennen, dass auch seine Kollegen jeweils eine schlaffe Person unter Wasser abschleppten.

»Mein Gott«, entfuhr es Ilona Wagner, »so muss man sich fühlen, wenn man von einem Krokodil angegriffen wird. Sind sie etwa tot?«

Hinrichs grinste sie an. »Nein. Unsere Leute kommen mit erheblich weniger Zähnen zum gleichen Ergebnis. Krokodile klemmen ihre Beute nach dem Zugriff unter Wasser in irgendeine Astgabel oder Felsspalte und warten dann, bis sie schön mürbe ist. Unsere Zielpersonen kommen zwar nur in einen Verhörraum, aber mürbe werden sie dort auch.«

* * *

Während Drs. Simons und seine Assistentin ihre medizinische Ausrüstung auf den angekündigten Notfall vorbereiteten und Hinnerk schon einmal die »Ottilie« klarmachte, war sich der Vormann sicher, die in der Meldung angegebenen Koordinaten erreicht zu haben. Er stierte in die Dunkelheit. »Auch wenn der Strom ausgefallen ist, hat man doch ein Handy, mit dessen Lampe man winken kann, oder wenigstens eine Taschenlampe.«

»Du weißt doch, wie verantwortungslos die Leute heutzutage sind«, brummte Fiete. »Die steigen ja auch in Sandalen und T-Shirt auf die Zugspitze. Wenn was passiert, kommt dort der Heli oder auf dem Wasser eben wir.« Er legte den Feldstecher weg. »Soll ich Licht machen?«

»Jau«, kam die kurze Antwort, und der grelle Finger des Suchscheinwerfers bohrte sich in die Dunkelheit, um die Wasseroberfläche abzusuchen. Im Lichtkegel erschien die »Sandur«. Vom Heck her war plötzlich das Kreischen von Rasmus zu hören.

Fiete stürzte an die hinteren Fenster der Brücke und konnte gerade noch sehen, wie ein vermummter Mann Hinnerk niederschlug. Zwei weitere Gestalten kletterten über die Heck-Reling. Alle drei waren schwer bewaffnet. »Leck mich am Mors«, rief Fiete, »das sieht ganz so aus, als würden wir geentert werden.«

Bevor Julius begriff, was geschah, spürte er, wie ihm etwas in den Rücken gebohrt wurde. »Was ist denn hier los?«, fragte er empört, während er sich instinktiv umdrehte. Zu seinem Entsetzen blickte er auf eine Sturmhaube, aus deren Löchern ihn zwei Augen böse anstarrten. Reflexartig griff er zum Hörer des Funkgerätes und nahm dann nur noch wahr, wie ein Gewehrkolben auf seine Stirn zuraste. Bevor er etwas sagen konnte, verlor er das Bewusstsein, rutschte aus seinem Stuhl und schlug mit dem Hinterkopf hart auf dem Boden auf.

Fiete hob sofort die Arme, um sich zu ergeben. »Darf ich meinem Vormann helfen?«, fragte er verzweifelt. »Ich bin unbewaffnet.«

Drs. Simons stürzte die Treppe zur Brücke hoch. »Braucht ihr Hilfe?«, rief er, doch Sekunden später lag er bäuchlings auf dem Boden, und einer der Kerle kniete auf ihm, um seine Arme mit einem Kabelbinder auf dem Rücken zu fesseln.

»Sind noch mehr Leute an Bord?«, fragte einer der Angreifer in gebrochenem Englisch.

»Yes, one ambulance nurse«, antwortete Fiete wahrheitsgemäß.

»Warum sagst du denen das? Die hätte vielleicht Hilfe holen können, wenn sie sich versteckt hätte«, schimpfte der Arzt.

»Nee, Mann«, entgegnete Fiete knapp, »ich will auf keinen Fall, dass ihr etwas passiert.«

Minuten später saßen alle an Armen und Beinen gefesselt auf dem Vordeck der »Otto Asmussen«, nur Julius lag. Er war noch immer nicht wieder bei Bewusstsein, was dem Doc sichtlich Sorge bereitete. »Wenigsten haben sie ihn auf die Seite gelegt«, murmelte er.

»Was meinst du«, fragte Fiete, »wird der wieder?«

»Das hängt ganz davon ab, ob an der Schädelkalotte oder -basis etwas gebrochen ist. Natürlich kann auch ohne Fraktur nur durch eine Contusio des Gehirns eine cerebrale Blutung entstehen.«

Fiete sah erst den Arzt und dann Svenja hilflos an. »Ich wollte doch nur wissen, wie sehr es ihn erwischt hat. Kannst du mir dieses lateinische Kauderwelsch übersetzen?«

»Der Doc sagt, dass er das nicht weiß«, kam die prompte Antwort.

»Ist denn was gebrochen?«

»Mensch, Fiete, woher soll der Doc das wissen? Der hat doch keine Röntgenaugen.«

»Aber wenn nix gebrochen ist?«

»Mein Gott.« Hinnerk war genervt. »Contusio heißt, wenn der Pudding in der Birne auch an die Schüssel geklatscht ist.«

»Aber das wäre doch nicht schlimm, oder?«

»Nee, dann sabbert er vielleicht, wenn er wieder mal Leute zusammenfalten tut, aber ticken tut er dann wieder.«

Tatenlos mussten sie mitansehen, wie die Kerle mit ihrem Schiff am Katamaran anlegten und es mit Stahlseilen vertäuten. Hinnerk fühlte sich jetzt für die Crew verantwortlich, und er begann, Fluchtpläne zu schmieden. »Hör mal, Fiete, du kannst den Pott doch fahren. Warum lösen wir nicht einfach die Leinen und machen uns davon, wenn keiner von denen guckt?«

»Weil die Organ-Piraten Stahlseile durch die Doppelkreuz-poller an Bug und Heck gezogen haben. Bis wir so ein Teil mit der Metallsäge durchhaben, dauert es Stunden.«

»Dann bleibt uns nur noch ein Ausweg«, sagte Hinnerk entschlossen.

»Und der wäre?«

»Wir warten auf die Deern, der fällt bestimmt was ein.«

✳✳✳

»Verdammte Hacke, seht ihr was?«, brüllte der Anführer der paramilitärischen Truppe am Strand des Manövergeländes. »Die Bergungsballons müssten doch direkt vor euch schwimmen.«

Vom Strand aus konnte er beobachten, wie die Lichtkegel der starken Lampen über das Wasser huschten.

»Und jetzt auch noch die Festbeleuchtung. Seid ihr denn von allen guten Geistern verlassen?«

Im selben Augenblick entdeckte er einen der Bergungsballons sehr viel näher am Strand als vermutet. Daneben tauchten vier Gestalten aus dem Wasser auf, die ihm durch Handzeichen signalisierten, dass sie Tragehilfe brauchten.

»Los, sechs Männer rein und helfen«, bellte er seine Leute an. Die warfen sofort ihre Waffen in den Sand und stürzten sich ins Wasser.

»Habe ich es denn hier nur mit Vollpfosten zu tun«, schimpfte ihr Boss, »und dann jammern die Idioten wieder, wenn es beim Schießen knirscht. Vielleicht sollten wir die Revolution lieber verschieben, wenn da nur Schwachmaten mitmachen!«

Ein langgezogener Hilfeschrei war von See her zu hören. Darauf folgte ein »Was soll das?«, ein »Hey«, und im Anschluss klang es, als würde jemand ins Wasser springen.

Der Boss der Truppe war irritiert. »Bin ich hier im falschen Film?«, brüllte er in sein Funkgerät, aber es kam keine Antwort. Von See her war bis auf das Rauschen der Wellen, die auf das Ufer schlugen, nichts mehr zu hören. Er leuchtete mit seiner Lampe in die Richtung und sah schemenhaft, wie seine Leute, die er eben noch ins Wasser gejagt hatte, mit erhobenen Händen wieder auf ihn zukamen.

»Was ist denn mit euch los?«, brüllte er außer sich vor Zorn. Dann sah er die Taucher, die seine Männer mit automatischen Waffen im Anschlag vor sich hertrieben. Er griff nach seinem Gewehr, das er an einem Riemen vor dem Bauch trug.

»Nicht mal daran denken«, erklang eine weibliche Stimme hinter ihm, und gleichzeitig spürte er den Lauf einer Waffe in seinem Rücken. »Und nun schön hoch mit den Händchen und keinen Mucks mehr. Haben wir uns verstanden?«

Der Mann gab sich geschlagen und nickte.

Während Emma ihn in Schach hielt, wurde er durch einen weiteren Kampfschwimmer entwaffnet.

»Und nun schön raus mit der Sprache. Wo sind unsere beiden Kameraden?«

»Ich sage nichts.«

»Oh doch, das wirst du, glaube mir.«

»Wenn ich euch das verrate, kann ich mich gleich einsargen lassen«, jammerte der verzweifelte Reichsbürger. »Mein Boss killt mich!«

»Da sitzt du aber ganz schön tief in der Scheiße. Dein Boss erschießt dich lediglich. Das geht schnell und tut kaum weh.« Emmas Stimme bekam etwas Bedrohliches. »Ich hingegen brauche nur mein Messer, um dich fertig zu machen. Wir beide fahren dann ein paar Meter aufs Meer hinaus, und dort füttere ich mit der Haut deines Rückens die Fische an. Dann gibt es noch einen kleinen Schnitt in die Fußsohlen und einen in deine Bauchdecke, und wenn wir dich dann ganz langsam ins Wasser gleiten lassen, wirst du wissen, wie es sich anfühlt, wenn ein Aal dich lecker findet und noch ein paar Kumpels zum Essen einlädt.«

»Das kannst du doch nicht machen«, jammerte der Mann.

»Doch, das kann sie«, antwortete ein anderer Kampfschwimmer, »und das macht sie dann nicht zum ersten Mal. Also, ich an deiner Stelle würde jetzt ganz schnell mit allen Informationen rausrücken. Ich habe nämlich absolut keinen Bock, unser Boot stundenlang von deinem Blut reinigen zu müssen.«

Eine Minute später wussten sie, wo ihre Kameraden gefangen gehalten wurden.

***

Inzwischen hatte ein weiteres Schlauchboot der nahen Fregatte ein paar Kisten mit neuem Material für Udos angeschlagenes Fireteam zur »Zwillinge« gebracht. Gabi hatte sich schon in den Taucheranzug gezwängt, sodass sie Udo und seinen beiden Kameraden helfen konnte.

»Klasse siehst du in dem Dress aus«, begrüßte er sie bewundernd.

»Danke für die Blumen. Was habt ihr euch eigentlich liefern lassen?«

»Neue Kalipatronen für unsere Tauchgeräte, ein Ersatzgerät und Jetboots für dich, zusätzlich frische Batterien für unsere und weitere Waffen. Du brauchst ja schließlich auch ein richtiges Sturmgewehr.«

»Gab's keinen Ersatzmann für euren verletzten Kameraden im Angebot?«

Udo zuckte mit den Achseln. »Gab's nicht wegen gibt's nicht.«

»Und du bist dir ganz sicher, dass ich der Aufgabe gewachsen bin? Ihr seid Profis im Wasser. Im Gegensatz zu eurer Ausbildung habe ich gerade mal das ›Seepferdchen‹.«

Er nahm sie zärtlich in den Arm. »Mach dich doch nicht so klein. Du bist schließlich eine ausgebildete Rettungstaucherin. Ich bin mir sehr sicher, dass du weitaus mehr draufhast, als du dir selbst zutraust.«

»Und was für einen Einsatz stellst du dir vor?«

»Ich hoffe, gar keinen. Wenn überhaupt, sind wir die allerletzte Reserve. Aber selbst dafür brauchen wir ein intaktes Fireteam.«

Sie schaute auf ihre Uhr. »Dann hoffe ich mal darauf, dass die Nacht bald vorbei ist.«

Käpt'n Konny rief nach ihnen. »Könnt ihr bitte mal unter Deck kommen? Ich habe hier etwas Seltsames auf dem Funk.«

Da ihre Bewegungen durch den engen Taucheranzug nur wenig geschmeidig war, wirkte sie ungelenk, als sie den schmalen Niedergang ins Schiffsinnere hinabstieg. Dort war der Kartentisch mit allen erdenklichen Kommunikationsmöglichkeiten untergebracht. Die Kampfschwimmer hatten ihre Geräte ebenfalls dort aufgebaut. Konny stellte den Lautsprecher des Seefunkgerätes laut. Es waren in erster Linie knackende Geräusche zu hören.

»Da drückt jemand ständig die Sprechtaste«, wunderte sich Udo.

»Leitstelle Mitte für die ›Otto Asmussen‹ kommen«, tönte es zwischen den Geräuschen immer wieder aus dem Lautsprecher.

»Woher wissen die, dass das Störgeräusch von eurem Pott kommt?«

»Weil in der Zentrale bei jedem Funkspruch eine Kennung

aufleuchtet«, murmelte Gabi. »Aber, so hört doch mal, was ist das für ein Geräusch, wenn die Sprechtaste gedrückt ist?«

Alle horchten angespannt.

»Da schmatzt jemand«, bemerkte einer von Udos Kameraden.

Konny schüttelte den Kopf. »Doch nicht auf dem Notrufkanal!«

»Der schmatzt nicht, der schnattert.« Udo überlegte, wo er das Geräusch schon mal gehört hatte. »Der schnattert wie ein …«

»… wie ein Affe«, komplettierte Gabi den Satz. »Das ist Rasmus.«

Udos Kamerad fühlte sich nicht ernst genommen. »Rasmus, der Gott der Seefahrer, ist ein Affe und sitzt schnatternd am Funkgerät, weil er Stress mit seiner Frau Freya hat?«

»Rede doch keinen Unsinn!«, bügelte Gabi ihn ab. »Rasmus will uns etwas sagen.«

Der andere Kamerad winkte ab. »Ein Affe will uns etwas sagen. Wo gibt's denn so was?«

»Aber so hört doch mal«, Gabi ließ nicht locker, »das klingt verzweifelt.«

Käpt'n Konny war sich ebenfalls nicht sicher, ob er sie ernst nehmen sollte. »Was hat ein verzweifelter Affe auf einem Rettungsboot der DLRG zu funken?«

»Der gehört Hinnerk und ist erstaunlicherweise hervorragend abgerichtet. Wenn dort ein Affe am Funkgerät rumfummeln kann, dann bedeutet es, dass niemand auf der Brücke ist. Und wenn die auf See unbesetzt ist, dann stimmt da was nicht.«

Udo gab ihr recht. »Und wenn die ›Otto Asmussen‹ nicht reagiert, wenn sie angesprochen wird, dann ist da sogar etwas ganz gewaltig angebrannt. Da hängen überall Lautsprecher.« Er sah seine Leute an. »Und was bedeutet das für uns?«

»Nachsehen, was da nicht stimmt«, antworteten beide unisono.

»Aber so einfach ist das nicht«, bremste Konny den Plan aus. »Dazu müssten wir wissen, wo die ›Otto Asmussen‹ ist. Auf dem Radarmonitor ist ihre Kennung jedenfalls nicht mehr zu sehen.«

SECHZEHN

Die SEK-Einheit des Zolls hatte sich inzwischen auf Anweisung der Einsatzzentrale zu den Munitionsbunkern des Truppenübungsplatzes vorgearbeitet. Die zwei Wachposten auszuschalten war kein Problem, aber sie waren erst genauso störrisch wie der Anführer der Strandeinheit. Die Angst vor den Folgen, in der Gruppe als Verräter dazustehen, war zu groß. Sie schwiegen auch weiterhin eisern. Den Eingang zu ihrem unterirdischen Reich verrieten sie nicht. Die Zöllner postierten sich demnach so um die verschiedenen Munitionsbunker herum, dass sie überall mit zumindest einem Zwei-Mann-Team eindringen konnten, sollte sich irgendein Tor öffnen. Ihr Ziel war es, das Schließen der dann geöffneten Bunkerzugänge so lange zu verhindern, bis Verstärkung eingetroffen war. Dabei achteten sie darauf, dass sie für etwaige Überwachungskameras möglichst unsichtbar blieben.

Der Zoll-Einheitsführer meldete ihre Position an die Einsatzzentrale.

»Sehr gut«, antwortete Kapitän Hinrichs. »Sie bekommen in Kürze Verstärkung von unseren Leuten. Sie werden mit einem US-Pritschenwagen, der mit einem dieser Lastentorpedos beladen ist, vorfahren. Das Ding wird aber leer sein. Nicht, dass die plötzlich noch mehr Waffen haben, wenn auf unserer Seite etwas schiefgehen sollte. Wenn die Bunkereingänge mit Kameras überwacht werden, und davon gehen wir aus, dann wird sich die Zufahrt hoffentlich automatisch öffnen.«

***

»Herr Admiral«, meldete sich sein Adjutant, »der Leutnant, der von Ihnen gemaßregelt wurde, hat in der Tat sofort, nachdem er das Schiff verlassen hatte, telefoniert. Er hat einen gewissen

Wilfried Brasche angerufen. Der Mann ist bei der Staatsanwaltschaft Kiel.«

Bevor Schneider etwas erwidern konnte, fuhr die Bundesanwältin dazwischen.

»Jetzt weiß ich, wo wir unser Leck haben!«, entfuhr es Ilona Wagner. »Und jetzt wird er auch wissen, dass es seiner Truppe an den Kragen geht. Herr Admiral, könnten Sie mir von jetzt auf plötzlich ein paar Feldjäger ausleihen, um diesen Kerl festzusetzen?«

»Ja, gern«, erwiderte Schneider überrascht, »aber ich dachte bisher immer, dass Justitias Mühlen langsam mahlen.«

Sie lächelte ihn an. »Wenn wir schon beim Bild der mahlenden Mühlen sind, dann haben wir für diese Braune Pest einen Espressogang.« Sie zückte ihr Telefon. »Ich werde umgehend für einen Haftbefehl sorgen, den ich zur Bundespolizei maile. Die werden dann dafür sorgen, dass uns der Herr nicht stiften geht. Ich nehme an, dass Brasche gerade dabei ist, für einen längeren Urlaub zu packen.« Ihr Lächeln wurde grimmig. »Darf ich mit Ihrer Unterstützung rechnen?«

»Selbstverständlich, Frau Wagner. Am Kasernentor wird ein Wagen auf Sie warten, der Sie nach Kiel bringt.«

Hinrichs konnte das Gespräch nicht weiterverfolgen, da er von dem für seinen Einsatz zuständigen Operator herangewinkt wurde.

»Herr Kap'tain, mit dem Rettungsschiff der DLRG stimmt etwas nicht. Da soll ein Affe funken.«

»Das kann hinkommen, Herr Stabsbootsmann, einen Affen gibt's auf der ›Otto Asmussen‹. Einer der Leute hat einen adoptiert. Dass der aber funken kann, ist mir auch neu. Wer hat das gemeldet?«

»Hauptbootsmann Schüle vom Team ›Zwillinge‹.«

»Geben Sie mir eine Verbindung auf mein Handy.«

✳✳✳

Kaum war der Pritschenwagen in die südliche von den drei Bunkerstraßen eingebogen, öffnete sich ein Tor in der Rasenfläche. Was wie ein Beet aussah, stellte sich als der Deckel einer Einfahrt heraus, ähnlich wie die der Spielertreppe im Münchner Fußballstadion, nur größer und ohne Stufen. Es dauerte eine ganze Weile, bis die Hydraulik die schwere Platte so weit angehoben hatte, dass ein Wagen hindurchfahren konnte.

»Mir ist völlig unbegreiflich, wie den Kommandanten dieses Truppenübungsplatzes ein derartig riesiger und komplizierter Mechanismus verborgen geblieben sein soll«, sagte Emmas Flügelmann, der den Wagen fuhr.

»So etwas passiert, wenn man ein Leben in der warmen Schreibstube genießt oder wenn man einen Blindenhund beschäftigt, der nicht bellen kann.«

Nachdem sich das Tor geöffnet hatte, warteten sie einen Augenblick, bis sich, wie verabredet, zwei Kollegen vom Zoll auf dem Trittbrett am Heck des Fahrzeuges zusammenkauern konnten. »Gib Gas, dann nebelt diese olle Kiste alles ordentlich ein, und der Qualm nimmt den Überwachungskameras die Sicht. Vielleicht können sich dann auch weitere SEK-Leute unbemerkt durch das Tor schleichen.«

Ähnlich wie bei einem Parkhaus fuhren sie im Schritttempo so lange im Kreis bergab, bis sie in einer Tiefgarage angekommen waren. Die fast schon antiken Leuchtmittel der uralten Wandfunzeln tauchte die Halle in ein unwirkliches Licht. »Der Endsieg ist unser«, stand in deutscher Druckschrift an der Betonwand, auf die sie zufuhren. An einer seitlichen Wand war »Mit Hurra für den Führer in den Heldentod« zu lesen.

»Womit das Gerücht widerlegt ist, dass das hier die Engländer nach dem Krieg gebaut haben sollen«, murmelte Emma, bevor sie und ihr Fireteam vom Wagen sprangen und sofort Deckung suchten.

Die beiden Zöllner waren schon weiter oben abgesprungen, um den Mechanismus des Tores zu blockieren, wenn es sich nach dem zweiten Pritschenwagen erneut schließen sollte.

Ein ohrenbetäubendes Ächzen und Quietschen setzte ein und dröhnte durch die Halle. Plötzlich verstummte es.

»Die Kameraden vom Zoll scheinen den Schalter gefunden zu haben«, flüsterte Emma.

Als auch der zweite Pritschenwagen in der Tiefgarage stand, verschwanden weitere vier Kampfschwimmer in der Tiefe der nur schwach beleuchteten Halle.

Dann geschah erst einmal nichts. Die beiden Fireteams warteten darauf, dass ihnen jemand durch sein Kommen anzeigte, durch welchen der vielen abzweigenden Gänge sie gehen mussten, um auf weitere Mitglieder dieser Terrorgruppe zu stoßen. Nach einer Minute hörten sie Schritte aus der Ferne.

··*·*

In einer Art Kontrollraum schnauzte der Boss des Unternehmens einen seiner Untergebenen an. »Du sollst das Tor schließen! Hörst du nicht, wenn ich dir was sage?«

»Ich drücke ja schon«, kam die verzweifelte Antwort, »aber es tut sich nichts.«

»Eben ging es doch noch!«

»Ja, aber jetzt nicht mehr. Es macht keinen Mucks. Wahrscheinlich ist mal wieder die Sicherung rausgesprungen.«

»Was sitzt du dann noch hier rum? Geh und sieh nach! Hast du wenigstens das Licht in der Einfahrt gelöscht?«

In diesem Augenblick flackerte die gesamte Beleuchtung kurz auf und erlosch dann vollends.

»Warst du das?«, fragte der Boss.

»Wie denn, ich stehe hier neben dir.«

Der Chef der Bande entsicherte seine Waffe und klappte ein Nachtsichtgerät vor die Augen. »Das gefällt mir ganz und gar nicht. Geh nach oben und mach Meldung, was da los ist.«

Tim und Angelika, die beiden gefesselten Kampfschwimmer im Nachbarraum, wussten sofort, dass Hilfe nahte, als das Licht ausging.

»Und was machen wir jetzt?«, fragte sie.

»Liegen bleiben, die Schnauze halten und beten«, flüsterte er.

»Ich hab's nicht so mit dem lieben Gott.«

»Glaub mir, wenn es erst mal um uns herum richtig knallt, dann wirst auch du gläubig.«

***

»Was hat Hinrichs gesagt?«, fragte Gabi an Bord der »Zwillinge« besorgt. »Weiß er, was auf der ›Otto Asmussen‹ los ist?«

»Auch nicht mehr als wir«, antwortete Udo. »Darum sollen wir mal nachsehen.«

»Habt ihr den genauen Standort?«

»Laut unseren Aufklärern direkt neben der ›Sandur‹, und deren Position kennen wir dank des Senders, den wir ihnen mit der Drohne aufs Dach gesetzt haben. Der Transponder eures Schiffes ist ebenfalls aus.«

»Das ist kein gutes Zeichen. Wie weit entfernt liegen die?«

»Eine halbe Seemeile.«

Gabi schwante, dass ihr ein echter Kampfeinsatz bevorstand. »Dann werde ich mir jetzt wohl mal diese Jetboots umschnallen, wenn ich mit euch mithalten soll. Kannst du mir bitte dabei helfen?«

»Gern. Der Umgang damit ist im Prinzip einfach, aber die Dinger haben ihre Eigenheiten.«

Sie sah ihn forschend an. »Sei ehrlich: Ist mit diesen Beinpropellern schon mal jemand in den Einsatz gestartet, ohne vorher daran ausgebildet worden zu sein?«

Udo war klar, dass er ihr mit einer Lüge keinen Mut machen würde. »Nein. Das wäre sogar verboten.«

Sie lachte. »Na, dann passt das ja zu mir. Haberstroh verstößt wieder einmal gegen die Dienst- und Unfallverhütungsvorschriften.«

»Im Krieg, und den haben wir im Augenblick, gibt es keine.«

Sie lächelte grimmig. »Doch, im Beamten-Deutschland schon.«

∗ ∗ ∗

Auf der »Otto Asmussen« herrschte Dunkelheit und Stille. Die Kidnapper hatten sämtliche Geräte und Aggregate abgeschaltet, um eine Ortung des Rettungskreuzers unmöglich zu machen.

Woran sie nicht gedacht hatten, war die Tatsache, dass das Funkgerät automatisch von einer Batterie gespeist wurde, um trotzdem noch Notrufe absetzen zu können.

»Nun sitzen hier gestandene Seeleute, verschnürt wie die Postpakete und müssen darauf warten, dass die Deern uns rettet«, murrte Hinnerk.

»Was soll die denn machen?«, entgegnete Drs. Simons resigniert. »Wie soll sie überhaupt ahnen, wo wir sind?«

»Die spürt das.«

»Mensch, Hinnerk«, sagte Fiete. »Du machst einen mit deinem Deern-Gesabbel ganz dösig im Kopf.«

»Was ist denn hier los?«, stöhnte Julius, der langsam zu sich kam. »Wo sind wir, warum liege ich hier?«

»Da bist du ja wieder«, atmete der Doc erleichtert auf. Und dass du dösig im Kopf bist, liegt daran, dass du niedergeschlagen wurdest«, klärte er ihn auf.

»Blödsinn, davon hätte ich doch was gemerkt. Allerdings würde das erklären, warum mir der Schädel so furchtbar brummt.« Julius versuchte, sich mit auf dem Rücken zusammengebundenen Händen aufzurichten. Auf halbem Wege wurde ihm wieder so schwindelig, dass er sofort erneut in sich zusammensackte. »Jetzt wird mir aber so richtig übel.« Er hatte Probleme, sich im Liegen zu orientieren und die Eindrücke folgerichtig einzuordnen.

»Du wirst dir eine fette Gehirnerschütterung eingefangen haben«, versuchte der Arzt ihn aufzuklären.

»Wenn man der Pudding nicht auch an die Schüssel geklatscht ist«, fügte Hinnerk fachmännisch hinzu.

»Was für 'n Pudding, und wo sind wir hier? Eben stand ich doch noch auf der Brücke, und jetzt liege ich mit euch hier auf dem Vordeck. Sind denn alle vollzählig? Ist niemandem etwas passiert?«

»Alle gesund, munter und bestens verschnürt«, meldete Hinnerk. »Nur Rasmus tobt wie so ein kleiner Klabautermann durchs Boot. Ich hoffe, er macht keinen Unsinn.«

Im Augenwinkel konnte der Vormann selbst bei der Dunkelheit Schemen eines großen Schiffes längsseits erkennen. »Was ist denn das für ein Pott neben uns?« Er erbrach sich. »Mein Gott, diese Schmerzen, mir ist so schwindelig.«

»Das ist die ›Sandur‹«, berichtete sein Bruder weiter. »Die haben uns mitsamt unserem Schiff als Geiseln genommen. Es wäre natürlich interessant zu wissen, was sie an Forderungen gestellt haben.«

»Wenn sie das getan haben, werden wir das aber sicher mal wieder zuletzt erfahren«, resignierte Fiete.

Julius begann seltsam zu röcheln. Svenja, die direkt neben ihm saß, beugte sich, soweit es ihr möglich war, über ihn. »Hör auf zu erzählen, Hinnerk«, murmelte sie, »dein Bruder ist schon wieder bewusstlos.«

✳✳✳

Emma war sich sicher, dass sie in den Katakomben des Bunkers keine Verbindung zur Einsatzzentrale haben würde. Also übernahm sie als Ranghöchste ihres Teams die Einsatzleitung. »Bitte melden, wer alles im Bunker ist.«

Nacheinander meldeten sich die Kameraden über ihren Ohrstecker. Sie waren zu acht. Ihr Fireteam und ein weiteres aus ihrer Gruppe.

»Stellt den Laserpointer der Zieloptik auf Grün, um Friendly Fire auszuschließen.«

Ihre Kameraden bestätigten die Anweisung.

»Sind Kollegen vom Zoll hier unten?«

»Ja, ein Viererteam.«

»Ihr seid Team drei. Ihr geht wieder nach oben und sichert das Tor. Es muss unter allen Umständen offen bleiben.«

»Team zwei, ich sehe euch am anderen Ende der Tiefgarage. Ihr schaltet jeden Gegner zur Not auch final aus, der in dieser Ebene auftaucht, und haltet uns den Rücken frei. Ich werde mit meinem Team eins auf die Suche nach unseren vermissten Leuten gehen.«

Emma und ihre drei Kameraden wählten den Gang, aus dem sie vor Kurzem Geräusche gehört hatten. Vorsichtig schlichen sie, ihre mit Schalldämpfern versehenen Waffen im Anschlag, paarweise, dicht an die Wände gedrückt, vor. Das Problem bei diesem Unternehmen war, dass auch ihre Gegner mit Nachtsichtgeräten ausgerüstet waren.

»Achtung«, flüsterte Emma. »Vorn links in der Nische tut sich was.« Sie schaltete ihr Gerät auf Wärmebild, um die Körperwärme eines Menschen als Korona sehen zu können, selbst wenn er sich hinter einem Wandvorsprung verborgen hielt.

Ihre beiden Kameraden auf der linken Gangseite legten an. Sie warf einen ihrer Handschuhe in die Gangmitte.

Auf so ein Zeichen hatte ihr Gegner nur gewartet. So wusste er, wo sich seine Zielperson aufhielt. Um ebenfalls anlegen zu können, verließ er seine Deckung. Doch bevor er abdrücken konnte, wurde er auch schon mit zwei gezielten Schüssen ausgeschaltet.

Da ihr Gegner militärisch ausgebildet war, konnte sein Partner nicht fern sein.

Sie warteten, ob sich weitere Gegenwehr ankündigen würde, aber alles blieb still. Das Blut des offensichtlich Getöteten breitete sich um seinen Kopf herum aus und zeichnete sich durch die Wärme grotesk auf Emmas Bildschirm, der in die Helmbrille integriert war, ab. Ebenso die Blutspritzer an den Gangwänden.

»Das sieht wie eine kleine Galaxie aus, die sich im Universum des Kellers ausgebreitet hat«, murmelte einer der Schützen, der ebenfalls auf Wärmebild umgeschaltet hatte.

»Werd jetzt bloß nicht sentimental«, entgegnete sie. »Vorrücken!«

Wie Raubkatzen, jederzeit zum Sprung bereit, schlichen sie in geduckter Haltung weiter den Gang entlang.

✳✳✳

»Warum schmeißen wir die Typen nicht einfach über Bord«, schlug der Funker der »Sandur« vor, »und machen uns mit ihrem Notarztflitzer aus dem Staub?«

Sein Kapitän schüttelte den Kopf. »Weil wir uns dann nirgendwo auf der Welt mehr blicken lassen können. Ein Rettungsschiff zu klauen ist schon heftig, die Retter dabei aber umzubringen, das geht gar nicht. Dafür hätte man sogar in Mafiakreisen kein Verständnis, und wir würden auf dem gesamten Globus für vogelfrei erklärt werden.«

»Okay, aber was machen wir jetzt mit denen?«

»Wir passen auf sie auf. Diese Figuren sind unsere Lebensversicherung. Wenn wir unseren Kahn nicht flottkriegen, dann brauchen wir sie umso mehr.«

»Wozu?«

»Als menschliche Schutzschilde.«

»Stimmt«, brummte Joensen zustimmend, »die sind durch ihre Klamotten auch gut zu erkennen. Auf die schießt man nicht.«

Spassow sah ihn wie elektrisiert an. »Was hast du da eben gesagt?«

»Dass man die an ihren Klamotten gut erkennt und somit nicht auf sie schießen wird.«

Spassow schlug seinem Funker aufmunternd auf die Schulter. »Ihr Färinger seid ein stures Volk, dafür aber hell in der Birne.«

Joensen sah seinen Kapitän erstaunt an. »Habe ich etwas Kluges gesagt?«

»Das war nicht klug«, grinste er ihn an, »das war genial!«

***

Dieses »Plopp«, wenn sich ein Schuss aus einer Waffe mit Schalldämpfer löste, war zwar nicht laut, aber in den nackten Betongängen selbst in weiterer Entfernung zu hören.

»War das jemand von uns?«, fragte der Chef der Reichsbürgertruppe.

»Vielleicht hat jemand eine Ratte erschossen«, murmelte einer seiner Untergebenen.

»Blödsinn, wir haben doch gar keine Schalldämpfer.«

»Vielleicht hat sich den jemand organisiert. Wer sollte hier unten denn schon auf uns schießen?«

Der Boss stöhnte genervt auf. »Irgendwelche Spezialeinheiten, die uns hier unten ausräuchern sollen?«

»Wie sollen die denn hier reinkommen?«

»Ich fürchte, die sind schon drin«, brummte sein Chef. »Sonst hätten wir schon längst wieder Licht.« Angespannt kaute er auf seiner Unterlippe. »Schließ alle Stahltüren zu diesem Raum. Wenn sie uns schon an den Kragen wollen, dann wollen wir uns nicht kampflos ergeben, und solange wir zwei von denen als Geiseln haben, können sie auch nicht einfach so herumballern.«

»Hoppla!«

»Was soll das heißen? ›Hoppla‹ ist keine Bestätigung! Menschenskinder, ich habe dir einen Befehl gegeben!«

Der Mann klappte sein Nachtsichtgerät vor die Augen und sah ins Leere. Verwundert drehte er sich um. Sein vermeintlicher Kumpan stand plötzlich hinter ihm. »Du sollst das tun, was ich dir befohlen habe, du Penner.«

Der Angesprochene schüttelte deutlich den Kopf und zeigte auf den Fußboden. Irritiert schaute der Chef vor seine Füße.

Dort lag ein lebloser Körper. Er sah wieder hoch, doch bevor er begriff, dass die Person hinter ihm gar nicht zu seiner Truppe gehörte, war es schon zu spät. Emma brachte ihn mit einem gezielten Schlag an den Hals zur Strecke. Am Boden liegend wurden die beiden mit Kabelbindern verschnürt.

»Das war die leichtere Aufgabe.« Emma überlegte. »Wie kriegen wir jetzt heraus, wie viele von denen hier noch herumschwirren?«

»Da habe ich eine Idee«, murmelte ihr Rottenmann. Er beugte sich nach unten, nahm das Funkgerät des vermeintlichen Anführers, drückte die Sprechtaste und flötete mehr, als dass er sprach: »Der Mai treibt weiße Zweigelein, kein eis'ger Reif im weiten Hain! Ein Waidmann weilet dort beim Teich, es schreit ein Meislein im Gezweig, dass weit und breit sei Maienzeit!«

Zuerst herrschte verblüfftes Schweigen auf dem Kanal. Dann war der erste Kommentar zu hören:

»Seit wann wird hier unten Dope verteilt?«

Danach ging es Schlag auf Schlag.

»Wer ist denn da durchgeknallt?«

»Du hast wohl 'nen Poeten gefrühstückt, du Clown!«

»Könnt ihr mal die Klappe halten?«

»Genau! Funkdisziplin!«

»Hey Boss, warum sagst du nichts?«

»Da hat aber jemand ganz schlechten Sex gehabt.«

»Ruhe auf dem Kanal, verdammte Hacke!«

Emma musste neidlos anerkennen, dass diese Idee genial gewesen war. »Wie viele hast du hören können?«

»Ich denke sieben, zwei waren doppelt.«

Sie grinste ihn an. »Hast du dir den Scheiß mit den Meiselein eben ausgedacht?«

»Nein, meine Freundin geht auf die Schauspielschule. Die lernen solche Verse im Sprechunterricht.«

***

Links und rechts von Gabi glitten Udo und seine Kameraden geschmeidig wie Delphine ins Wasser. Sie hingegen hatte das Gefühl, wie ein toter Orca in die Ostsee zu plumpsen. Fast alles, was Udo ihr an Maßregeln mit auf den Weg gegeben hatte, schien an Bord der »Zwillinge« geblieben zu sein. Sie hatte vor Aufregung sogar vergessen, ihre Taucherbrille festzuhalten, während sie ins Wasser sprang, sodass sie einen heftigen Nasenstüber einstecken musste, als ihr die Maske beim Eintauchen vom Gesicht gerissen wurde.

»Alles noch dran?«, erkundigte sich Udo.

»Ja«, japste sie nach Luft, als sie auftauchte. »Gib mir bitte eine Sekunde, bis ich wieder alles gerichtet habe.«

Jetzt war ihr klar, dass dieses geschmeidige ins Wasser gleiten der Kampfschwimmer keine Showeinlage, sondern eine Notwendigkeit dafür war, um nicht die eigene Ausrüstung um die Ohren zu kriegen.

Udo half ihr dabei, sich zu sortieren. »So weit wieder alles gut?«, fragte er sie besorgt.

»Ja, aber ich komme mir wir ein nautischer Pflegefall vor.«

»Nur weil du damit Probleme hast, das, was wir in drei Jahren Ausbildung gelernt haben, nicht an einem Tag zu beherrschen?«

»Nicht nur das«, gab sie zu, »ich habe Schiss vor dem, was ihr von mir erwartet.«

»Nicht annähernd so viel, wie du von dir selbst erwartest.« Er lächelte sie aufmunternd an. »Und nun los, wir müssen noch vor Tagesanbruch bei der ›Otto Asmussen‹ sein.«

Sie nahmen die Mundstücke der Lungenautomaten zwischen die Zähne und tauchten in eine fast schon beängstigende Welt ab.

Die Ostsee war selbst bei Tag kein Gewässer, welches man mit dem Wasser der Südsee vergleichen könnte. Nachts sah man bei Mondschein kaum mehr die Hand vor Augen. Hinzu kam das Atmen durch ein für sie ungewohntes Sauerstoffkreislaufgerät. Dabei wird der eigene Atem im Kreislauf durch Filter gereinigt und mit Sauerstoff angereichert wieder eingeatmet. Dadurch fehlte das typische Blubbern der Luftblasen. Diese ungewohnte Stille unter Wasser und die Dunkelheit um sie herum machten ihr im ersten Augenblick Angst. Ein Anflug von Panik stieg in ihr auf. Sie hatte den Drang, wieder an die Wasseroberfläche zu schwimmen, aber das leichte Zucken der Arbeitsleine zwischen Udo und ihr gab ihr den Mut zurück. Durch diese Verbindung fühlte sie sich wieder sicher. Behütet von dem Menschen, zu dem sie eine immer größere Nähe spürte und der ihr Kraft und Zuversicht gab.

»Haberstroh«, dachte sie, »du hast dich verknallt. Du bist eine dusselige Pute, aber was soll's.« Sie beschloss, diesen Riesenschwarm von Schmetterlingen, der in ihrem Bauch aufgescheucht wurde, wenn sie an Udo dachte, zu genießen. Beherzt packte sie die lange Enterstange, an der sich das ganze Team gemeinsam festhielt, und schaltete mit den Kameraden gleichzeitig die Jetboots an. Kämpfte sie eben noch gegen aufsteigende Angst, genoss sie plötzlich ein Hochgefühl der Sicherheit, absolut schwerelos durch die Dunkelheit zu gleiten.

Ab und zu beobachtete sie, wie Udo neben ihr einen beleuchteten Kompass einschaltete. Nach ein paar Minuten war die Strecke zu den beiden Schiffen zurückgelegt. Das kräftige Rucken an der Enterstange war das Zeichen, die Jetboots auszuschalten. Langsam tauchten sie auf. Es war noch immer so dunkel, dass sie die »Otto Asmussen« nur durch das Nachtsichtokular ihres Sturmgewehrs erkennen konnten.

Gabi hatte Probleme damit, das Gewehr anzulegen und sich gleichzeitig mit Schwimmbewegungen über Wasser zu halten.

»Schalte die Jetboots wieder ein, aber auf der niedrigsten Stufe«, raunte ihr Udo zu, »dann kannst du alles ganz in Ruhe betrachten.«

Sie tat es und konnte sich problemlos, ohne sich dabei bewegen zu müssen, an der Wasseroberfläche halten.

Auf dem Vordeck, mittschiffs und achtern, standen jeweils Wachen zur See hingewandt. Das Rettungsschiff war mit der

Backbordseite an der »Sandur« festgemacht worden. Die Wachmänner schienen sich in der Dunkelheit sicher zu fühlen. Mit beiden Händen hielten sie sich an der Reling fest, jeweils ein Gewehr locker umgehängt, und beobachteten tiefenentspannt die Wasseroberfläche. Die Besatzung hingegen saß dichtgedrängt mittschiffs neben dem Tochterboot »Ottilie«.

»Die scheinen niemanden zu erwarten«, flüsterte Udo. »Björn, du nimmst den linken, Marvin den Mann am Deckaufbau, ich nehme den neben den Geiseln und du, Gabi, den Typen achtern.«

Jeder bestätigte seine Zielperson.

Um die Schärfe des Okulars einzurichten, zielte Gabi zunächst einmal auf eine der Funkantennen auf dem Dach der Brücke. Danach wanderte sie mit dem Zielkreuz langsam am Schiff entlang. Sie bekam plötzlich einen Riesenschreck. »Mein Gott, nicht schießen, hinten steht Hinnerk. Aber warum hat der ein Gewehr um den Hals? Und was hat der für Klamotten an?«

»Bist du dir sicher?«, fragte Udo.

»Absolut sicher.« Sie richtete ihre Zieloptik auf die anderen Gestalten. »Der Mann am Deckaufbau ist Fiete, am Bug steht Drs. Simons, und die zusammengepferchten Figuren in den Jacken der Wasserretter kenne ich hingegen gar nicht. Was sollen wir denn jetzt machen? Svenja sehe ich auch nirgendwo.«

»Da kannst du mal sehen, wie wichtig du für unser Unternehmen bist und vor allem für deine Leute. Ohne dich wäre es verdammt böse für sie ausgegangen.« Udo überlegte. »Wir sollten die ›Otto Asmussen‹ zu viert einnehmen können. Ich werde das mit der Einsatzzentrale abstimmen.«

✳✳✳

Emma und ihr Team schlichen weiter vor. Immer zu zweit, damit sie sich gegenseitig Deckung geben konnten.

Vom Gang aus zweigten zwei Bunkertüren rechts und links

ab, bis er am Ende in einen größeren Raum mündete. Zuerst kontrollierten sie die beiden kleineren, indem sie die Nachtsichtgeräte auf Wärmebild umgeschaltet hatten. Dort waren ihre Kameraden aber nicht zu orten.

Vorsichtig schlichen sich Emma und ihr Rottenmann zum Eingang des dritten Raumes. Darin stand einer ihrer Gegner mit einem Schnellfeuergewehr im Anschlag. Der Lauf seiner Waffe zeigte auf zwei Menschen, die vor ihm lagen. Einer von ihnen schien die zweite Person hinter sich mit seinem Körper schützen zu wollen.

Emma informierte ihre Kameraden durch Zeichensprache über die Situation.

Ein Anschleichen war zu gefährlich, denn wenn der Wächter in Panik geriete, würde er abdrücken. Plötzlich ertönten relativ nah Schüsse, offensichtlich von seinen Kumpanen abgegeben, da sie ohne Schalldämpfer abgefeuert wurden.

Es war dem Mann anzusehen, wie Panik in ihm aufstieg. »Leute«, rief er verzweifelt, »was soll ich denn jetzt machen?«

Erneut peitschten Schüsse durch die Katakomben, die den Wächter vor Angst erzittern ließen.

Emma entschloss sich, ihren Gegner auszuschalten. Wieder war dieses leise »Plopp« zu hören, und er brach zusammen. Er schien seinen Zeigefinger aber schon unmittelbar am Druckpunkt seiner Waffe gehalten zu haben. Durch den Ruck, der seinen Körper durch den Treffer erzittern ließ, löste sich ein Schuss aus seiner Waffe.

»Ist jemand getroffen worden?«, fragte Emma laut in den Raum.

»Seid ihr das, Kameraden?«, kam es gepresst von Tim zurück.

»Ja«, beruhigte ihn Emma. Sie schlich zu ihren gefesselten Leuten. »Ist mit euch alles okay?«

»Mich hat es erwischt«, stöhnte Tim auf, »aber ich denke, nicht so schlimm.«

»Und wie geht's dem Kampfküken?«

»Gut«, bestätigte Angela.

»Achtung«, erklang es in ihren Ohrsteckern, »zwei weitere Gegner sind ausgeschaltet, und wir haben den Sicherungskasten unter unserer Kontrolle. Wir machen erst mal Licht.«

»Wenn alle Schüsse, die wir gehört haben, auch Treffer waren, dann sind mindestens noch drei übrig«, konstatierte Emmas Rottenmann.

Sie hatten kaum Zeit, ihre Nachtsichtgeräte hochzuklappen, da flackerten die alten Wandlampen auf.

Angela schob den verletzten Tim zur Seite, um sich aufrichten zu können. Dabei schrie ihr Ausbilder vor Schmerzen auf.

»Wo bist du denn getroffen worden?«

»In der Hüfte«, stöhnte er. »Es tut höllisch weh. Aber ich habe gehört, wenn es wehtut, dann ist es nicht so schlimm.«

Einer von Emmas Kameraden war ausgebildeter Notfallsanitäter und untersuchte die Wunde. Er zog ein Infusionssystem aus einer seiner Taschen, legte einen Zugang in eine Armvene und hängte eine Kochsalzinfusion daran. Danach reichte er Emma ein kleines Etui mit Ampullen. »Zieh mir mal eine Esketamin und eine Midazolam auf.«

»Bist du sicher, dass ich das Zeug brauche? Das hört sich ja gefährlich an«, fragte Tim misstrauisch.

»So wild ist das gar nicht«, wiegelte der Sanitäter ab, während er den Blutdruck seines Patienten überprüfte. »Du hast aber ein Loch in der Hüfte, und das muss behandelt werden.«

»Schlimm?«, fragte der Verwundete besorgt.

»Solange du dadurch nicht scheißt, ist das alles nur halb so wild.«

Der Sanitäter spritzte die Medikamente und schloss das Infusionssystem danach wieder an. »Jetzt wirst du etwas schläfrig und die Schmerzen lassen nach. Wir bringen dich hier raus. Mach dir also keine Sorgen.«

Emma hatte schon im Einsatz in Afghanistan erlebt, wie professionell ihr Kamerad mit Schussverletzungen umgegangen war. Sie kannte seine Sprüche, wenn er versuchte, etwas herunterzuspielen und je deftiger sie waren, desto schwerer war die Verletzung.

Die Medikamente wirkten augenblicklich, und Tim glitt in einen dämmrigen Zustand.

»Wie sieht es wirklich aus?«, flüsterte sie.

»Mies, wenn du mich fragst. Das Projektil scheint ein größeres Gefäß getroffen zu haben. Wenn wir den Mann nicht ganz schnell auf dem OP-Tisch haben, fällt der uns durch den heftigen Blutverlust in einen Schock.«

»Wie lange gibst du uns, damit er noch eine reelle Chance hat?«

»Wenn es hochkommt, zwanzig Minuten.«

⁂

»Was hat dein Oberboss denn gemeint?«, fragte Gabi ungeduldig.

»Dass wir die Zeit überbrücken müssen, bis ein Enterteam von einer Fregatte hier ist. Wir sollten deine Leute aber schon vorher in Sicherheit bringen, nur wie?«

Gabi dachte nach. »Indem wir die ›Otto Asmussen‹ entern, die Bewacher ausschalten und uns mit der ›Ottilie‹ danach aus dem Staub machen.«

Udo fiel auch nichts anderes ein. »Kann man das Beiboot denn ohne Motorkraft zu Wasser lassen?«

»Im Prinzip ja. Am Auslegerkran gibt es wohl auch Handkurbeln. Das dauert aber endlos und die quietschen fürchterlich Das würden die da oben garantiert mitbekommen. Wir müssen versuchen, Strom auf die Ölpumpe des Hydraulikarmes zu kriegen. Die surren nur ganz leise.«

»Wir befreien erst einmal deine Kameraden, dann sehen wir weiter. Björn und Marvin, Gabi und ich kommen von der Seite. Ihr sichert die Mitte von See aus ab«, wies Udo seine Leute an. »Eure Ziele sind die Figuren neben dem Beiboot. Sowie sie ihre Waffen ziehen, werden sie ausgeschaltet. Gabi und ich entern das Rettungsschiff vom Heck her. Sollte sich oben auf der ›Sandur‹ etwas bewegen, haltet ihr uns den Rücken frei.«

Gabi schlug vor Aufregung das Herz bis zum Hals. Sicher würde man ihr es nachsehen, wenn etwas nicht so klappte, aber würde sie es sich selbst verzeihen können?

Entschlossen schwamm sie hinter Udo her. Mit einer Hand umklammerte sie die Enterleiter, mit der anderen ihre Waffe. Der Antrieb seiner Jetboots reichte aus, um sie beide in nur wenigen Sekunden an das Heck der »Otto Asmussen« zu ziehen.

Ihr schossen seine Worte durch den Kopf: »Vor dem Entern die Flossen ausziehen und an den Karabinerhaken am Gürtel befestigen. Die sind die Lebensversicherung eines Kampfschwimmers, wenn man sich aus der Gefahrenzone wieder entfernen muss.«

Sie hatte schon Probleme damit gehabt, die Dinger an Bord der »Zwillinge« über die Füßlinge zu ziehen, wie sollte das jetzt im Wasser mit dem Ausziehen klappen? Mit etwas Anstrengung hatte sie die erste Flosse am Haken hängen, die zweite machte Probleme. Mit Udos Hilfe hatte sie sie vom Fuß ziehen können, aber jetzt klappte es mit dem korrekten Einhaken nicht. Trotz ihrer Bemühungen löste sie sich vom Gurt und verschwand in der Tiefe. Udo war schon die halbe Leiter emporgeklettert, als sie ihm endlich folgte.

Beide schwangen sich elegant über die Reling. Es war nur das verräterische Tropfen von ihren Ausrüstungen zu hören, aber das schien bei dem Wind auf der anderen Seite des Schiffes niemand wahrzunehmen. Sie zogen ihre Tauchermasken vom Gesicht und ließen sie vor der Brust baumeln. Udo zeigte ihr durch Zeichensprache an, in welche Richtung er schleichen würde. Gabi schlich entgegengesetzt um die »Ottilie« herum. So konnten sie die Geiselnehmer in die Zange nehmen. Der Mond tauchte die ganze Szene in ein diffuses Licht.

Gebückt lief sie um das Heck des Beibootes und lugte vorsichtig um die Ecke. Sie gab Udo das Zeichen, dass sie so weit sei.

Udo gab als Antwort das Angriffszeichen.

Gleich hinter der Ecke saß einer von den Kerlen, seine Waffe im Anschlag. Gabi schlich sich unbemerkt an ihn heran und rammte ihm mit aller Kraft den Kolben ihres Gewehres ins Genick. Mit einem Stöhnen sackte der Mann nach vorn zusammen. Sein Nebenmann war eingedöst, richtete sich überrascht auf und zog eine Pistole unter der Jacke hervor. Er sackte aber sogleich, von Marvins oder Björns Gewehrkugel schwer getroffen, zusammen. Parallel dazu schaltete Udo ebenfalls einen weiteren Gegner aus.

Zwei von ihnen blieben trotz der Geschehnisse um sie herum geschockt sitzen, legten ihre Waffen vor sich aufs Deck und hoben ängstlich die Hände über den Kopf. Udo schickte die beiden Männer mit gezielten Schlägen an den Hals auf die Planken.

»Warum machst du das?«, schimpfte Gabi. »Die haben sich doch schon ergeben.«

»Die Gefahr, dass die uns beim Fesseln überraschen, ist zu groß.« Er nickte Gabi zu. »Du verschnürst deinen, ich die beiden anderen. Wir müssen uns aber beeilen. Bald wird es hell.«

Obwohl sie nur flüsterten, erkannte Hinnerk, der mit Kabelbindern an der Heck-Reling festgebunden war, ihre Stimmen. »Deern, bist du das?«

»Ja, aber halt die Klappe, sonst verrätst du uns noch.«

SIEBZEHN

Im Bunker wurde die Rettung von Angelas Ausbilder zu einem Wettlauf mit dem Tod. Zum einen wussten sie nicht, wie viel Zeit sie benötigten, um den Ausgang dieses Labyrinths zu finden, zum anderen ließ es sich nicht einschätzen, ob sie auf weiteren Widerstand treffen würden. Sie benutzten ein Feldbett aus dem Bunker als Trage. Ein Nachteil war, dass sich Tim darauf nicht fixieren ließ, sodass sie allein schon deswegen nur ein moderates Tempo gehen konnten. Emma sicherte nach hinten ab, zwei Kameraden trugen den Verletzten, Angela ging immer dicht neben ihm und der vierte Mann passte vorn auf.

Die von Tims Kameradin beschriebene Wendeltreppe konnten sie mit dem Schwerverletzten nicht benutzen, also versuchten sie, den Weg zur Garage wiederzufinden. Von dort aus wollten sie ihn mit einem Pritschenwagen zum Verbandplatz transportieren.

»Team drei«, funkte Emma, »ist die Garage noch unter eurer Kontrolle?«

»Positiv«, kam die Antwort, »aber nur die. Die Gänge rund herum sind nicht gesichert.«

Sie wandte sich an ihr Fireteam: »Ihr habt es gehört, Leute. Der Weg zum Doc könnte für unseren Kameraden noch steinig werden.«

»Welches Team sichert oben die Elektrik?«, funkte sie wieder.

»Ein frisches vom Zoll«, kam die Antwort.

»Dann löscht das Licht wieder. So haben wir mit unseren Wärmebildkameras bessere Chancen, die Gegner zu orten, als umgekehrt.«

✳✳✳

Udo und Gabi benötigten nicht viel Zeit, um ihre DLRG-Kameraden an Deck der »Otto Asmussen« zu befreien. Udos Leute hatten währenddessen die Aktion vom Wasser aus gesichert. Danach kletterten sie selbst an Bord. Die beiden zogen sich die Jacken von Hinnerk und Fiete über und übernahmen deren Positionen an der Reling. Von dort aus konnten sie alles genau beobachten, was den Wasserrettern vom Deck der »Sandur« aus gefährlich werden könnte. Der Rest ihrer DLRG-Crew sollte die freigewordenen Plätze der Verbrecher wieder in ihren eigenen Dienstjacken einnehmen. Vorher mussten die gefesselten Gangster aber noch ins Innere des Rettungsschiffes gebracht werden.

»Wenn die Kerle von oben zu uns runter gucken«, erklärte Udo weiter, »darf hier nichts verändert sein. Wo sind Drs. Simons und der Vormann? Und wo ist eure Kollegin?«

»Der Doktor ist gleich wieder rein und kümmert sich im Ruderhaus um Julius. Wie es dem augenblicklich geht, weiß ich nicht. Er hat, als die uns enterten, eine vor den Kopf gekriegt und ist seitdem kaum noch ansprechbar. Svenja haben sie unter Deck eingesperrt. Wo, kann ich nicht genau sagen.«

»Sind unter Deck noch Wachen?«

Fiete nickte. »Ich glaube einer und ich hoffe, der hat ihr nichts angetan. Ein so kleiner Stämmiger mit Rauschebart. Dieser Mistkerl hat fast schon gesabbert, als er Svenja nur gesehen hat. Danach brachte er eines von unseren Handsprechfunkgeräten rüber auf deren Pott, aber vor zehn Minuten ist er wieder runter. Der hatte, so wie der gegrinst hat, nichts Gutes im Sinn.«

Svenjas gellender Hilferuf aus dem Inneren des Schiffes und das Gebrüll eines Mannes in einer ihnen unbekannten Sprache zeigten an, dass höchste Eile geboten war.

»Den kaufen wir uns«, flüsterte Udo zu Gabi. »Komm mit, aber bleib immer dicht hinter mir.«

Lautlos schlichen sie unter Deck. Julius lag dort mitten im Gang neben dem Arzt und stöhnte. »Noch habe ich ihn stabil«, flüsterte Drs. Simons, »aber ich fürchte nicht mehr lange. Wir brauchen dringend Hilfe.«

»Wir beeilen uns, aber vorher müssen wir Svenja helfen.« Hinter der geschlossenen Tür zum Schockraum ertönten wieder Schreie. »Nur über meine Leiche«, hörten sie Svenja rufen. Danach schien sie dem Geräusch nach von einem Schlag niedergestreckt worden zu sein, denn es herrschte jäh Ruhe.

Gabi wollte sofort durch die Tür brechen, aber Udo hielt sie zurück und verwies sie mit einer energischen Handbewegung auf den Platz hinter ihm.

Als er durch einen Türspalt in den Raum lugte, sah er die nur noch mit einem BH bekleidete Svenja auf dem Fußboden liegen. Wild mit den Beinen nach ihrem Peiniger tretend, versuchte sie, sich verzweifelt gegen ihre Vergewaltigung zu wehren. In ihrer Unterlippe klaffte eine große Risswunde, und ein Auge war blutunterlaufen. Der bullige Kerl kniete grinsend vor ihr und öffnete seine Hose. Er war so von seiner Gier nach Sex berauscht, dass er nicht hörte, wie Udo hinter ihm die Treppe herunterschlich. Als ihr Peiniger die junge Frau zu sich ziehen wollte, traf ihn Udos Gewehrkolben so hart im Genick, dass er augenblicklich zur Seite wegsackte. Bevor sich die beiden um Svenja kümmern konnten, fixierten sie seine Füße und Hände mit Kabelbindern.

Die Kameradin begriff gar nicht, was um sie herum geschah. Erst als sie diesen brutalen Verbrecher wehrlos vor sich am Boden liegen sah, fiel die Anspannung von ihr ab. Sie begann hemmungslos zu weinen, umarmte Gabi, die sich tröstend neben sie kniete und wollte sie gar nicht wieder loslassen.

»Ich weiß, wie wichtig jetzt eine Umarmung ist«, versuchte Udo die beiden anzutreiben, »aber wir alle werden an Deck gebraucht. Hilf Svenja bitte beim Anziehen und kommt dann nach oben.«

Gabi musste sich fast gewaltsam aus der Umklammerung ihrer Kollegin lösen. »Sorry, Kleines, aber so bitter es ist, wir haben beide unseren Job zu erledigen. Zieh dich wieder an und hilf uns. Wir brauchen dich oben.«

Svenja schlüpfte in ihre Kleidung, knöpfte sie wortlos zu, wischte sich die Tränen aus ihrem zerschundenen Gesicht und nickte ihrer Kollegin zu. »Dann lass uns loslegen.«

Gabi drehte sich in Richtung Niedergang, als ihr plötzlich Rasmus an den Hals sprang und sie zitternd umklammerte. »Und du, mein Kleiner«, versuchte sie beruhigend auf ihn einzureden, »wirst auch oben gebraucht. Du musst dein Herrchen unterstützen.«

»Ach, da ist ja noch einer«, lächelte Udo, als er den Affen auf Gabis Schulter sah. »Hoffentlich schreit er nicht vor Freude, wenn er Hinnerk oben wiedersieht.«

***

Obwohl die Zeit drängte, kamen Emma und ihr Team nur langsam voran. Da sie nach wie vor jederzeit mit Feindkontakt rechneten, musste jeder Abschnitt der Katakomben, den sie durchquerten, vorher gesichert werden.

»Sie machen sich gut, Frau Obermaat«, munterte Emma Angela auf. »Wenn die Ärzte Tim wieder zusammengeflickt haben, werde ich ihm berichten, wie vorbildlich seine Ausbildung gewesen ist.«

Sie stoppte ihre Leute durch ein Handzeichen. Die Wärmebildkamera zeigte durch eine Rotverfärbung an, dass sich unmittelbar vor ihnen jemand in einer Wandnische versteckt haben musste.

Ohne seine Deckung zu vernachlässigen, hielt ihr Gegner seine Waffe in ihre Richtung. Obwohl er quasi blind hätte schießen müssen, könnte er bei sechs Menschen in einem so schmalen Gang viele von ihnen treffen.

»Achtung, in Deckung!«, rief Emma, und alle warfen sich auf den Boden. Die beiden Träger versuchten, den Verletzten auf seiner Behelfstrage mit ihren Körpern zu schützen. Drei Schüsse aus einer automatischen Waffe hallten durch den Gang, aber sie nahmen um sich herum keinerlei Einschüsse wahr. Sie sahen nur, wie der Mann aus seiner Deckung herauskippte und sich nicht mehr rührte.

»Wollte der auf euch schießen?«, fragte ein Zöllner über Funk.

»Positiv«, antwortete Emma, »wir sind zu fünft, plus ein Verletzter auf einer Trage.«

Der SEK-Kollege lugte um die Ecke. »Dann werden wir mal mit anfassen, dann geht's schneller.«

***

Svenja kümmerte sich mit dem Arzt zusammen um den bewusstlosen Julius. Fiete und Hinnerk verfrachteten die überwältigten und gut verschnürten Gangster so leise wie möglich in die Messe der »Otto Asmussen«. Dabei nahmen sie keine Rücksicht auf ihr Wohlbefinden, als sie sie den Niedergang hinunterrutschen ließen.

»So, und nun«, brummte der Maschinist, »wollen wir mal gucken, dass wir unser Tochterboot flottkriegen.«

Udo stoppte sie. »Vergesst es, die ›Ottilie‹ ist vermint. Und so, wie die Sprengsätze aussehen, können sie per Funk ausgelöst werden oder explodieren, wenn man versucht, sie abzunehmen. Leider können nur unsere Spezialisten am Typ der Mine erkennen, wie die Dinger zu entschärfen sind, ich kann es nicht.«

»Die Kerle scheinen an alles gedacht zu haben«, murmelte Gabi verärgert.

Udo sah auf die Uhr. »Was meint ihr, wann wird es hell?«

»In einer guten halben Stunde«, schätzte Hinnerk.

Udo musste sich schnell entscheiden. »Okay, wir werden uns alle schwimmend zurückziehen.«

»Dann werde ich Rasmus noch mal in den Maschinenraum sperren«, entschied Hinnerk. »Im Wasser würde der total durchdrehen.«

»Gut, mach das. Die Kerle haben die Hauptsicherung gezogen und mitgenommen, um alles stromlos zu machen. Kannst du etwas manipulieren, damit die auch keinen Strom haben, wenn sie euer Schiff für die eigene Flucht nehmen wollen?«

»Ich lass mir was einfallen.«

»Bevor wir alle von Bord gehen, zieht sich jeder einen Überlebensanzug an. Julius legen wir ins Bergenetz und lassen ihn vorsichtig auf die Wasseroberfläche gleiten. Wir müssen von Bord und ein Stück weit weg sein, wenn der Katamaran von unseren Einsatzkräften geentert wird. Sollte der Zauber da oben losgehen, werden sich einige auf der ›Otto Asmussen‹ in Sicherheit bringen wollen. Wir sind leider zu wenige, um sie wirkungsvoll verteidigen zu können. Und wenn die merken, dass ihnen der Rückzug verbaut ist, jagen sie die ›Ottilie‹ in die Luft und damit auch uns. Sowie ich gemeldet habe, dass wir von Bord sind, werden die Enterteams von den Fregatten mit Hilfe von Speedbooten und Hubschraubern die ›Sandur‹ einnehmen.«

Udos Anweisungen waren klar und duldeten keinen Aufschub.

Drs. Simons und Svenja steckten den inzwischen komplett bewusstlosen Julius in seinen Anzug und schnallten ihn auf einem Kunststoffbrett mit Griffen, an dem sie zusätzlich vier Schwimmwesten befestigt hatten. Das würde ihm so viel Auftrieb geben, dass er sich stabil auf der Wasseroberfläche halten konnte. Hinnerk und Fiete machten das Bergenetz klar. Danach halfen sich die Retter gegenseitig in die Anzüge.

»So, Leute«, flüsterte Udo, »am Heck haben wir unsere Enterleiter. Daran lassen wir uns alle so schnell und geräuschlos wie möglich ins Wasser gleiten. Meine beiden Kameraden zuerst. Sie sichern uns wieder von See aus, Gabi und ich von der Reling. Fiete und Hinnerk lassen Julius mit dem Bergenetz zu Wasser und gehen dann ebenfalls von Bord. Die anderen passen so lange unten auf den Vormann auf. Danach haltet ihr euch an der Enterleiter fest, die mein Kollege euch reichen wird. Alle achten gemeinsam darauf, dass niemand abtreiben kann. Auf geht's!«

Als der Doc und Svenja neben der »Otto Asmussen« schwammen, konnte der bewusstlose Julius im Bergenetz langsam auf die Wasseroberfläche hinabgelassen werden. Am östlichen Horizont kündigte sich der nächste Tag durch einen rötlichen Schimmer an.

✳✳✳

Mit dem SEK-Team des Zolls war Emmas Truppe nun auf neun Leute plus den schwerverletzten Tim angewachsen. So konnten sie ihren Weg durch einen Voraustrupp viel besser sichern, um schneller voranzukommen. Nur Minuten später gelangten sie in der Garage an. Tim wurde mitsamt dem Feldbett auf die Pritsche eines der Wagen geladen.

»Leute, es wird langsam Zeit«, drängte der Notfallsanitäter. »Ich habe nichts mehr, um den Kreislauf wieder aufzufüllen, und der Blutdruck sinkt dramatisch.«

»Wie lange gibst du ihm noch?«, fragte Emma besorgt.

»Nur noch Minuten«, lautete die niederschmetternde Antwort. »Bis wir oben sind, könnte es zu spät für ihn sein.« Er überlegte. »Hat jemand von euch die Blutgruppe Null-Rhesus negativ?«

»Ich«, meldete sich Angela leise.

»Hast du die Traute, eine völlig verrückte und absolut verbotene Aktion mit mir durchzuziehen?«

»Wenn ich Tim damit helfen kann, sofort.«

»Dann leg dich neben ihn und mach einen Arm frei.«

Ein zweites Infusionssystem hatte er nicht mehr bei sich, aber noch eine Infusionsnadel und eine große Einmalspritze.

»Was ist denn das für ein Brummer?«, wunderte sich Emma. »Behandelst du auch Pferde?«

Ihr Kamerad musste trotz des Ernstes der Lage schmunzeln. »Aber nur Vollblüter, wie du gleich sehen wirst.«

Als er die Nadel in Angelas Arm gestochen und fixiert hatte, setzte er die Spritze an und sog sie voll Blut. »Und das pumpe ich nun in Tim rein. Ich hoffe, dass ihm das über den Berg hilft.«

Emma sah neugierig bei der Prozedur zu. Sie musste diese Art der Behandlung als Einsatzleiterin letztlich verantworten. »Und warum legst du nicht einfach einen System-Schlauch zu ihr rüber?«

»Weil ich dann nicht weiß, welches Blut und wie viel in welche Richtung fließt. Wenn ich das auf diesem Weg fünfundzwanzig Mal gemacht habe, hat Tim genau fünfhundert Milliliter Blut bekommen. Eine größere Entnahme kann ich Angela nicht zumuten. Sollte das fürs Überleben unseres Kameraden nicht reichen, bin ich machtlos.« Er sah sie an. »Und nun sollten wir uns langsam in Bewegung setzen. Den Rest der Transfusion kann ich auch durchziehen, wenn es schuckelt.«

***

Die Crew der »Otto Asmussen« hatte sich noch nicht weit in Richtung Osten von dem Schiffsverband entfernt, da hörten sie das Knattern eines oder zweier Helikopter und Schüsse durch die Dunkelheit peitschen. Sie bekamen das Geschehen auf der »Sandur« nur als Hörspiel mit.

»Konzentriert euch nicht auf das Spektakel hinter uns«, wies Udo sie an, »sondern nur darauf, euch an der Enterleiter festzuhalten und niemanden abtreiben zu lassen. Und haltet eure Ohren immer über der Wasseroberfläche. Sollte dahinten etwas auf oder unter Wasser explodieren, kann die Druckwelle im Wasser eure Trommelfelle zerstören.«

Sie hatten zwar vier Mann mit Jetboots im Verband, aber dieser Antrieb war für ein schnelles Fortkommen von so vielen Menschen nicht ausreichend. In ihrer Nähe vernahmen sie das Tuckern eines Schiffsdiesels. »Ahoi«, hörten sie die vertraute Stimme von Käpt'n Konny. »Seid ihr das da hinten?«

Gabi schossen vor Erleichterung Tränen in die Augen. »Womit bewiesen wäre, dass man mit ein wenig Gespür und nur fünf Knoten Geschwindigkeit schneller sein kann als alle Kampfverbände dieser Erde.«

∗∗∗

Es gab niemanden in der Einsatzzentrale, der nicht gebannt auf den großen Monitor schaute. Darauf waren die Luftaufnahmen der Wärmebildkamera des Hubschraubers live und gestochen scharf zu sehen.

Während sich zwei Enterteams mit Speedbooten dem Katamaran von der Steuerbordseite aus genähert hatten, setzte ein Helikopter von der polnischen Fregatte Spezialkräfte über Seile auf der »Sandur« ab. Um sie zu decken, nahm der Bordschütze eines zweiten Hubschraubers feindliche Schützen unter Feuer. Es dauerte keine fünf Minuten, bis das Oberdeck des Katamarans erobert war. Da es sich bei den Gegnern um ehemalige, kampferprobte Soldaten handelte, musste befürchtet werden, dass der Kampf in den unteren Geschossen weitaus intensiver verlaufen würde.

»Verluste bisher?«, fragte Admiral Schneider laut in den Raum.

»Auf unserer Seite bisher keine«, antwortete Kapitän Hinrichs.

»Das kann sich bei dem, was sich unter Deck abspielt, leider noch ändern. Sind die medizinischen Abteilungen auf den Fregatten bereit?«

»Dort sowieso. Vom Hubschrauber wurde aber auch ein Sanitätsteam abgeseilt.«

»Und wie ist die Lage auf dem Truppenübungsplatz?«

»Leider komplett unübersichtlich, da wir zu unseren Fireteams innerhalb des Bunkers keinerlei Kontakt haben.« Hinrichs las von einer Kladde ab, auf der sich seine Notizen befanden. »Es hat auf jeden Fall Verletzte gegeben. Notärzte und Rettungswagen aus Plön, Neustadt und Kiel sind alarmiert und teilweise schon vor Ort. Um für einen schnellen Abtransport zu sorgen, halten wir auch einen Helikopter des SEK-Zolls in Bereitschaft. Sowie wir einen Überblick haben, komme ich mit einer detaillierten Lagemeldung.«

⁎

Sie hievten Julius mit gemeinsamen Kräften an Bord der »Zwillinge«, da blitzte es plötzlich grell auf. Kurz darauf hörten sie den Knall und dann spürten die Druckwelle einer enormen Explosion.

»Mein Gott«, entfuhr es Gabi, »schmeißen deine Leute mit Bomben, oder haben diese Wahnsinnigen gerade unser Schiff in die Luft gejagt?«

»Das werden wir spätestens dann sehen, wenn es hell ist«, brummte Udo. »Ich hoffe, dass es nichts von beidem war.«

Bevor Gabi etwas erwidern konnte, hatte Drs. Simons wichtigere Fragen. »Was haben wir an Medikamenten an Bord dieses Seglers? Dem Vormann geht es zunehmend schlechter. Er trübt immer mehr ein. Ich fürchte, dass er eine Hirnblutung hat.«

Als ausgebildeter Notfallsanitäter hatte Udo in seinem Gepäck alles Nötige mit an Bord, um Julius effektiv helfen zu können, doch nur für kurze Zeit. Der Mann musste auf dem schnellsten Weg in eine Klinik gebracht werden, denn das Einzige, das ihm das Leben retten konnte, war eine Operation, um den enormen Druck vom Hirn zu nehmen.

»Gabi«, wies Konny sie an, »geh unter Deck an den Funktisch und ruf auf Seefunk-Kanal 16 Bremen Rescue. Wir brauchen hier einen Heli für euren Vormann.«

»Aber die ›Zwillinge‹ hat viel zu viel Takelage, als dass man ihn gefahrlos von Deck winschen könnte«, erwiderte Gabi.

»Das ist mir klar«, zwinkerte ihr der Skipper zu. »Wir nehmen einfach unser Rettungsfloß und packen ihn dadrauf. Von dort aus können sie ihn gefahrlos nach oben ziehen.«

Hinnerk hörte mit und stand wie ein Häuflein Elend neben

seinem Bruder. »Mensch, Julius«, raunte er, »kneif mir nur nicht den Mors zusammen. Wer soll mich denn sonst zusammenstauchen, wenn ich mal wieder Schiet gebaut habe?«

Nachdem sie Hilfe gerufen hatte, legte Gabi einen Arm um Hinnerk. »Es ist gut, dass du mit deinem Bruder sprichst. Das braucht er jetzt.«

Der Maschinist wischte sich verstohlen eine Träne von seinem seewettergegerbten Gesicht. »Meinst du denn, dass er mich hören kann?«

»Da bin ich mir sicher.« Sie drückte ihn aufmunternd. »Also überlege dir gut, was du sagst. Sonst gibt es Ärger, wenn er wieder wach wird.«

»Aber eines sage ich dir: Wenn mein Bruder und ich heil aus dieser ganzen Sache hier rauskommen, dann treten wir beide als Dankeschön bei eurem Verein als Ehrenamtliche ein.«

»Ist das ein Versprechen?«

»Jau.«

Gabi gab ihm einen Kuss auf die Wange. »Dann willkommen im Klub, denn Julius wird wieder.«

Udo und seine Kameraden warfen den Behälter mit dem Floß über Bord und zogen an der Reißleine. Zuerst platzte unter lautem Zischen die Plastikhülle auf, dann dauerte es keine Minute, bis neben der »Zwillinge« eine Rettungsinsel schwamm. Sofort wurde Julius, der noch immer sicher verpackt war, auf diese Insel gehoben. Drs. Simons und seine Assistentin kletterten als Betreuung mit hinein, und die drei Kampfschwimmer zogen sie vom Traditionssegler weg. Nur Minuten später erstrahlte das Rettungsfloß im grellen Lichtkegel des Suchscheinwerfers eines Helis der Marineflieger, und kurz darauf wurde Julius zusammen mit Drs. Simons in die Uniklinik nach Hamburg geflogen. In den umliegenden Krankenhäusern waren die Schockräume ausgelastet.

Von Osten her kroch das Morgengrau langsam über das Meer. Wehmütig blickte Gabi vom Deck der »Zwillinge« in die Richtung, in der die »Otto Asmussen« neben der »Sandur« gelegen hatte. Das war wirklich ein schlimmes Ende der bisher so kurzen, aber dennoch eindrucksvollen Karriere des ersten Notarzteinsatzschiffes der DLRG. Sie wünschte sich von Herzen, dass sie einfach wieder da läge, als ob nichts geschehen wäre. Plötzlich tauchte etwas aus dem Dunst, der über der Ostsee waberte, auf. Sie meinte zu sehen, was eigentlich gar nicht sein konnte. Ungläubig blinzelte ins Halbdunkel der Dämmerung und glaubte, eine Halluzination zu erleben. Sie rieb sich ein paarmal die Lider. Nein, keine Einbildung. Da lag ihr Schiff noch immer, völlig unbeschädigt.

»Hört mal, Leute«, rief sie ungläubig, »ist das da hinten eine Fata Morgana, oder schwimmt da unser Schiff?«

Hinnerk saß erschöpft mit dem Rücken an den Ruderkasten gelehnt und schreckte bei dieser Nachricht hoch. »Nee, mien Deern, unser Pott ischa nun mit einem Riesenknall bei die Fischens und mein kleiner Rasmus mit.«

»Nee, das ist er nicht«, widersprach sie.

»Aber Deern, wir haben doch alle den Knall gehört!«

»Den habe ich auch gehört, aber da ist irgendetwas anderes in die Luft geflogen. Dahinten schwimmt unser Schiff, und wenn ich es richtig sehe, dann ist die ›Ottilie‹ auch noch da.«

Hinnerk und Fiete rappelten sich auf und blickten über die Reling in die Richtung, in die Gabi zeigte. »Da brat mir einer 'n Storch«, murmelte der Maschinist ungläubig.

»Und wie kommt das?«, fragte Fiete kopfschüttelnd.

∗ ∗ ∗

Bundesanwältin Wagner und die Feldjäger trafen erst nach den Bundespolizisten in Mönkeberg ein. Dabei handelt es sich um einem feinen, direkt an der Förde gelegenen Vorort von Kiel. Die Bundesbeamten hatten das Privathaus des Oberstaatsanwaltes umstellt, sodass an eine Flucht Brasches nicht mehr zu denken war.

»Ist er mit Sicherheit noch in seinem Haus?«, fragte Ilona

Wagner skeptisch. »Ich sehe nirgends Licht, und ich kann mir nicht denken, dass sich der Mann schlafen gelegt hat.«

»Der ist noch da, und er weiß, dass wir hier sind«, antwortete einer der Streifenführer. »Hier sind rundum Kameras mit Bewegungsmeldern. Damit wird das gesamte Umfeld des Hauses überwacht.«

»Auch ein Oberstaatsanwalt darf den öffentlichen Raum nicht überwachen. Das ist illegal«, entgegnete Frau Wagner. »Wie können wir helfen?«

»Ich werde den Herrn mit Unterstützung der Feldjäger in Gewahrsam nehmen. Sie sichern bitte weiterhin das Umfeld.« Sie betrachtete skeptisch das Gartentor. »Bekommen Sie das auch mit Ihrer Ramme auf?«

Der Oberkommissar grinste sie an. »Mit dem Tor waren wir schon so frei. Das ist nur angelehnt. Und für die Haustür reicht die Ramme allemal.«

Brasche konnte das Treiben vor seinem Grundstück wirklich über diverse Kameras auf einem Kontrollmonitor in seinem Panikraum beobachten. Er wusste, was seine Stunde geschlagen hatte, und er fühlte sich mies. Seine Auftraggeber, seine Vasallen und vor allem Fortuna selbst hatten ihn verraten. Sich widerstandslos verhaften zu lassen, war für ihn keine Option. Sowohl im Untersuchungsgefängnis als auch in den für seine Vergehen möglichen Strafanstalten, in die er käme, lauerten genug Schwerverbrecher, die ihm das Leben zur Hölle machen würden. Ihm hatten einige von ihnen ein Dasein in Gefangenschaft zu verdanken, da er mit seinen Anträgen dafür gesorgt hatte, dass die besondere Schwere ihrer Schuld vom Gericht festgestellt und ihre lebenslange Sicherungsverwahrung damit angeordnet worden war. Für ihn blieb nur ein Ausweg. Deswegen ließ er die Panzertür des Panikraumes offen.

Als Brasche die Staatsanwältin die langgezogene Treppe zu seiner Haustür hochsteigen sah, griff er zu einer Pistole. Er ließ mit einer oft geübten Bewegung eine Patrone in den Lauf gleiten, klemmte sich einen Aktenordner mit seinen gesammelten Taten und Hintermännern unter den Arm und richtete die Mündung seiner Waffe auf sich. Er hatte öfter darüber nachgedacht, ob er sich vielleicht einmal umbringen würde, aber bisher wäre nur eine unheilbare Krankheit der Grund für diesen Entschluss gewesen. Selbst seine Trauerfeier hatte er schon detailliert geplant, doch nun würde es für ihn als Sträfling keine geben. Sein von den Mitgefangenen zigmal geschändeter Körper würde verbrannt und seine Asche anonym beigesetzt werden. Er wurde von Weinkrämpfen geschüttelt und hatte Mühe, die Mündung der Waffe mit seiner zittrigen Hand an die Schläfe zu drücken.

Die Feldjäger wollten Brasches Haustür mit der Ramme öffnen, doch sie wurden von Frau Wagner aufgehalten. »Nein, wir klingeln erst mal. Selbst solch einen Menschen sollten wir mit Würde abtreten lassen.«

Einer der Beamten drückte den Klingelknopf, im Innern des Hauses ertönte ein Gong, der dem Läuten von »Big Ben« nachempfunden war. Im selben Augenblick hörten sie einen Schuss.

Sie wies auf die Tür. »Jetzt bitte aufbrechen und im Inneren auf Eigensicherung achten.«

Sie brauchten mit der schweren Ramme einige Versuche, die metallbewehrte Eingangstür aus dem Schloss zu brechen. Blitzschnell sicherten die Beamten danach das Erdgeschoss der Villa. Dort fanden sie niemanden. Aus dem Keller des großen Hauses hingegen ertönte ein jämmerliches Schluchzen. Sie sahen Brasche in der Mitte des offenen Panikraumes auf dem Teppich kniend. Er wimmerte vor Schmerzen und hielt sich mit beiden Händen das Gesicht. Zwischen seinen Fingern quoll Blut hervor. Einer der Feldjäger sicherte die Pistole, die neben ihm lag.

Die Bundesanwältin stand kopfschüttelnd vor dem Oberstaatsanwalt. »Mein Gott Brasche, was sind Sie nur für ein jämmerliches Würstchen! Sogar bei dem Versuch, sich selbst zu erschießen, treffen Sie nur ihre Nase.« Und zu den Feldjägern gewandt: »Ruft einen RTW und klärt ihn der Form halber über seine Rechte auf.«

Ihr Blick fiel auf den Aktenordner, der blutverschmiert neben ihm lag. Bedächtig zog sie sich Gummihandschuhe über, hob ihn auf und blätterte darin. »Eines muss man Ihnen lassen, Herr Brasche, die Ermittlungsakte in eigener Sache ist vorbildlich und lückenlos geführt. Daraufhin werden Sie mit Ihren Kumpanen richtig Spaß im Knast haben, denn so ein quietschendes Dickerchen lieben die dort.«

»Ich will einen Anwalt«, jammerte Brasche.

✳✳✳

Auf dem Sportplatz des Truppenübungsplatzes hatte eine Sanitätseinheit des Nato-Flottenverbandes unter dänischer Führung einen kleinen Verbandplatz eingerichtet. Sie waren von der Einsatzzentrale dorthin beordert worden, da nach den Meldungen von heftigen Schießereien innerhalb des Bunkers mit einer größeren Anzahl von Schwerverletzten gerechnet werden musste. Ebenso wurde neben einigen Rettungs- und Notarztwagen auch der »Christoph 26« aus Sande bei Rostock angefordert, einer der wenigen Rettungshubschrauber mit Nachtfluggenehmigung.

Als Emmas Team dort eintraf, hing Tims Leben nur an einem seidenen Faden. Sein Blutdruck war kaum noch messbar. Emma betrat eines der Sanitätszelte, um einen Arzt auf den schlimmen Zustand ihres Kameraden hinzuweisen. Als sie die Zeltbahn vor dem Eingang zurückschlug, sah sie, dass für eine angemessene Behandlung ihres Kameraden kein Platz mehr vorhanden war.

»Wir bringen einen Schwerstverletzten«, rief sie ins Zelt, »wohin sollen wir ihn legen?«

»Stellen Sie ihn vorne ab, wir kümmern uns gleich um ihn.«

»Nicht gleich«, rief Emma, »sondern bitte sofort! Der Mann ist mehr tot als lebendig!«

Den Stabsarzt, der schon auf Kriegsschauplätzen seinen Dienst unter Beschuss versehen hatte, konnte sie damit nicht aus der Ruhe bringen. »Wir kämpfen hier an beiden Tischen um

Menschenleben! Sowie wir Zeit haben, kümmern wir uns auch um Ihren Kameraden, also stören Sie uns nicht bei der Arbeit, sonst rufen wir die Militärpolizei«, antwortete er auf Englisch.

»Ich bitte Sie, Herr Doktor«, flehte Emma und deutete auf die Hose des Verletzten vor ihm. »Der Patient vor Ihnen ist ein Terrorist, das erkenne ich an seiner Kleidung, unser Mann draußen ist einer von uns, einer von den Guten!«

»Sorry, aber ich bin nicht Gott, um zu entscheiden, wer der bessere Mensch ist. Ich bin Arzt und kämpfe um Leben, egal, um wessen.« Und zu dem Notfallsanitäter neben ihm gewandt: »Dieser Mann muss mit dem nächsten Hubschrauber in die Neurochirurgie. Sorgen Sie dafür! Ich beatme ihn so lange weiter, bis Sie das organisiert haben.«

Emma schlug die Zeltbahn zurück, trat wieder hinaus und winkte sich einen Seal heran, der mit zwei Amerikanern abseits stand. »Bitte, es geht um das Leben unseres Kameraden. In diesem Hubschrauber«, sie zeigte auf den »Christoph 26«, »darf niemand mitfliegen, der nicht von mir begleitet wird. Verstanden?«

Der Soldat sah sie verwundert an.

»Bitte«, flehte sie ihn an, »hier kämpft ein deutscher Seal um sein Leben!«

Der Mann neigte den Kopf. »Sie sind Leutnant, ich nur Sergeant.« Er gab seinen beiden Kameraden ein Zeichen, und sie folgten ihm zum Hubschrauber.

Es näherten sich zwei Sanitäter und ein Arzt mit einer Trage, auf der medizinisches Gerät gestapelt war. An der Kleidung der beiden konnte sie sehen, dass sie zum Rettungshubschrauber gehörten.

Emma zeigte auf Tim. »Meine Herren, hier liegt ihr Patient.«

Der Doktor sah sie irritiert an. »Wir sollen einen Patienten im Zelt abholen.«

Sie deutete hinter sich. »Das ist das Zelt, und dort«, sie zeigte wieder aufs Feldbett, »liegt der Schwerverletzte.«

Zögerlich gingen die beiden zu Tim, der weiterhin von seinen Kameraden nach ihren Möglichkeiten versorgt wurde. Der Arzt erkannte den Ernst der Lage und begann sofort mit der Behandlung Tims.

»Ihnen ist klar, Frau Leutnant, dass der Hubschrauber für jemand anderen reserviert war?«, fragte Angela Fox sie. »Dem Oberstabsarzt und seiner Crew den Hubschrauber zu entziehen könnte Sie die Karriere kosten, vor allem, wenn deren Patient das Zeitliche segnen sollte.«

»Und wenn unser beider Kamerad stirbt, nur weil ich nicht eingeschritten bin, würde mich das meine Selbstachtung kosten. Meine weitere Karriere steht dabei hintenan.«

＊

Nachdem Udo, seine beiden Kameraden und die Sanitäterin wieder an Bord der »Zwillinge« waren, wich bei Gabi die Spannung, und sie begann, am ganzen Körper zu zittern. Sie musste sich setzen. Udo ließ sich neben ihr nieder und legte, so nass er noch war, liebevoll einen Arm um sie. »Ist dir kalt?«

Sie schüttelte den Kopf. »Nein, das sind die Nerven. Das habe ich manchmal, wenn ich gerade irgendwelchen Scheiß hinter mich gebracht habe.«

Er gab ihr einen aufmunternden Kuss. »Während des Einsatzes habe ich davon aber nichts gemerkt. Im Gegenteil. Du wirktest so, als seien deine Nerven aus Stahl.«

»Während eines Einsatzes sind sie es auch, danach aber aus Pudding.«

Udo lachte. »Besser so, als anders herum. Aber nun haben wir es hinter uns.«

Eines wollte sie mit ihrem Freund aber noch klären: »Kannst du mir mal sagen, warum du mit keinem Wort erwähnt hast, dass der Riesenwumms vorhin gar nicht die ›Otto Asmussen‹ war?«

Er lächelte sie an. »Weil ich zu dem Zeitpunkt nur hoffen konnte, dass den Kameraden die Entschärfung der Minen gelungen war.«

»Und was hat da so geknallt?«

»Ich kann es nur mutmaßen. Das waren Minen mit Magnet- und Funkzündern. Der Magnetzünder reagiert, wenn die Sprengladung von der Metallwand abgezogen wird. Über Funk wird das Ganze drahtlos ausgelöst. Die Minentaucher werden diese Auslöser überlistet, die Sprengkörper gebündelt und etwas entfernt versenkt haben. Als die Kerle euer Schiff in die Luft jagen wollten, haben sie nur ein Loch in den Meeresboden gesprengt.«

Fiete und Hinnerk gesellten sich zu ihnen. »Wie sieht es aus, Deern, jetzt bist du ja unser Vormann. Wann können wir wieder auf unseren Pott?«

Udo staunte. »Seid ihr Wasserretter denn gar nicht kleinzukriegen?«

»Nein«, erwiderte Gabi, »der Dienst bei der DLRG ist unser Job und unsere Passion. Dafür müssen wir unser Schiff so schnell wie möglich wieder aufklaren.«

»Meine Leute und ich haben bei der Unordnung ja gut geholfen. Dann werden wir euch morgen früh dabei helfen.«

Sie strahlte ihn an. »Dafür hast du dir einen fetten Kuss verdient.«

Er umarmte sie. »Ich hoffe, dass die Belohnung noch aufgestockt wird.«

Sie lächelte ihn verschmitzt an. »Der Herr kriegen den Hals nicht voll? Ich versichere dir, von dieser Belohnung hast du in deinen kühnsten Träumen nichts geahnt.«

Udo glühte vor Verlangen, doch sie wand sich aus seinen Armen.

»Hinnerk, könntest du bitte den Herrn Hauptbootsmann weiterküssen? Ich habe zu tun, und er braucht eine Abkühlung.«

Der Maschinist fackelte nicht lange. »Aye, Vormann, der hat schließlich unseren Pott gerettet!«

ACHTZEHN

Emma und ihre Leute sahen dem Rettungshubschrauber erleichtert nach, als er vorsichtig abhob, um in Richtung Südwesten davonzuschweben.

»Der Doktor meinte, dass er eine Chance hat«, murmelte Angela leise. Sie schien sich mit der Äußerung selbst mehr aufmuntern, als es ihren Kameraden mitteilen zu wollen.

»Leutnant Emma Gulbrandsen?«

Die Stimme hinter ihr ließ sie herumfahren, und sie erkannte den Feldjäger, der sie vor ein paar Tagen schon mal festgenommen hatte. »Was liegt an, Herr Hauptmann?«

»Ich habe die Anweisung, Sie in Gewahrsam zu nehmen.«

Hauptbootsmann Kirchner stellte sich vor seinen Leutnant. »Das scheint ja langsam eine Marotte von Ihnen zu werden. Was wirft man ihr denn diesmal vor?«

»Gehorsamsverweigerung. Sie haben gegen den ausdrücklichen Befehl eines Ihnen vorgesetzten Stabsarztes einen Rettungshubschrauber beschlagnahmt und ihn somit dem Rettungskontingent einer Nato-Einheit entzogen.« Sein Ton wurde plötzlich weicher, fast flehentlich. »Ich kenne die näheren Umstände. Können Sie nicht irgendwie fliehen?«

Sie winkte ab und trat aus dem Schatten ihres Beschützers. »Schon gut. Ich weiß, dass Sie nur Ihre Pflicht tun.«

Kirchner hatte plötzlich eine Idee: »Was halten Sie davon, Herr Hauptmann, wenn ich Sie niederschlage?«

Ein trauriges Lächeln huschte über das Gesicht des Feldjägers. »Das wäre kaum glaubhaft. Ich war früher Landesmeister im Kickboxen. So leicht gehe ich nicht in die Knie. Aber vielleicht fällt uns noch etwas Besseres ein.«

***

Annähernd zeitgleich war bis auf Vormann Lender und Drs. Simons die restliche Besatzung der »Otto Asmussen« wieder auf ihrem Schiff. Udo sein Team blieben auf der »Zwillinge«.

Hinnerk befreite den verstörten Rasmus aus dem Maschinenraum und sorgte, nachdem er die Sicherungen eingesetzt hatte, dafür, dass seine Ladies wieder Strom hatten. Unmittelbar darauf brachen sie nach Laboe auf. Vorher übernahm ein Boot der Küstenwache die perfekt verschnürten und noch immer jammernden Besatzungsmitglieder der »Sandur«. Als sie endlich starten wollten, ging ein Festrumpfschlauchboot der Marine längsseits, und Emma und ihr Fireteam baten darum, an Bord kommen zu dürfen.

»Sind euch die Schiffe ausgegangen? Warum wollt ihr mit uns fahren?«, fragte Gabi scherzhaft.

»Weil wir offiziell gesucht werden«, antwortete Emma leise. »Demnach hat uns kein Boot gebracht, sondern ihr habt uns aus dem Wasser gefischt.«

Das meldet Gabi dann auf Bitten Emmas. »Die ›Otto Asmussen‹ an Leitstelle, vier entkräftete Kampfschwimmer gerettet, benötigen keine medizinische Betreuung. Sie werden in Laboe an Land gesetzt und der Marine übergeben.«

Anschließend nahmen sie Fahrt in Richtung Heimathafen auf. Jetzt war der Augenblick da, an dem zum ersten Mal ein so großes Rettungsschiff auf der Ostsee unter dem Kommando einer Frau stand. Da gab es keine Blaskapelle, niemanden von der Presse und null warme Worte irgendwelcher Honoratioren. Vielleicht machte diesen Augenblick genau das und die Tatsache, dass zwei so erfahrene Seebären wie Fiete und Hinnerk kommentar- und bedingungslos hinter ihr standen, so magisch.

***

Eine Barkasse mit Admiral Schneider und Kapitän Hinrichs an Bord machte gleichzeitig mit ihnen in Laboe fest. Von der DLRG waren einige Häuptlinge an der Pier.

»Was meinst du«, raunte Fiete dem Maschinisten zu, »gibt's einen Orden oder einen Anschiss?«

Hinnerk guckte ihn finster an. »Wenn unsere Deern keinen Orden bekommen sollte, dann gibt's von mir einen Anschiss.«

Das Anlegemanöver hätte selbst Julius nicht routinierter durchführen können, sodass es an Gabis seemännischen Fähigkeiten schon mal nichts zu meckern gab. Dennoch hatte sie ein flaues Gefühl in der Magengrube.

»Sind das Ihre Schiffbrüchigen?«, fragte Dr. Neubert, als er an Bord kam und zusah, wie Emma und ihr Fireteam in der Messe ihre Sachen aufnahmen, um das Schiff zu verlassen.

»Jawoll«, bestätigte Gabi. »Melde die ›Otto Asmussen‹ unbeschädigt wieder vom Einsatz zurück. Leider gab es einen Schwer- und eine Leichtverletzte zu beklagen. Unser Vormann wurde ins Krankenhaus geflogen, und die leichtverletzte Helferin begibt sich selbst in ärztliche Behandlung. Geben Sie uns bitte noch eine Stunde, dann haben wir klar Schiff und können in notwendiger Stärke wieder in Dienst gehen.«

»Ich danke Ihnen, Frau Haberstroh.« Thomas Wartke zögerte erst, dann umarmte er sie strahlend. »Menschenskind, Gabi, was haben wir uns um euch gesorgt. Von dem genauen Geschehnissen haben wir von der Einsatzzentrale der Marine nur wenig mitbekommen. Demnach stand die ganze Sache wohl Spitz auf Knopf?«

»Stimmt, das war schon eine heiße Nacht. Dafür, dass alles gut ausgegangen ist, solltest du dich weniger bei mir als bei den Kampfschwimmern und unseren restlichen Kameraden bedanken.«

Hinnerk und Fiete hatten das Schiff festgemacht. Dadurch hatte der Maschinist die ersten Sätze der Unterhaltung nicht mitbekommen. Nachdem er hinzukam, wollte er gleich etwas klarstellen: »Eines sage ich Ihnen, mein Herr, ohne unsere Deern hätten wir aber ganz schön mit dem Mors im Schiet gesessen.«

»Lieber Herr Lender«, versuchte der Geschäftsführer ihn zu beruhigen, »ich bin nicht hier, um irgendjemanden –«

Hinnerk ließ den Mann gar nicht ausreden. »Und wenn Sie meinem Bruder an den Karren fahren wollen, dann kann ich Ihnen nur sagen, dass der für die ganze Crew seinen Kopf hingehalten hat. Und außerdem –«

»Hinnerk, halt die Klappe!«, ging Gabi dazwischen.

Julius' Bruder sah sie verblüfft an, schwieg dann aber.

Dr. Neubert, der zu ihnen trat, lachte. »Ich sehe, Frau Haberstroh, Sie haben ihre Leute im Griff. Dürfte ich Sie darum bitten, Vormann Lender auch noch den Rest Ihres Törns zu vertreten? Sie sind ja noch so lange zu uns abgeordnet.«

Sie war einverstanden. »Wie schon gesagt, geben Sie uns eine Stunde, dann haben wir klar Schiff.« Sie bemerkte im Augenwinkel, wie Hinnerk und Fiete plötzlich strammstanden und drehte sich um.

Flottillenadmiral Schneider und Kapitän Hinrichs standen am Pier. »Wir bitten, an Bord kommen zu dürfen«, rief der Admiral.

Gabi sah Dr. Neubert an.

Der flüsterte lächelnd: »Sie müssen antworten, Frau Vormann, das ist Ihr Schiff.«

»Erlaubnis erteilt!«, kam es ihr etwas zögerlich über die Lippen.

Die beiden betraten die »Otto Asmussen«.

»Bevor wir uns gegenseitig mit Lob überhäufen«, begann der Admiral zur Begrüßung, »würde ich gern wissen, wo Leutnant Gulbrandsen und ihr Fireteam untergebracht sind?«

»Sie warten in der Messe auf Anweisungen«, antwortete Gabi.

Der Admiral gab Kapitän Hinrichs ein Zeichen. »Bitte kümmern Sie sich um Ihre Leute.«

Der verschwand im Innern des Schiffes.

»Wie schon gesagt«, fuhr Schneider fort, »bevor ich einen Bericht erwarte, möchte ich Ihnen die Botschaft eines gewissen Julius Lender überbringen.«

Gabi stutzte. »Der wird doch gerade erst operiert.«

»Stimmt, die Neurochirurgen sind noch dabei. Ihr Drs. Simons übrigens auch, und der lässt folgende Nachricht übermitteln, denn als durch die OP der Druck vom Gehirn Ihres Vormanns genommen war, fing er auch gleich an zu schimpfen«, der Admiral las von einem Zettel ab, »dass ein ganz gewisser Goldfasan gefälligst Bananen für einen gewissen Rasmus kaufen soll, weil der das Schiff gerettet habe und dass ein Riesenkasper bloß auf seine Deern aufpassen solle, weil es sonst ein Vierteljahr lang Puffverbot geben würde.« Er sah sich um. »Können Sie mit dieser Botschaft etwas anfangen?«

»Und ob!«, riefen alle freudestrahlend unisono.

»Und wer zum Klabautermann«, fragte der Admiral, »ist dieser Rasmus?«

Bevor Gabi antworten konnte, ging Thomas Wartke dazwischen. »Der DLRG-Kollege Rasmus ist ein nackter Papagei mit Pelzmantel.«

✲✲✲

»Leute«, begann Kapitän Hinrichs seine Ansprache, als Emma und ihr Fireteam mit erhobenen Köpfen vor ihm im Inneren der Admiralsbarkasse standen. »Wie haben Probleme, und wir müssen zusehen, dass wir die elegant lösen.«

»Herr Kap'tain«, erwiderte Emma militärisch knapp, »ich übernehme die volle Verantwortung. Meine Kameraden haben, als ich die Anweisungen gab, pflichtgemäß dagegen protestiert, was ich abschlägig zur Kenntnis genommen habe. Wenn es der Sache dienlich ist, quittiere ich sofort meinen Dienst.«

Hinrichs schüttelte den Kopf. »Das könnte Ihnen so passen. Wenn Sie mit Konsequenzen zu rechnen hätten, nur weil Sie einem Kameraden das Leben gerettet haben, würde meine gesamte Kompanie den Dienst quittieren, inklusive meiner Person.«

Sie stutzte. »Gerettet? Habe ich das richtig verstanden?«

»Haben Sie. Kamerad Tim Schrader ist noch rechtzeitig

unters Messer gekommen. Er ist wohl noch in kritischem Zustand, aber dank Ihrer ungewöhnlich blutigen Intervention außer Lebensgefahr. Ich kann Ihnen aber nur dringend raten, dem Flottillenarzt im kommenden halben Jahr nicht unter die Augen zu treten, denn im Lehrbuch steht so eine Wald-und-Wiesen-Bluttransfusion mit Sicherheit nicht. Aber der Zweck heiligt nun mal die Mittel, und das müsste selbst so einem Paragraphenhengst einleuchten.«

»Was für eine Kuh steht denn nun auf dem Eis?«, fragte Emma.

»Der dänische Arzt hat den entwendeten Hubschrauber an die ganz große Nato-Glocke gehängt und ein Verfahren gegen unbekannt eingeleitet.«

Emma war sich des Ernstes der Lage bewusst. »Darf ich den Stand der Ermittlungen erfahren?«

»Die beschuldigte Soldatin, Name und Rang unbekannt, konnte bisher nicht in Erfahrung gebracht werden. Das Arretierungskommando der Feldjäger sah sich außerstande, die Festnahme durchzuführen, weil sie sich durch ein Rudel Wölfe bedroht fühlten.«

Einer der Kampfschwimmer grinste. »Ein Rudel Wölfe in Putlos?«

»Grinsen Sie nicht so dämlich«, schnauzte Hinrichs ihn an. »Sie haben ja keine Ahnung, wie gefährlich gerade die Putloser Wölfe sind. Ganze Bauvorhaben sind schon wegen eines einzigen mongolischen Feldhamsters in Nürnberg gestoppt worden, da wird man sich doch wohl an der Ostsee vor Wölfen fürchten dürfen.«

Die Kampfschwimmer knallten die Hacken zusammen und brüllten: »Jawoll, Herr Kap'tain!«

»Und sollte jemand Sie, Leutnant Gulbrandsen, oder einen Ihrer Leute bei diesem Einsatz gesehen haben, dann muss es sich um einen Irrtum gehandelt haben, denn Sie sind schon seit zwei Tagen mit ihrem Fireteam bei einem Nato-Manöver der Gebirgsjäger in den Alpen. Ein mir befreundeter General hat sie jedenfalls dort auf der Liste. Ich werde Sie jetzt unverzüglich nach Holtenau bringen. Dort wartet ein Hubschrauber auf Sie, der Sie nach Faßberg bringt. Von dort aus geht es mit einem Transportflieger weiter. Ihre Ausrüstung wurde bereits verladen.« Er sah jeden der Reihe nach an. »Noch Fragen?«

»Nein, Herr Kap'tain«, riefen wieder alle.

»Übrigens, Frau Fox, Sie gehören jetzt ausbildungstechnisch vorläufig zu Leutnant Gulbrandsens Fireteam und fliegen mit. Nach dem Einsatz sehen wir weiter. Und was ich noch sagen wollte: Ich bin stolz auf Sie, Frau Leutnant, und auf Ihr ganzes Team!«

✳ ✳ ✳

Um Punkt sieben Uhr früh gab es ein reichhaltiges Frühstück vor ihren Containern. Danach wartete jede Menge Arbeit, um auf der »Otto Asmussen« alles wieder in Ordnung zu bringen. Udo und seine Leute hatten versprochen, dabei zu helfen.

Gabi war froh darüber, dass alle bis auf den Vormann wieder mit an Bord waren. Dann trudelte auch die angekündigte Putz- und Räumhilfe ein.

Udo umarmte Gabi zur Begrüßung.

»Muss ich mich daran gewöhnen, dass du immer kurz vor knapp kommst?«

»Nein«, antwortete er lächelnd, »dafür komme ich mit guten Nachrichten.«

»Die da wären?«

»Meinen Kameraden, der mit dem Speedboot überfahren wurde, konnten sie wieder so gut zusammenflicken, dass er wohl ohne größere Folgen genesen wird. Vielleicht kann er sogar seinen Dienst wieder bei uns aufnehmen. Und die Dame, die wir vor dem Ertrinken gerettet haben, ist auch wieder wohlauf.«

Gabi strahlte. »Das freut mich!« Sie gab ihm erleichtert einen flüchtigen Kuss auf die Wange. »Dann sind ja alle noch mal mit einem blauen Auge davongekommen.«

»Was soll das denn?«, schimpfte Hinnerk hinter ihnen. »Geht ihr wohl auseinander? Das hier ist ein anständiges Rettungsschiff! Und eine DLRG-Kameradin wird hier nicht von fremden Männern geküsst!«

»Nun sei doch nicht so, Hinnerk, ich werde meine Freundin doch wohl mal küssen dürfen. Außerdem bist du gar nicht bei der DLRG.«

»Bin ich sehr wohl. Nachdem die Nachricht kam, dass Julius übern Berg ist, haben Fiete und ich sofort unterschrieben! Außerdem habe ich dem Vormann versprochen, auf die Deern aufzupassen, und das tu ich wohl!«

Udo zog ein enttäuschtes Gesicht. »Und was bedeutet das nun?«

Hinnerk grinste ihn an. »Ende mit der Küsserei, es sei denn …«

»Was sei denn …?«

»Im Container liegt noch eine unausgefüllte Beitrittserklärung, und Kameradinnen darf man küssen.«

***

Nicht ganz so entspannt ging es Tage später in einem Sitzungsraum des Flottenoberkommandos zu.

»Herr Admiral«, unterbrach der Staatssekretär Schneiders Rede, »Ihr Rücktrittsgesuch ist zwar ehrenvoll, aber uns und unserem Land ist damit nicht gedient. Sie haben mit Ihren Leuten eine höchst diffizile Situation, die in dieser angespannten Zeit einen Atomkrieg hätte auslösen können, mit viel Fingerspitzengefühl unblutig gelöst. Dafür gebührt Ihnen meine höchste Anerkennung. Natürlich bin ich auch der Meinung, dass der braune Sumpf, egal ob auch Leute von uns darin herumwaten oder nicht, ausgetrocknet werden muss. Dabei sollten Sie auf keinen Fall Rücksicht auf die Befindlichkeiten einzelner Truppenteile nehmen. Die militärische Leitung in Putlos war entweder naiv, braun oder blöd. Die Verantwortlichen haben sich auch nur bei einer dieser drei Eigenschaften, einem Dienstaufsichtsverfahren zu stellen, und ich werde sie bis dahin suspendieren.«

Schneider konnte das so nicht im Raum stehen lassen. »Die aktiven Soldaten und die Reservisten, die Mitglieder dieser Terrorgruppe waren, müssen auf jeden Fall aus der Truppe entfernt werden, da gibt es gar keine Diskussion. Es kann aber sein, dass wir den Führungsoffizieren des Truppenübungsplatzes bitter Unrecht tun. So sehr ich für den Kampf gegen den braunen Sumpf bin, den sollten wir dennoch mit Augenmaß führen. Ich habe mich zwei Tage nach der Aktion in Putlos umgesehen und einen vorläufigen Bericht von den Feldjägern bekommen. Das ist ein derart riesiges Gelände, dass man dort nachts mit einem Hubschrauber landen könnte, ohne dass die Wachmannschaft am Haupteingang davon etwas mitbekommen würde. Man muss nur einen einzigen Bewegungsmelder überbrücken, um das Gelände unbemerkt durch eine Seiteneinfahrt betreten zu können. Wäre das Überwachungssystem zeitgemäß, hätte das alles gar nicht passieren können. Natürlich war es bekannt, dass Putlos schon von der kaiserlichen Marine als Übungsgelände genutzt wurde. Zur Zeit des Nationalsozialismus wurde dann alles noch mehr ausgebaut und unterbunkert. Von dem tatsächlichen Labyrinth unter den Munitionsbunkern war in den Bauplänen, die der Bundeswehr bei Übergabe des Geländes vor sechzig Jahren von den Engländern überstellt wurden, nichts verzeichnet. Sie, Herr Staatssekretär, sitzen in Berlin im ›Bendlerblock‹, einer der Schaltzentralen des ehemaligen Naziregimes. Seien Sie ehrlich: Haben Sie bei Ihrer Amtsübernahme persönlich den Keller Ihres Ministeriums nach geheimen Türen und etwaigen geheimen Untergeschossen abgesucht?«

Der Mann geriet in Verlegenheit. »Ich gehe davon aus, dass das schon vor meiner Zeit geschehen ist.«

»Sie haben aber nicht selbst danach gesucht?«

»Natürlich nicht!«

»Bei allem Respekt, Herr Staatssekretär, dann müssen Sie

sich auch die Frage gefallen lassen, ob sie naiv, braun oder blöd sind.«

Es entstand eine angespannte Stille zwischen den beiden, und es dauerte etwas, bis der Politiker Schneiders harsche Worte überdacht hatte und antwortete: »Herr Admiral, wir wünschen uns mündige Soldaten und keine dumpfen Befehlsempfänger. Das hat einen Nachteil: Wir müssen sie ertragen, vor allem wenn sie recht haben. Wären Sie dazu bereit, die Marine an verantwortlicher Stelle auf derartige Altlasten hin zu untersuchen?«

»Gern, Herr Staatssekretär, wenn Sie im Gegenzug dafür sorgen, dass die Überwachungsmöglichkeiten unserer Liegenschaften auf den neuesten Stand gebracht werden.«

»Ich werde dieses Thema bei der nächsten Besprechung mit der Ministerin auf die Tagesordnung nehmen.« Er überlegte kurz. »Was ist mit dem Offizier geschehen, der die Informationen an diesen furchtbaren Staatsanwalt weitergegeben hat?«

»Das Verfahren gegen ihn und seine unehrenhafte Entlassung läuft. Den jungen Mann kannte ich schon als Fähnrich und habe ihn, das muss ich zugeben, gefördert. Irgendetwas scheint mir dabei leider aus dem Blickfeld geraten zu sein, denn eigentlich wollte ich es wegen dieser einen verbalen Entgleisung bei einem Rüffel belassen. Viel zu spät, muss ich zugeben, bin ich auf einer von ihm unter falscher Identität geführten Facebook-Seite gelandet, die vor brauner Hetze, Ausländerfeindlichkeit und Antisemitismus nur so strotzte.«

»Jammerschade um so einen fehlgeleiteten jungen Mann, aber dann ist das so.« Der Staatssekretär schaute sich in der Runde um. »Gibt es sonst noch Fragen?«

Hinrichs nickte. »Wie sollen wir uns der Öffentlichkeit gegenüber verhalten?«

»Schonungslos offen. Unter knapp zweihunderttausend Soldatinnen und Soldaten rennen nun leider auch ein paar verblendete Idioten herum. Das lässt sich gar nicht vermeiden. Wir sind in unseren eigenen Reihen auf einen braunen Sumpf gestoßen und haben ihn aus eigener Kraft trockenlegen können. Darauf sollten wir auch ein wenig stolz sein, Herr Admiral.«

✳✳✳

Ein Vierteljahr später wurden alle am Einsatz beteiligten Wasserretter mit einer Sea Lion von Holtenau zur Fregatte »Nordrhein-Westfalen« geflogen, die in Eckernförde festgemacht hatte. Zur großen Freude aller konnte sich Julius Lender zu diesem feierlichen Anlass einen Tag aus der Reha freinehmen. Auch die beiden schwerverletzten Kampfschwimmer waren wieder genesen. Admiral Block hatte zu einer kleinen Feierstunde in die Offiziersmesse der Fregatte geladen. Zur Überraschung war auch die Innenministerin des Landes an Bord.

»Meine Damen und Herren«, eröffnete sie ihre Rede, »bevor wir Sie über den Stand der Ermittlungen informieren, möchte ich mich sehr herzlich für Ihre Arbeit, die weit über ein normales Engagement hinausging, bedanken. Aber was ist bei den Damen und Herren der Deutschen Lebens-Rettungs-Gesellschaft schon normales Engagement? Normal ist, dass sie weder Wind noch Wellen scheuen, um Menschen aus Not, ob nun am Strand, im Wasser, im Inland an Seen, Flüssen oder im Katastrophenfall, im ganzen Land zu retten. Diesmal haben Sie aber auch noch Gespür für Rechtschaffenheit gezeigt und Beharrlichkeit gegen alle Widrigkeiten bewiesen. Diese wurden ihnen schändlicherweise von Vertretern der Exekutive bereitet. Die Kameradinnen und Kameraden der DLRG haben maßgeblich dazu beigetragen, dass Mördern und Organhändlern das Handwerk gelegt wurde. Ich möchte mir nicht ausmalen, wie viele Menschen diesen profitgierigen Verbrechern noch zum Opfer gefallen wären, hätte man dieser Bande nicht das Handwerk gelegt. Danken möchte ich auch Käpt'n Konny, dem Skipper der ›Zwillinge‹. Es wäre schön, wenn im Ernstfall noch mehr Menschen so viel Zivilcourage zeigen würden. Bevor nun Frau Bundesanwältin Wagner ins Detail geht, freue ich mich sehr darüber, im Auftrage des Bundespräsidenten einen über die Jahrzehnte besonders verdienten Seemann mit dem Bundesverdienstkreuz auszeichnen zu dürfen. Hauptkommissar Julius Lender, würden Sie bitte zu mir kommen?«

Der Vormann hatte sich schon gewundert, dass auch der Chef der Küstenwache anwesend war, aber mit solch einer Ehrung hatte er nicht gerechnet. Verlegen erhob er sich und ging auf die Ministerin zu. Unter Standing Ovations aller nahm er Orden und Urkunde entgegen.

Er räusperte sich. »Meine Damen und Herren«, kam es ihm zuerst etwas holperig über die Lippen, »ich danke Ihnen und dem Bundespräsidenten für diese Ehre, aber wenn ich ehrlich bin, hätte die unsere Deern verdient. Aber die ist ja noch zu jung für so einen Orden, und irgendwann kriegt sie den auch, dann aber einen mit Sternchen und Schärpe. Vielen Dank.«

Die Ministerin flüsterte ihm beim Händedruck zu: »Und ich finde es ganz toll, dass Sie nun auch noch als Ehrenamtlicher bei der DLRG angeheuert haben.«

»Jau«, kam die trockene Antwort, »davon habe ich auch gerade eben erfahren.«

Nach dieser kurzen Ansprache erhob sich der Admiral. »Sehr geehrte Frau Ministerin, meine Damen und Herren, Ihr Vorredner hat völlig recht. Die Deern, wie Sie Frau Oberkommissarin Haberstroh so respektvoll nennen, hätte auch so ein ›Ding‹ verdient, nur ist sie leider noch keine vierzig, und das wäre das Mindestalter für ein Bundesverdienstkreuz. Sie ist aber alt genug, um sich durch besondere Tapferkeit, ohne Rücksicht auf Gefahr für ihr eigenes Leben, als Zivilistin für die Truppe und damit für ihr Land einzusetzen und sich somit die allerhöchste Anerkennung aller Soldaten zu verdienen. Frau Oberkommissar, ich bitte Sie höflichst, zu mir zu kommen.«

»Jetzt weiß ich, was du die ganze Zeit mit deinen Kameraden getuschelt hast«, murmelte Gabi Udo zu, als sie sich mit knallrotem Kopf erhob, »das gibt Rache!«

Unter lautem Beifall ging sie nach vorn zum Admiral.

»Frau Oberkommissarin Haberstroh, hiermit zeichne ich Sie im Namen der Bundesverteidigungsministerin für Ihren mutigen und selbstlosen Einsatz in Zusammenarbeit mit dem Kommando Spezialkräfte der Marine mit dem Ehrenkreuz der Bundeswehr für besondere Tapferkeit aus.«

Wieder gab es Standing Ovations, und sogar Rasmus, der auf Hinnerks Schulter saß, klatschte schnatternd in die Hände.

»Ich hoffe sehr, Sie noch öfter bei uns in Eckernförde begrüßen zu dürfen.«

Zum Schluss erhob sich Frau Wagner.

»Liebe Anwesende, ich möchte Ihnen auch im Namen der Bundesanwaltschaft zu Ihrer herausragenden Leistung gratulieren. Leider ist das Ende nicht ganz so ›happy‹, wie wir es uns alle gewünscht hätten. Insgesamt gab es bei beiden parallellaufenden Zugriffen acht Tote. Darunter leider auch eine bedauernswerte Kollegin von der Abwehr. Und damit sind wir schon bei den eher bitteren Pillen angelangt, denn wir können noch immer nicht vollständig ermitteln, wie vielen Menschen Organe entnommen und die somit brutal getötet wurden. Sowohl im Falle der Terroristen als auch in dem der Organmafia haben wir leider wieder nur die Kleinen erwischt. Gegen die Seeleute der ›Sandur‹ wird Anklage wegen Beihilfe zum Mord in bisher vierzehn nachgewiesenen Fällen und versuchter Vergewaltigung erhoben. Vier russischen Staatsbürgern, die auf der ›Sandur‹ verhaftet wurden, sollte es ebenso ergehen. Wie durch ein Wunder konnte ihre Botschaft aber plötzlich funkelnagelneue Diplomatenpässe für den Kapitän und drei seiner Landsleute nachreichen. Die betreffenden Herren wurden umgehend ausgewiesen. Mehr war leider nicht drin. Wir mussten sie ungeschoren ziehen lassen. Wer die Hintermänner der Organmafia sind, wissen wir auch noch nicht. Eine Spur führt nach Aserbaidschan, aber meine Erfahrung sagt mir, dass wir diese Akte irgendwann ergebnislos werden schließen müssen.«

»Was soll der Scheiß? Die Kleinen hängt man, und die

Großen lässt man wieder mal laufen?«, erboste sich Fiete lautstark.

»Tja, Herr Harmsen«, erwiderte Frau Wagner achselzuckend, »im Märchen hätte Hänsel die Bösen in den Ofen geschubst. Leider haben wir es hier mit der bitterbösen Realität zu tun.« In der kurzen Pause, die sie machte, herrschte nachdenkliche Stille. »Ein bisschen Märchen kann ich aber dennoch bieten. Im Safe der ›Sandur‹ fanden wir eine große Menge Bargeld, Goldbarren und Diamanten. Während der Einsätze entstanden an der ›Otto Asmussen‹ Schäden und eine nicht unwesentliche Anzahl von Arbeitsstunden bei der Gesellschaft. Als Entschädigung dafür freue ich mich darüber, dem Geschäftsführer der DLRG einen Scheck in Höhe von zwei Komma sieben Millionen Euro überreichen zu können.«

Erneut brandete Beifall auf.

»Ist ja ganz nett«, kommentierte Hinnerk, »aber bei dem Geldsegen wäre für Rasmus ja wohl auch eine Tüte Erdnüsse drin gewesen, oder?«

Frau Wagner rief lachend: »Das habe ich gehört, Herr Lender! Sie wird Ihnen morgen zugestellt!«

***

Nach dem offiziellen Teil des Empfangs gab es einen kleinen Sektumtrunk, und Fingerfood wurde dazu gereicht. Während Emma, Udo und Kapitän Hinrichs beieinanderstanden, um fachzusimpeln, wollte Gabi von der Bundesanwältin weitere Infos über den Stand der laufenden Ermittlungen erfragen.

»Sie wissen«, lächelte Ilona Wagner, »dass ich getötet werde, wenn ich Ihnen etwas verrate?«

Gabi winkte lässig ab. »Seitdem ich hin und wieder die Wäsche eines Kampfschwimmers mitwasche, bin ich Geheimnisträgerin. Haben Sie denn alles so weit, um Klage erheben zu können?«

»Noch nicht ganz. Wegen Bildung einer kriminellen Vereinigung ermitteln wir in über zweihundert Fällen. Bei vielen Beschuldigten kommen noch andere Delikte wie Waffenbesitz, Freiheitsberaubung, Vergewaltigung, Steuerhinterziehung und … und … und … hinzu. Bei dem ehemaligen Oberstaatsanwalt wird es mit Sicherheit schneller gehen, aber dennoch wird der Prozess gegen ihn ein harter Brocken. Er wird von der ersten Garde der inzwischen ganz offen auftretenden braunen Anwälte verteidigt. Die beherrschen leider ihr Geschäft und sind obendrein mit allen Wassern gewaschen.«

Gabis Gesicht verdüsterte sich. »Besteht die Möglichkeit, dass er ungeschoren aus der Sache rauskommt?«

Frau Wagner schüttelte vehement den Kopf. »Nein, dienstrechtlich wird er mit Sicherheit verurteilt und seinen Job und seine Pensionsansprüche wird er loswerden. Strafrechtlich jedoch sieht es anders aus. In U-Haft ist er leider nicht mehr, weil er sich in kürzester Zeit ein Herzleiden, COPD, Bluthochdruck und Diabetes zugezogen hat. Inwieweit sich das bei der Urteilsfindung strafmildernd auswirkt, vermag ich nicht vorherzusagen.« Sie lächelte Gabi an. »Und wie sieht es bei Ihnen aus?«

Die strahlte. »Ich bin frischgebackene Hauptkommissarin der Wasserschutzpolizei. Die Frau Ministerin hat mir eben die Urkunde überreicht.«

»Und ihr frisch gefangener ›Seelöwe‹?«

»Der planscht fröhlich in meiner Badewanne.« Gabi machte eine kleine Pause. »Lieber spät als nie.«

»Ich hoffe, er planscht nicht zu oft allein.«

Gabi errötete leicht. »Apropos allein planschen: Die Gerüchteküche in Eckernförde hat auf der Speisekarte, dass Sie und Kapitän Hinrichs sich nähergekommen sind?«

Nun wiederum war es an Frau Wagner, leicht zu erröten, aber eher vor Glück. »Die Bundeswehr hatte schon immer eine sehr stimmige Speisefolge in dieser speziellen Küche.«

Das reichte Gabi nicht. »Sie haben Orangensaft im Glas und noch nichts gegessen. Hat das auch etwas zu bedeuten?«

»Frau Hauptkommissarin, Sie haben eine exzellente Beobachtungsgabe. Sie haben recht. In mir beginnt sich ein Seekadett breitzumachen.«

»Und der Papa?«

»In meinem Badezimmer.« Sie lachte vergnügt. »Wie sagten Sie eben? Lieber spät als nie.«

Gabi zog die Stirn kraus. »Wird sich ein Kapitän zur See in Karlsruhe überhaupt wohlfühlen? Sie haben dort doch eine großartige Stellung.«

»Ich habe ihm einen leitenden Job als städtischen Tretbootverleiher auf dem Schlossparkteich angeboten. Das war ihm aber zu stressig. Somit wird der Berg wohl mal wieder zum Propheten kommen. Ich fange nach dem Mutterschutz bei der Generalstaatsanwaltschaft in Schleswig an, und ich bin im Dienstrang eine Stufe hochgeklettert.«

Gabi war entzückt. »Dann werden wir uns hoffentlich nicht aus den Augen verlieren, auch wenn Sie dann Oberstaatsanwältin sind?«

»Frau Haberstroh, mit Sicherheit nicht.« Sie lächelte. »Mit wem soll ich sonst die Babywäsche tauschen?«

Nachbemerkung und Danksagung

Die Deutsche Lebens-Rettungs-Gesellschaft (DLRG) ist die größte freiwillige Rettungsorganisation der Welt. In rund zweitausend Ortsgruppen leisten über vierzigtausend ehrenamtliche Mitglieder jährlich über zwei Millionen unbezahlte Arbeitsstunden, damit Sie, geneigte Leser, an den Küsten der Meere, an Flüssen und Seen unseres Landes, gefahrlos baden und Wassersport treiben können. Darüber hinaus ist die DLRG auch maßgeblich in den Katastrophenschutz eingebunden, wie die Überschwemmungskatastrophen der vergangenen Jahre eindrucksvoll gezeigt haben. Bei der Schwimmausbildung unserer Kinder und Jugendlichen leisten die Mitglieder der DLRG ebenfalls hervorragende Arbeit.

Dieser Roman soll Sie nicht nur kriminell gut unterhalten, er berichtet ganz nebenbei auch von der Arbeit dieser hochqualifizierten Retter. Er spielt an der Kieler Förde, obwohl diese Spezialisten in Sachen Menschenrettung überall in Deutschland und an dessen Küsten zu finden sind.

Die Kieler Retter werden in diesem Buch von einer Gruppe von Soldaten unterstützt, die als Kommando Spezialkräfte der Marine nur wenig Reden von sich macht.

Sie besteht aus knapp hundert jungen Menschen, von denen jeder einzelne eine Figur wie James Bond in allen Disziplinen überragen würde. Ihre Arbeit findet sich weder positiv noch negativ in den Schlagzeilen der Presse wieder, und genau das ist ihr Anliegen.

Eine Gabi, einen Julius oder einen Hinnerk gibt es so bei der DLRG nicht, obwohl diese Personen real anmuten. Die Protagonisten stehen aber ihren wirklichen Vorbildern in Mut, Einsatzbereitschaft und Moral in nichts nach.

Als Autor dieses Krimis würde es mich freuen, wenn ich Ihnen Lust darauf gemacht habe, ebenfalls ein Teil dieser Gemeinschaft von Rettungsschwimmern zu werden, ob aktiv oder passiv als förderndes Mitglied. Auch mit einem Handicap würden Sie in deren Reihen einen Platz nach Ihren Möglichkeiten finden.

Sollten Sie körperlich wirklich sehr fit sein und Interesse an einem Job bei der Marine haben, dann melden Sie sich online. Es gibt spezielle Kennenlern-Wochenenden, an denen Sie in Ihren Traumjob hineinschnuppern können.

Ich möchte den Angehörigen der DLRG Kiel und den Soldatinnen und Soldaten des Kommandos Spezialkräfte Marine für ihre Unterstützung bei meinen Recherchen zu diesem Krimi herzlich danken.

Die Handlung darin ist frei erfunden, und etwaige Ähnlichkeiten mit der Realität sind rein zufällig.

»Die Zwillinge von Kappeln«, Lübeck (http://www.lotsenkutter-zwillinge.de/), Replik (1995) der gleichnamigen in Cappeln gebauten Lotsenkutterjacht von 1850

Andreas Schnabel
TOD IN PALMA
Mallorca Krimi
Broschur, 224 Seiten
ISBN 978-3-89705-724-1

»Andreas Schnabels Krimi gerät amüsant. Mit Sinn fürs Insel-
kolorit, einem spannenden Plot und munteren Dialogen verteilt
Schnabel seine Seitenhiebe Richtung High Society.«
Westdeutsche Zeitung

»Witzige Dialoge und einiges an Lokalkolorit. Eine in jeder Hinsicht
leichtgewichtige Krimilektüre für den Urlaubskoffer.« ekz

Andreas Schnabel
POOLPOSITION
Mallorca Krimi
Broschur, 256 Seiten
ISBN 978-3-95451-364-2

»Der Autor versteht sich aufs ›Menscheln‹ und Morden gleicher-
maßen. Krimifans, die neben einer spannenden Geschichte auch
humorvolle Beschreibungen und sympathische Ermittler mögen,
sind hier gut aufgehoben.« airberlin magazin

www.emons-verlag.de